Zum Buch

»Entschuldigung, könnten Sie mir sagen, wie spät es ist?«

Vor mir steht ein Mann, der ein klappriges rotes Fahrrad neben sich herschiebt. Seine kurzen sandblonden Haare sind vom Fahrtwind zerzaust, und er trägt eine schwarze Sonnenbrille.

»Ähm, sicher«, antworte ich. »Kurz vor vier.«

»Okay.« Er atmet erleichtert aus. »Dann bin ich ja noch pünktlich.«

»Wofür?«, frage ich leicht amüsiert. »Das Training der U-12-Fußballmädchen? Glaube kaum, dass man Sie da mitspielen lässt.«

»Da bin ich anderer Meinung.« Er nimmt die Sonnenbrille ab und steckt sie in den Kragen seines weißen Sportshirts. »Schließlich bin ich der neue Trainer.«

In diesem Moment macht etwas in meinem Gehirn klick. Bilder schieben sich voreinander wie in einem Kaleidoskop. Denn ich kenne diese Augen. Blau wie das Meer an einem Wintertag.

»Chris Reuter.« Der Name geht mir über die Lippen wie ein Fluch. Oder ein Zauberwort. Aber so ist das vielleicht, wenn man nach zehn Jahren wieder dem Mann gegenübersteht, der einem das erste Mal das Herz gebrochen hat.

Zur Autorin

Karin König hat Journalistik studiert, für mehrere Lokalzeitungen geschrieben und ein Volontariat beim WDR absolviert. Aktuell arbeitet sie als Journalistin für den WDR. Wenn sie mal nicht hinter ihrem Laptop sitzt, hat sie meistens ein Buch vor der Nase. Außerdem engagiert sie sich ehrenamtlich als Rettungsschwimmerin. Den Sommer verbringt sie am liebsten an der Ostsee. Mehr über Karin König unter www.karin-koenig.com

Lieferbare Titel

Love & Lebkuchen
Wellensommer
Muschelsommer
Küstensommer

KARIN KÖNIG

Küsten sommer

ROMAN

WILHELM HEYNE VERLAG
MÜNCHEN

Penguin Random House Verlagsgruppe FSC® N001967

2. Auflage
Originalausgabe 04/2025
© 2025 by Wilhelm Heyne Verlag, München,
in der Penguin Random House Verlagsgruppe GmbH,
Neumarkter Str. 28, 81673 München
produktsicherheit@penguinrandomhouse.de
(Vorstehende Angaben sind zugleich
Pflichtinformationen nach GPSR)

Redaktion: Michelle Stöger
Umschlaggestaltung: t.mutzenbach design
unter Verwendung von © Shutterstock.com
(KatarinaF, pun photo, Dlinnychulok, mimibubu, Long Summer,
Lemaris, alamella, Daria Ustiugova, arxichtu4ki, anitapol)
Satz: Uhl + Massopust, Aalen
Druck und Bindung: GGP Media GmbH, Pößneck
Printed in Germany
ISBN: 978-3-453-44332-7

www.heyne.de

Für Karin d. Ä.,
die in ihrer unnachahmlichen Großzügigkeit
nicht nur ihren Vornamen mit mir teilt.

Kapitel 1

Noch bevor ich den kleinen Fußweg zur Pension betreten habe, wird die dunkelgrüne Tür aufgerissen. »Mama, da bist du ja endlich!«, ruft Hannah mir entgegen. »Wir warten schon alle auf dich.«

Obwohl sie mir auch nach ihrem letzten Wachstumsschub gerade mal bis zum Bauchnabel reicht. ist sie in fünf schnellen Schritten bei mir und schlingt die Arme um meine Hüften.

»Hallo, mein Schatz.« Ich lasse meine Ledertasche mit den Arbeitsheften der Klasse 3A auf den Boden sinken und umarme meine Tochter. »Wo brennt es denn?«

»Rosa hat neue Törtchen gebracht! Ich finde Erdbeere super, aber Tante Sandra mag Tiramisu mehr. Du musst sie zur Vernunft bringen.«

Lachend richte ich mich wieder auf. »Ich werde mein Bestes geben.« Hannah greift nach meiner freien Hand und geht zielstrebig voran. Die drei kleinen Steinstufen am Eingang hoch und unter dem selbst bemalten Surfbrett mit der Aufschrift »Pension Meerbach« hindurch, das über der T$\vdots$ hängt. Im Flur vor dem kleinen Rezeptionstisch, de$\prime$ lip letzten Winter eingebaut hat, steht eine Frau Kurzhaarfrisur und Sonnenhut und studiert

Auslage. Ihre beiden fünfjährigen Enkel sind gerade dabei, das Strandspielzeug untereinander aufzuteilen.

»Moin, Frau Krause. Na, was macht der Urlaub?«, frage ich im Vorbeigehen.

»Alles wunderbar, meine Liebe. Und vielen Dank noch mal für die Strandwanderung am Samstag. Die beiden sahen danach aus wie matschige Sandmonster. Aber sie haben es geliebt.«

Kaum hat sie das Wort »matschig« ausgesprochen, lassen die beiden Kinder Wasserball und Schwimmflügel fallen und drehen sich mit großen Augen zu ihrer Oma um. »Können wir das noch mal machen? Vielleicht finden wir ja dieses Mal den Wattwurm. Bitteeee!«

Frau Krause zuckt schmunzelnd mit den Schultern. »Das müsst ihr nicht mich fragen, sondern unsere Wattführerin hier.«

»Strandführerin«, korrigiere ich, dann deute ich mit dem Kinn auf die Kork-Pinnwand hinter der Rezeption. »Ihr habt Glück. Diesen Samstag gibt es wieder eine Tour. Wenn ihr mitmachen wollt, tragt euch einfach auf die Liste ein, und dann sehen wir uns pünktlich um zehn Uhr hier.«

Triumphgeheul bricht aus. Frau Krause und ich tauschen einen amüsierten Blick, dann zieht Hannah mich weiter, durch den Flur in die große Küche. Neben den Mahlzeiten für meine kleine Familie wird hier auch jeden Morgen das Frühstück für die Pensionsgäste vorbereitet. Noch sind es ein paar Wochen bis zum Beginn der Sommerferien, und dementsprechend ist erst die Hälfte der Zimmer in der Pension Meerbach belegt. Der perfekte Zeitpunkt, um neue Rezepte zu testen.

»Besonders schwierig war die Buttercreme, wie du dir sicher vorstellen kannst. Sie sollte cremig und dekadent schmecken, aber zum Frühstück nicht zu schwer sein.«

Als wir die Küche betreten, deutet Rosa gerade zwischen zwei Blechen hin und her. Auf beiden befinden sich eine ganze Reihe kleiner Törtchen mit kunstvoller Buttercreme-Verzierung. Die Altensander Konditorin unterbricht ihren Vortrag, um mich heranzuwinken.

»Genau die Frau, die wir brauchen. Komm mal ran, Deern. Deine Meinung ist gefragt.«

»Jetzt lasst die Arme doch erst mal ankommen.« Sandra streckt die Hand aus, und ich reiche ihr dankbar die Ledertasche voller Hefte. Meine Schwester hat die schwarzen Haare zu einem praktischen Zopf gebunden und einen kleinen Klecks Buttercreme an der Oberlippe. Wortlos tippe ich mir an den Mund, und sie wischt ihn weg, bevor sie den Weg zum großen hölzernen Küchentisch freigibt.

»Ich sag ja nur, die mit Tiramisu-Geschmack sind himmlisch. Aber bilde dir ruhig deine eigene Meinung.«

Mein Magen erinnert mich daran, dass ich seit der Frühstückspause in der Schule nichts mehr gegessen habe, und ich lasse mich nicht zweimal bitten. Einem spontanen Impuls folgend greife ich zuerst zum rechten Blech mit den Tiramisu-Törtchen. Und kann ein Stöhnen nicht unterdrücken, als ich hineinbeiße. Der Biskuitboden ist weich und saftig, und die Cremefüllung vereint süße Vanille und herben Kaffee zu einer köstlichen Geschmackskombination.

»O mein Gott, Rosa. Wie hast du das gemacht?«

Die Konditorin hebt stolz das Kinn, ein seltenes Lächeln in ihrem Gesicht. »Ich habe diesen neuen lokalen Kaffee von *D'Mayer* ausprobiert, der kommt direkt aus Damp die Küste hoch. Der Rest ist allerdings Betriebsgeheimnis.«

»Kann ich verstehen«, antworte ich zwischen zwei Bissen. »Für so ein Rezept könnte man sich schon fast überlegen, jemanden auf dich anzusetzen.«

»Du kannst ja mal bei der Altensander Mafia anfragen«, entgegnet Rosa mit einem amüsierten Funkeln in den Augen. »Die sollen erst mal kommen.«

Sandra nimmt sich auch noch ein Törtchen. »Also bist du meiner Meinung? Tiramisu für das Frühstücksbüfett?«

»Noch hat Mama Erdbeere nicht probiert«, erinnert Hannah nachdrücklich. Sie stellt sich auf die Zehenspitzen und nimmt ein Erdbeertörtchen vom Blech, das sie mir hinhält. »Die sind noch besser! Glaub mir!«

Drei Augenpaare wenden sich mir zu, als ich in das zweite Törtchen beiße. Hannah zuliebe mache ich eine kleine Show daraus, verziehe das Gesicht, beäuge das Törtchen kritisch und nehme noch einen zweiten Bissen, den ich mir langsam auf der Zunge zergehen lasse.

»Und?« Ungeduldig hüpft Hannah auf und ab. Mit einem Grinsen erlöse ich sie. »Du hast recht. Fruchtig, erfrischend, sommerlich: Ich kann kaum glauben, dass das möglich ist, aber die sind tatsächlich noch ein kleines bisschen besser.«

Rosa brummt ein zufriedenes »Dankeschön«, während Hannah in die Hände klatscht. »Sag ich doch! Also können wir die fürs Frühstück nehmen, Tante Sandra? Bitte?«

Sandra tippt sich mit gespielter Nachdenklichkeit ans Kinn und legt den Kopf schief. »Das könnten wir natürlich machen. Oder ...« Sie zieht das Wort in die Länge, bis ich ernsthaft Angst habe, meine Tochter könnte vor Spannung platzen. »Oder?«

»Oder wir machen einfach beide. Was meinst du, Rosa, kriegt ihr das hin?«

»Sollte gehen.« Die Angesprochene streicht ihre hellrosa Schürze glatt. »Seit wir Bernd in der Küche haben, können wir uns solche Extrawünsche erlauben.«

»Wirklich beide?«, wiederholt Hannah ungläubig.

»Man muss sich im Leben schon oft genug entscheiden«, antwortet Sandra lächelnd. »Ich denke, in diesem Fall können wir es uns etwas einfacher machen. Sowohl als auch statt entweder oder.«

»Dem kann ich nur zustimmen«, murmele ich um das dritte Törtchen in meinem Mund herum.

Kaum habe ich es heruntergeschluckt, klingelt es an der Rezeption, weil noch eine Familie sich für die Strandwanderung am Samstag anmelden will. Im Anschluss braucht Hannah Hilfe bei den Mathehausaufgaben. Währenddessen klingelt mein Handy. Als Jans Name auf dem Bildschirm aufleuchtet, stöhne ich innerlich und lasse den Anruf direkt an die Mailbox gehen. Schließlich muss ich dringend mit den Organisatoren von Altensandes Kindertheaterbühne und dem Bio-Bauernhof in Söderby telefonieren, um das Programm für die Sommerferien abzusprechen. Seit Sandra die ehemalige Pension unserer Eltern vor zwei Sommern wieder zum Leben erweckt hat, hat sich einiges verändert. Neben der schrittweisen Renovierung der Zimmer und der Kooperation mit Rosas Café habe ich angefangen, mich neben der halben Stelle in der Schule um das Aktivitätenangebot für die kleinen Pensionsgäste zu kümmern. Von Besuchen der lokalen Feuerwache über Surfstunden in Phillips Surfschule bis zu einem Strandfest am Ende der Sommersaison waren alle Aktionen letztes Jahr ein voller Erfolg. Dieses Jahr sollen neben der Strandwanderung noch weitere Angebote hinzukommen. Und die Zeit bis zu den Sommerferien rennt. Als ich mein Notizbuch endlich zuklappe, ruft Phillip bereits zum Abendessen. Nach einem Blick auf die immer noch ungeöffnete Tasche mit den Arbeitsheften erhebe ich mich seufzend vom Schreibtisch im kleinen Büro der Pension und schlendere in die Küche. Auch nach fast zwei Jahren lässt mich der Anblick, der sich mir dort offenbart, kurz innehalten.

Meine Tochter hilft Sandra dabei, den Tisch für vier Leute zu decken. Heute sind es Mamas gute Teller mit dem feinen Goldrand, die sie früher nur zu Weihnachten aus dem Schrank geholt hat. Als Sandra sie bei ihrer Inventur letzten Herbst wiederentdeckte, hat sie kurzerhand verkündet, das Leben sei zu kurz, um auf besondere Gelegenheiten zu warten. Seitdem essen wir hin und wieder Abendbrot auf Mamas altem Festtagsgeschirr, und es bringt mich jedes Mal zum Lächeln. Am Herd steht Phillip, rührt in einem Topf mit Spaghetti und summt leise den Taylor-Swift-Song aus dem Radio mit. Dieser Mann, der Hannah das Surfen beibringt, bei der Renovierung der Pension unverzichtbar war und meine Schwester so glücklich macht, wie ich sie noch nie gesehen habe. Den ich vor zwei Jahren noch nicht kannte und der jetzt aus diesem Haus nicht mehr wegzudenken ist.

Alle drei drehen sich kurz um, als ich reinkomme. Hannah winkt mir mit einer Hand voller Gabeln zu, Sandra und ich tauschen ein Lächeln, und Phillip fragt, ob ich die Soße probieren möchte.

Meine kleine Familie.

Die Wärme, die sich in meinem Brustkorb ausbreitet, hat nichts mit dem lauen Frühsommerabend zu tun. Zumindest nicht nur. Trotzdem öffne ich das große Küchenfenster, um eine Brise salzig-warme Luft hineinzulassen, bevor ich mir einen Löffel schnappe und die Soße koste.

»Ist gut«, konstatiere ich. »Kann man essen.«

»Mindestens so gut wie deine?«, fragt er mit einem schelmischen Grinsen.

»Keine Chance.« Ich schüttele entschieden den Kopf. »Du wirst besser, keine Frage. Aber an meine Bolognese kommst du noch nicht ran. Das ist ein Originalrezept aus dem Hause Meerbach, von Oma …«

»… an deine Mutter und an dich weitergereicht«, beendet er meinen Satz mit einem amüsierten Kopfschütteln. »Wie könnte ich das vergessen.«

»Tut mir leid, Schatz, aber hier muss ich meiner Schwester recht geben.« Sandra, die auf seiner anderen Seite aufgetaucht ist, gibt ihm einen Kuss auf die Wange. »Was Bolognese angeht, ist Nina unschlagbar.«

Phillip schlingt einen Arm um ihre Taille und zieht sie zu sich. »Jetzt fällst du mir auch noch in den Rücken?«

»Schuldig im Sinne der Anklage. Aber keine Sorge.« Sie senkt die Stimme. »Du hast andere Talente.«

Er lässt den Topf los und küsst sie in nur halb gespielter Theatralik, bis Hannah sich besorgt dazwischenschaltet: »Jetzt lass sie doch Luft holen!«

»Aber nur, weil du es bist«, sagt er mit einem Augenzwinkern und tritt zurück. Die Wangen meiner Schwester leuchten, und sie klingt etwas außer Atem, als sie Hannah bittet, noch ein paar Gläser aus dem Schrank zu nehmen.

Nach zwei Jahren sind die beiden immer noch so verliebt wie hormonkranke Teenies. Es ist beinahe widerlich. Wenn ich sie nicht beide so gernhätte.

Wenige Minuten später sitzen wir alle um den Tisch und füllen uns Spaghetti auf die Teller. Durch das geöffnete Fenster dringt Möwengeschrei herein. Im Garten sitzen ein paar der Pensionsgäste, lesen ein Buch oder unterhalten sich leise. Frau Krauses Zwillinge kicken einen Fußball hin und her, und Hannahs Blick wandert immer wieder von ihrem Teller nach draußen.

»Darf ich gleich mitspielen, Mama?«

»Wir müssen noch eine halbe Seite in deinem Deutschbuch lesen. Dann kannst du raus«, verspreche ich ihr.

»Oh, da fällt mir ein, der ist heute für dich gekommen.« Sandra dreht sich auf ihrem Stuhl um und angelt nach einem Brief von der Arbeitsfläche. »Post von Hannahs Fußballverein.«

»Bestimmt ist es die Anmeldung fürs Camp!«, sagt Hannah aufgeregt. »Wusstest du, dass ich dieses Jahr endlich groß genug bin, um mitzufahren?« Die Frage richtet sie an Phillip, der sie in den letzten Wochen schon Dutzende Male beantwortet hat. Seit sie nach dem Training einen Flyer mit der Ankündigung des Sommercamps mitgebracht hat, kennt Hannah kein anderes Thema mehr. Trotzdem nickt Phillip beeindruckt, als wäre ihm diese Entwicklung völlig neu. »Gratuliere! Du bist ja schließlich auch schon sieben Jahre alt.«

»Genau.« Stolz reckt sie das Kinn. »Wir werden das beste Team sein und am Ende den Wettbewerb gewinnen!«

»Eins nach dem anderen«, beschwichtige ich sie, während ich den Umschlag aufreiße. Der Brief selbst ist kurz, aber das macht ihn nicht weniger überraschend. »Sorry, Hannah, es geht nicht ums Camp. Es geht um Lydia. Deine Trainerin will aufhören?«

Für Hannah scheint das allerdings keine Neuigkeit zu sein. »Sie ist jetzt auch Oma. Aber ihre Enkel wohnen ganz weit weg von hier. Deshalb will sie näher zu ihnen.«

Ich lasse das Schreiben sinken. »Ach so. Das wusste ich gar nicht.«

»Natürlich ist es irgendwie traurig«, meint Hannah, während sie Spaghetti auf ihre Gabel dreht. »Aber wenn ich Enkel hätte, dann wäre ich auch lieber bei denen. Denke ich.«

Ich streiche ihr eine blonde Strähne hinters Ohr, bevor die Gefahr läuft, in ihre Nudelsoße getränkt zu werden. »Das finde ich sehr verständnisvoll von dir.«

»Steht da denn, wer das Team jetzt trainieren wird?« Sandra beugt sich über den Tisch und greift selbst nach dem Brief.

»Nein, dazu schreibt sie nichts. Nur, dass ein Ersatz wohl gefunden ist und schon vor den Ferien anfangen wird.«

»Da bin ich ja mal gespannt. Vielleicht wird es ja Robin, der Sohn vom Peters? Der hat doch früher mal Kreisliga gespielt.«

Phillip nickt kauend. »Oder die Rüters? Die jetzt schon die U-16-Mannschaften trainiert?« Den Rest der Mahlzeit verbringen die beiden mit wilden Spekulationen über

15

das Fußballtalent verschiedener Altensanderer Mitbürger. Wenn man meine Schwester so reden hört – tiefer drin im Dorfklatsch, als ich es jemals sein könnte –, scheint es fast surreal, dass sie jemals weg war. Dabei hatte sie nicht unbedingt einen problemlosen Neuanfang in Altensande. Das ganze Drama mit dem Modernisierungsprojekt des alten Bürgermeisters hat ein paar Leute gegen sie aufgebracht. Andere brauchten einfach ein bisschen, bis sie sich daran gewöhnt hatten, dass die Weltenbummlerin, die ihrer Heimat abgeschworen hatte, jetzt wieder zurück war. Aber durch ihren Halbtagsjob im Tourismusbüro und die Pension ist sie mittlerweile wieder ein fester Bestandteil von Altensande geworden. Und wenn es nach mir geht, lasse ich sie nie wieder ziehen.

Nachdem wir den Tisch abgeräumt haben, lese ich mit Hannah in ihrem Deutschbuch und bringe sie ins Bett. Danach setzen Sandra und ich uns noch an die Abrechnungen aus dem letzten Monat und richten den Frühstücksraum für den nächsten Morgen her. Am Ende schaffe ich nur noch fünf Arbeitshefte, bis mir die Augen zu schwer werden, um geradeaus zu schauen. Als ich mich in mein ungemachtes Bett fallen lasse, ist es kurz vor elf. Der Mond wirft sein kühles Licht über die Baumkronen vor meinem Fenster, und wenn ich ganz still liege, höre ich das Meer an die Küste brausen. Obwohl ich todmüde bin, kreisen meine Gedanken weiter um die Ereignisse des Tages. Den anstehenden Elternabend der 3A. Die zu korrigierenden Arbeiten. Der unbeantwortete Anruf von meinem Ex, den ich irgendwann zurückrufen muss. Die Finanzen der Pension. Hannahs neuer Fußballtrainer. Oder Trainerin, je nachdem, ob Sandra oder Phillip mit ihren Vermutungen richtiglagen. Mit einem Seufzen vergrabe ich meinen Kopf in der kühlen Seite des Kissens. Gegenüber auf dem Flur knarzt Sandras Zimmertür. Sie sagt etwas, Phillip antwortet, aber sie reden zu leise, als dass ich sie verstehen könnte.

Ein Hauch von Sehnsucht flackert in mir auf. Danach, jemanden neben mir liegen zu haben, mit dem ich meine Gedanken teilen kann. Dessen ruhigem Atem ich lauschen kann, bis ich einschlafe.

Aber die Sache mit Männern ist, dass sie ja auch irgendwann wieder aufwachen. Und dann meistens mehr Ärger machen, als sie es wert sind.

Ich drehe mich auf die andere Seite, und mein Blick fällt auf meinen Nachttisch. In der untersten Schublade liegt der Vibrator, den ich mir ein Jahr nach meiner Scheidung im Internet bestellt habe. Danach konnte ich immer besser schlafen. Aber dann müsste ich noch mal aufstehen. Und im schlimmsten Fall erst mal Batterien suchen. Allein der Gedanke ist so ermüdend, dass ich ihn nicht zu Ende denken kann. Draußen fährt der Ostwind sanft durch die Bäume. Zwei Zimmer weiter lacht Sandra leise. Es ist das Letzte, was ich höre, bevor ich einschlafe.

Kapitel 2

In der großen Pause ruft Jan wieder an. Ich bin gerade dabei, einen Streit um die Benutzung eines unerlaubterweise mitgebrachten iPads zu schlichten, als das Handy in meiner Tasche vibriert. Beim Blick auf den Bildschirm rutscht mein Herz eine Etage tiefer. Es ist jetzt fünf Jahre her, dass wir zusammen zum Scheidungsanwalt gefahren sind und das endgültige Scheitern unserer Beziehung offiziell gemacht haben. Trotzdem hat sein Name immer noch Macht über mich. Weil er Macht über Hannah hat.

Ich lasse mir so viel Zeit wie möglich dabei, den drei Mädchen aus der zweiten Klasse zu erklären, wieso sie keine elektronischen Geräte auf dem Pausenhof benutzen dürfen. Fahre die ganze Litanei ab, angefangen bei den gesundheitlichen Auswirkungen von zu viel Bildschirmzeit bis zu den Hinweisen auf das schöne Klettergerüst nur drei Meter weiter, das die Schule erst letztes Jahr neu gebaut hat. Wohl wissend, dass sie das iPad wieder einschalten werden, sobald sie den Schulhof verlassen haben. Aber ich kann das Unvermeidliche nicht ewig vor mir herschieben. Wenn er das zweite Mal innerhalb von zwei Tagen anruft, muss es wichtig sein. Es sind noch vier Minuten bis zum Ende der Pause, als ich mich in eine etwas ruhigere Ecke hinter dem

Fußballfeld zurückziehe und auf Rückruf drücke. Er gibt mir keine Zeit, mir irgendwelche Katastrophenszenarien auszumalen. Schon nach dem ersten Klingeln nimmt er ab.

»Nina! Wie schön, von dir zu hören!« Seine Stimme ist mir immer noch vertraut. Tief, warm und ein kleines bisschen abgelenkt, als würde er nebenbei bereits etwas anderes machen. In den letzten fünf Jahren hat sich nicht viel verändert.

»Was macht das Leben? Geht es dir gut?«

Das Schlimme an diesen Fragen ist, dass er sie absolut ernst meint. In Jans Augen sind wir immer noch so was wie Freunde.

»Ich bin in der Schule«, antworte ich knapp. »Was gibt es?«

Wenn ihn mein Tonfall irritiert, lässt er es sich nicht anmerken. Ohne Umschweife geht er zum nächsten Thema über, dem eigentlichen Grund seines Anrufs. »Ich weiß, wir hatten verabredet, dass Hannah übernächste Woche zu mir kommt. Aber da muss Fabienne jetzt kurzfristig beruflich nach Zürich. Deshalb würde es uns besser passen, wenn sie dieses Wochenende zu uns nach Hamburg käme.«

»Würde es das?«, presse ich hervor.

»Natürlich nur, wenn es keine Umstände macht«, ergänzt er in diesem diplomatischen Ton, den er sonst für seine schwierigen Patienten reserviert hat. Eine Frau mit panischer Angst vor dem Zahnarzt hat mir mal erzählt, dass er der Einzige ist, von dem sie sich behandeln lassen kann. Weil er so ein vertrauenswürdiges Gesicht habe, so eine beruhigende Stimme. Auf mich hat beides seit unserer Scheidung eher den gegenteiligen Effekt.

»Hannah hat am Samstag ein Fußballturnier«, erkläre ich. »Da will sie unbedingt hin.«

»Das kann ich natürlich verstehen. Aber wir haben schon Karten für das Miniatur Wunderland gekauft. Da wollte sie doch schon so lange hin.«

Da ist sie wieder, die liebste Problemlösungsmethode meines Ex-Mannes: Bewirf das Problem mit Geld, bis es einknickt.

»Du kannst sie ja mal fragen«, fährt er fort, als ob ich eine andere Wahl hätte. »Wenn sie wirklich lieber zu ihrem kleinen Turnier will, finden wir bestimmt eine andere Lösung.«

»Wie großzügig«, murmele ich.

»Was?«

»Ich kann sie fragen«, antworte ich laut. In diesem Moment liefert mir das Klingeln eine willkommene Ausrede. »Sorry, aber die Pause ist zu Ende. Ich muss los.«

»Klar. Gib mir Bescheid, was meine Kleine sagt. Und dir einen schönen …«

Ich lege auf, bevor er seinen Satz beenden kann. Soll er mir wünschen, was er will. Ich wünsche ihn vor allem zum Teufel. Mein Herz hämmert aufgebracht in meiner Brust, als ich das Handy zurück in meine Tasche schiebe. Zum hundertsten Mal bereue ich bitterlich, dass ich damals nicht mal versucht habe, das alleinige Sorgerecht zu bekommen. Und schäme mich zum hundertsten Mal für diesen selbstsüchtigen Gedanken. Hannah liebt ihren Vater. Sie vergöttert ihn. Ihn und sein teures Auto und seine große Wohnung im Hamburger Norden und den kleinen Labrador Sammy, den er und seine neue Freundin seit letztem Weihnachten haben. Und das soll sie auch. Das Letzte, was ich will, ist, ihr den Vater wegzunehmen, nur weil ich seinen Anblick kaum ertragen kann. Weil da immer dieser kleine Rest Angst bleibt. Davor, dass sie irgendwann das Angebot annehmen könnte, das er immer wieder macht. Und ich meine Tochter verliere.

»Ins Miniatur Wunderland? Echt?« Hannahs Augen sind fast so groß wie die Untertasse, auf der ich meinen Kaffee abstelle. Es ist der dritte heute, und trotzdem klebt die Müdigkeit an mir wie Kaugummi. Bevor die Mutter einer Freundin Hannah vom Training zurückgebracht hat, konnte ich gerade mal drei Arbeiten korrigieren. Und die Unterrichtsplanung für nächste Woche muss auch noch gemacht werden.

»Ja, echt.« Ich bemühe mich, so viel Enthusiasmus wie möglich in meine Stimme zu legen. »Er hat gesagt, das wünschst du dir schon lange.«

»Ja, schon ganz lange! Aber …« Ihr Strahlen gerät ins Wanken. »Aber was ist mit dem Fußballturnier? Das ist ja auch am Samstag.«

Es fällt mir schwer, ein triumphierendes Grinsen zu unterdrücken. Schließlich kenne ich meine Tochter. Ihr Fußballteam geht für sie über alles.

»Ich kann die anderen ja nicht einfach im Stich lassen«, fährt sie fort, die Stirn jetzt in nachdenkliche Falten gelegt. »Das wäre unfair. Können wir denn nicht das Wochenende danach ins Miniaturland gehen?«

»Miniatur Wunderland«, korrigiere ich, und das Triumphgefühl verpufft augenblicklich. »Das geht leider nicht, mein Schatz. An dem Wochenende kann dein Vater nicht, weil er und Fabienne in die Schweiz müssen.«

»Das ist in den Bergen, oder? Dann ist das wohl ziemlich weit weg.«

»Ja, das ist sehr weit weg.«

»Okay. Aber dann das Wochenende danach?«

Die unerschütterliche Hoffnung in Hannahs Blick bohrt sich direkt in meine Brust. Nachdem ich mich beruhigt hatte, bin ich in der kleinen Pause bereits alle Alternativen durchgegangen. Habe mich schließlich dazu durchgerungen, Jan noch mal zu schreiben und nach anderen Daten zu fragen. Erwartungsgemäß erfolglos.

»Da ist er auf einem Fachärztekongress in Berlin.«

»Kann ich da nicht mitkommen?«

Ich muss schmunzeln. »Das würde dir nicht gefallen. Da reden sie nur über Zähne.«

Ihr Gesicht verdunkelt sich, als sie zum selben Ergebnis kommt wie ich heute Vormittag. »Also, wenn ich jetzt nicht hinfahre, dann sehe ich Papa diesen Monat gar nicht?«

»Ja, leider.« Ich strecke die Arme aus, und sie hüpft auf meinen Schoß.

»Das ist ja total doof«, murmelt sie und vergräbt das Gesicht in meiner Schulter. Der vertraute Geruch nach ihrem Erdbeershampoo und Sonnencreme und Hannah schnürt mir den Hals zu. »Ich weiß, mein Schatz.«

Für ein paar Sekunden sitzen wir einfach so da. Hannah schnieft in meine Bluse, und ich verfluche die Welt im Stillen. Dann streichele ich ihr über die Haare und mache einen Vorschlag: »Wie wäre es, wenn ich deiner Trainerin eine Entschuldigung schreibe? Du kannst leider nicht, weil du einen wichtigen Termin bei deinem Vater hast. Das werden die anderen Mädchen bestimmt verstehen.«

»Meinst du wirklich?« Besorgt kaut sie auf ihrer Unterlippe.

»Ganz bestimmt. Schließlich sind sie deine Freundinnen, und die wollen nur das Beste für dich.«

Sie legt den Kopf schief, denkt über meine Worte nach. »Eigentlich schon.«

»Siehst du. Und bald ist ja auch schon das große Sommercamp. Da seid ihr dann eine Woche zusammen.«

Bei der Erwähnung des Sommercamps strahlt sie endlich wieder über das ganze Gesicht. »Stimmt! Volle fünf Tage! Das wird super.«

»Wird es ganz sicher.« Ich gebe ihr einen Kuss auf den Schopf, dann rutscht sie von meinem Schoß.

»Darf ich noch ein bisschen rausgehen? Mit Paula und Magnus Fußball spielen?«

Ein Blick aus dem Fenster des kleinen Büros zeigt die beiden Enkel von Frau Krause, die sich auf dem Rasen hinter der Pension einen Beachvolleyball zuschießen.

»Na klar, ab mit dir. Dann sage ich deinem Vater zu und kläre das mit deiner Trainerin, okay?«

Hannah, die schon auf dem halben Weg nach draußen war, kommt noch mal zurück und umarmt mich. »Danke, Mama. Du bist die Beste.«

Bis ich die Buchstaben in dem Arbeitsheft vor mir nicht mehr verschwommen sehe, hat sie sich bereits draußen ins Spiel eingeklinkt.

Als es am Freitagnachmittag um fünfzehn Uhr an der Tür klingelt, sitzt Hannah mit gepacktem Rucksack und geschnürten Schuhen auf der Treppe. Ich hatte eine halbe

Woche Zeit, mich darauf vorzubereiten, und trotzdem ist da diese altbekannte Übelkeit, die jede Begegnung mit meinem Ex begleitet.

Als ich die Tür öffne, beendet er gerade einen Anruf auf seinem Diensthandy.

»Wir sprechen uns dann am Montag. Aber sollte am Wochenende im Notdienst was sein, zögern Sie nicht, mich anzurufen.«

Sobald er bemerkt, dass ich in der Tür stehe, lässt er das Handy sinken und lächelt mich an. »Hallo, Nina. Wie schön, dich zu sehen.«

Es ist immer noch dasselbe warme Lächeln, in das ich mich vor acht Jahren verliebt habe. Und wie jedes Mal ist ein Teil von mir insgeheim überrascht, wie wenig Jan sich verändert hat. Die schokobraunen Haare, die gebräunte Haut, die feingliedrigen Hände. Objektiv betrachtet ist er ein verdammt attraktiver Mann. Und ich hasse ihn dafür.

»Du bist zu spät«, erwidere ich, bevor die Pause zu lang wird. »Wir hatten halb drei gesagt.«

Er kommt nicht dazu, darauf zu antworten, denn im nächsten Moment schiebt sich Hannah an mir vorbei und springt in die geöffneten Arme ihres Vaters.

»Da bist du ja endlich! Ich hab dich so vermisst.«

»Und ich dich erst!« Er wirbelt sie einmal im Kreis herum, und sie juchzt vergnügt. »Vorsicht, lass sie nicht …«

In einer geübten Bewegung setzt er sie wieder auf dem Boden ab und richtet sich auf.

»… fallen«, beende ich lahm.

»Mach dir keine Sorgen, Nina. Wir zwei haben alles im Griff.«

Der amüsierte Blick, den er mir zuwirft, verwandelt die Übelkeit in meinem Bauch in Wut.

»Hannah hat am Montag direkt wieder Fußballtraining, sie sollte nicht zu spät ins Bett«, antworte ich kühl. »Ich würde es also begrüßen, wenn ihr spätestens um vier wieder hier wärt.«

»Gar kein Problem«, antwortet Jan mit einem entwaffnenden Lächeln. »Wir werden pünktlich sein. Und dieses Wochenende jede Menge Spaß haben, stimmt's, meine Kleine?«

Hannah klatscht aufgeregt in die Hände. »Ja! Miniaturland, wir kommen!«

Ich schlucke meinen Ärger hinunter und gebe meiner Tochter eine Abschiedsumarmung. Halte sie fest, bis sie ungeduldig von einem Fuß auf den anderen tritt, bereit für ihr Abenteuer in der großen Stadt. »Pass auf dich auf, ja?«

»Immer doch, Mama«, ruft sie, schon auf dem halben Weg zu Jans neuem dunkelroten BMW. Hinter der Scheibe des Beifahrersitzes sehe ich die Silhouette von Fabienne. Als sie meinen Blick bemerkt, winkt sie zögerlich. Ich zwinge mich zu einem Lächeln und winke zurück.

Ich bleibe im Türrahmen der Pension stehen, bis der Wagen in die nächste Straße abbiegt und aus meinem Blickfeld verschwindet. Sofort fühlt sich das Haus hinter mir leerer und weniger farbenfroh an.

»Da bist du ja.«

Erschrocken fahre ich zusammen, als Sandra plötzlich hinter mir auftaucht. Sie trägt ihre Arbeitshose und Gummistiefel, offensichtlich bereit, der Hecke im Garten zu Leibe zu rücken.

»Du siehst aus, als könntest du eine Ablenkung gebrauchen.«

Leugnen ist zwecklos. Meine Schwester kennt mich zu gut. »Er ist einfach so …«

Ich gestikuliere wild mit den Händen, unfähig, meine Frustration in die richtigen Worte zu packen. Sandras Hand auf meiner Schulter ist verständnisvoll, erdend. »Ich weiß. Hab mal gehört, dass man seine Wut super an so einer Buchsbaumhecke auslassen kann. Und heute Abend gehen wir ans Meer. Essen Eis und trinken Wein, bis du nicht mal mehr weißt, wie der Idiot heißt.«

»Das klingt wunderbar.«

Mit einem Seufzen wende ich mich um und suche in der Kommode im Flur nach meinen Gartenhandschuhen. »Packen wir es an.«

Das Wasser der Ostsee schwappt eiskalt über meine Knie. Aber es ist eine willkommene Abkühlung nach diesem Tag, ein angenehmer Kontrast zum Chaos, das immer noch in meinem Kopf herrscht. Eben erst hat Jan mir ein Foto geschickt. Er, Fabienne, Hannah und ihr kleiner Labrador auf einem Abendspaziergang, jeder ein Eis in der Hand. Hannahs Wangen leuchteten rot, ihr klebte ein bisschen Schoko-Eis am Mundwinkel, und sie sah rundum glücklich aus.

Vielleicht glücklicher, als sie seit Wochen hier in Altensande war, wie eine kleine Stimme mir seit dem Nachmittag immer wieder ins Ohr raunt. Umgeben von Hausaufgaben und Pensionsgästen und einer Mutter, deren To-do-Liste länger ist als ein Beipackzettel.

Einen Vorteil haben meine nagenden Selbstzweifel: Die Hecke sieht aus wie neu, die Arbeiten sind korrigiert, und das Bad glänzt hygienisch rein. Jetzt habe ich Muskelkater und Blasen an den Fingern und fühle mich trotzdem keinen Deut besser.

»Sicher, dass du nicht mit rauswillst?« Phillip bleibt neben mir im knietiefen Wasser stehen, ein dunkelgrünes Surfboard unter dem Arm. »Mir hilft das immer. Wenn ich nicht so richtig weiß, was ich brauche.« In seiner Stimme liegt keinerlei Wertung, und für einen Moment möchte ich in Tränen ausbrechen. Oder mich kopfüber ins Meer stürzen. Egal was, um nur diesen verständnisvollen Blicken zu entgehen, die Sandra und er mir seit heute Nachmittag zuwerfen.

»Danke. Aber ich glaube, ich setze heute aus.« Ich verschränke die Arme vor der Brust und bereue meine Entscheidung, nicht doch eine Strickjacke mitgenommen zu haben. »Einer muss ja auf das Bier aufpassen.«

»Du weißt ja, wo die Boards sind, falls du es dir anders überlegst.« Er nickt in Richtung der Surfschule hinter uns. Sandra zieht gerade die Tür hinter sich zu und schließt den Reißverschluss ihres Neoprenanzugs. Dann schnappt sie sich das hellblaue Board, das ihr Freund für sie an die Wasserkante gelegt hat, und kommt im Laufschritt auf uns zu.

»Bis gleich.« Sie klopft mir im Vorbeigehen auf die Schulter, lässt ihre Hand eine Millisekunde länger ruhen als unbedingt nötig. Das Brennen in meinen Augen verstärkt sich. Dann stürzen die beiden sich in die Fluten.

»Viel Spaß da draußen«, rufe ich hinterher und beobachte, wie sie sich durch die Wellen langsam nach draußen arbeiten. Bis zu dem Punkt draußen vor der Sandbank, an dem sie perfekt sind. Kurz davor, zu brechen. Die offensichtliche Parallele zu meinem emotionalen Zustand bleibt mir nicht verborgen. Ein leicht manisches Kichern steigt in mir hoch, und ich lasse es raus, zusammen mit den Tränen, die ich seit heute Nachmittag zurückhalte. Hier sehen mich gerade nur die Möwen. Und die haben ihre Meinung verdammt noch mal für sich zu behalten.

Mit dem Unterarm wische ich mir über die Augen und atme tief ein. Schließe die Augen und lasse zu, dass die frische Brise der Ostsee für einen Moment meine Gedanken davonträgt. So lange, bis die nächste Welle bis zu meinen Shorts hochspritzt.

Mit einem großen Sprung nach hinten bringe ich mich in Sicherheit und stakse zurück zu der Picknickdecke, auf der wir Handtücher und eine Kühltasche mit Sandwiches und Bier geparkt haben. Draußen paddelt Sandra in ihre erste Welle. Durch den rauen, auflandigen Wind sind die Wellen weiter draußen über 1,5 Meter hoch. Für eine Schönwetter-Surferin wie mich ist das schon fast zu hoch. Aber meine Schwester ist vollkommen in ihrem Element. In einer fließenden Bewegung drückt sie sich nach oben und steht im nächsten Augenblick auf dem Board. Noch immer erfüllt es mich mit einem Hauch von Nostalgie, ihr beim Surfen zuzusehen. Als würde ich in einen Teil der Vergangenheit blicken, der für immer verloren ist. Dabei ist sie zurück und wird bleiben. Und selbst wenn sie sich irgendwann noch mal vom Fernweh mitreißen lässt, weiß ich, dass sie immer zurückkehren würde.

Nachdenklich versenke ich meine Zehen im kühlen

Sand. Folge Sandra mit den Augen, bis die Welle sie freigibt und sie mit einem eleganten Sprung vom Brett ins Meer taucht.

Vielleicht liegt es einfach daran, dass wir nicht mehr sechzehn und vierzehn sind und uns abends rausschleichen, um nach dem Essen noch mal schwimmen zu gehen. Sie hat sich eine Karriere aufgebaut und aufgegeben und leitet jetzt die Pension und das Modernisierungsprojekt von Altensande. Ich habe meine Arbeit in der Schule, meine Tochter und einen Ex, der mir den Schlaf raubt. Wir sind keine Teenies mehr. Auch wenn es mir hier am Wasser leichter fällt, das zu vergessen.

Mein Handy brummt. Ich ignoriere es. Als es ein zweites Mal vibriert, möchte ein Teil von mir es einfach in die Ostsee werfen. Aber der Teil, der sofort Sorge um Hannah hat, ist größer. Auf dem Bildschirm blinkt Jans Name auf. Mit klopfendem Herzen öffne ich den Chat und schaue auf ein Foto von Hannahs schlafendem Gesicht. Sie liegt eingekuschelt in der roten Fleecedecke mit den Sternen, die Jan ihr zur Geburt gekauft hat. *Der erste Tag war ein voller Erfolg,* steht darunter, mit einem zwinkernden Smiley. Ich hasse diese zwinkernden Smileys.

Ich schicke einen Daumen nach oben zurück und sehne die Zeit herbei, in der ich es mit meinem Gewissen vereinbaren kann, meiner Tochter ein eigenes Handy zu kaufen. Dann könnte ich einfach direkt mit ihr sprechen und müsste nicht auf Updates von Jan warten.

Nach einem letzten Blick auf das Foto lege ich das Handy wieder weg und fische eine Flasche Alster aus unserer Kühlbox. Genieße den ersten Schluck mit Blick auf den Himmel über dem Meer, der sich langsam rot färbt. Am Horizont fährt ein einsames Segelboot mit hölzernem Rumpf und schwarzem Segel langsam Richtung Hafen. Es ist zu weit entfernt, um erkennen zu können, wie viele Menschen an Bord sind, aber es wäre groß genug für mindestens zehn Passagiere. So ein Boot wollte Jan immer haben, wenn er seine eigene Zahnarztpraxis in Altensande eröffnet hat.

Ich schnaube bei der Erinnerung. Als ob er es jemals lange hier ausgehalten hätte, mitten im Nirgendwo. Als ob ich es jemals mit ihm hier ausgehalten hätte. Im nächsten Moment ärgere ich mich über mich selbst. Jan und ich sind Geschichte. Es war eine einvernehmliche Trennung. So sehr »im Guten«, wie das eben geht, wenn ein gemeinsames Kind und gemeinsame Möbel und die Scherben einer gemeinsamen Zukunft zwischen einem liegen. Natürlich war es mein Fehler, ihn überhaupt zu heiraten. Aber ich war 23 und schwanger und naiv. Da kann man schon mal falsche Entscheidungen treffen. Darüber bin ich lange hinweg. Wenn da nicht Hannah wäre. Das Schiff am Horizont kommt näher, und jetzt erkenne ich eine einsame Gestalt am Mast, die ein weiteres Segel hisst, so schwarz wie das erste.

Mittlerweile hat Jan vermutlich das Geld für so ein Schiff. Er könnte Hannah auf eine Hamburger Privatschule schicken, sie in einem teuren Fußballclub anmelden und jeden Sommer mit ihr ein anderes Land erkunden. Und er würde es tun, wenn ich ihn ließe.

»Sie kann immer zu mir kommen«, das hat er von Anfang an gesagt. In den letzten zwei Jahren wurde daraus zunehmend ein »Sie kann auch bleiben. So lange sie will.«

Am Anfang hatte ich gehofft, das wäre nur eine fixe Idee. Ein weiterer Schritt auf seinem Weg zu einem erfolgreichen Leben: eigene Praxis, eigene Altbauwohnung, glückliche Beziehung, da fehlt ja quasi nur noch das Kind. Also habe ich zähneknirschend zugestimmt, dass Hannah letztes Jahr die ganzen Herbstferien in Hamburg verbracht hat. Wenn er erst mal merkt, wie viel Arbeit es sein kann, sich um eine Siebenjährige zu kümmern, würde er sich das schnell anders überlegen. Aber das Gegenteil war der Fall. Er schien es eher als persönliche Challenge zu betrachten, Hannah die perfekten Ferien zu bereiten, so weit weg vom schnöden Alltag wie möglich. Sie waren schwimmen, Rad fahren, shoppen und im Kino, und wenn er zwischendurch mal in die Praxis musste, ist Fabienne breitwillig eingesprungen. Damit löste sich auch meine letzte Hoffnung auf, seine neue Freundin könnte ihr Veto einlegen, das Kind einer anderen Frau zu hüten. Dummerweise ist sie Kinderpsychologin, immer freundlich und absolut vernarrt in Hannah, die diese Zuneigung bereitwillig erwidert. Als Jan dann Weihnachten den Welpen gekauft und ihn Hannah bei unserem Besuch am zweiten Feiertag als Geschenk für sie verkauft hat, sind bei mir sämtliche Alarmglocken losgeschrillt. An dem Abend haben wir ein langes Gespräch in der Küche geführt, während Hannah und Fabienne im Nebenraum mit dem Hund gespielt haben. Und es ist ihm nach wie vor ernst. Wenn sie möchte, würde er Hannah zu sich nehmen. Für immer. Jan, Fabienne, Hannah und Sammy. Eine kleine Bilderbuchfamilie in einer großen Wohnung in Hamburgs grünem Norden. Die Einzige, die in diesem Bild keinen Platz hat, bin ich.

Lass uns warten, bis sie älter ist, habe ich plädiert, zwei Tassen Glühwein im Blut und erstickende Panik in meiner Stimme. Bis sie die Tragweite einer solchen Entscheidung abschätzen kann. Lass uns nicht zu lange warten, hielt er geduldig dagegen. Wenn sie erst ein paar Jahre hier in der Schule war, würde es nur schwerer für sie, zu gehen.

Das Gespräch dauerte Stunden. Ich wurde immer lauter, er immer kühler. Irgendwann habe ich ihn stehen gelassen und bin nach draußen gestürmt, mit Socken in den verschneiten Garten. Dort bin ich stehen geblieben, bis die Tränen auf meinen Wangen sich gefroren anfühlten und ich meine Zehen nicht mehr spüren konnte. Seitdem tanzen wir bei jedem Treffen um dieses Thema herum. Ich wage es nicht, ihn darauf anzusprechen, und gebe ihm wiederum keine Gelegenheit, es von sich aus zu tun. Weil ich im Grunde einfach ein Feigling bin. Ein Feigling, der den Gedanken nicht erträgt, ohne mein Kind zu leben.

»Mann, das hat gutgetan.« Sandras Stimme reißt mich aus meinen Gedanken. Meine Schwester legt ihr Brett neben der Picknickdecke in den Sand und schält sich aus ihrem Neoprenanzug.

»Sah auch gut aus«, antworte ich und werfe ihr ein Handtuch zu. Mit einer Schnelligkeit, die nur jahrelange Übung mit sich bringt, wickelt sie sich in das Handtuch und zieht sich darunter um. Als sie in Jogginghose und T-Shirt neben mir Platz nimmt, habe ich schon ein zweites Alster für sie geöffnet.

»Auf dich, Schwesterherz.« Sie hält ihre Flasche hoch.

»Womit habe ich das verdient?«, frage ich verwirrt.

»Einfach so. Weil du es immer verdient hast«, antwortet

sie leichthin. Stößt mit ihrer Schulter sanft gegen meine. »Und weil du gerade so aussiehst, als könntest du es auch gebrauchen.«

»Na, herzlichen Dank.« Lachend stoße ich meine Flasche gegen ihre. Wir trinken schweigend, den Blick vor uns aufs Meer gerichtet, wo Phillip immer noch mit den Wellen ringt. Aber es ist die Art von Stille, die sich geborgen anfühlt. Ich lasse den Kopf auf Sandras Schulter sinken. Sie lehnt ihre Wange an meinen Schopf. Und ich erlaube mir den Gedanken, dass vielleicht doch alles gut wird.

Kapitel 3

»Ich habe den kleinsten Flughafen der Welt gesehen! Und das kleinste Schiff!« Hannah strahlt bis über beide Ohren, als ich die Haustür öffne. Es ist Sonntagabend, zwei Stunden nach der vereinbarten Uhrzeit. Jan kommt hinterher, ihren Rucksack unterm Arm und sein Telefon am Ohr. Ich beachte ihn nicht weiter, sondern breite die Arme aus und umarme Hannah zur Begrüßung. Sobald sie ihre Arme um meinen Hals schlingt, entspannt sich etwas in meiner Brust, das seit Freitagnachmittag in Alarmbereitschaft war.

»Das hört sich ja abenteuerlich an«, antworte ich. »Musst du gleich alles in Ruhe erzählen.«

»Mach ich! Aber erst muss ich aufs Klo.«

Hannah ist leider mit meiner schwachen Blase und meiner tiefen Abneigung gegenüber Rastplatztoiletten gesegnet. Also trete ich schnell zur Seite und lasse sie an mir vorbeiflitzen. Als ich mich wieder umdrehe, steht Jan vor mir und steckt das Handy gerade in seine Tasche.

»Da sind wir wieder«, antwortet er. Vielleicht ist es nur Wunschdenken, aber er klingt irgendwie erschöpft. »Bevor du es sagst: Ich weiß, dass wir zu spät sind. Aber Hannah wollte unbedingt noch mal auf den kleinen Spielplatz bei uns an der Ecke, und dann gab es Stau auf der A7.«

»Da kann man nichts machen«, antworte ich und spüre mit einem Schlag das volle Gewicht meiner eigenen Erschöpfung nach den letzten Tagen. »Jetzt seid ihr ja da.«

»So ist es.«

Normalerweise würde er mir jetzt Hannas Rucksack reichen und sich dann auf den Rückweg machen. Aber er macht keine Anstalten, ihn loszulassen, hält ihn vor seiner Brust umklammert wie einen Rettungsring.

»Wir müssen noch mal reden, Nina.«

Meine Handflächen beginnen zu schwitzen. »Worüber?«, frage ich mit gespielter Verwirrung.

»Hannah hat gesagt, dass sie gerne mit Sammy zur Hundeschule gehen möchte.«

Ich blinzele. Er tritt von einem Fuß auf den anderen. »Also, jede Woche, zusammen mit Fabienne. Dass sie sich eine Dauerkarte im Miniatur Wunderland zum Geburtstag wünscht. Und dass sie unbedingt mal ins Stadion will, wenn der HSV spielt.«

»Verstehe«, antworte ich tonlos.

»Wir haben immer gesagt, sie soll es selbst entscheiden können. Aber dann müssen wir ihr auch ehrlich die Wahl lassen, Nina.«

Das Blut rauscht in meinen Ohren, und mir wird schwindelig. »Sie ist noch nicht alt genug.« Ich hasse das Zittern in meiner Stimme. »Wir wollten doch noch warten.«

Er verzieht das Gesicht, als wäre ihm der nächste Satz unangenehm. »*Du* wolltest noch warten. Ich denke, wenn sie alt genug ist, um in die Schule zu gehen, ist sie alt genug, über ihr Leben zu entscheiden.«

»Weil du mit sieben bestimmt schon total vernünftige

Entscheidungen getroffen hast«, halte ich dagegen. »Aber hast du schon mal darüber nachgedacht, was passiert, wenn sie im Stadion und im Wunderland und bei der Hundeschule war? Wenn ihr alles mit ihr gemacht habt, was man mit Geld kaufen kann?« Wut fühlt sich besser an als Angst. Also lasse ich zu, dass sie meine nächsten Worte bestimmt. »Als wäre sie bestechlich, und ihr könntet euch ihre Liebe einfach kaufen, weil ihr es euch leisten könnt?«

Jan tritt zurück, als hätte ich ihn geohrfeigt. »Ich liebe meine Tochter, Nina. Auch wenn du das vielleicht nicht wahrhaben möchtest.«

»Das hat nichts mit mir zu tun. Mir geht es nur um Hannah.«

»Da sind wir uns ja einig.« Sein Blick ist unnachgiebig. Der Mann, der die Entscheidungen trifft und erwartet, dass alle anderen ihnen folgen. »Ich will nur das Beste für sie.«

»Und das kann ich ihr nicht bieten?« Ich spucke ihm die Frage vor die Füße, als wäre sie nicht meine schlimmste Angst, der Grund für meine schlaflosen Nächte.

Da liegt sie nun zwischen uns, nackt und schutzlos, und am liebsten würde ich sie wieder zurücknehmen. Aber dafür ist es jetzt zu spät.

»Das habe ich nicht gesagt.« Er seufzt, als spräche er mit einem besonders uneinsichtigen Patienten. »Am Ende kann das nur Hannah entscheiden. Oder traust du ihr das nicht zu?«

Mit dieser Frage zwingt er mich in die Knie, und er weiß es genau. Ich predige meiner Tochter, seit sie laufen kann, dass sie ein eigenständiger Mensch mit eigenen Wünschen sein darf. Dass sie sich von niemandem etwas gefallen lassen muss und stark genug ist, mit allen Schwierigkeiten des Lebens umzugehen.

»Natürlich traue ich ihr das zu«, antworte ich mit Nachdruck. Kratze meinen letzten Rest Selbstbeherrschung zusammen und spreche weiter: »Wir lassen sie entscheiden. Aber erst nach dem Fußballcamp.«

Jan öffnet den Mund, als wollte er widersprechen, aber ich gebe ihm keine Gelegenheit dazu. »Darauf freut sie sich jetzt seit Monaten, und sie soll es genießen können, ohne sich Gedanken darüber machen zu müssen, wo sie in Zukunft leben möchte.« Dieses Mal bin ich es, deren Stimme keinen Raum für Kompromisse lässt.

Er nickt langsam. »Das ergibt Sinn. Gut. So machen wir es also.« Er streckt die Arme aus und hält mir den Rucksack entgegen, als wollte er damit den Pakt besiegeln. »Nach dem Fußballcamp soll sie sich entscheiden.«

Wie in Trance nehme ich ihn entgegen. Im nächsten Moment kommt Hannah um die Ecke gestürmt, um sich von ihrem Vater zu verabschieden. Ich stehe schweigend im Türrahmen, während er ihr verspricht, dass sie sich bald wiedersehen werden. Spätestens zum Vater-Tochter-Trip, den sie jeden Sommer unternehmen, weil ich so in der Pension eingebunden bin, dass ich nicht wegkann. Jedes Jahr tut er so, als würde er meine Abwesenheit bedauern. Ich sollte froh sein, dass er Hannah zuliebe so tut, als wäre zwischen uns noch so etwas wie Freundschaft. Aber eigentlich wünsche ich mir nur, er würde die Spielchen lassen. Zum Abschied nickt er mir zu, als wären wir zwei Verbündete. Ich reagiere nicht darauf. Bilde mir ein, dass er für einen

Moment enttäuscht aussieht. Nicht mal das kann mir Genugtuung verschaffen.

Die nächsten zwei Stunden verbringe ich damit, Hannahs Wäsche zu waschen, sie unter die Dusche zu verfrachten und mir in allen Details ihr Wochenende beschreiben zu lassen. Aber zu meiner Schande muss ich gestehen, dass ich kaum zuhöre. Zu laut hallen Jans Worte in meinem Kopf nach. Als ich Hannahs Kinderzimmertür schließlich leise hinter mir zugezogen habe, stehe ich für ein paar Sekunden im Flur und weiß nicht, was ich als Nächstes tun soll. In Tränen ausbrechen klingt wie eine gute Option. Eine Voodoo-Puppe von Jan basteln und mit Nadeln spicken. Oder eine Flasche Wein öffnen. Normalerweise wäre mein erster Impuls in so einer Situation, mit Sandra zu sprechen. Aber heute Abend sind die beiden auf dem Geburtstag des Bürgermeisters eingeladen und werden kaum vor Mitternacht zurück sein. Natürlich könnte ich Dagmar oder Luisa anrufen, etwas in mir sträubt sich dagegen. Meine Freundinnen kennen mich seit unserer Grundschulzeit in Altensande, und damals waren wir absolut unzertrennlich. Mittlerweile sind wir erwachsen. Wenn es gut läuft, treffen wir uns alle zwei Wochen zum Frühstücken, auf einen Spaziergang oder einen Kaffee bei Rosa, wo wir dann über die Arbeit oder unsere Familie reden, bis eine von uns den nächsten Termin hat. Und beide führen glückliche Ehen mit zuverlässigen Männern und bieten ihren Kindern ein geordnetes, behütetes Zuhause. Auch wenn sie es niemals laut sagen würden, spüre ich ihre Blicke, wenn ich von meinem Ärger mit Jan erzähle. Das würde ich gerade nicht ertragen.

Und vielleicht ist es auch nicht fair, dieses Problem direkt an jemand anderen weiterzutragen. Ich habe es schließlich selbst zu verantworten. Ich habe Jan geheiratet, ein Kind mit ihm bekommen und mich scheiden lassen. Mit den Folgen dieser Entscheidungen muss ich umgehen, dabei kann mir niemand wirklich helfen. Abgesehen davon, dass Sandra mehr als genug um die Ohren hat. Natürlich werde ich ihr davon erzählen müssen. Im schlimmsten Fall würde sie es ja ohnehin erfahren, wenn Hannah …

Der Gedanke ist so schmerzhaft, dass ich ihn nicht mal zu Ende denken kann. Also tue ich es nicht. Bis zum Fußballcamp sind es noch knapp zwei Monate. Diese Zeit werde ich nutzen. Komme, was wolle.

»Frau Rieters, Herr Rieters, kommen Sie rein. Schön, dass Sie heute Abend hier sind.« Ich winke das Paar ins Klassenzimmer der 3A hinein und führe sie zum Lehrerpult. Sie marschiert mit einem schwarz gebundenen Aktenordner zu einem der beiden Stühle und rutscht gleich einen halben Meter nach links. Herr Rieters wiederum schiebt seinen Stuhl nach rechts, bevor er sich daraufsinken lässt.

»Als würde ich jemals einen Elternabend verpassen«, sagt Frau Rieters mit einem pointierten Seitenblick auf ihren Ex. Der verschränkt die Arme vor der Brust. »Als Abteilungsleiter kann ich mir nicht immer freinehmen, wann es mir passt.«

»Ach, aber mein Job als Sekretärin ist nicht so wichtig, was?«

»Das hab ich nicht gesagt. Und wie du ja sehen kannst, habe ich heute Himmel und Erde in Bewegung gesetzt, um hier zu sein. Denn für Kai mache ich möglich, was geht.«

»Ist das so? Wieso hast du dann letztes Wochenende …«

»Kai ist ein gutes Stichwort«, hake ich entschieden ein. »Vielleicht können wir uns an dieser Stelle wieder dem eigentlichen Grund für Ihren Besuch hier zuwenden.«

Die beiden haben immerhin den Anstand, für einen Moment peinlich berührt zu schweigen.

»Natürlich«, sagt Kais Mutter schließlich. »Entschuldigen Sie bitte.«

Es ist das längste Gespräch des Abends. Nicht, weil der kleine Kai so ein schwieriger Schüler wäre. Ganz im Gegenteil, er ist aufgeweckt, interessiert und begeistert sich für Zahlen. Aber seine Eltern lassen keine Gelegenheit ungenutzt, sich gegenseitig in die Pfanne zu hauen. Er übt nicht genug Grammatik mit Kai, sie würde ihn verwöhnen und verziehen. Keiner kann in den Augen des anderen irgendetwas richtig machen, und gleichzeitig sind beide überzeugt davon, der bessere Elternteil zu sein. Als ich die beiden endlich zur Tür begleite, spüre ich eine bleierne Erschöpfung in meinen Knochen. Und tiefes Mitgefühl für Kai. Es ist ein ziemlich brutaler Weckruf, nachdem ich den ganzen Montag mit Fantasien darüber verbracht habe, wie ich Hannah davon überzeugen kann, bei mir zu bleiben. Denn das Letzte, was ich mir für sie wünsche, ist, dass sie zum Spielball zwischen zwei Erwachsenen wird, deren Ego ihnen wichtiger ist als ihre Tochter.

Tief in Gedanken versunken beginne ich, den Klassenraum aufzuräumen. Immerhin waren Kais Eltern die letzten, die für heute Abend auf meiner Liste standen. Damit bleibt mir jetzt nur noch, alles wieder für den morgigen Schultag herzurichten. Die 3A ist erst seit letztem Sommer meine Klasse, weil eine Kollegin in den Ruhestand gegangen ist. Nach fast einem Schuljahr habe ich das Gefühl, diese Kinder schon ewig zu begleiten. Nachdem ich alle Stühle wieder an ihre Tische geschoben und die Tafel mit den Namen der Eltern sauber gewischt habe, schließe ich hinter mir ab und mache mich auf den Weg zum Lehrerzimmer. Es ist beinahe etwas unheimlich, nach Einbruch der Dunkelheit noch in der Schule zu sein. Die Gänge, tagsüber erfüllt von den Schritten und Stimmen Hunderter Kinder, liegen verlassen und still da. Das einzige Geräusch ist das Echo meiner Schritte auf dem Linoleum, als ich an Wänden voller handgemalter Plakate und Klassenfotos vorbeigehe. Erst als ich auf den Flur des Lehrerzimmers biege, kommt das Leben zurück.

»Nina, da bist du ja. Wir haben uns schon Sorgen gemacht, die Rieters hätten dich den letzten Nerv gekostet.« Marie Wong ist gerade dabei, die Tür zum Lehrerzimmer aufzuschließen. Die Klassenlehrerin der 2B hat ein Jahr vor mir an der Altensander Grundschule angefangen und liebt Lehrerzimmertratsch genauso sehr wie ich.

»Es war ne knappe Angelegenheit.«

»Kann ich mir vorstellen.« Sie öffnet die Tür und lässt mir den Vortritt. »Musst du mir gleich noch mal in Ruhe erzählen. Dafür kann ich dir ... was ist denn hier los?«

Ich bin bereits stehen geblieben und betrachte verwirrt die Ansammlung an Cupcakes und Konfetti auf dem langen Tisch in der Mitte des Zimmers.

»Haben wir was verpasst?«

»Noch nicht«, sagt Mohammed, Klassenlehrer der 1C, der sehnsüchtig die Cupcakes beobachtet. »Larissa wollte warten, bis alle da sind. Aber ich glaube, ihr wart die Letzten.«

Tatsächlich sind bis auf zwei Stühle bereits alle siebzehn Plätze um den Tisch belegt. Sobald wir uns gesetzt haben, erhebt sich Larissa Koch, die stellvertretende Direktorin der Schule.

»Guten Abend in die Runde. Ich hoffe, ihr habt den Elternabend erfolgreich hinter euch gebracht und konntet in konstruktiven Austausch treten.« In ihrer Stimme schwingt dieselbe Motivation, mit der sie mich sonst morgens um sieben an der Kaffeemaschine begrüßt. Wo sie um kurz vor zehn noch die Energie dazu hernimmt, ist mir ein Rätsel.

»Und ganz besonders freut es mich, dass ihr euch noch ein paar Minuten von eurem Abend nehmt, denn ich wollte eine kleine Ankündigung machen.« Sie tauscht einen Blick mit ihrem Freund Stephan, einem unserer Sportlehrer. »Also, wir wollen … jetzt komm schon, steh auf.«

Unter wohlmeinendem Gelächter erhebt Stephan sich und winkt in die Runde.

»Was meine Freundin sagen will: Sie wird bald nicht mehr meine Freundin sein.« Er greift nach ihrer Hand. »Sondern meine Frau. Wir werden heiraten.«

Applaus brandet auf. Marie pfeift auf ihren Fingern. Stühle werden quietschend zurückgeschoben, um dem glücklichen Paar zu gratulieren.

»Die Cupcakes sind nur ein Vorgeschmack für die Feier«, ruft Larissa über das Stimmengewirr hinweg. »Wer am 9. September noch nichts vorhat, ist auf den Polterabend in der Gemeindehalle eingeladen.«

Der Applaus wird lauter. Ich klatsche mit und versuche,

das Engegefühl in meiner Brust zu ignorieren, das mich jedes Mal ereilt, wenn Bekannte oder Freunde ihre Verlobung oder Schwangerschaft verkünden. Es ist kein Neid. Nicht wirklich. Nur eine bedrückende Erinnerung, dass die Zeit nicht stehen bleibt, für niemanden.

Ich gratuliere den Kollegen herzlich und esse einen klebrig-zuckrigen Cupcake. Das Engegefühl in meiner Brust bleibt. Fast jeder im Kollegium hat einen Ring am Finger. Allein dieses Frühjahr wurde ich auf drei Hochzeiten eingeladen. Und schon mehr als ein Mal mit einem Augenzwinkern gefragt, wann ich mich denn wieder ans Daten wagen würde. Als ob ich daran irgendein Interesse hätte. Mein Blick bleibt an Larissas und Stephans ineinander verschränkten Händen hängen. An dem seligen Lächeln auf ihrem Gesicht, das ich an Sandra bemerke, wenn sie Phillip ansieht und sich unbeobachtet fühlt. Zur Enge in meiner Brust gesellt sich ein Stich. In der ausgelassenen Stimmung bemerkt niemand, dass ich das Papier meines Cupcakes in den Mülleimer werfe und mich auf den Heimweg mache.

Kapitel 4

Als ich am Donnerstagnachmittag in Timmendorf aus dem Auto steige, bin ich noch schwerer beladen als sonst. Neben den Sporttaschen von Hannah und ihrer Freundin Frieda, dem Beutel mit Wasserflaschen und Snacks und meiner Tasche mit Unterrichtsvorbereitungen balanciere ich noch einen Teller mit selbst gebackenem Schokokuchen und einen Blumenstrauß im Arm. Die Mädchen stürmen begeistert voran in Richtung des kleinen Sportheims des Timmendorfer FC. Das einstöckige weiß gekalkte Gebäude liegt neben einem großen Rasenplatz direkt hinter den Dünen. Der Sandweg vom Parkplatz zum Eingang ist uneben, und ich trage noch die Ballerinas, mit denen ich heute Morgen in der Schule war. Beides zusammen ist eine eher ungünstige Kombination für mein ohnehin fragiles Gleichgewicht. Schon nach wenigen Schritten rutscht mein Fuß im Sand zur Seite, und ich gerate in eine bedrohliche Schieflage. Verzweifelt rudere ich mit dem Arm, der den Blumenstrauß hält, während ich mich an den Teller mit dem Kuchen klammere. Wie durch ein Wunder gelingt es mir, im letzten Moment einen Sturz zu verhindern. Vor dem Eingang des Sportheims wartet bereits eine kleine Traube aus anderen Eltern und Kindern.

»Warten Sie, ich nehme Ihnen was ab.« Ein Vater kommt mir entgegen und streckt die Arme nach dem Kuchenteller aus. »Danke«, schnaufe ich. »Hab mich doch etwas verkalkuliert.«

»Ich stelle ihn einfach nach drüben zu den anderen und … Ähm …« Sein Blick bleibt für einen Moment an meiner Brust hängen, bevor er ihn eilig abwendet. »Also, Sie haben da was.«

Mit einer düsteren Vorahnung folge ich seinem Blick. Auf meiner cremeweißen Bluse, ziemlich genau auf Höhe meiner Brustwarzen, sind mehrere daumengroße dunkle Flecken. Bei meinem Balanceakt bin ich der Schokoglasur offensichtlich zu nahe gekommen.

»Danke«, murmele ich. »Das kann ich bestimmt gleich rauswaschen.« Aber er hört mir schon nicht mehr zu, ist bereits auf dem Weg zu dem kleinen Tapeziertisch, auf dem bereits drei andere Teller mit Gebäck stehen. Neben Kuchen, Muffins, Pestoschnecken und dem Blumenstrauß, den ich jetzt auf dem Tisch drapiere, liegen dort jede Menge selbst gemalter Karten und Bilder, die die Kinder für Lydia gemacht haben. Heute ist ihr letzter Tag, bevor sie zu ihren Enkeln nach Bayern zieht. Es fühlt sich ein bisschen an wie das Ende einer Ära. Seit Hannah mit vier das erste Mal in der Bambini-Gruppe trainiert hat, war Lydia ihre Ansprechpartnerin. Seitdem sehe ich sie jede Woche mindestens zweimal und jedes zweite Wochenende auf einem Spiel. Sie ist ein fester Bestandteil unseres Lebens, und insgeheim glaube ich, dass ich über ihren Abschied fast trauriger bin als Hannah.

Als Lydias weißer Honda auf den Parkplatz rollt, stürmen die fünfzehn Mädchen ihrer Mannschaft direkt auf sie zu.

»Immer mit der Ruhe! Jetzt lasst mich doch erst mal aussteigen.« Lachend bahnt Lydia sich einen Weg durch die aufgeregte Menge. Ihre graublonden Haare sind zu einem praktischen Dutt gebunden, und sie trägt das hellblaue T-Shirt des FC Timmendorf. Um den Hals baumelt ihre Trainerpfeife, deren Sound mich Hannahs halbe Kindheit begleitet hat. Als sie bei uns ankommt und das kleine Festmahl sieht, das wir für sie vorbereitet haben, geschieht etwas, das ich in den letzten drei Jahren nicht ein Mal erlebt habe. Lydia ist sprachlos.

»Das ... das ist alles für mich?«

»Wir wollten dir noch eine kleine Freude machen«, antworte ich. »Du warst die beste Trainerin, die unsere Kinder sich hätten wünschen können.« Die anderen Eltern um mich herum nicken enthusiastisch. Lydia blinzelt ein paarmal heftig, als ihr Blick auf die selbst gebastelten Karten fällt. Dann räuspert sie sich. »Es war mir eine Freude, die Mädels zu trainieren. Und noch bin ich nicht weg. Das hier wird also warten müssen, bis ihr mir gezeigt habt, dass ihr bereit fürs Sommercamp seid!«

Den letzten Satz richtet sie nicht an uns, sondern an ihre Mannschaft. Die Mädchen lassen sich nicht zweimal bitten und stürmen los Richtung Fußballplatz. Lydia schnappt sich noch einen Muffin, bevor sie hinterhermarschiert, einen Fußball unter den Arm geklemmt. Während die Kinder mit dem Aufwärmen beginnen, macht sich ein Teil der Eltern auf den Weg zum Parkplatz. Der Rest verteilt sich wie jeden Donnerstag auf den Picknickbänken rund um den Fußballplatz. Ich mache mich in der Zeit auf den Weg in die Umkleiden, um Schadensbegrenzung zu betreiben. Leider eignet sich die Handseife in der Frauentoilette offensichtlich nicht zur Beseitigung von hartnäckigen Schokoladenflecken. Nach zehn Minuten Schrubben ist meine weiße Bluse nass und immer noch schmutzig, und mir läuft Schweiß die Stirn herunter. Mit einem frustrierten Schnauben gebe ich auf und verlasse den Waschraum. Draußen scheint mir die Sonne ins Gesicht, gibt ein verheißungsvolles Versprechen auf den nahenden Sommer. Und darauf, dass meine Bluse bis zum Ende des Trainings immerhin wieder trocken ist. Ich suche mir einen Platz an einem leeren Tisch und breite meine Unterlagen vor mir aus. Bis zum Ende des Schuljahres müssen meine Schüler noch einiges über die deutsche Grammatik lernen. Da ich genau diese Themen selbst jedes Jahr wieder zu vergessen scheine, nutze ich die eineinhalb Stunden Training, um mich auf den Unterricht vorzubereiten. Ich bin so in meine Lektüre vertieft, dass ich erschrocken zusammenfahre, als neben mir eine Stimme ertönt.

»Entschuldigung, könnten Sie mir sagen, wie spät es ist?«

Vor mir steht ein Mann, der ein klappriges rotes Fahrrad neben sich herschiebt. Seine kurzen sandblonden Haare sind vom Fahrtwind zerzaust, und er trägt eine schwarze Sonnenbrille.

»Ähm, sicher«, antworte ich und suche in dem Wust aus Unterlagen vor mir nach meinem Handy. Ich entdecke es schließlich unter einem Arbeitsblatt für die Benutzung des Genitivs und werfe einen kurzen Blick auf das Display. »Kurz vor vier.«

»Okay.« Er atmet erleichtert aus. »Dann bin ich ja noch pünktlich.«

»Wofür?«, frage ich leicht amüsiert. »Das Training der U-12-Fußballmädchen?« Die Mannschaft trainiert immer nach Hannah, aber diesen Mann habe ich da noch nie gesehen. »Glaube kaum, dass man Sie da mitspielen lässt.«

»Da bin ich anderer Meinung.« Er nimmt die Sonnenbrille ab und steckt sie in den Kragen seines weißen Sportshirts. »Schließlich bin ich der neue Trainer.«

In diesem Moment macht etwas in meinem Gehirn klick. Bilder schieben sich voreinander wie in einem Kaleidoskop, alte Erinnerungen durchbrechen die Türen, hinter denen sie eingesperrt waren. Denn ich kenne diese Augen. Blau wie das Meer an einem Wintertag.

»Chris Reuter.« Der Name geht mir über die Lippen wie ein Fluch. Oder ein Zauberwort. Aber so ist das vielleicht, wenn man nach zehn Jahren wieder dem Mann gegenübersteht, der einem das erste Mal das Herz gebrochen hat.

Kapitel 5

»Warte mal ... Nina?« Er stutzt, kneift die Augen zusammen. »Nina Meerbach?«

Sofort wird mir bewusst, dass ich eine nasse weiße Bluse mit Schokoladenflecken trage. Und darunter den ältesten BH, den ich habe. Schnell verschränke ich die Arme vor der Brust.

»Na, sieh an. Er erinnert sich an meinen Namen.« Ich bin selbst überrascht, wie bitter meine Stimme klingt.

Er runzelt die Stirn und mustert mich mit diesen Augen, die mir wochenlang den Schlaf geraubt haben Überhaupt frage ich mich jetzt, als ich ihn erkannt habe, wie ich ihn auch nur eine Sekunde für einen Fremden halten konnte. Die wuschelig blonden Haare sind noch dieselben wie früher, genauso wie die langen hellen Wimpern, um die ihn die Mädels in unserer Stufe beneidet haben. Seine leicht schiefe Nase, das kleine Muttermal an seiner Wange und seine Haut, die selbst im Winter immer sonnengebräunt aussah. Ein richtiger Sonnyboy. Der Typ, in den die halbe Stufe verliebt war. Und der mich wollte, bis er es nicht mehr tat.

»Wie meinst du das?« Er besitzt doch tatsächlich die Frechheit, ehrlich überrascht zu klingen. »Und was machst du überhaupt hier?«

Ich beschließe, die erste der beiden Fragen einfach zu ignorieren. »Ich warte darauf, dass meine Tochter mit dem Training fertig ist.«

»Deine ... Du hast eine Tochter?« In seine Überraschung mischt sich noch etwas Zweites, schwerer zu Deutendes. Er lehnt sein Fahrrad an die hölzerne Bande des Spielfelds und lässt den Blick über den Platz wandern, wo die Mädels gerade ihre letzten Torschüsse üben. »Die mit der Fünf auf dem Rücken? Die gerade ein Tor gemacht hat?«

Tatsächlich hat Hannah gerade einen Ball im Netz versenkt und reißt jubelnd die Arme hoch.

»Woran hast du das erkannt?«

»Das ist doch offensichtlich.« Er wirft mir über die Schulter einen Blick zu, der seltsame Dinge mit meinem Magen anstellt. »Sie ist dir wie aus dem Gesicht geschnitten.« Dieses kleine Lächeln auf seinen Lippen ist offensichtlich auch noch dasselbe. Und hat immer noch eine Wirkung auf mich. Als ob er sich dessen vollkommen bewusst wäre, hält er meinen Blick eine Sekunde länger, als nötig gewesen wäre. Dann deutet er mit dem Kinn in Richtung der anderen wartenden Eltern. »Ist ihr Vater auch hier?«

Ich schnaube. »Auf gar keinen Fall.« Die Erinnerung an Jan wirkt wie eine Dusche mit Eiswasser. Das flatterige Gefühl in meinem Bauch gefriert. »Wüsste auch nicht, was dich das angeht.«

Chris dreht sich um, lehnt sich mit dem Rücken an die Bande. »Nina, ich weiß nicht genau, was du gehört hast, aber ...«

Er kommt nicht dazu, seinen Satz zu beenden. In diesem Moment entdeckt Lydia den Zaungast und winkt ihn zu sich herüber. »Da ist er ja! Hey, Chris, beweg deinen Hintern aufs Feld! Dein Team will dich kennenlernen!«

»Schon auf dem Weg!«

»Warte, warte, warte«, fahre ich dazwischen. »Das kann doch nicht dein Ernst sein. Du hier? Als Trainer?«

»Das ist mein voller Ernst«, entgegnet er.

»Du konntest von diesem Verein nicht schnell genug wegkommen, wenn ich mich richtig erinnere?«

»Und jetzt bin ich zurückgekommen.«

Damit dreht er sich um und springt in einer eleganten Bewegung über die Bande. Die Mädchen auf dem Platz empfangen ihn jubelnd. Und ich beginne nach anderen Fußballvereinen in der Umgebung zu googeln.

»Ist nicht wahr.« Sandra hält inne, die Hand mit ihrem leeren Teller über der Spülmaschine. »Chris Reuter ist zurück?«

»Sieht ganz so aus.« Ich vergrabe mein Gesicht in den Händen. Es hat mich den letzten Rest meiner Selbstbeherrschung gekostet, bis nach dem Abendessen zu warten, um es ihr zu erzählen. Aber so gerne ich Phillip habe: Für diese Unterhaltung möchte ich keine Zeugen.

»Und er will jetzt ausgerechnet den FC Timmendorf trainieren?«

»Nicht nur das.« Langsam lasse ich die Hände sinken. »Er will ausgerechnet die U-16-Teams trainieren.«

»Das heißt …«

»Jap. Hannahs Team«, bestätige ich schwach. »Chris wird Hannahs neuer Fußballtrainer.«

Sandra stellt den Teller mit mehr Schwung in die Maschine, als nötig gewesen wäre. Die Teller klirren anklagend. »Und da kann man nichts machen?«

Ich schüttele den Kopf. Auf der Autofahrt von Timmendorf zurück bin ich bereits sämtliche Optionen durchgegangen. Während die beiden Mädchen auf dem Rücksitz schon in den höchsten Tönen von ihrem neuen Trainer geschwärmt haben. Offensichtlich kann Chris jetzt auch schon Grundschulkinder um den Finger wickeln.

»Wenn ich mich nicht gerade selbst als neue Trainerin anbieten will, kann ich nichts daran ändern. Er hat die Qualifikationen, den Trainerschein, den Charme, den Ruhm.« Bei dem Gedanken daran, wie er sich nach dem Training bei den anderen Eltern vorgestellt hat, verziehe ich das Gesicht. »Alle sind sofort begeistert gewesen. Unsere Kinder, trainiert von einem Star.«

»Wobei niemand weiß, wieso er bei St. Pauli aufgehört hat«, warf Sandra ein. »Oder was er im letzten Jahr getrieben hat. Das Einzige, was ich von Phillip gehört habe, ist, dass die Familie in ein größeres Haus am Ortsrand gezogen ist. Aber dass er wieder zurück ist? Das ist mir völlig neu.«

»Und wenn dir das entgangen ist, will das schon was heißen.« Ich schüttele den Kopf. »Als ob mein Leben nicht schon kompliziert genug wäre! Wieso muss ausgerechnet jetzt dieser Typ wiederauftauchen?«

Sandra nimmt zwei Weingläser aus dem Schrank und stellt sie vor uns auf den Tisch. »Frag mich was Leichteres. Kannst du vielleicht die Mutter von Frieda fragen, ob sie Hannah in Zukunft zum Training fahren kann?«

»Montags und donnerstags? Keine Chance. Und es ist ja nicht nur das Training. Jedes zweite Wochenende haben die irgendwo ein Spiel. Wie soll ich Hannah erklären, dass ich auf einmal nicht mehr zu ihren Spielen komme?«

»Gutes Argument.« Sandra schenkt erst sich und dann mir eine großzügige Portion Wein ein. Ich greife nach meinem Glas wie eine Ertrinkende nach dem Rettungsring. Wir nehmen beide einen großen ersten Schluck. Während ich das Glas wieder abstelle, gehen mir Sandras Worte noch mal durch den Kopf. »Meinst du wirklich, da gab es irgendeinen Skandal? Also bei St. Pauli?«

Meine Schwester zuckt mit den Schultern. »Keine Ahnung. Aber sein Abschied war schon ein bisschen plötzlich. Klingt schon etwas verdächtig.«

»Stimmt allerdings.« Nachdenklich drehe ich das Glas in meinen Fingern. »Das könnte die einzige Möglichkeit sein, Chris wieder loszuwerden.«

»Vorausgesetzt, du findest raus, was es war, und kannst es auch noch beweisen«, gibt Sandra zu bedenken. »Was nicht unbedingt einfach wird, wenn es die Sportreporter der Klatschpresse bisher nicht geschafft haben.«

Aber ich habe für diese Idee bereits Feuer gefangen. »Wenn ich ihm sowieso nicht aus dem Weg gehen kann, dann kann ich die Zeit auch nutzen.«

Der Blick meiner Schwester bleibt skeptisch. »Ob das so eine gute Idee ist? Nach allem, was letztes Mal war ...«

Ich wische den Einwand mit einer schnellen Handbewegung beiseite. An diese Zeit verschwende ich keinen Gedanken mehr.

»Ganz im Gegenteil, das gibt mir einen entscheidenden Vorteil. Vielleicht hat er das längst vergessen, aber ich kenne Chris Reuter. Und wenn ich etwas aus ihm rauskriegen will, dann werde ich es verdammt noch mal aus ihm herauskriegen!«

Im Geiste bin ich bereits dabei, einen Plan auszuarbeiten. Sandra nimmt noch einen Schluck Wein. Dann breitet sich auf ihrem Gesicht das schelmische Lächeln aus, das meine große Schwester immer aufgesetzt hat, wenn sie kurz davor war, gegen die Regeln unserer Eltern zu verstoßen. Sie hält mir ihr Glas hin. »Darauf trinke ich.«

Ich stoße meins dagegen, und das Klirren fühlt sich an wie ein Versprechen. Chris Reuter hat sich den falschen Fußballplatz ausgesucht. Noch einmal werde ich nicht zulassen, dass er mein Leben ruiniert.

Kapitel 6

An diesem Samstag hat Hannahs Mannschaft kein Spiel. Damit bleiben mir zwei Tage Zeit, um alles über Chris herauszufinden, was das Internet hergibt. Allerdings erst, nachdem ich den kleinen Gästen der Pension die Ostsee und seine Bewohner nähergebracht habe.

»Herzlich willkommen zur Strandwanderung«, begrüße ich die sechs Kinder und fünf Eltern, die sich am Samstagmorgen vor der Rezeption eingefunden haben. »Wie ich sehe, habt ihr euch alle schon perfekt für das Wetter da draußen gekleidet.« Alle Teilnehmer tragen Regenjacken in verschiedenen Neonfarben, die Kinderfüße stecken in Gummistiefeln. Damit sollte der leichte Nieselregen, der an die Fenster der Pension tropft, kein großes Problem darstellen.

»Es gibt kein schlechtes Wetter, nur schlechte Klamotten«, sagt eins der Kinder, ein Junge um die zehn, der einen Spiderman-Rucksack auf dem Rücken trägt. »Das sagt mein Opa zumindest immer.«

»Da hat er völlig recht.« Ich lächele dem Jungen zu. »Und deshalb lassen wir uns auch nicht von so ein bisschen Regen beeindrucken. Wir sind nämlich hier, um mehr über den Strand zu lernen. Wer von euch hat denn schon mal eine Wattwanderung mitgemacht?«

Mehrere Kinderhände schnellen nach oben.

»Sehr schön. Vielleicht habt ihr euch ja schon gefragt, wieso wir das hier nicht machen können. Hat jemand eine Idee?«

Langsam lasse ich den Blick durch die Runde wandern. Die Kinder denken angestrengt nach. Einige der Erwachsenen offensichtlich ebenfalls.

»Weil das Wasser hier immer da ist?«, schlägt ein kleines Mädchen mit zwei blonden Zöpfen etwas zögerlich vor.

»Sehr gut! Genauso ist es. Zwar gibt es hier an der Ostsee auch Gezeiten, also Ebbe und Flut. Aber die wirken sich längst nicht so stark aus. Der Unterschied in der Höhe des Wassers liegt nur bei ungefähr 25 Zentimetern.« Ich hebe die Hände und halte sie in einem Abstand von 25 Zentimetern, um meine Erklärung zu veranschaulichen.

»Das merken wir meistens gar nicht so richtig. Der Nachteil: Wir haben hier kein Watt, wie ihr es von der Nordsee kennt. Der Vorteil: Wir können immer schwimmen gehen und müssen nicht erst auf die Flut warten.«

Schmunzeln unter den erwachsenen Teilnehmern. Offensichtlich haben einige schon einschlägige Erfahrungen bei Nordseeurlauben gemacht.

»Kein Watt heißt aber nicht, dass es hier am Strand nichts zu entdecken gibt. Wer genau hinsieht, kann mit ein bisschen Glück Wattwürmer sehen. Also, seid ihr bereit?«

Die Kinder nicken enthusiastisch. Die Eltern setzen ihre Kapuzen auf. Gemeinsam machen wir uns auf den Weg. Von der Pension aus wenden wir uns nach links, erst durchs Wohngebiet und dann durch das angrenzende kleine Waldstück. Obwohl es weiterhin nieselt, ist die Luft mild, und ich genieße den kleinen Spaziergang. Ich konnte noch nie verstehen, dass viele Urlauber nur bei Sonnenschein an den Strand gehen. Für mich hat die Küste bei jedem Wetter ihren Reiz.

Als sich vor uns schließlich die Dünen öffnen, versammele ich meine Gruppe wieder um mich. Gemeinsam suchen wir nach den Tieren, die es im Dünengras zu entdecken gibt, schauen uns verschiedene Pflanzen an und beobachten, wie die Möwen ihre Beute jagen. So arbeiten wir uns langsam von den Dünen an den Strand vor. Dort folgt dann das Highlight der Tour: die Suche nach dem Wattwurm. Nachdem wir uns die Muscheln an der Wasserkante angesehen haben, bekommt jedes Kind die Aufgabe, mit Gummistiefeln ein paar Schritte ins Wasser zu machen. Die Ostsee zeigt sich heute von ihrer ruhigsten Seite, es geht kaum Wind, und das Wasser ist spiegelglatt. So können die Kinder genau sehen, wo sie hintreten, während sie ins Meer waten. Dann kommen die kleinen Strandschaufeln zum Einsatz, die neben den Gummistiefeln auf der Liste mit der nötigen Ausrüstung standen. Jedes Kind soll eine Schaufel voller nassem Sand mit an den Strand bringen. »Wieso denn das?«, fragt der Junge mit dem Spidermanrucksack skeptisch. »Wir haben hier doch schon genug Sand.«

»Sand gibt es natürlich auch hier am Strand«, stimme ich zu. »Aber uns geht es eher darum, was in dem Sand so alles lebt. Und das ist im Wasser noch mal ein bisschen anders als hier auf dem Trockenen.«

Mit großer Geste öffne ich meinen Rucksack und ziehe eine Familienpackung Gummibärchen heraus. »Wer von euch es schafft, einen Wattwurm zu finden, gewinnt diesen Preis.«

Raunen geht durch die Menge, dann greifen die Kinder zu ihren Schaufeln und stürzen sich ins Wasser. Der eigentliche Arbeitsauftrag ist allerdings schnell vergessen.

»Guck mal, Mama, ich bin bis zu den Knien drin!«

»Hey, nicht mit dem Sand schmeißen!«

»Ich glaub, da ist einer! Ein Wattwurm. Guckt mal, da, da bewegt sich was!«

»Ihh, ist das eine Qualle?!«

Die Kinder planschen und buddeln und bewerfen sich gegenseitig mit Sand, bis die Entdeckung von zwei harmlosen Ohrenquallen alle zur Flucht aufs Trockene bewegt. Einen Wattwurm gefunden hat dieses Mal niemand.

»Aber so ist das mit der Natur«, sage ich, während wir uns alle die Gummibärchen teilen. »Die kann man nicht planen. Da muss man auch immer ein bisschen Glück haben.«

Die Strandwanderung endet wie immer an Phillips Surfschule. Hier können sich die Kinder die Hände waschen und die Erwachsenen eine Tasse Kaffee trinken, während Phillip draußen auf dem Wasser die erste Surfstunde des Tages gibt.

Er kommt gerade aus dem Wasser, als ich mich von den Teilnehmern verabschiede. Mittlerweile hat der Regen aufgehört, und durch die grauen Wolken schimmern die ersten Sonnenstrahlen.

»Nina, hey«, er winkt mich zu sich rüber. »Hast du mal eine Minute?«

»Klar. Was gibt's?«

Er fährt sich mit der Hand durch die tropfnassen Haare

und weicht meinem Blick aus. »Ich erklär's dir gleich in Ruhe, okay?«

Auf mein Stirnrunzeln hin fügt er eilig hinzu: »Es ist nichts Schlimmes. Mach dir keine Sorgen. Bin in fünf Minuten so weit.« Damit verschwindet er ins Innere der Surfschule, sein Handtuch über die Schulter geschlungen.

Von dieser Ankündigung nicht im Geringsten beruhigt, folge ich ihm ins Haus und setze noch einen Pott Kaffee an. Vor den großen Fenstern der Surfschule ist die Gruppe Teenager, die eben gesurft ist, noch mit dem Reinigen ihrer Boards beschäftigt, als Phillip in trockenen Shorts und T-Shirt wiederauftaucht.

Mit einem nervösen Lächeln nimmt er die volle Tasse, die ich ihm hinhalte.

»Danke dir. Das wäre aber nicht nötig gewesen.« Unruhig tritt er von einem Fuß auf den anderen. »Ich will dich auch gar nicht lange aufhalten. Es ist mir aber wichtig, vorher mit dir zu reden. Also deine Meinung zu hören. Du weißt schon.«

In den letzten zwei Jahren habe ich Phillips verschiedenste Seiten kennengelernt. Den leidenschaftlichen Surflehrer, den liebevollen Quasi-Onkel für Hannah, den Horrorfilm-Liebhaber, den Brokkoli-Hasser. Aber so habe ich ihn noch nie gesehen. Das mulmige Gefühl in meinem Magen breitet sich aus.

»Wollen wir uns vielleicht setzen?«, schlage ich vor.

»Ja, auf jeden Fall. Gute Idee.« Er zieht mir einen der Stühle zurück, die um den großen Holztisch in der Mitte des Raumes stehen, und wartet, bis ich mich gesetzt habe, bevor er ebenfalls Platz nimmt. Sein rechtes Knie hüpft auf und ab, und er umklammert seine Kaffeetasse so fest, dass seine Knöchel weiß hervortreten.

»Also, worüber möchtest du mit mir sprechen?« Mit diesem Tonfall beruhige ich normalerweise Zweitklässler, die sich auf dem Pausenhof den Ellenbogen aufgeschlagen haben. Er scheint aber auch bei erwachsenen Männern zu funktionieren.

»Es geht um Sandra. Um deine Schwester.«

Er schluckt, beißt sich auf die Unterlippe. »Und die Frau, die ich, ohne zu zögern, als die Liebe meines Lebens bezeichnen würde.«

Mein Herzschlag beschleunigt sich. Unwillkürlich lehne ich mich nach vorne, hänge an seinen Lippen. »Was ist mit ihr?«

»Ich … also, es ist so … ich möchte sie heiraten.«

Ich schlage die Hände vor den Mund. Phillip wiederholt den Satz, jetzt deutlich selbstsicherer. »Ich möchte sie heiraten. Wenn sie das auch möchte, versteht sich.«

»O mein Gott«, quietsche ich. »Das wurde aber auch Zeit!«

Bevor er weitersprechen kann, springe ich auf und umarme meinen Schwager-to-be. »Ich freue mich so für euch!«

Als ich mich wieder setze, ist die Anspannung in seinen Schultern verschwunden. »Ich freue mich auch. Wenn es mir nicht gerade verdammt Angst macht.« Er räuspert sich, lächelt schief. »Wie sehr ich sie liebe. Wie wenig ich mir ein Leben ohne sie vorstellen kann. Und natürlich ohne dich und Hannah.«

Über den Tisch greife ich nach seinen Händen und drücke sie einmal. »Das beruht auf Gegenseitigkeit.«

Er schluckt, blinzelt heftig.

»Jetzt wage es bloß nicht, zu heulen«, sage ich um den Kloß in meinem Hals herum. »Sonst muss ich auch.«

»Das kann ich natürlich nicht zulassen.« Er reißt zwei Blätter von der Küchenrolle ab, die auf dem Tisch steht. Mit einem wischt er sich über die Augen, das andere reicht er mir.

»Versteh mich nicht falsch, ich freue mich, dass du mich gefragt hast«, sage ich, nachdem ich mich geräuschvoll geschnäuzt habe. »Aber weder du noch Sandra braucht meine Erlaubnis.«

»Nein, natürlich nicht. Darum ging es mir auch nicht. Aber du bist die wichtigste Person in Sandras Leben. Ich wollte, dass du es als Erste weißt.« Jetzt nimmt sein Lächeln einen verschmitzten Zug an. »Und dein geheimes Schwestern-Wissen nutzt, um mir beim Planen des Antrags zu helfen.«

Sofort zücke ich mein Smartphone. »Da bist du an der richtigen Adresse. Ich plane Sandras Hochzeit schon, seit sie in der 6. Klasse Freddie hinter der Turnhalle geküsst hat.«

Ein ganzes Pinterest-Board ist nur Ideen und Inspirationen zu Hochzeitskleidern, Einladungsdesign und Festtagsmenüs gewidmet. Ein paar davon habe ich versucht, bei meiner eigenen Hochzeit umzusetzen. Aber durch die Kurzfristigkeit und Jans Abneigung gegenüber allem, was er als »Kitsch« bezeichnet, blieb das meiste auf der Strecke.

Phillip scrollt über die Ansammlung an Hochzeitsinspo, die ich die letzten Jahre zusammengetragen habe. Seine Augen werden immer größer.

»Warte, man soll den Brautstrauß mit den Farben der Tischservietten koordinieren?«

»Man kann.« Ich nehme ihm das Handy wieder ab. »Aber bis es so weit ist, muss die Braut erst mal Ja sagen.« Bevor die Angst auf seinem Gesicht sich verfestigen kann, füge ich hinzu: »Was sie natürlich tun wird. Meine Schwester ist absolut verrückt nach dir, darüber musst du dir keine Sorgen machen.«

Phillip sieht so aufrichtig erfreut darüber aus, dass ich den Impuls unterdrücken muss, ihm wie einem Welpen über den Kopf zu streicheln. Die Mädchen in der vierten Klasse haben letzte Woche in der Pause über Golden-Retriever-Boyfriends gesprochen. Ob es das ist, was sie meinen?

»Also, hilfst du mir?«

»Selbstverständlich. Was für eine Frage.« Ich strecke die Hand aus. Bevor er sie ergreifen kann, kommt mir eine Idee, und ich ziehe sie noch mal ein Stück zurück. »Aber dafür brauche ich auch deine Hilfe. Du bist doch hier im Ort gut vernetzt, oder?«

Sein Blick wandert amüsiert von der dargebotenen Hand zu meinem Gesicht und zurück. »Kann man so sagen. Wieso?«

»Dann brauche ich alles, was du über einen gewissen Chris Reuter herausfinden kannst.«

»Darf ich fragen, wie …«

»Nein. Die Hintergründe tun nichts zur Sache.«

»Chris Reuter.« Er nickt langsam. »Alles klar. Ich werde alle Hebel in Bewegung setzen.«

»Das wollte ich hören.« Ich halte ihm meine Hand ein

zweites Mal hin. »Dann gehen wir beide nächste Woche zu Donatas Juwelier und suchen einen Verlobungsring aus.«

Seine Finger sind warm, als er meine Hand ergreift. »Deal.«

Den Rest des Tages muss ich mich dazu zwingen, nicht andauernd mit einem beseelten Lächeln herumzulaufen. Sandra würde sonst sofort merken, dass irgendetwas im Busch ist, und ich konnte sie noch nie gut belügen. Zum Glück bin ich so beschäftigt, dass ich ihr den Großteil des Tages aus dem Weg gehen kann. Zwischen den alltäglichen Aufgaben in der Pension und dem langen Spielplatzbesuch, den ich Hannah versprochen habe, begegnen wir uns nur kurz beim Abendessen. Über unsere Teller mit Fischstäbchen hinweg tauschen Phillip und ich verschwörerische Blicke aus, halten uns ansonsten aber erfolgreich zurück, sodass meine Schwester keinen Verdacht schöpft. Ein Teil von mir kann es kaum ertragen, dieses Geheimnis für mich zu behalten. Aber der Rest ist jetzt schon im Planungsmodus für den perfekten Antrag, und der bedarf eben einer gewissen Vorbereitung.

Durch die ganze Aufregung komme ich erst spätabends im Bett dazu, meine eigene Recherche zu Chris zu beginnen. Während Phillip seine Kontakte im Ort und in den anderen Sportvereinen nutzen will, versuche ich es auf die altmodische Art. Internet-Stalking. Dafür, dass Chris jahrelang Profifußballer war, finde ich allerdings überraschend wenig. Das Neueste, was ich entdecke, ist ein kurzer Artikel im Sportteil der *Bild* über seinen plötzlichen Abschied vor über einem Jahr. »Wir können nur spekulieren, was zum

Ausscheiden des Stürmers geführt hat, der in der letzten Saison eher wechselhafte Leistung gezeigt hat«, heißt es dort. Nichts davon hilft mir weiter.

Leider hat er keinerlei Social-Media-Profile mehr. Selbst der Facebook-Account, den er zu unserer Schulzeit nutzte, ist scheinbar gelöscht worden. Immerhin bleibt mir so erspart, möglicherweise ein altes Foto von uns zu finden. Allein bei dem Gedanken zieht sich mir der Magen zusammen. Das heißt allerdings auch, dass ich am Montagnachmittag nicht viel schlauer auf den Parkplatz des FC Timmendorf rolle als bei unserer ersten Begegnung. Obwohl wir zehn Minuten zu früh sind, wartet Chris bereits am Eingang des Fußballplatzes auf seine Mannschaft.

»Schön, dass ihr da seid«, begrüßt er Hannah und Frieda. »Geht euch schon mal umziehen, dann können wir pünktlich anfangen.« Die beiden nehmen mir ihre Sporttaschen ab und stürmen in Richtung der Umkleiden davon. Damit bleiben Chris und ich allein zurück. Ein Teil von mir würde den Mädchen gerne hinterherlaufen. Mich auf der Toilette einschließen, einen akuten Anfall von Lebensmittelvergiftung vortäuschen und erst wieder herauskommen, wenn das Training vorbei ist. Aber das käme einer Kapitulation gleich. Also strecke ich die Schultern nach hinten, hebe das Kinn und setze mein freundlichstes Lächeln auf.

»Hey. Na, wie läuft's?« Die Frage klingt selbst in meinen Ohren bemüht. Sein Lächeln ist freundlich, aber unverbindlich. »Gut so weit. Danke. Und selbst?«

»Auch. Kann nicht klagen.«

»Schön.«

Ich hatte mir auf dem Weg hierher verschiedenste Fragen zurechtgelegt, um das Gespräch in Gang zu bringen. Aber die sorgsam vorbereiteten Worte scheinen irgendwo zwischen meinem Hirn und meiner Zunge verloren gegangen zu sein.

Chris tritt von einem Fuß auf den anderen. »Hör mal, Nina, wegen der Sache mit uns damals …«

Mein Herz gerät ins Stolpern, nur um dann mit wachsender Panik weiterzuschlagen.

Hinter uns knirscht der Kies, als zwei weitere Eltern mit ihren Autos auf den Parkplatz fahren.

»Lass uns nicht darüber reden«, antworte ich leise.

»Du weißt doch gar nicht, was ich sagen will.«

Kinderstimmen werden lauter, Schritte nähern sich.

»Spielt keine Rolle.«

»Aber ich finde, wir sollten schon mal darüber reden …«

Blut rauscht in meinen Ohren. Ich kann nicht darüber sprechen. Nicht jetzt. Nicht hier.

»Sollten wir das? Ich denke, dafür ist es zu spät«, stoße ich hervor. »Was passiert ist, ist passiert. Wir können es nicht mehr ändern. Ich möchte keine weitere Sekunde verschwenden, darüber nachzudenken.«

Chris schluckt, presst die Lippen zusammen. Wenn ich nicht das Gefühl hätte, zu wenig Luft zu bekommen, hätte mir die Verletzung in seinem Gesicht vielleicht Genugtuung verschafft. So spüre ich nur dumpfe Erleichterung, als er nickt. »Wie du willst.«

Im nächsten Moment kommen weitere Fußballspielerinnen samt Eltern bei uns an. Die Ablenkung nutze ich, um doch noch auf die Toilette zu flüchten. Ich lasse mir kaltes Wasser über die Handgelenke laufen, bis mein Atem und mein Herzschlag sich wieder medizinisch vertretbaren Frequenzen angenähert haben. Die Frau, die mir aus dem Spiegel entgegenblickt, sieht mental etwa so stabil aus, wie ich mich fühle. »So viel zu meinem großen Plan«, murmele ich. Bevor ich überhaupt richtig anfangen konnte, musste er mir einen Strich durch die Rechnung machen. Natürlich habe ich damit gerechnet, dass Chris eine harte Nuss sein würde. Dass er nach unserem kurzen Gespräch am Donnerstag gar nicht mehr mit mir reden oder sich in Ausreden verwickeln würde. Aber dass er jetzt von sich aus ausgerechnet darüber reden will? Das hat mich gerade eiskalt erwischt. Aber wie hätte ich auch damit rechnen sollen? Schließlich war er es, der damals einfach wortlos abgehauen ist.

Ich wasche mir das Gesicht und flechte meinen Zopf neu. Als ich damit fertig bin, bin ich bereit, die zweite Runde dieses Matches einzuläuten. Die Mädchen sind mit Chris bereits auf dem Platz und laufen sich warm, als ich vor die Tür trete. An der Bande neben dem Eingang lehnen Merle und Paulina, zwei Mütter, die in der gemeinsamen WhatsApp-Gruppe vor allem dadurch brillieren, dass sie die Geburtsdaten sämtlicher Kinder und Eltern auswendig kennen. Ebenso wie deren Klassenlehrer, ihr Lieblingsfach und ihre Nahrungsmittelallergien. Wenn ich es nicht besser wüsste, würde ich vermuten, dass sie nebenberuflich beim BND tätig sind. Und wie es der Zufall so will, wohnen sie beide in derselben Straße wie Chris' Familie. Ich schlendere zu ihnen hinüber und stütze mich mit den Unterarmen auf die Bande. »Wer hätte gedacht, dass Chris Reuter hier so plötzlich wiederauftaucht.« Ich lege eine bedeutungsschwere Pause ein. »Was da wohl dahinterstecken könnte?«

Als könnte er Gedanken lesen, schaut Chris in diesem Moment zu uns herüber. Ich fange seinen Blick auf, halte ihn eine Sekunde. Nur so lange, bis ich sicher bin, dass er das kleine triumphierende Lächeln auf meinen Lippen gesehen hat. Dann wende ich mich ab und richte meine ganze Aufmerksamkeit auf Merle.

»Ja, das haben wir uns auch schon gefragt …«

Kapitel 7

»Wir haben heute mit Chris Kopfball geübt. Und er hat gesagt, dass ich richtig gut bin«, erzählt Hannah strahlend beim Abendessen.

»Das freut mich, Schatz«, antworte ich mit einem nicht ganz aufrichtigen Lächeln. Dafür, dass Chris die Mannschaft erst seit zwei Wochen trainiert, redet sie jetzt schon über ihn wie über einen Fußballgott. Überhaupt redet sie viel zu viel über ihn. Immer wenn wir jetzt zusammen im Garten einen Ball hin und her schießen, heißt es, Chris sagt das, Chris hat das aber so gemacht, immer wieder Chris. Der Name verfolgt mich jetzt auch schon in meinem eigenen Zuhause.

Sandra fängt meinen Blick auf, verzieht mitfühlend das Gesicht. »Wie lange geht denn euer Training noch bis zur Sommerpause?«, fragt sie Hannah.

»Wir haben in einer Woche das letzte Spiel. Gegen den SV Söderby. Da müssen wir unbedingt gewinnen.« Sie schiebt sich eine Gabel voller Kartoffeln in den Mund. »Aber Chris sagt, wir schaffen das«, fügt sie kauend hinzu.

»Na, dann kann ja nichts mehr schiefgehen«, murmele ich in mein Wasserglas und wünsche mir, es wäre etwas Stärkeres.

»Und dann kommt ja das Camp!«

Mit einem Ruck stelle ich mein Glas wieder ab. Heute hat Hannah den Anmeldezettel mit zum Training genommen. Damit läuft jetzt endgültig die Deadline, bis Jan sie vor die Wahl stellen will. Er oder ich. Hamburg oder Altensande. Ich schiebe meinen Teller zur Seite, weil mir plötzlich der Appetit vergangen ist. Über Chris' plötzliches Auftauchen konnte ich die letzte Woche einigermaßen verdrängen, was auf mich zukommt. Aber Chris und ich sind Vergangenheit. Hannahs Zukunft steht auf dem Spiel. Nichts ist wichtiger als das.

Sandra beobachtet mich mit gerunzelter Stirn, aber sie bleibt stumm. Zumindest, bis Hannah sich zum Spielen verabschiedet hat. Da Phillip den Abend mit Buchhaltung im Büro der Surfschule verbringt, spülen wir allein das Geschirr ab. Meine Schwester lässt das Wasser ein, reicht mir ein Handtuch und hebt abwartend die Augenbrauen. »Also. Was ist los?«

Ich könnte Sandra einfach von der Sache mit Jan erzählen. Sie hasst den Mann mehr, als ich es jemals könnte, und unterstützt mich mit Hannah, wo sie nur kann. Wenn sie tatsächlich nach Hamburg gehen sollte – der Gedanke fühlt sich an wie ein Messer in meiner Brust –, dann wird meine Schwester das ohnehin mitbekommen. Aber etwas hält mich immer noch zurück. Sie hat schon genug Zeit ihres Lebens damit verbracht, sich um mich zu kümmern. Als Kind, wenn unsere Eltern zu beschäftigt mit der Pension waren, um an meine Klausuren zu denken. Aber auch als Erwachsene, die den ganzen Weg aus Belize hergeflogen ist, um sich nach meinem Armbruch vor zwei Jahren um Hannah zu kümmern. Jetzt soll sie sich um ihr eigenes Leben kümmern können. Das Leben, in dem sie eine gut gehende Pension führt und einen tollen Freund hat, der ihr bald einen Antrag machen wird.

»Alles okay«, antworte ich mit meinem besten Lächeln. »Bin nur ein bisschen müde.«

»Erzähl mir keinen Scheiß.« Sie drückt mir einen nassen Teller in die Hand. »Diese Ausrede zieht bei mir nicht.« Dann wird ihr Gesicht weicher. »Hannah scheint an Chris ja einen ganz schönen Narren gefressen zu haben.«

Ich stöhne auf. »Kann man so sagen.«

»Das würde mich an deiner Stelle auch wahnsinnig machen.«

Es ist vielleicht nicht ganz fair, aber wenn ich Sandra in dem Glauben lasse, dass es die Sache mit Chris ist, die mich gerade fertigmacht, fragt sie immerhin nicht weiter nach. Und so ganz gelogen ist es auch nicht.

»Ist ja toll, dass er ein guter Trainer für die Mannschaft ist«, grummele ich. »Irgendwas muss er ja können, und da stand Fußball immer schon ganz oben.«

Sandra kichert. »So kann man es auch sehen. Hat deine Recherche eigentlich schon etwas ergeben?«

»Nicht wirklich.« Nachdem ich online schon nicht erfolgreich war, ruhte meine Hoffnung auf den Infos, die die anderen Fußball-Mütter mir beschaffen könnten. Aber das stellte sich auch relativ schnell als Sackgasse heraus. Jetzt zähle ich auf Phillip und seine Kontakte in die hiesige Sportszene.

»Bisher scheint niemand irgendetwas zu wissen. Es ist so, als wäre Chris einfach von heute auf morgen hier wiederaufgetaucht, und alle tun so, als wäre er nie weg gewesen.«

»Also wissen wir auch immer noch nicht, wieso er bei St. Pauli aufgehört hat? Er war doch mal richtig gut, oder?«

Ich runzele die Stirn. »War er. Aber woher weißt du das? Du hasst Fußball.«

Sandra schmunzelt. »Noch mehr hasse ich Typen, die meiner kleinen Schwester wehtun. Also habe ich ihn im Studium noch eine Zeit lang im Auge behalten.«

»Das wusste ich ja gar nicht«, murmele ich überrascht. Da ist sie wieder, meine große Schwester, die sich selbst aus der Ferne um mich kümmert.

»Solltest du ja auch nicht.« Sandra zuckt mit den Schultern. »Du hattest in der Zeit andere Sorgen.«

Für ein paar Teller schweigen wir. Dann sagt Sandra: »Wo wir gerade schon bei Männern sind. Ist dir aufgefallen, dass Phillip sich die letzten Tage irgendwie seltsam verhält?«

Ich schüttele den Kopf, setze mein unschuldigstes Gesicht auf. »Seltsam? Inwiefern?«

»Keine Ahnung, er ist irgendwie so … unruhig. Ständig unterwegs, weicht meinen Fragen aus, kann mir nicht richtig in die Augen sehen.« Sie schürzt die Lippen. »Wenn es nicht Phillip wäre, würde ich mir langsam Sorgen machen.«

»Das musst du nicht«, beteuere ich. Beiße mir sofort auf die Zunge. »Also, weil es Phillip ist, meine ich. Der Mann vergöttert dich, dass kann jeder sehen.«

Sandra wirft mir einen misstrauischen Seitenblick zu. »Und du hast keine Ahnung, was los ist? Gar keine? Großes Schwesternehrenwort?«

Das ist ein Versprechen, das ich nicht leichtfertig abgebe. Aber in diesem einen Fall glaube ich, dass es vertretbar ist. »Großes Schwesternehrenwort.«

Wenn ich erst mal ihre Trauzeugin bin, wird sie mir hoffentlich verzeihen.

»Heute machen wir mal ein bisschen was anderes.« Mit diesen Worten beginnt Chris am Montag vor den Sommerferien die Trainingsstunde. Er steht wie immer vor dem Eingang des Fußballplatzes, als ich aus dem Auto steige. Das hellblaue Trikot des FC Timmendorf betont die sommerliche Bräune seiner Arme, und die kurze schwarze Sporthose gibt den Blick frei auf Fußballerwaden. Es ist absolut zum Kotzen, wie gut er darin aussieht.

»Eine kleine Teambuilding-Maßnahme vor unserem letzten großen Spiel der Saison. Und wenn Sie Zeit haben, könnten wir dabei die Unterstützung der Eltern gut gebrauchen.«

»Ich hab Zeit«, sagt Katinka sofort. Sie ist erst letztes Jahr mit ihrer Tochter Orla hergezogen, frisch geschieden und hat offensichtlich auch Augen im Kopf. Schon die letzten beiden Male hat sie versucht, Chris nach dem Training in ein Gespräch zu verwickeln. Mit mäßigem Erfolg, soweit ich das beurteilen kann. Nicht, dass es mich interessieren würde.

»Wunderbar!« Chris schenkt ihr ein warmes Lächeln. Ich presse die Lippen aufeinander. »Wer ist noch dabei?«

Eigentlich hatte ich mir noch ein paar Unterlagen zum Vorbereiten für die letzte Schulwoche mitgebracht. Aber Hannah schaut mich mit so großen Augen an, dass ich nicht lange zögere. »Ich bin dabei.«

Nach und nach gehen weitere Hände nach oben, bis sich sieben Eltern gemeldet haben.

»Ich habe jetzt aber keine Sportsachen dabei«, gibt der Vater von Dina zu bedenken. In seinem dunkelgrauen Hemd scheint er direkt aus dem Büro gekommen zu sein. Mit meinen bequemen Leggins und einem einfachen schwarzen T-Shirt bin ich da besser auf mögliche körperliche Anstrengungen vorbereitet.

»Das wird auch nicht nötig sein«, antwortet Chris. »Dass die Mädchen hier Fußball spielen können, das haben sie mir die letzten zwei Wochen gezeigt.« Zustimmendes Gemurmel aus der Mannschaft. Hannah wirft mir ein stolzes Grinsen zu.

»Jetzt soll es darum gehen, ob sie auch ein gutes Team sind.«

»Klar sind wir das«, ruft Dina. Die anderen Mädchen nicken nachdrücklich.

»Dann werdet ihr bei diesen Übungen keinerlei Schwierigkeiten haben.« Chris zwinkert ihr zu.

Nach dieser mysteriösen Ankündigung führt er uns alle in die Mitte des Platzes. Obwohl er uns versichert hat, dass von uns keine sportlichen Höchstleistungen erwartet werden, besteht er auf ein kleines Warm-up. Die Mädchen kennen die Übungen bereits und dehnen sich routiniert. Bei uns Erwachsenen zeigt sich dagegen, wie lange der Sportunterricht in der Schule schon her ist.

»Jetzt die Arme nach unten. Und noch ein bisschen tiefer. Sehr gut.«

Ich unterrichte selbst zwei Mal die Woche Sport für meine dritte Klasse, und trotzdem muss ich die Zähne zusammenbeißen, um mit meinen Fingern auf den Kunstrasen zu kommen. Chris schreitet unsere Reihe ab, gibt gut gemeinte Ratschläge und korrigiert hier und da eine Fußstellung oder Armhaltung. Als er bei mir ankommt, hält er einen Moment inne, als wollte er etwas zu mir sagen. Ich beuge mich noch ein Stückchen weiter nach unten. Meine Sehnen brennen. Er setzt sich wieder in Bewegung und wandert zu Katinka weiter. Nach dem Aufwärmen sehen einige der Erwachsenen schon aus, als wären sie bereit für eine Pause. Dinas Vater hat einen hochroten Kopf, Merle atmet schwer, und Katinka wedelt sich Luft zu. Aber Chris hat gerade erst angefangen.

»Ich sehe, ihr seid alle bereit loszulegen. Dann fangen wir mal mit einer einfachen Übung an. Dafür stellen wir uns alle in einem großen Kreis auf.«

Gehorsam versammeln wir uns um ihn herum. Chris kickt den Ball zu Hannah, die ihn professionell annimmt. »In einem Team muss man gut miteinander kommunizieren können. Genau das üben wir hier. Hannah, du spielst den Ball zu einer deiner Mannschaftskameradinnen. Bevor du abgibst, rufst du einmal laut ihren Namen, damit sie Bescheid weiß. Verstanden?«

Meine Tochter nickt. »Gar kein Problem. Frieda!« Mit Schwung schießt sie den Ball zu ihrer Freundin hinüber. Die nimmt ihn an und kickt ihn zu Dinas Vater. Danach komme ich. Obwohl ich immer gerne Sport gemacht habe, waren Ballsportarten nicht gerade meine Stärke. Chris' Blick ruht aufmerksam auf mir, und mein Puls beschleunigt sich. So lässig wie möglich rufe ich »Katinka« und kicke den Ball zu ihr. Er verfehlt sie um mehr als zwei Meter.

»Nicht schlecht für den Anfang«, sagt Chris und joggt hinterher. Ich starre auf die Spitzen meiner Turnschuhe und wünsche mir ein Loch im Boden. Nach mehreren Runden wirft Chris einen zweiten Ball in die Runde. Dann dürfen wir die Namen der nächsten Person nicht mehr laut sagen, sondern nur noch durch Blicke kommunizieren. Was als einfaches Spiel begann, wird zunehmend komplex. Aber je mehr ich mich darauf konzentriere, meine Mitspieler im Blick zu behalten und nicht neben den Ball zu treten, desto weniger denke ich an den Mann in der Mitte des Kreises. Als Chris uns schließlich stoppt, bin ich außer Atem und fast ein bisschen enttäuscht.

Als Nächstes baut Chris einen kleinen Parcours mit verschiedenen Übungen auf. Für jede Station ist einer von uns Eltern zuständig. Mich führt er an den Rand des Feldes, wo mehrere Fußbälle auf dem Boden liegen.

»Hier geht es darum, euren Teampartnern zu vertrauen«, erklärt er der Runde. »Ihr teilt euch in Zweiergruppen auf und lauft Slalom um diese Bälle.«

»Das ist ja einfach«, ruft Hannah.

Ihr Trainer grinst verschmitzt. »Ihr lauft blind. Einer führt den anderen. Schummeln streng verboten.«

Die Mädchen kichern. Chris winkt mich zu sich. »Wir zeigen euch einmal, wie es geht.«

Vor dem ersten Fußball bleibe ich stehen. »Und jetzt?«

»Jetzt verbinde ich dir die Augen.« Chris tritt näher, bis uns nur eine knappe Armlänge trennt. »Und du verlässt dich nur auf meine Stimme.«

Auf gar keinen Fall. Dieses Spiel habe ich schon mal gespielt. Und bitterlich verloren. Der Protest liegt mir bereits auf der Zungenspitze. Aber ich kann mich schlecht vor den Augen der gesamten Mannschaft weigern. Also stehe ich stocksteif da, während er mir mit einem Geschirrhandtuch aus der Küche des Sportheims die Augen verbindet.

»Alles klar. Sitzt alles richtig?«

Das Handtuch sitzt locker an meiner Stirn, aber gerade eng genug, dass ich bis auf den roten Stoff nichts sehen kann. Ohne meine Augen fühle ich mich sofort seltsam hilflos. Hinter mir kichern die Kinder. Ich balle meine Hände zu Fäusten und nicke knapp.

»Wunderbar. Dann geh jetzt zwei Schritte nach rechts und danach zwei geradeaus.« Chris' Stimme ist dichter an meinem Ohr, als ich erwartet hatte. Warm und vertraut auf eine Art und Weise, die sofort einen Fluchtinstinkt in mir auslöst. Ich stolpere zur Seite, einen Schritt, noch einen. Beim Schritt nach vorne trete ich in ein kleines Loch im Rasen und gerate ins Wanken.

»Vorsichtig.« Sofort ist seine Hand unter meiner Schulter, hält mich aufrecht. »Das ist das Wichtigste an dieser Übung«, erklärt er den anderen hinter mir. »Dass ihr aufeinander aufpasst.«

Ich habe meinen Halt längst wiedergefunden, aber seine Hand bleibt liegen. Mit sanftem Druck leitet er mich durch den Parcours, nach links und rechts um die ausgelegten Fußbälle, während er seiner Mannschaft erklärt, wie wichtig gegenseitiges Vertrauen ist. Er klingt so ernsthaft, so aufrichtig, dass ich beinahe an mir selbst zweifele. Wie kann das derselbe Mann sein, der mit achtzehn Jahren einfach so mein Leben zerstört hat? Die Wärme seiner Finger durchdringt den Stoff meines T-Shirts. Ich will ihn abschütteln.

Ich will, dass er mich niemals loslässt. Als er mir schließlich die Augenbinde abnimmt und ich blinzelnd wieder zu mir komme, bin ich nicht nur auf räumlicher Ebene für einen Moment desorientiert.

»Alles okay?«, fragt Chris leise. Da sind diese feinen Falten um seine Augen, diese aufrichtige Besorgnis in seinem Blick. Sie entzündet tief in meinem Brustkorb eine Wärme, die ich schon lange nicht mehr gespürt habe. Und mit ihr eine Wut, die ich viel zu lange schon mit mir herumtrage.

»Alles in bester Ordnung«, zwitschere ich mit meinem falschesten Lächeln. »Was könnte schon schiefgehen, wenn man dir vertraut?«

Damit reiße ich ihm das Geschirrtuch aus der Hand und marschiere zurück zum Anfang des Parcours. »Ihr habt gesehen, wie es geht. Wer will als Nächstes?«

Alle Kinderhände schießen nach oben.

Den Rest des Trainings spüre ich Chris' Blick auf mir, wann immer er an mir vorbeigeht. Aber ich drehe mich kein einziges Mal zu ihm um.

Kapitel 8

Der letzte Schultag ist pures Chaos. Obwohl wir den Eltern schon vor Wochen eine geteilte Excel-Liste gemailt haben, in die jeder seinen Beitrag zum großen Ferienfrühstück eintragen konnte, haben wir zu Beginn der ersten Stunde vier Gläser Erdbeermarmelade und keine einzige Tüte Brötchen. Nachdem ich dieses mittelgroße Drama mit einem kurzen Gang zum Bäcker nebenan gelöst habe, geht es weiter mit der Zeugnisausgabe. Vier Kinder haben die Klarsichtfolie vergessen, die sie mitbringen sollten, bei zwei anderen hat das Sekretariat den falschen Nachnamen eingefügt, und eine meiner Schülerinnen ist so traurig über ihre Drei in Mathematik, dass ich einen kleinen Heulanfall trösten muss. Als es um halb zwölf endlich zu den großen Ferien klingelt, bin ich einmal durchgeschwitzt und mehr als nur ein bisschen urlaubsreif. Was natürlich nicht funktioniert, wenn man nebenbei eine Pension betreibt, die zu Beginn der Sommerferien ausgebucht ist.

»Da bist du ja!« Hannah stürmt durch die großen Glastüren der Schule auf mich zu, ihren Rucksack achtlos über eine Schulter geschlungen. »Können wir jetzt endlich gehen?«

»Du hast es wohl sehr eilig, die erste Klasse zu beenden,

was?«, frage ich amüsiert. »Na dann, lass uns los. Sandra wartet bestimmt schon auf uns.«

Während einige der anderen Kinder direkt von Eltern mit gepackten Reisetaschen im Kofferraum abgeholt werden, steuere ich mein Auto an der Autobahnauffahrt vorbei auf den kleinen Autohof dahinter. Da liegt die McDonald's-Filiale meiner Kindheit – und der Auftakt für unsere Sommerferien.

»Na endlich!« Sandra ist bereits ausgestiegen und lehnt an Phillips dunkelrotem Pick-up. »Ich wollte schon ohne euch reingehen.« Sie zwinkert der lautstark protestierenden Hannah zu, dann hakt sie sich bei mir unter, und zu dritt betreten wir das Fast-Food-Restaurant. Vor dem Tresen hat sich bereits eine lange Schlange von Eltern mit Kindern gebildet, die kurz vor ihrem Ferienziel noch mal Rast machen wollen. Aber wir haben heute keine Eile. Das jährliche Ferien-McFlurry ist bei uns so was wie eine Familientradition.

»Ich möchte eins mit allem.« Hannah starrt mit großen Augen auf das Menü über der Kasse. »Geht das?«

»Heute geht alles.« Ich streiche meiner Tochter eine Haarsträhne hinters Ohr. »Wir müssen schließlich dein erstes Schuljahr feiern!« Und möglicherweise dein letztes Schuljahr in Altensande, schießt es mir durch den Kopf. Mit aller Entschlossenheit schiebe ich den Gedanken beiseite. Ertränke ihn in einer köstlichen Kombination aus Vanilleeis, Smarties und Schokosoße die immer ein kleines bisschen nach Kindheit schmeckt. Als wir wieder vor die Tür treten, unsere Eisbecher in der Hand, fühlt sich die Welt direkt ein bisschen besser an. Der Himmel scheint ein bisschen blauer, die Sonne ein bisschen wärmer, selbst die Möwen am Mülleimer sind ein bisschen weniger nervig.

Jetzt ist es offiziell: Der Sommer ist da. Wir schlendern zurück zum Auto und öffnen die Kofferraumklappe von Phillips Pick-up. Zu dritt passen wir gerade so nebeneinander auf die Abstellfläche.

Für ein paar Sekunden herrscht nur zufriedenes Schweigen, während wir unser Eis löffeln. Dann fragt Hannah mit halb vollem Mund: »Wieso kommen wir eigentlich nur in den Ferien hierher?«

»Damit es was Besonderes bleibt, mein Schatz«, antworte ich um einen Löffel Eis herum.

»Es könnte doch auch jeden Tag was Besonderes sein«, gibt sie zu bedenken. Sandra schmunzelt. »Genau das hat deine Mutter früher auch gesagt.«

»Tatsächlich?« Ich runzele die Stirn. »Daran kann ich mich nicht erinnern.«

»O doch. Du hast alle möglichen Argumente angeführt, um unsere Eltern öfter hierherzubekommen. Aber unsere Mama ...«, sie gibt Hannah einen sanften Stups mit dem Knie, »also deine Oma, die war da unerbittlich. Ein McFlurry in den Sommerferien, aber das muss reichen. Unser kleiner tiefgefrorener Urlaubsersatz, wenn man so will.«

»Wegen der Pension, richtig?« Hannah nimmt noch einen Löffel Eis.

»Ganz genau.« Sandra schaut nach vorne auf die gespiegelten Eingangstüren, die immer noch so aussehen wie vor zwanzig Jahren. »Da konnten wir ja schlecht wegfahren, wenn wir Gäste hatten. Aber Eis essen, das ging immer.«

Dank Sandra, wie ich mittlerweile weiß. Weil sie heimlich dafür gesorgt hat, dass ich meine kleine Ferientradition erleben konnte, selbst wenn unsere Eltern zu beschäftigt mit der Pension waren. Ich werfe meiner Schwester einen dankbaren Blick zu, aber sie schaut weiter geradeaus, als würde sie direkt in die Vergangenheit gucken.

»Wart ihr dann nicht manchmal traurig, dass ihr nicht wegfahren konntet wie die anderen Kinder?«, fragt Hannah nach einer Weile. »Also, ich kann ja jetzt mit Papa wegfahren, wenn Mama nicht kann wegen der Pension. Aber euer Papa konnte ja auch nicht mit euch in den Urlaub.«

Ich nehme einen großen Löffel Eis in den Mund, um ein paar Sekunden Bedenkzeit zu gewinnen. Versuche, den bitteren Geschmack, den die Erwähnung von Jan hinterlässt, mit einer Extraportion Schokosoße zu neutralisieren.

»Manchmal schon«, antwortet Sandra an meiner Stelle. »Manchmal fand ich das sogar ziemlich doof.« Ich werfe ihr einen Seitenblick zu, überrascht von ihrer Ehrlichkeit. Unsere etwas komplizierte Beziehung zu unseren Eltern ist etwas, das ich mit Hannah so wenig wie möglich thematisiere. Sie soll sie als die liebenden und zugewandten Großeltern in Erinnerung behalten, die sie ihr nur wenige Jahre sein konnten.

»Bist du deshalb weggegangen?« Hannahs Stimme klingt mit einem Mal deutlich jünger, als sie mit ihren siebeneinhalb Jahren ist. Sandra legt ihr einen Arm um die Schulter und zieht sie an sich. »Das hatte viele Gründe. Aber weißt du, was keiner davon war? Dass ich dich nicht lieb hatte. Ganz unfassbar lieb.« Sie pikst Hannah in die Seite, einmal, zweimal, bis sie sich lachend losmacht. »Nicht! Ich bin doch kitzelig!«

Aber ich weiß aus Erfahrung, dass meine Schwester das noch nie aufgehalten hat. »Was? Du und kitzelig? Kann das denn sein?«

Sie stellt ihren Eisbecher weg und kitzelt Hannah jetzt mit beiden Händen. Ich nehme meiner Tochter schnell ihren Eisbecher weg, bevor sie ihr neues weißes T-Shirt vollkleckern kann. Hannahs hohes Kinderlachen schallt über den Parkplatz, und ich sauge das Geräusch in mir auf, speichere es an einem Ort ganz tief in meinem Herzen, wo es mir niemand nehmen kann. Am allerwenigsten Jan. Als sich die beiden wieder beruhigt haben, ist Hannahs Eis fast geschmolzen, aber sie löffelt es mit unvermindertem Eifer. Schokosoße landet auf ihrem Kinn, dann auf ihrem Hals und dann auf dem weißen Shirt. Ich lasse es geschehen. Was ist schon ein bisschen Schokosoße, wenn man darüber nachdenkt? Schließlich ist Sommer.

Der Morgen von Hannahs letztem Spiel beginnt bereits mit einer kleinen Katastrophe. Als ich noch im Halbschlaf auf mein Handy schaue, warten dort schon mehr als zehn Nachrichten in der Chatgruppe der Fußballeltern. Das kann nichts Gutes bedeuten. Wie sich herausstellt, haben die Zwillinge Sejla und Liv über Nacht Magen-Darm bekommen und können nicht am Spiel teilnehmen. Die anderen Nachrichten stammen von Eltern, die gute Besserung wünschen. Oder leicht panisch versuchen, jetzt eine andere Mitfahrgelegenheit für ihr Kind zu organisieren. Ich sehe aber noch ein ganz anderes Problem. Liv, Hannah und Sejla sind die besten Stürmerinnen des Teams. Ohne die beiden sinken die Chancen des FC Timmendorf. Das sieht Hannah offensichtlich genauso. Nachdem ich ihr beim Frühstück die schlechten Nachrichten überbringe, schiebt sie den Rest ihres Toasts zur Seite. »Ich glaube, ich hab keinen Hunger mehr.«

Ich setze mich neben sie an den Tisch. »Hey, was ist denn los? Ich dachte, du wirst nicht mehr so nervös vor Spielen?«

Leider scheint Hannah das Gen für Lampenfieber von ihrer Mutter geerbt zu haben. Vor ihren ersten richtigen Spielen mit der Mannschaft am Anfang des Jahres hat sie kaum geschlafen, so aufgeregt war sie. Aber mit der Zeit und Lydias gutem Zuspruch ist das immer besser geworden.

»Aber Liv und Sejla schießen die meisten Tore«, gibt sie zu bedenken.

»Du kannst auch Tore schießen. Du bist schließlich auch eine Stürmerin«, erinnere ich sie sanft.

»Ja, schon.« Mit gerunzelter Stirn schaut sie auf ihren Teller, schiebt den angebissenen Nutellatoast von rechts nach links. »Aber was ist, wenn wir verlieren?«

Bisher hat Hannahs Mannschaft nur ein einziges Spiel verloren, im Februar gegen den SV Deichbrück. Es hat über eine Woche gedauert, bis sie sich von dieser Niederlage erholt hat, und ich habe jede Sekunde davon gehasst. Am liebsten würde ich sie für den Rest ihres Lebens vor solchen Enttäuschungen beschützen. Wenn die Welt mich nur lassen würde.

»Dann habt ihr hoffentlich trotzdem Spaß gehabt und ein bisschen was gelernt«, antworte ich.

»Wie kann man denn beim Verlieren Spaß haben?« Ihre Unterlippe zittert. Ich strecke einen Arm aus, und sie lehnt sich an mich, vergräbt ihr Gesicht in meinem T-Shirt. »Das herauszufinden, ist eine der großen Aufgaben des Lebens«, antworte ich.

»Hast du es herausgefunden?«

Ich schmunzele, drücke ihr einen Kuss auf den Schopf. »Ehrlich gesagt, nein. Aber wir beide, wir können zusammen weiter daran arbeiten. Und weißt du, was?« Ich warte, bis sie den Kopf hebt und mich ansieht. »Noch habt ihr nicht verloren. Also, was hältst du davon, deinen Toast aufzuessen und es erst mal mit dem Gewinnen zu versuchen?«

Sie wischt sich über die Augen und greift nach ihrem Teller. »Das ist eine gute Idee, Mama.«

Mutter sein fühlt sich manchmal an wie ein endloser spontaner Lateinvokalbeltest. Du hattest keine Gelegenheit zu lernen und verstehst die Hälfte der Fragen nicht. Aber in Momenten wie diesem erlaube ich mir das Zugeständnis, dass ich es manchmal doch ganz gut hinbekomme.

Kapitel 9

Um den Ausfall der Zwillinge zu kompensieren, fahre ich nicht nur bei Friedas Familie, sondern noch bei zwei weiteren Eltern vorbei und hole ihre Töchter ab. In beiden Fällen stehen die Mädchen schon an der Tür, ihre Sporttasche fest umklammert, und stürmen auf das Auto zu, bevor ich den Motor abstellen kann. Sobald wir losfahren, wird lautstark über die anstehende Partie diskutiert. Die Anspannung im Auto ist beinahe mit Händen greifbar.

Das letzte Auswärtsspiel der Saison führt uns nach Söderby, einem Dorf in etwa der Größe von Altensande, gut zwanzig Kilometer nach Osten. Kurz vor dem Ortsschild fahren wir an dem Bauernhof vorbei, zu dem ich diese Sommerferien einen Ausflug für die Ferienkinder plane. Ich mache mir eine mentale Notiz, auf dem Rückweg kurz hier anzuhalten und die letzten Details mit dem Besitzer persönlich zu klären. Der Sportplatz von Söderby liegt mitten im Ort, direkt neben einer kleinen Gemeindehalle, und der Parkplatz ist bereits voll, als wir ankommen. Sobald der Wagen zum Stehen kommt, reißen die Mädchen die Türen auf und laufen zum Eingang der Umkleiden, wo Chris bereits auf sie wartet. Ich geselle mich zu den anderen Eltern, die in einem losen Kreis außen herum stehen.

Kaum ist das letzte Kind eingetroffen, beginnt Chris mit der Lagebesprechung.

»Wie ihr wisst, fehlen uns zwei Spielerinnen. Wir wünschen den beiden natürlich gute Besserung. Für heute bedeutet es aber auch, dass wir unsere Taktik ein bisschen umstellen.« Er wirft einen kurzen Blick auf das schwarze Klemmbrett in seiner Hand. »Das heißt, Frieda und Orla gehen heute zusammen mit Hannah nach vorne.« Er wirft ihnen ein aufmunterndes Lächeln zu. »Ihr habt im Training gezeigt, dass ihr das könnt.« Auch der Rest der Mannschaft wird leicht umgestellt. Als Chris mit seiner Einteilung fertig ist, winkt er alle Spielerinnen noch ein Stück näher zu sich heran. »Ich weiß, ihr seid aufgeregt. Und ich verrate euch mal ein Geheimnis.« Verschwörerisch senkt er die Stimme. »Ich bin auch aufgeregt. Schließlich ist das mein erstes Spiel als euer neuer Trainer. Und Lydia hat hohe Erwartungen an mich.« Er zwinkert ihnen zu, und die Mädchen lachen. Ein Teil der Anspannung verfliegt.

»Viel wichtiger als das Ergebnis am Ende ist mir aber, dass ihr da draußen eine gute Zeit habt. Dass ihr ein gutes Team seid, genauso, wie wir das geübt haben. Okay? Also, seid ihr ein gutes Team?«

»Ja!«, antworten die Spielerinnen lautstark.

»Wollt ihr da draußen Spaß haben?«

»Jaaa!«

»Dann auf den Platz mit euch!«

Achtlos wirft er das Klemmbrett ins Gras und joggt voran. Seine Mannschaft folgt ihm mit siegessicherem Geschrei.

»Er ist wirklich nicht schlecht«, murmelt Merle, die Mutter der kleinen Rike, anerkennend. »Das hat ja beinahe mich motiviert mitzuspielen.«

Ich brumme, die Augen auf Chris' sich entfernenden Rücken gerichtet: »Überzeugend war er schon immer.«

»Was?«

»Ach, nicht so wichtig.«

Während die beiden Mannschaften sich aufwärmen, machen wir uns auf den Weg zur kleinen Tribüne für die Gästefans. Merle packt sofort zwei große Thermoskannen mit Tee und eine Tupperdose mit selbst gebackenen Dinkelcrackern aus, die sie großzügig an alle verteilt. Ich knabbere mit schlechtem Gewissen an einem Cracker und nehme mir vor, zum nächsten Spiel auch mal etwas zu backen.

»Die sind ohne zugesetzten Zucker und vegan«, erklärt Merle. »Man muss es ja nicht damit übertreiben, aber wenn ich kann, achte ich schon darauf, dass meine Familie gesund isst.«

Ich denke zurück an den McFlurry und die Fertiglasagne, die ich Hannah gestern Abend aufgewärmt habe, weil an der Rezeption so viel los war, und mit einem Mal schmeckt mir der Cracker nicht mehr.

Unten auf dem Platz winkt die Schiedsrichterin die Mannschaften zu sich. Die Münze wird geworfen, und der Anstoß geht an den SV Söderby. Ein scharfer Pfiff hallt über den Rasen. Das Spiel beginnt.

Bis Hannah angefangen hat, Fußball zu spielen, hätte ich nicht den Unterschied zwischen einer Ecke und einem Elfmeter gekannt. Jetzt sitze ich zusammen mit den anderen Eltern da und verfolge mit angehaltenem Atem jeden

Schuss. Unsere Mannschaft ist konzentriert und schnell. Aber die anderen sind schneller. Nach zwölf Minuten fällt das erste Gegentor. Nach zwanzig Minuten das zweite. Hannah bemüht sich nach Kräften, läuft sich frei, so gut sie kann, aber kaum ein Ball schafft es durch die Abwehr bis zu ihr, und ihre einzigen beiden Torschüsse scheitern an der Torwärterin des SV Söderby. Mit jedem gescheiterten Versuch wächst die Frustration der Mannschaft. Die Mädchen werden verbissener, rücksichtsloser. Die Schiedsrichterin macht von ihrer Pfeife Gebrauch, vergibt Freistöße und Ecken an den Gegner.

»Das war doch nichts!«, empört Katinka sich nach einem Pfiff. »Meine Orla hat ganz klar nach dem Ball getreten.«

»Die pfeift gegen uns«, murmelt Merle, den angebissenen Dinkelcracker in ihrer Hand vergessen. »Das sieht man sofort.«

Ein kleiner Teil von mir weiß, dass wir hier bei einem Kreisligaspiel der F-Junioren sitzen. Einem Spiel, bei dem es objektiv betrachtet um nichts geht. Nichts außer dem zerstörten Selbstbewusstsein unserer Töchter. »Ja, den Eindruck habe ich auch«, murmele ich angespannt.

Kurz vor Ende der ersten Halbzeit haben die Altensander noch mal eine Chance. Frieda spielt den Ball zu Hannah, die nur knapp zehn Meter vor dem gegnerischen Tor steht. Aber die Abwehr der Mannschaft aus Söderby schläft nicht. Sofort stürmen zwei Mädchen auf Hannah zu.

»Los! Du schaffst das!«, rufe ich meiner Tochter zu, aber sie scheint mich gar nicht zu hören. Mit einem verbissenen Gesichtsausdruck läuft sie den Verteidigern entgegen, direkt auf Konfrontationskurs.

»Was hat sie vor?« Merle hebt die Hände vors Gesicht, als könnte sie nicht hinsehen. Ich muss hinsehen, bleibe stocksteif sitzen, als Hannah ohne Rücksicht auf Verluste weiterläuft und das linke der beiden Mädchen gnadenlos umrennt.

Mit einem Schrei stürzt die Gegnerin zu Boden und hält sich das Schienbein. Ein Raunen geht durch die Zuschauer. Dann hallt ein gellender Pfiff über das Feld. »Meerbach, antanzen.« Die Schiedsrichterin winkt Hannah zu sich, einen finsteren Ausdruck im Gesicht. Chris läuft ebenfalls aufs Feld. Die beiden diskutieren kurz, aber heftig, während die Trainerin der anderen Mannschaft dem gestürzten Mädchen aufhilft. Mit Erleichterung stelle ich fest, dass sie sich nicht wirklich verletzt hat und nach ein paar vorsichtigen Schritten wieder zu ihren Mannschaftskameradinnen zurückjoggt. Das scheint die Schiedsrichterin allerdings nicht milde zu stimmen. Anklagend deutet sie auf die Stelle im Gras, wo das Mädchen eben noch gelegen hat, dann auf Hannah und schüttelt den Kopf. Chris erwidert etwas, gestikuliert wild mit den Händen. Ich lehne mich in meinem Sitz nach vorne, aber die beiden sind zu weit weg, um einzelne Worte auszumachen. Als die Schiedsrichterin schließlich die Rote Karte aus ihrer Tasche zieht, kämpfen zwei Emotionen um die Vorherrschaft in meinem Bauch. Zum einen möchte ich sie für diese Entscheidung verfluchen. Zum anderen kann ich ihr nur beipflichten. Hannahs Aktion war ein eiskaltes Foul, und sie hat die Strafe absolut verdient.

Als sie die Karte sieht, fällt ihr Gesicht in sich zusammen. Während Chris sie vom Platz zur Spielerbank führt, jogge ich die Stufen der Tribüne hinunter.

»Diese Rote Karte ist kein Weltuntergang, okay?« Chris spricht leise, aber eindringlich mit Hannah, als ich am Fuß der Treppe ankomme. Tränen laufen ihr die Wangen hinunter und lösen jeden Gedanken an Wut über ihr Verhalten in Luft auf. Ein ernstes Wort werde ich später noch mit ihr reden. Nachdem ich sie getröstet habe.

»Aber das, was die Schiedsrichterin gesagt hat, sollte dir auf jeden Fall zu denken geben«, fährt Chris fort, während er Hannah vom Feld zur Ersatzbank führt. »Wir spielen fair, selbst wenn das heißt, dass wir mal verlieren. Würdest du sagen, dass deine Aktion vorhin fair war?«

Noch hat mich keiner der beiden bemerkt, und obwohl jede Faser meines Körpers danach schreit zu intervenieren, hält mich etwas an seinem Tonfall zurück.

»Nein«, sagt Hannah mit gesenktem Blick und lässt sich auf die Bank fallen. »War es nicht. Tut mir leid, Chris.«

»Danke für deine Entschuldigung«, sagt er und setzt sich neben sie. »Aber bei mir musst du dich nicht entschuldigen. Würde dir vielleicht jemand anderes einfallen?«

»Das andere Mädchen. Die Verteidigerin.« Erschrocken reißt Hannah den Kopf hoch und schaut über das Spielfeld. »Geht es ihr gut? Hab ich ihr schlimm wehgetan?«

»Hast du nicht«, beruhigt Chris sie sofort. »Sie spielt schon wieder mit, siehst du?«

Hannah folgt seinem ausgestreckten Finger und lässt beruhigt die Schultern sinken. Ein Lächeln zupft an meinen Lippen. Das ist die immer um andere besorgte Tochter, die ich kenne.

»Bei ihr muss ich mich entschuldigen«, verkündet Hannah. »In der Halbzeitpause gehe ich rüber.«

»Das ist eine gute Idee.« Chris spricht mit ihr, wie ich mit einer meiner Schülerinnen reden würde. Einfühlsam und präsent, auf Augenhöhe. War er schon immer gut mit Kindern? Oder hat sich dieser Teil von ihm erst irgendwann in den letzten zehn Jahren ausgeprägt?

»Und bei meiner Mannschaft will ich mich auch entschuldigen. Weil ich jetzt auch noch fehle.« Hannah beißt sich auf die Unterlippe, und ihr kommen erneut die Tränen. »Da können wir jetzt bestimmt nicht mehr gewinnen.«

In diesem Moment fällt Chris' Blick auf mich. Eine unausgesprochene Frage huscht über seine Züge, ein kleiner Moment der Unsicherheit in seiner ansonsten perfekten Fassade. Dann rutscht er zur Seite und gibt den Platz neben Hannah für mich frei.

»Es tut mir leid, Mama«, schnieft sie. Ich lasse mich neben sie auf die Bank fallen und ziehe sie in meine Arme.

»Was war denn da los, mein Schatz? Wieso hast du nicht einfach direkt aufs Tor geschossen?«

»Weil ich Angst hatte danebenzuschießen«, presst sie hervor. »Und wir brauchten doch unbedingt ein Tor, um nicht zu verlieren.«

»Weißt du noch, worüber wir beim Frühstück gesprochen haben?«

»Dass man auch beim Verlieren Spaß haben kann?« Geräuschvoll zieht sie die Nase hoch. Ich krame in meiner Hosentasche nach einem Tempo, aber Chris ist schneller.

»Hier, ich hab immer ein paar dabei«, sagt er und hält uns eine ganze Packung unter die Nase. »Man weiß nie, wofür man sie braucht.«

»Mit Mädchen zum Heulen bringen hast du ja Erfahrung«, murmele ich, während Hannah sich an den Taschentüchern bedient.

»Was?«

»Nichts.« Meine Wangen werden heiß. »Danke für das Taschentuch.«

Er mustert mich mit gerunzelter Stirn, und da ist sie wieder, diese Unsicherheit. Ich hebe den Kopf, begegne seinem Blick, und da ist etwas zwischen uns in der Luft. Ein Gefühl, wie auf freiem Feld zu stehen, kurz bevor das Gewitter losbricht. Ich beiße die Zähne zusammen und wappne mich für den Blitzeinschlag.

Als die Schiri pfeift, zucken wir beide zusammen. »Halbzeit. In fünfzehn Minuten geht es weiter.«

Innerhalb von Sekunden sind wir umringt von Hannahs Mannschaftskameradinnen.

»Ist alles okay bei dir, Hannah?«

»Ich find's gemein, dass die Schiri gepfiffen hat!«

»Wir liegen jetzt schon zwei zu null hinten, was sollen wir machen?«

Chris winkt die Mädchen zusammen. Als Hannah zögert, wirft er ihr ein beruhigendes Lächeln zu und wartet, bis sie sich auch in den Kreis gestellt hat. »Das war keine einfache erste Halbzeit, was?«

Energisches Kopfschütteln, enttäuschte Gesichter. Der Trainer nickt. »Ihr habt heute einen starken Gegner vor euch. Das gehört in diesem Sport dazu. Aber ich sehe auch, dass ihr euch wirklich gut bemüht.«

»Wir schaffen's einfach nicht, ein Tor zu schießen«, wirft Frieda ein. »Was macht es da für einen Unterschied, ob wir uns bemühen?«

»Bisher nicht, das stimmt.« Chris zuckt unbekümmert mit den Schultern. »Aber dafür kann ich sehen, wie viel ihr aus dem Training in den letzten Wochen anwendet. Orla und Sabine, ihr sprecht euch hinten in der Verteidigung super ab. Rike, du hast zwei Bälle gehalten. Xenia, du läufst dich wunderbar frei und kommunizierst gut mit deinen Teamkameradinnen.«

Die Mädchen wechseln Blicke, tuscheln leise.

»Was haltet ihr davon, wenn ihr alle eine Sache aufzählt, die ihr in diesem Spiel bisher gut gemacht habt? Wer möchte anfangen?«

Niemand meldet sich. Die Spielerinnen schauen beschämt auf ihre Fußballschuhe. Chris' Lächeln wird breiter. Er öffnet den Reißverschluss seiner großen schwarzen Sporttasche und zieht eine Keksdose heraus. »Na schön, dann fange ich an. Ich bin heute ein guter Trainer gewesen, weil ich für meine Mannschaft Kekse mitgebracht habe.«

Mit großer Geste öffnet er die Dose und präsentiert den Mädchen einen Haufen frisch gebackener Kekse. Damit hat er sowohl die Lacher als auch die Begeisterung auf seiner Seite.

»Jeder kriegt zur Pause eine Stärkung. Aber vorher nennt ihr mir eine Sache aus dem bisherigen Spiel, auf die ihr stolz seid.«

»Ich habe es zweimal geschafft, den anderen den Ball abzunehmen«, sagt Frieda nach kurzem Überlegen. »Zählt das?«

»Das zählt absolut.« Er hält ihr die Keksdose hin. »Wer ist die Nächste?«

Der Duft nach Karamell und Schokolade steigt mir in

die Nase, während die Mädchen nach und nach etwas aufzählen, auf das sie stolz sind. Als fast alle einen Keks haben, ist von der vorherigen Enttäuschung nichts mehr zu spüren. Nur Hannah steht noch mit leeren Händen da.

»Möchtest du keinen Keks?«, fragt Chris verwundert.

»Doch, auf jeden Fall. Aber erst, wenn ich mich entschuldigt habe. Darf ich eben zu den anderen rübergehen?«

»Aber natürlich.«

Sofort dreht sie sich um und läuft einmal über das Spielfeld auf die andere Seite, wo die gegnerische Mannschaft sich ausruht. Als sie das Mädchen entdeckt, das sie vorhin umgerannt hat, zögert sie kurz. Aus der Entfernung sehe ich, wie sie die Hände an ihren Seiten zu Fäusten ballt, dann wieder löst und mit festen Schritten auf das Mädchen zugeht. Auch wenn ich viel zu weit weg bin, um die Einzelheiten ihrer Unterhaltung zu verstehen, muss Hannah ihre Sache gut machen. Schon nach wenigen Worten löst das Mädchen die Arme, die sie vor der Brust verschränkt hat, dann lächelt sie. Kurz darauf trennen die beiden sich mit einem kollegialen Handschlag.

»Darf ich zwei Kekse haben?«, fragt Hannah atemlos, als sie wieder bei Chris ankommt. »Ich würde Clarissa gerne auch einen geben.«

Ihr Trainer hält ihr die geöffnete Dose hin. »Sehr gerne. Ich habe mehr als genug gebacken.«

Bevor sie auch nur in ihren eigenen Keks beißt, läuft Hannah noch mal zu den Gegnerinnen und verschenkt einen Keks an ihre neue Freundin. Ich hätte nicht stolzer auf sie sein können, wenn sie die Jugendmeisterschaften gewonnen hätte.

»Und worauf bist du heute stolz?« Chris' Stimme reißt mich unerwartet aus meinen Gedanken. Die Dose mit Keksen schwebt vor meinem Gesicht, und es kostet mich einiges an Selbstbeherrschung, nicht zuzugreifen.

»Auf meine Tochter«, antworte ich knapp.

»Das zählt nicht.« Chris wackelt mit der Dose. »Es muss etwas mit dir zu tun haben.«

»Sagt wer?« Ich verschränke die Arme vor der Brust.

»Ich.« Er besitzt doch tatsächlich die Frechheit, mir zuzuzwinkern. »Meine Kekse, meine Regeln.«

Meine Mundwinkel zucken. Ich presse die Lippen zusammen, um ein Lächeln zu unterdrücken. »Hab schon gefrühstückt. Danke.«

»Es ist nur ein Keks, Nina.« Etwas an der Art, wie er meinen Namen ausspricht, stellt die feinen Haare in meinem Nacken auf.

»Ist es das?« Mir geht es nicht um Kekse. Egal, wie köstlich sie aussehen mögen.

Langsam lässt er die Dose sinken. »Nina.« Nicht mehr, nicht weniger. Nur mein Name. Und verflucht sei mein dummes Herz, das dabei immer noch einen Schlag aussetzt.

»In fünf Minuten geht es weiter«, ruft die Schiedsrichterin. Wir scheinen beide wie aus einer Trance zu erwachen.

»Ah, Mist.« Eilig dreht er sich zu seiner Mannschaft um. »Habt ihr alle noch mal was getrunken? Muss noch jemand auf die Toilette?«

»Ich muss noch mal«, ruft Orla erschrocken. »Wo muss ich hin?«

»Hat jemand meine Wasserflasche gesehen?« Elisabeth kramt mit zunehmender Hektik in dem Berg aus Sporttaschen und Turnbeuteln am Ende der Bank. Juliane hat einen ihrer Schuhe ausgezogen und hüpft auf einem Bein auf uns zu. »Ich hab ein Problem mit meinen Schnürsenkeln!«

Chris' Blick springt von einem Mädchen zum nächsten und landet schließlich auf mir.

»Ich weiß, du bist hier nicht zuständig, aber …«

»Aber ich weiß, wo das Klo ist«, beende ich seinen Satz. »Alle, die müssen, einmal mit mir mitkommen.«

Ich bin Grundschullehrerin. Eine Horde aufgeregter Siebenjähriger zu bändigen, ist eine meiner leichteren Übungen. In einer Rekordzeit von 4 Minuten und 28 Sekunden schaffen wir es zu den Toiletten im Gemeindehaus und wieder zurück. Als ich angelaufen komme, ist Chris gerade noch dabei, Ersatzschnürsenkel in Julianes Schuhe zu ziehen. Ich sorge dafür, dass der Rest der Mädchen sich schon mal wieder auf den Platz begibt. Juliane kommt in dem Moment angerannt, als die Schiedsrichterin ihre Pfeife wieder an die Lippen hebt.

»Die zweite Halbzeit beginnt … jetzt.«

Als ich wieder an der Bank ankomme, bin ich selbst außer Atem. Chris nickt mir zu. »Danke für deine Hilfe. Die Pause ging jetzt doch schneller vorbei, als ich dachte.«

»Kein Problem«, antworte ich leichthin. Das Letzte, was ich will, ist seine Dankbarkeit. Sie macht es deutlich schwieriger, weiterhin wütend auf ihn zu sein.

Er hält meinen Blick noch einen Moment, dann wendet er sich dem Spielfeld zu, wo seine Mannschaft gerade den Ball erobert hat.

»Bleibst du bei mir sitzen?« Hannah, durch ihre Rote

Karte auf die Bank verbannt, klopft auf das Holz neben sich. Mein Ziel, so viel Distanz wie möglich zwischen Chris und mich zu bringen, rückt in unerreichbare Ferne. »Natürlich. Wenn ich hier nicht störe?«

»Du störst nie«, antwortet Chris, ohne sich umzudrehen. Neben mir auf der Bank steht immer noch die geöffnete Keksdose. Ich spiele mit dem Gedanken, mir vielleicht doch einen zu nehmen. Es ist schließlich nur ein Keks. Aber dazu komme ich nicht.

»Was machen die denn da?«, murmelt Chris und lenkt meine Aufmerksamkeit zurück zum Spiel. »Frieda, pass auf! Frieda!«

Ich recke den Kopf, bis ich sehen kann, was er sieht. Und das Blut gefriert mir in den Adern.

Kapitel 10

Drei Mädchen rennen auf das Tor des SV Söderby zu. Frieda läuft ganz links und treibt den Ball nach vorne, die Augen fest aufs gegnerische Tor gerichtet. Zwei Gegenspielerinnen drängen sie mit jedem Schritt weiter in Richtung Bande. Im nächsten Moment stürzt sie mit einem Aufschrei zu Boden. Ihr Kopf schlägt dumpf gegen das Holz der Bande, und sie bleibt bewegungslos liegen. Der ganze Platz scheint ein paar Sekunden zu brauchen, um zu verstehen, was gerade passiert ist. Dann bricht die Hölle los.

Die beiden Mädchen, die neben Frieda hergelaufen sind, fangen an zu weinen. Friedas Mannschaftskameradinnen stürmen auf sie zu, ringen sich um sie. Die Eltern auf der Tribüne springen auf, deuten mit dem Finger auf das gestürzte Mädchen und rufen wild durcheinander. Die Schiri pfeift. Ich nehme das alles wie durch einen Schleier hindurch wahr. In einer Sekunde sitze ich neben Hannah auf der Bank, in der nächsten sprinte ich aufs Feld, Chris hinterher. Wir bahnen uns einen Weg durch die Traube aus Menschen, die sich um Frieda gebildet hat, während ich im Kopf alle möglichen Worst-Case-Szenarien durchgehe. Als Grundschullehrerin, die regelmäßig Sport unterrichtet, bin ich zwar in allen grundlegenden Erste-Hilfe-Maßnahmen geschult, aber das Schlimmste, was in meiner Klasse jemals passiert ist, war ein verstauchter Knöchel. So wie Frieda gestürzt ist, könnte sie eine Gehirnerschütterung haben. Einen Nasenbeinbruch. Oder noch schlimmer, eine Hirnblutung. Atemlos lasse ich mich neben ihr auf die Knie fallen. Chris kniet bereits an ihrem Kopf und dreht sie vorsichtig auf die Seite.

»Frieda? Kannst du mich hören?«

Das Mädchen stöhnt leise. Es ist das schönste Geräusch, das ich seit Langem gehört habe.

»Habt ihr gehört? Sie lebt noch!«, ruft eine Spielerin hinter uns. »Frieda? Frieda, mach die Augen auf!«

»Bitte, geht mal alle einen Schritt zurück und macht uns Platz.« Chris' Stimme lässt keinen Raum für Widerspruch. Die Kinder folgen seiner Aufforderung stumm. Sofort kann ich etwas leichter atmen.

»Stabile Seitenlage?«, frage ich, die Hände bereits an Friedas Hüfte.

»Auf drei.«

Chris zählt vor, dann drehen wir Friedas ganzen Körper langsam vom Bauch auf die Seite. Ihre Mitspielerinnen raunen erschrocken auf, als sie die Platzwunde an ihrer linken Schläfe sehen. Dort, wo ihr Kopf gegen die Bande geschlagen ist, ist die Haut etwa daumenbreit aufgerissen. Blut läuft ihr über die Nase und tropft von ihrem Kinn auf den Boden.

»Frieda?« Chris senkt die Stimme, legt ihr vorsichtig eine Hand auf die Schulter. »Kannst du mal die Augen aufmachen?«

Sie stöhnt noch einmal. Dann flattern ihre Augenlider

auf, und sie blinzelt verwirrt ins helle Sonnenlicht. »Aua. Was is passiert?«

Mittlerweile sind die anderen Eltern ebenfalls aufs Feld gelaufen. Dinas Vater kommt als Erster bei uns an und überschüttet uns mit Fragen. »Können wir helfen? Was braucht ihr? Wo finden wir das?«

Chris ist gerade dabei, Frieda zu erklären, dass sie gestürzt ist und sich erst mal nicht bewegen soll, also übernehme ich das Antworten. »Ruft uns einen Rettungswagen. Sagt ihnen, hier ist ein Kind gestürzt und hat sich den Kopf verletzt. Sie war kurz bewusstlos, ist aber jetzt wieder ansprechbar.«

Er nickt und zieht mit zitternden Händen ein Handy aus der Tasche. Merle und Katinka begleiten ihn.

»Und wir brauchen die Erste-Hilfe-Tasche«, rufe ich ihnen hinterher.

»Ich bin schon auf dem Weg.« Die Schiedsrichterin läuft los in Richtung Gemeindehalle.

»Was ist mit uns? Was können wir machen?«, fragen Friedas Mannschaftskameradinnen.

Bindet die Kinder mit ein, wenn es möglich ist – das hat man uns damals in der Erste-Hilfe-Schulung beigebracht. Denn wer sich einbringen kann, fühlt sich nicht hilflos, und wer sich nicht hilflos fühlt, kann das Geschehene besser verarbeiten. Aber jetzt gerade ist mein Hirn wie leer gefegt.

»Ihr … also, ihr könntet …«

»Ihr könnt schon mal eure Sachen zusammenräumen und euch umziehen. Das Spiel ist an dieser Stelle vorbei«, schlägt Chris vor. »Dann hat Frieda hier ein bisschen Ruhe, und damit helft ihr gerade am meisten. Das schafft ihr, oder?«

Die Mädchen nicken voller Ernsthaftigkeit. Ich fange Hannahs Blick auf und versuche, ihr ein beruhigendes Lächeln zuzuwerfen. Es fühlt sich eher an wie eine Grimasse. Aber sie lächelt zurück, bevor sie sich umdreht und ihren Mitspielerinnen zur Bank folgt. Die anderen Eltern begleiten die Kinder und fangen an, Fußballschuhe aufzuschnüren und Sporttaschen zu sortieren.

»Ich habe alles mitgebracht, was wir haben.« Außer Atem kommt die Schiedsrichterin neben mir zum Stehen und stellt zwei große rote Taschen neben uns ab, die aussehen, als wäre ihr Inhalt in den 90er-Jahren abgelaufen. »Was braucht ihr?«

Chris überlegt nicht lange. »Ein paar Kompressen und einen Verband. Und am besten eine Rettungsdecke, damit sie nicht auskühlt.«

Die Schiri schaut etwas hilflos zwischen den beiden Taschen hin und her. »Mein Erste-Hilfe-Schein ist älter als dieses Zeug, fürchte ich.«

Ich ziehe wahllos eine der beiden Taschen zu mir und öffne den Reißverschluss. Im Inneren sieht es aus wie in einer Rumpelkammer. Offensichtlich hat hier irgendwann mal der Hausmeister der Gemeindehalle alles reingeworfen, was irgendwie nach Medizinprodukt aussah. Unter einer löchrigen Stoffdecke, einem defekten Kühlakku und zwei abgelaufenen Packungen Fenistil finde ich eine Rolle Verband und zwei Kompressen, die noch steril verpackt sind.

»Hier, bitte.«

»Super. Gibt's Handschuhe?«

»Bisher nichts gefunden.«

»Dann eben so. Frieda, du blutest ein bisschen am Kopf.«
Er beugt sich zu ihr hinunter. »Wir werden dich jetzt verbinden, okay?«

»Ja«, antwortet sie mit leiser Stimme.

»Tut dir denn ansonsten irgendwas weh? Außer dein Kopf?«

»Nur meine Hand ein bisschen. Da bin ich auch draufgefallen. Und mein Fuß. Ich glaube, ich bin umgeknickt.«

»Okay, darum kümmern wir uns gleich. Gibt es noch Kühlakkus?«

Mittlerweile habe ich auch die zweite Tasche durchsucht und schüttele den Kopf. »Nur kaputte.«

»Im Tiefkühlfach in der Hallenküche liegen immer ein paar«, wirft die Schiedsrichterin ein. »Ich kann einen holen.«

»Sehr gern.«

Damit bleiben nur Chris und ich bei dem verletzten Kind. »Kannst du ihren Kopf halten?«, fragt er, während er die Verpackung der ersten Kompresse aufreißt. »Dann reinige ich die Wunde, so gut es geht, und verbinde sie.«

Dankbar für den konkreten Arbeitsauftrag, rutsche ich auf den Knien nach vorne, bis ich neben Friedas Kopf ankomme. »Klar, kein Problem. Nicht erschrecken, Frieda, ich halte dich einmal ein bisschen fest. Du musst nämlich mal kurz stillhalten.«

»Okay.« Sie schluckt. »Sieht es sehr schlimm aus? Habe ich jetzt ein Loch im Kopf? Das hatte mein Cousin nämlich mal, und das musste genäht werden.«

»Es ist eine kleine Wunde, ungefähr so groß wie mein Finger.« Chris hält seinen Daumen hoch. »Und nach allem, was ich sehen kann, ist dein Kopf noch ganz.«

Sie kichert schwach, dann zuckt sie zusammen, als er beginnt, das Blut wegzuwischen.

»Ganz ruhig.« Ich verstärke meinen Griff um ihren Hinterkopf. »Ich weiß, das tut ein bisschen weh. Aber wir sind gleich fertig.«

Mit behutsamen Bewegungen wischt Chris über ihre Stirn, ihre Nase und ihre Wangen, bis sie nicht mehr aussieht wie eine Statistin in einem Horrorfilm. Die Wunde hat schon fast aufgehört zu bluten, als er die zweite Kompresse nimmt und sie abdeckt.

»So, und jetzt machen wir dich zu einer Mumie. Bist du bereit?«

»Wie an Halloween?«, fragt sie neugierig. »Da war ich letztes Jahr Mumie.«

»Na, sieh an, dann hast du damit ja schon Erfahrung.«

Da sie immer noch auf der Seite liegt, ist es gar nicht so einfach, ihr den Kopf zu verbinden. Schließlich verständigen Chris und ich uns darauf, die Verbandsrolle hin und her zu reichen, um sie um ihren Hinterkopf zu wickeln.

Als die Schiedsrichterin mit dem Kühlakku zurückkommt, ertönt aus der Ferne bereits die Sirene eines Rettungswagens.

»Kommt der wegen mir?« Frieda reißt ängstlich die Augen auf.

»Du musst dir keine Sorgen machen«, versichere ich ihr.

»Aber ich will nicht ins Krankenhaus!« Tränen steigen ihr in die Augen. Der Anblick sticht mir zwischen die Rippen direkt ins Herz.

»Alles gut.« Sanft lege ich meine Hand auf ihre Schulter. »Was auch immer passiert, wir bleiben bei dir.«

»Ganz richtig«, bekräftigt Chris. »Wir lassen dich nicht allein.« Über ihren Kopf hinweg tauschen wir einen Blick. In seinen Augen mischen sich Sorge und Dankbarkeit mit einer dritten, schwer zu benennenden Emotion. Ich wende als Erste den Blick ab, konzentriere mich wieder ganz auf Frieda.

»Hier entlang.« Dinas Vater winkt die beiden Sanitäter hektisch aufs Feld. »Sie liegt dahinten.«

Eine Frau und ein Mann etwa in meinem Alter marschieren zügig hinter ihm her. Als sie bei uns ankommen und ihre roten Taschen abstellen, nickt einer von ihnen Chris zu. »Reuter, du hier?«

Der Angesprochene blinzelt, für einen Moment offensichtlich unsicher, woher der Sanitäter ihn kennt. Dann breitet sich ein vorsichtiges Lächeln auf seinem Gesicht aus. »Feldmann, hey. Susi, schön, euch zu sehen.«

Die Frau erwidert sein Lächeln nicht. »Wir haben dich letzten Freitag vermisst. Und die Woche davor.« Dann öffnet sie ihren Rucksack und wendet sich an die Patientin. »Hallo, ich bin Susi vom Rettungsdienst. Kannst du mir erzählen, was passiert ist?«

»Also, wir waren eigentlich nur am Fußball spielen«, beginnt Frieda unsicher. »Und ich bin gelaufen, aber dann hat mich eine andere Spielerin zur Seite gedrückt, und dann war da so ein kleines Loch im Rasen, da bin ich umgeknickt.«

Sie gibt ihr Bestes, das Geschehen zu schildern, und wann immer sie ins Stocken gerät, ergänzt Chris. In knappen Worten berichtet er, wie lange Frieda bewusstlos war und was wir gemacht haben, bis der Rettungsdienst eingetroffen ist. Während ich ihn reden höre, klickt ein Teil der

Erinnerungen, die ich schon längst verdrängt hatte, wieder an seinen Platz. Das erste Mal geküsst hat Chris mich auf dem Altensander Feuerwehrfest hinter dem Gerätehaus. Neben dem Fußballtraining war er nämlich bei der freiwilligen Feuerwehr, genau wie sein Vater. Damals hat er allerdings selten davon gesprochen, schien mehr am Feiern als am Feuerlöschen interessiert zu sein, und mein Hirn hat offensichtlich beschlossen, alle Informationen über diesen Mann so gut wie möglich zu vergraben. Aber mit dieser wiederentdeckten Erinnerung ergibt es Sinn, dass er sofort wusste, was zu tun ist.

»Und jetzt gerade ist dir nicht schlecht oder schwindelig?«, fasst Susi Friedas Erzählung zusammen. »Du hast nur ein bisschen Kopfschmerzen, und dein Fuß tut weh?«

Das Mädchen nickt. Susi dreht sich zu ihrem Kollegen um, bespricht sich leise mit ihm. Dann wendet sie sich wieder an uns. »Also, es sieht so aus, als hättet ihr euch hier schon super um deine Verletzung gekümmert, Frieda. Aber weil du kurz bewusstlos warst, würde ich dich gerne trotzdem einmal mit ins Krankenhaus nehmen. Ist das in Ordnung?«

Hilfe suchend schaut Frieda erst zu Chris, dann zu mir. Ich lege ihr eine beruhigende Hand auf die Schulter.

»Können wir mitfahren?«, fragt Chris den Mann, den er eben mit Feldmann begrüßt hat.

»Ihr beide? Das sollte gehen.«

»Dann komm ich mit«, sagt Frieda tapfer.

»Alles klar, dann holen wir mal eben unsere Trage.« Susi stemmt sich hoch und wirft ihrem Kollegen den Autoschlüssel vom Rettungswagen zu.

»Und ich frage nach, ob jemand anders Hannah nach Hause fahren kann. Bin sofort wieder da.«

Sobald ich mich der Bank nähere, bestürmen mich Eltern und Kinder mit Fragen nach Frieda. Bis ich alle einigermaßen beruhigt habe, haben die Sanitäter sie bereits auf eine Trage gehoben und schieben sie vom Platz. Katinka erklärt sich sofort bereit, Hannah mit nach Hause zu nehmen. Die würde am liebsten mit ihrer Freundin ins Krankenhaus fahren. Aber ich verspreche ihr, dass ich gut auf Frieda aufpasse und ihr nachher alles genau erzählen werde.

»Vergiss deine Sachen nicht, Mama«, ermahnt sie mich und winkt mich zur Seite. »Ich hab sie schon für dich gepackt. Und die von Chris, der braucht seine ja auch.«

Ich drücke ihr einen Kuss auf die Wange. »Danke, mein Schatz. Das hast du super gemacht. Sag deiner Tante, sie soll mir schreiben, wenn du zu Hause angekommen bist, ja?«

»Mach ich.«

Mit großer Geste überreicht sie mir meine Handtasche und Chris' Sporttasche. Als ich am Rettungswagen ankomme, winkt der Sanitäter mich nach hinten.

»Sie können hier rechts auf den Stuhl. Wir fahren sie nach Eckernförde ins Krankenhaus, falls Sie schon mal jemanden anrufen wollen.«

»Schon dabei«, sagt Chris vom Beifahrersitz, sein Handy am Ohr. Ich klettere in den Krankenwagen und setze mich auf den Stuhl rechts von der Trage. Frieda ist bereits mit schwarzen Gurten angeschnallt und betrachtet staunend die vielen Knöpfe und Schläuche, die von der Decke hängen.

»Brauche ich die alle?«

»Nein, du nicht«, antwortet Susi, die auf dem zweiten Stuhl am Kopfende Platz genommen hat. »Aber manche Patienten schon, und wir sind lieber auf alles vorbereitet.«

»Mhm.« Frieda kaut auf ihrer Unterlippe. »Das ist wahrscheinlich besser so.«

Wir rollen los. Von vorne aus der Fahrerkabine höre ich gedämpft Chris' Stimme, der offenbar Friedas Mutter am Telefon hat. Über das Motorengeräusch kann ich keine einzelnen Worte ausmachen, aber seinem Tonfall nach scheint er einige Zeit zu brauchen, bis er sie beruhigt hat.

Bei dem Gedanken, ich bekäme so einen Anruf über Hannah, rutscht mir das Herz in die Hose. Der schlimmste Eltern-Albtraum: Deinem Kind stößt etwas zu, und du bist nicht da.

Zum Glück habe ich nicht viel Zeit, mich in dieser Vorstellung zu verlieren, bis wir schon wieder langsamer werden.

»Wir sind da. Jetzt können sich die Ärzte deinen Kopf noch mal in Ruhe anschauen«, erklärt Susi, bevor sie aussteigt und die Hintertüren des Rettungswagens öffnet.

Chris und ich folgen der Trage in die Notaufnahme des Eckernförder Krankenhauses, die an einem Samstagmittag zum Glück relativ leer ist. Ohne große Umschweife wird Frieda in eins der Behandlungszimmer gerollt, und eine Assistenzärztin mit blauem Kittel und freundlichem Lächeln bittet uns, kurz draußen im Wartebereich Platz zu nehmen. Die Tür schließt sich hinter ihr, und mit einem Schlag scheint alles Adrenalin meinen Körper zu verlassen. Mit zitternden Knien wanke ich in den leeren Wartebereich und lasse mich auf einen der orangenen Hartschalenstühle sinken. Chris verschwindet kurz den Gang entlang. Als ich das nächste Mal aufsehe, steht er mit zwei dampfenden Plastikbechern Kaffee vor mir.

»Du siehst aus, als könntest du auch einen gebrauchen.«

Ich bin zu erschöpft für eine schlagfertige Antwort, also nehme ich schweigend den Becher entgegen und verbrenne mir die Zunge an meinem ersten Schluck.

»Ich war mir nicht sicher, ob du ihn immer noch am liebsten schwarz trinkst.« Chris setzt sich neben mich. Zwischen den Stühlen ist ein Abstand von knapp einer Handbreite, sodass ich die Wärme spüre, die von seiner Schulter ausgeht. Aber es ist mir lieber, als ihm gegenüberzusitzen. So muss ich wenigstens nicht in diese verflucht schönen Augen schauen, während ich darauf warte, dass sich mein Puls normalisiert.

»So schwarz wie meine Seele«, gebe ich die Antwort, die schon mein Vater immer auf diese Frage gegeben hat. Aus den Augenwinkeln sehe ich seine Mundwinkel zucken.

»Friedas Eltern?«

»Sind auf dem Weg. Sollten jede Minute hier sein.«

»Sehr gut.«

Ich lehne den Kopf an die sterilweiße Wand hinter mir und schließe für einen Moment die Augen.

»Du warst super vorhin«, sagt Chris in die Stille. »Ruhig, konzentriert, schnell.«

Überrascht riskiere ich einen Seitenblick. »Als Grundschullehrerin zwingen sie dich, Erste Hilfe zu lernen. Offensichtlich habe ich doch ein bisschen was behalten.«

»Mehr als ein bisschen. Ich war wirklich froh, dass du da warst.«

Er klappt den Mund zu, als hätte er eigentlich schon zu viel gesagt.

»Du hast es ja offenbar auch immer noch drauf«, sage ich, um der folgenden Stille zu entkommen. »Obwohl du nicht mehr bei der Feuerwehr bist?«

Nicht, dass mich sein Privatleben etwas angehen würde. Die Zeiten sind lange vorbei.

»Ich bin noch nicht lange wieder hier«, sagt er mit einem Unterton, der beinahe entschuldigend klingt. »Bisher gab es einfach noch keine ... gute Gelegenheit.«

»Verstehe«, sage ich, obwohl ich es nicht tue. Dieser Mann gibt mir Rätsel auf, heute wie damals, und für einen Moment überkommt mich eine lange vergessene Sehnsucht. Nach einer Zeit, in der er mein bester Freund war, bevor er mehr als das wurde. In der wir gemeinsam unser kleines Dorf zum größten Ort der Welt gemacht und uns alles erzählt haben. Oder zumindest dachte ich das.

»Wir waren ein gutes Team, heute«, sagt er, als wüsste er genau, woran ich gerade denke.

»Kann man sagen«, antworte ich, und es klingt weniger wie die kühle Abfuhr, die ich ihm erteilen möchte, und mehr wie ein Geständnis. Die Notaufnahme liegt im Altbau des Krankenhauses, und es ist kühl in den hohen Räumen. Ich verschränke die Arme vor der Brust, um ein Zittern zu unterdrücken.

»Ich habe noch eine Jacke mit«, sagt Chris, denn wenn er eins immer schon war, dann aufmerksam. Trotz meines sofortigen Protests beginnt er, in seiner Tasche zu kramen. Bevor er allerdings eine Jacke zutage fördern kann, stößt er auf die Dose mit den Keksen.

»Also, ich finde, nach der Aktion können wir beide ein bisschen stolz sein«, murmelt er und fischt sich einen Keks heraus. Wortlos hält er mir die Dose hin. Eine Einladung, die ich annehmen oder ablehnen kann. Eine Sekunde zögere ich. Dann greife ich zu. Der erste Bissen schmeckt nach Zartbitter und braunem Zucker und *früher*.

»Die sind genau wie die, die du immer mit zum Strand gebracht hast«, rutscht es mir heraus.

»Das Rezept meiner Mutter. Mittlerweile kann ich es fast so gut wie sie.«

Wie geht es ihr?, will ich fragen. Was macht deine Schwester, und trägt der große Kirschbaum in eurem Garten schon Früchte? Stattdessen schiebe ich mir den restlichen Keks in den Mund, und wir schweigen, bis Friedas Eltern da sind.

Kapitel 11

»Der ist für dich gekommen«, sagt Sandra anstelle einer Begrüßung, als ich am Montagmorgen die Küche betrete. »Muss schon am Samstag gewesen sein, aber er ist irgendwie im Briefkasten nach hinten gerutscht.«

Sie deutet auf einen zartrosa Briefumschlag mit roter Schleife auf dem Küchentisch. Als Absender steht Jans Hamburger Adresse auf der Rückseite.

»Da schaue ich später rein«, verkünde ich entschieden und lege den Umschlag beiseite. Es ist der erste offizielle Tag der Sommerferien, und die Pension ist bis auf den letzten Platz ausgebucht. Während Sandra mit Manuela aus Rosas Café das Frühstücksbüfett vorbereitet, kümmere ich mich ums Kaffeekochen und Teeservieren. Die Sonne scheint warm durch die Fenster des großen Frühstücksraums, und die Gäste sind bester Ferienlaune. Aber jedes Mal, wenn ich zurück in die Küche komme, fällt mein Blick wieder auf den Umschlag, und das Lächeln versauert mir auf den Lippen. Als die letzten Frühstücksteller abgeräumt sind, habe ich keine Entschuldigung mehr, mich vor dem Unvermeidbaren zu drücken. Nachdem ich mir selbst eine Tasse starken Kaffee gekocht habe, setze ich mich an den Küchentisch und reiße das Papier auf.

Heraus fällt ein doppelt gefaltetes Blatt aus Seidenpapier und ein Foto. Es zeigt Jan und Fabienne eng umschlungen an einem Strand unter Palmen. Darunter steht in geschnörkelten Buchstaben *Wir sagen Ja.*

Der Brief selbst ist eine Einladung zu ihrer Hochzeit Ende August auf einem Bauernhof im Alten Land, verfasst in einer geschwungenen Schrift mit blauem Print, die nach Handschrift aussehen soll.

Ich widerstehe der Versuchung, den Brief sofort zu zerreißen.

»Was ist das?« Hannah tapst in die Küche, ein vom Frühstücksbüfett übrig gebliebenes Erdbeertörtchen in der Hand. »Ist das von Papa und Fabi?« Neugierig schaut sie mir über die Schulter und saugt scharf die Luft ein, als sie das Foto sieht.

»Heißt das, sie heiraten?«

»Das heißt es«, bestätige ich tonlos.

»So richtig mit weißem Kleid und Kutsche und allem?«

Ich räuspere mich, lege den Brief zur Seite. »So in etwa hört sich das an.«

»Wir gehen auf eine Hochzeit!« Begeistert springt Hannah auf und ab. »Meine erste Hochzeit!«

Ich persönlich würde mir lieber ohne Betäubung die Weisheitszähne ziehen lassen, als der zweiten Hochzeit von Jan Arens beizuwohnen. Aber das kann ich meiner Tochter schlecht erklären. Also beobachte ich, wie sie voller Vorfreude davonstürmt, um Sandra und Phillip die frohe Kunde mitzuteilen, und wünsche mir, ich hätte etwas Stärkeres als Kaffee in meiner Tasse.

Obwohl ich am liebsten nicht weiter über das Thema

Hochzeiten nachdenken würde, bietet der heutige Nachmittag die perfekten Voraussetzungen für Schritt zwei von Phillips und meiner geheimen Mission. Hannah ist bei Frieda, die sich von ihrer leichten Gehirnerschütterung wieder erholt hat, und wird danach von Friedas Mutter mit zum Fußball genommen. Sandra fährt nach Eckernförde in den Großmarkt, um die Vorräte der Pension wieder aufzufüllen. So haben wir keine Zeugen, als wir uns um kurz nach drei auf den Weg zu Donatas Juwelierladen machen.

»Es ist wirklich nett, dass du mir helfen willst«, sagt mein zukünftiger Schwager schon zum dritten Mal innerhalb der letzten zehn Minuten.

»Gar kein Problem«, antworte ich mit der Geduld einer Grundschullehrerin. »Wie gesagt, für Sandras großen Tag bin ich zu allen Schandtaten bereit.«

Das Juweliergeschäft liegt in einer Nebenstraße, und ich versuche, unseren kleinen Spaziergang zu genießen. Mich nur auf die warmen Strahlen der Sonne auf meiner Haut zu konzentrieren und keinen Gedanken an Jan zu verschwenden, der irgendwann in den letzten Wochen in Hamburg auch einen Ring gekauft hat.

»Das weiß ich ja.« Phillips Stimme bringt mich zurück in die Gegenwart. »Aber trotzdem. Es bedeutet mir viel. Vor allem, wo ich dir im Gegenzug bisher nicht wirklich helfen konnte.«

Trotz seiner guten Vernetzung in die Altensander Sportszene hat seine Recherche über Chris bisher genauso viel ergeben wie meine: nichts.

»Also konnte Tony dir auch nicht mehr sagen?« Der Vorsitzende der Altensander DLRG Ortsgruppe ist ebenso umtriebig wie neugierig und war meine letzte Hoffnung. Phillip schüttelt bedauernd den Kopf. »Er wusste nur, dass Chris relativ plötzlich wiederaufgetaucht ist. Von einem Tag auf den anderen. Chris' Mutter kommt wohl schon seit Monaten immer seltener zum Schwimmen, und Chris' Schwester hat er schon länger gar nicht mehr gesehen. Aber mehr wusste er nicht.« Nachdenklich schürzt Phillip die Lippen. »Es ist fast so, als würde dieser Typ nur zum Fußballtraining überhaupt das Haus verlassen, so wenig findet man über ihn heraus.«

»Wer weiß, vielleicht ist es ja so.«

Das passt überhaupt nicht zu dem Chris, der immer das halbe Dorf zu seinen Geburtstagen eingeladen hat. Aber Menschen können sich ändern. Manche sogar schneller, als man denkt.

Meine Gedanken wandern zurück zu dem Nachmittag in der Notaufnahme. Zu dieser Version von Chris, die mich daran erinnert hat, wieso ich mich überhaupt in ihn verliebt habe. Wieso wir früher ein verdammt gutes Team waren.

»Ich weiß, du hast gesagt, dass ich nicht fragen soll.« Phillip wirft mir einen entschuldigenden Blick zu. »Aber warum ist dir das eigentlich so wichtig?«

»Ist ne lange Geschichte«, antworte ich und deute mit dem Kinn auf die dunkelblau gestrichene Eingangstür des Juweliergeschäfts. »Wir sind da.«

Über der Tür bimmelt eine kleine Glocke, als wir eintreten. Als ich klein war, schien dieser Laden direkt aus einem Märchenbuch zu stammen. An den Seiten des mit dunklem

Holz ausgelegten Verkaufsraums ziehen sich hohe Vitrinen die Wände entlang. Hinter dem Glas werden elegante Uhren mit Lederarmbändern, Goldketten, Ohrringe mit funkelnden Edelsteinen und Ringe ausgestellt. Donata, die Besitzerin und Goldschmiedin, ist mit Mama zur Schule gegangen und hat immer mal wieder Nachmittage auf uns aufgepasst, wenn es in der Pension zu viel zu tun gab. Dann durften Sandra und ich ihr dabei zusehen, wie sie Ketten reparierte oder Edelsteine schliff.

Der Verkaufsraum ist leer, aber aus der angrenzenden Werkstatt hallt Donatas Stimme herüber. »Bin sofort da.«

Wenige Sekunden später betritt sie den Raum und begrüßt mich mit einer Umarmung. »Schön, dich wiederzusehen, meine Liebe.«

Sie trägt die weiße Schürze, die sie früher schon benutzt hat, wenn sie in der Werkstatt gearbeitet hat, und um ihren Hals baumelt eine Lesebrille an einer feinen goldenen Kette. Ansonsten trägt sie für einen Juwelier selbst wenig Schmuck, nur einfache Perlenohrringe und den schmalen goldenen Ehering ihres verstorbenen Mannes. Obwohl sie über sechzig ist, zeigen ihre rotbraunen Haare noch keine Spur von Grau.

»Natürlich weiß ich, wer Sie sind«, wendet Donata sich anschließend an Phillip und reicht ihm die Hand. »Auch wenn mich keine zehn Pferde auf so ein Surfbrett kriegen würden. Aber Sie sind Ihrem Vater wirklich wie aus dem Gesicht geschnitten.«

»Phillip Sommer.« Er erwidert den Händedruck. »Freut mich, Sie kennenzulernen.«

»Donata, wenn ich bitten darf. Also, was verschafft mir

die Ehre eures Besuches?« Mit einem amüsierten Funkeln in den Augen wandert ihr Blick von mir zu Phillip.

Der räuspert sich. »Wir ... also ich bräuchte ... ich würde gerne einen Ring kaufen. Einen Verlobungsring, um genau zu sein.«

Begeistert klatscht Donata in die Hände. »Einen Verlobungsring also! Für die kleine Sandra, darauf warte ich ja schon, seit das Mädchen laufen kann. Na, dann kommt mal mit, ich zeige euch, was ich zur Auswahl habe.«

Sie führt uns zu zwei großen Vitrinen neben der Kasse, in denen ausschließlich Ringe ausgestellt werden.

»Wie hättet ihr es denn gerne? Romantisch, modern, extravagant? Silber, Gold oder Titan? Mit oder ohne Diamanten?«

Phillip wirft mir einen Hilfe suchenden Blick zu.

»Sandra ist nicht so für Schnickschnack«, gebe ich zu bedenken. »Du weißt ja, wie sie ist. Glitzer oder große Klunker würden da also eher rausfallen.«

Donata schmunzelt. »Ich überhöre das mit dem Klunker jetzt mal großzügig. Aber so, wie ich Sandra kenne, würde ich euch auch eher etwas Klassisches empfehlen.«

Sie öffnet die Vitrine und holt ein dunkelrotes Samtkissen mit mehreren schmalen Ringen hervor. »Hier hätten wir eine Auswahl in Weißgold, Roségold und Platin.«

»Wow.« Ganz behutsam nimmt Phillip einen der Ringe hoch, hält ihn gegen das Licht. »Der hier sieht wirklich schön aus.«

Es ist ein schmales roségoldenes Band mit einem winzigen weißen Brillanten, der im Licht der Deckenlampe dezent schimmert.

»Du darfst ihn auch ruhig mal anprobieren«, ermutigt Donata. »Wobei, bei der Größe sollte vielleicht besser Nina als Handmodel herhalten.«

Phillips Wangen röten sich, als er mir den Ring hinhält. »Würdest du vielleicht? Dann kann ich mir das besser vorstellen?«

»Sicher«, sage ich leichthin, aber mein Herz klopft heftig gegen mein Brustbein, als ich den Ring annehme und vorsichtig über meinen Finger stecke. Mit einem Mal bin ich wieder dreiundzwanzig und im sechsten Monat schwanger. Hinter mir liegt ein im achten Semester pausiertes Lehramtsstudium, und vor mir steht der Mann meines Lebens, der verspricht, mich bis ans Ende dieses Lebens zu lieben. Und ich habe es ihm geglaubt.

Das scheint meine entscheidende Charakterschwäche zu sein. Männern zu glauben, wenn sie mir ihre Liebe versprechen. Jetzt wird Jan am Ende des Sommers einer anderen dieses Versprechen geben, und Chris …

»Nina? Ist alles okay?«

Phillips besorgte Frage reißt mich aus meinen Gedanken. Peinlich berührt räuspere ich mich und drehe meine Hand nach rechts und links, als hätte ich mich lediglich in der Betrachtung des Rings verloren. »Er ist echt ein absoluter Traum.«

Sandras Freund nickt langsam, ein verträumtes Lächeln im Gesicht, während er den Ring von allen Seiten mustert. Am Ende wirft er mir einen fragenden Blick zu. »Und du denkst, er wird ihr gefallen?«

»Absolut.« Bei dem Gedanken daran, dass meine Schwester diesen Ring bald tragen wird, beginnen meine Augen verräterisch zu brennen. Ich blinzele ein paarmal heftig. Es reicht, wenn ich meiner Rührung am Tag der Trauung freien Lauf lasse. Wenn ich jetzt schon mit dem Heulen anfange, bin ich bis dahin ausgetrocknet. Sanft ziehe ich den Ring wieder von meinem Finger und reiche ihn an den zukünftigen Bräutigam. »Sie wird ihn lieben.«

Kapitel 12

Zehn Minuten später verlassen wir den Juwelierladen mit einer kleinen samtblauen Ringschachtel und jeder Menge guter Wünsche von Donata. Phillip läuft so beschwingt neben mir her, als würden seine Füße kaum den Boden berühren. Er macht es mir unmöglich, mich wieder in schlechte Laune zu versenken.

»Wie wäre es, wollen wir darauf noch einen Kaffee trinken? Auf mich, natürlich?«, fragt er, als wir an Rosas Café vorbeigehen.

Ich werfe einen schnellen Blick auf meine Armbanduhr. »Um vier muss ich an der Rezeption sitzen, da wollten die Grzimeks sich Fahrräder ausleihen.« Und ich muss mich mit der Frage beschäftigen, was ich Jan auf seine Einladung antworte. »Aber das sollte ich locker schaffen.«

»Nach dir.« Mit einer galanten Geste öffnet Phillip mir die Tür, und wir betreten das Café.

Ausnahmsweise steht Rosa heute selbst hinter der Verkaufstheke. »Manuela ist krank, und Bernd hat heute frei. Da muss eine alte Frau wohl selbst noch mal ran«, antwortet sie mit einem Augenzwinkern, als sie meinen überraschten Blick sieht. Seit das Café mit der Pension kooperiert, konnte die mittlerweile 68-Jährige noch zwei weitere Mitarbeiter einstellen. Das gibt ihr die Möglichkeit, sich selbst etwas aus dem Tagesgeschäft zurückzuziehen und sich mehr um die Entwicklung von neuen Rezepten zu kümmern. Denn von Rente will Rosa noch lange nichts hören, wie sie bei jeder Gelegenheit betont.

»Ihr beide seht aus, als hättet ihr gerade was ausgeheckt«, kommentiert Rosa, während wir den Blick noch über die Auslage mit den süßen Teilchen schweifen lassen. »Also raus mit der Sprache. Was ist es?«

Viel Überredung braucht es nicht, um Phillip einknicken zu lassen. Nachdem er sich mit einem Blick über die Schulter versichert hat, dass die anderen Gäste des Cafés ausreichend mit sich selbst beschäftigt sind, zieht er die kleine Ringschachtel aus seiner Hosentasche. »Aber kein Wort davon zu Sandra, okay?«

Beim Anblick der Ringe weiten sich Rosas Augen. Ich kann die Gelegenheiten, zu denen ich sie sprachlos gesehen habe, an einer Hand abzählen. Aber das hier scheint eine davon zu sein. Sie räuspert sich, fährt sich mit dem Handrücken über die Augen. »Na, das ist ja mal was.« Das Lächeln, das sie ihm zuwirft, strahlt heller als die Junisonne. »Dein Geheimnis ist bei mir sicher. Darauf kannst du dich verlassen, mein Junge. Aber Gott, ich möchte dich drücken.« Mahnend hebt sie den Zeigefinger. »Sei froh, dass ich gerade arbeite. Beim nächsten Mal bist du fällig, verstanden?«

Phillips Grinsen steht ihrem in nichts nach. »Ich freue mich drauf.«

»Will der einfach meine kleine Sandra heiraten.« Kopfschüttelnd stellt Rosa unsere Kaffeetassen wieder ins Regal und öffnet den Kühlschrank. »Das Kind ist doch gestern erst eingeschult worden.«

Sie platziert eine Flasche Sekt auf dem Tresen und reiht drei Gläser vor uns auf. »Das muss gefeiert werden.« Da wir alle noch arbeiten müssen, gießt sie die Gläser halb voll. Als wir klirrend anstoßen, wird sie für einen Moment wieder ernst. »Natürlich kann ich nicht für sie sprechen. Aber ich hab's im Gefühl, dass Gertrud und Thomas gerade auf ihrer Wolke da oben auch anstoßen.«

Phillip neben mir schluckt. »Das hoffe ich sehr.«

Selbst vier beziehungsweise sechs Jahre nach ihrem Tod verursacht die Erwähnung meiner Eltern immer noch einen Kloß in meinem Hals. Dankbar drücke ich Rosas Hand, bevor sie die Sektflasche wieder wegstellt. Sie wirft mir ein wissendes Lächeln zu. »Eure Törtchen bringe ich euch gleich.«

Phillips Geldschein lehnt sie mit einer schnellen Handbewegung ab. »Sei nicht albern, Junge. Das geht auf mich. Dafür erwarte ich natürlich eine Einladung.«

»Du wirst die Erste sein, die eine bekommt«, verspricht er feierlich.

Wir suchen uns einen Platz am Fenster, den Blick auf Altensandes Hauptstraße. Uns bietet sich das typische Bild eines Sommernachmittags in den Ferien. Familien mit Bollerwagen voller Strandspielzeug und aufgeregten Kindern ziehen Richtung Meer, Pärchen schlendern Hand in Hand an den Souvenirläden vorbei, an Giovannis Eisdiele und Simonis' Fahrradverleih bilden sich Schlangen von Urlaubern. Seit Sandra im Tourismusbüro an der nachhaltigen Modernisierung des Ortes arbeitet, ist sowohl die Anzahl an Leihfahrrädern als auch an Bussen aus den Nachbarge-meinden stetig gestiegen. Die Straßen sind heute voller als noch vor zwei Jahren, und selbst einige Geschäfte, die kurz vor der Aufgabe standen, brummen wieder. Möwen kreisen über der Straße und warten geduldig auf den Moment, in dem eine Eiswaffel oder Pommes unbeobachtet sind, um gnadenlos zuzuschlagen, und durch das gekippte Fenster trägt der Wind einen Hauch Salzgeruch zu uns herein.

Ich liebe diesen Ort. Wünsche mir nichts mehr, als dass Hannah es einmal genauso sehr tun wird wie ich. Als ihre Heimat und nicht als das Feriendorf, in dem sie hin und wieder ihre Mutter besucht.

»Die lange Geschichte«, sagt Phillip, als nähme er einen nur kurz fallen gelassenen Faden wieder auf. »Wir hätten jetzt eine halbe Stunde. Würde das reichen?«

Ich rolle gutmütig mit den Augen. »Du gibst nicht auf, was?«

»Selten.« Er nimmt einen Schluck von seinem Sekt. »Es sei denn, du sagst mir jetzt, du willst absolut nicht darüber reden.«

Er wartet einen Moment, gibt mir Zeit zu antwor-ten. Aber ich bleibe still, selbst nicht mehr sicher, was ich eigentlich will.

»Es ist nur, ich mache mir fast schon Sorgen. Seit dieser Typ hier aufgetaucht ist, bist du irgendwie anders.«

Ich lege den Kopf schief. »Inwiefern?«

»Abgelenkt, oft in Gedanken. Irgendwie unsicher?« Er zuckt mit den Schultern. »So kenne ich dich gar nicht.«

Verdammt. Ich hätte nicht gedacht, dass ich so einfach zu lesen bin.

»Vielleicht kennst du mich weniger gut, als du dachtest«, murmele ich in mein Glas.

»Vielleicht«, gibt mein zukünftiger Schwager zu. »Aber das würde ich gerne ändern. Schließlich gehöre ich bald offiziell zur Familie.«

»Du gehörst jetzt schon zur Familie«, widerspreche ich, der letzte schwache Versuch einer Ablenkung.

Sein Gesicht wird weicher. »Also, sollte ich dem Kerl mal einen Besuch mit dem Baseballschläger abstatten? Oder möchtest du das selbst übernehmen?«

Gegen meinen Willen muss ich lachen. »Hättest du mich vor zehn Jahren gefragt, hätte ich sofort Ja gesagt.«

Phillip schürzt die Lippen. »Also lief da mal was zwischen dir und Chris.«

»So könnte man es auch sagen.« Rosa stellt zwei Teller mit Erdbeertörtchen vor uns auf den Tisch. »Ich habe es etwas anders in Erinnerung.«

Bei der Erinnerung an all die Nachmittage, die ich in diesem Café geheult und meinen Kummer unter Schokokuchen begraben habe, verziehe ich gequält das Gesicht.

»Lass mir wenigstens das bisschen Würde, die Geschichte selbst zu erzählen.«

»Mit Würde hat das nichts zu tun.« Rosa lässt im Vorbeigehen ihre Hand eine Sekunde auf meiner Schulter ruhen. »Schon gar nicht mit deiner.« Dann marschiert sie zurück zur Verkaufstheke, um die nächsten Kunden zu bedienen.

Phillip schaut mich abwartend an. Mein Mund fühlt sich seltsam trocken an. Ich nehme noch einen großen Schluck Sekt.

»Chris und ich waren beste Freunde«, beginne ich schließich. »Schon seit der Grundschule. Ich habe mit den Jungs in der Pause Fußball gespielt, er durfte manchmal meine Hausaufgaben abschreiben. Das war unser Deal. Als wir später ins Gymnasium nach Eckernförde gefahren sind, hatten wir die ersten dreihundert Meter denselben Nachhauseweg und haben uns meistens noch ein Eis bei Giovanni geholt.« Gedankenverloren schaue ich aus dem Fenster. »Irgendwann zwischen sechs und sechzehn wurde er die Person, der ich alles erzählt habe.«

Langsam versenke ich meine Gabel in dem Erdbeertörtchen. Spieße die halbe Erdbeere auf, die Rosa zu Dekorationszwecken auf der Vanillecreme platziert hat. Lege sie wieder zur Seite. Phillip drängt mich nicht, nippt schweigend an seinem Glas, während ich versuche, meine Gedanken zu sortieren.

»Mama hat mich schon immer damit aufgezogen.« Meine Stimme nimmt einen bitteren Tonfal an. »Zwei Sandkastenfreunde, die irgendwann mal heiraten werden. Den Film haben wir alle schon mal gesehen.«

Er schmunzelt. »Kann man so sagen. Aber eure Realität sah anders aus?«

»Ich hab sie immer ausgelacht«, erinnere ich mich mit einem Hauch Reue. »Stein und Bein geschworen, dass ich Chris nicht mal für alles Geld der Welt küssen würde. Weil wir einfach Freunde waren, nicht mehr und nicht weniger.«

»Bis sich irgendetwas verändert hat.«

»So kann man es sagen.« Jetzt schiebe ich mir die Erdbeere doch in den Mund. Sie ist süß und frisch und trotzdem nicht genug, um mich von der zunehmenden Enge in meiner Brust abzulenken.

»Es ist mir fast peinlich, wie klischeehaft das Ganze ist. Tausendmal berührt und so.« Mein Blick bleibt auf das Törtchen geheftet, als ich weiterspreche. »Aber so war es wirklich. An seinem achtzehnten Geburtstag hat er noch mit Susie aus der Parallelklasse geknutscht und mir geholfen, ein Date mit Ruben aus seiner Fußballmannschaft klarzumachen. Und dann war da das Altensander Feuerwehrfest.«

Phillip pfeift durch die Zähne. »War das damals schon so wild wie heute?«

Ich schmunzele. Vorletztes Jahr habe ich Sandra zum ersten Mal nach ihrer Abwesenheit wieder mit zum Fest geschleppt, das in Altensande traditionell genau in der Mitte der Sommerferien veranstaltet wird. Der zugezogene Phillip war zum ersten Mal dabei und ist am nächsten Tag erst gegen Mittag mit Sonnenbrille aus dem Bett gekommen.

»O nein. Wilder.«

Wir grinsen.

»Gut, dass ich da noch brav in Eckernförde zur Schule gegangen bin.«

»Wo du sicherlich nie wilde Partys gefeiert hast«, ziehe ich ihn auf. Er hebt mit gespielter Entrüstung die Augenbrauen. »Ich? Wo kämen wir denn da hin?«

Ich lache. Ein Teil der Enge in meiner Brust verschwindet.

»Ihr wart also zusammen auf dem Fest?«, hakt er nach.

»Genau. So wie sonst die Jahre auch. Aber dieses Jahr war anders.« Bei der Erinnerung daran röten sich meine Wangen. »Es war der Sommer nach unserem Abi, und wir hielten uns alle für unsterblich. Und natürlich viel zu cool, um wie sonst nachmittags beim Kinderschminken oder

Kuchenverkaufen zu helfen. Wir kamen erst, als die Kuchen abgeräumt waren, die Schnapsflaschen auf dem Tisch standen und irgendjemand eine Musikbox in der Fahrzeughalle aufstellte. Als die Party richtig losging.«

Ich greife nach meinem Sektglas, umklammere es wie eine Ertrinkende ihren Rettungsring. »Wir haben getanzt und gelacht und vielleicht ein bisschen viel Kirschschnaps getrunken. Und dann hat er mir direkt in die Augen gesehen und gefragt, ob er mich küssen darf. Einfach so.«

Wenn ich die Augen schließe, sehe ich diesen Moment noch vor mir. Chris' Arme um meine Taille und Kirschschnaps auf der Zunge und der beste erste Kuss, den ich in meinem jungen Leben jemals bekommen habe.

Es gab Zeiten, da hat mir die Erinnerung daran den Schlaf geraubt. Langsam atme ich tief durch. »Ich habe Ja gesagt. Wir hatten ein paar Wochen zusammen. Die ...« Ich kann mich gerade noch davon abhalten, das Wort »schönsten« zu benutzen. »... verrücktesten meines Lebens.«

»Und du hast es nicht kommen sehen?«, fragt er fast ein wenig ungläubig. Ich kann es ihm nicht verdenken.

»Nicht eine Sekunde. Aber in dem Moment, in dem er mich küsste, hat sich alles verändert. Als würdest du ewig nach dem letzten Teil deines Puzzles suchen, und dann findest du es unter der Sofaritze.«

»Was?«

»Na, du weißt schon. Am Ort, an dem du es als Letztes vermutet hättest.«

»Verstehe.« Langsam nickt er. »Aber das ist nicht das Ende der Geschichte.«

Ich schüttele den Kopf. »Er war einer der besten Fußballspieler der Kreisliga und träumte von nichts anderem, als Profi zu werden. Ein paar Vereine interessierten sich für ihn, aber noch hatte er kein festes Angebot. Während wir uns also alle für Studienplätze beworben und BAföG beantragten, hat er jeden Tag seine Mails gecheckt, ob ihm einer der Talentscouts geschrieben hat.«

Phillip legt den Kopf schief. »Du klingst so, als ob du das nicht für eine gute Idee gehalten hast.«

Ich zucke mit einer Schulter. »Am Ende hatte er ja offensichtlich recht. Schließlich ist er Profi geworden.«

»Aber damals?«

»Damals hielt ich das tatsächlich für eine Schnapsidee. Ein Kreisliga-Kicker aus Altensande in der Bundesliga? So was gibt es nicht.« Genauso wie es vor Sandra keine Tourismusmanagerin gab, die auf einem Kreuzfahrtschiff in der Karibik arbeitet. Offensichtlich waren die Leute in meinem Umfeld schon immer visionärer als ich.

»Also hast du versucht, es ihm auszureden«, schlussfolgert Phillip.

»Das nicht. Ich war bis über beide Ohren verliebt. Der Mann hätte mir auch sagen können, dass er zum Mars fliegen will, und ich hätte ihn unterstützt.« Über so viel Naivität kann ich im Nachhinein nur den Kopf schütteln. »Aber ich habe ihn angehalten, sich nach Alternativen umzuschauen. Sich trotzdem bei ein paar Unis zu bewerben. Oder einen Ausbildungsplatz in der Schiffswerft seines Vaters anzunehmen. Etwas Sicheres halt, damit er was hat, wenn das mit der Karriere nicht klappt. Himmel.« Ich fahre mir mit der Hand durch die Haare. »Wenn ich das laut sage, klinge ich wirklich wie meine Mutter.«

»Mütter geben zuweilen gute Ratschläge«, wirft Phillip ein. Ich rechne es ihm hoch an, dass er versucht, mich vor mir selbst zu verteidigen. Aber da kommt er zehn Jahre zu spät.

»Am Ende spielte meine Meinung keine Rolle. Als er das Angebot von St. Pauli erhielt, hat er mir kein Wort davon gesagt. Stattdessen stand ich am nächsten Abend vor seiner Tür und erfuhr von seiner Mutter, dass er weg war.«

Dass das direkt nach dem Abend passierte, an dem ich das erste Mal mit ihm, das erste Mal überhaupt mit jemandem geschlafen hatte, erzähle ich Phillip nicht. Es gibt gewisse Dinge, die nicht mal meine Schwester weiß. Und so soll es auch bleiben.

Er verzieht das Gesicht, als hätte er in eine Zitrone gebissen. »Das ist absolut unmöglich. Wer macht denn so was? Und wieso bitte?«

Seufzend spieße ich eine weitere Erdbeere auf. »Diese Fragen habe ich mir die letzten zehn Jahre gestellt. Mittlerweile ist es mir egal. Ich will nur wissen, was diesem Kerl einfällt, jetzt einfach so wiederaufzutauchen und mein Leben durcheinanderzubringen.« *Und mein Herz*, flüstert eine kleine Stimme in meinem Kopf. Ich bringe sie vehement zum Schweigen.

Phillip lehnt sich nach vorne und faltet die Hände auf dem Tisch. »Das kann ich verstehen. Ich höre mich auf jeden Fall weiter um, das verspreche ich dir. In der Zwischenzeit klingt die Option mit dem Baseballschläger aber, ehrlich gesagt, ziemlich verlockend.«

Lachend lege ich eine Hand auf seine, drücke sie kurz. »Tut es wirklich. Aber zum Glück sind wir beide bessere

Menschen als er. Und haben wichtigere Dinge zu tun, als eine Anzeige wegen Körperverletzung zu riskieren. Zum Beispiel, eine Hochzeit zu planen.« Und eine andere zu überleben.

»Gutes Argument.« Er wirft mir ein schiefes Grinsen zu. »Solltest du es dir mal anders überlegen: Du weißt, wo du mich findest.«

Eine Welle aus Dankbarkeit schwappt in mir hoch und vertreibt die Geister der schmerzhaften Erinnerungen. »Das weiß ich sehr zu schätzen.«

Wo findet man einen Typen wie Phillip?, frage ich mich im Stillen, nachdem wir unsere Törtchen verspeist und unseren Sekt getrunken haben. Im echten Leben scheinen mir nur Idioten zu begegnen. Die Frage klebt den Rest des Tages an mir, während ich Räder aus unserem Schuppen an die Gäste verleihe, Hannah Abendessen koche und die Wäsche mache. Wo sind die anständigen Männer, die da draußen ja irgendwo herumlaufen müssen?

Dabei ist es nicht so, dass ich einen Mann in meinem Leben brauchen würde. Ganz im Gegenteil. Die haben die schlechte Angewohnheit, alles komplizierter zu machen. Meine Priorität ist Hannah, und kein Typ der Welt könnte daran etwas ändern.

Und doch scheint die Erinnerung an meine Beziehung mit Chris etwas in mir wachgerüttelt zu haben. Phillip und Sandra heiraten. Jan und Fabienne auch. Heiraten ist das Letzte, was ich in diesem Leben noch mal tun möchte. Aber ein bisschen Romantik? Mal wieder eine Hand zwischen meinen Beinen, die nicht meine eigene ist? Ist es so falsch, sich das vielleicht doch zu wünschen?

Es ist kurz nach elf, als ich mit allem fertig bin und mich ins Bett schleppe. Auf dem Weg durch die Küche fällt mein Blick noch mal auf die bisher unbeantwortete Einladung zur Hochzeit. Jan und Fabienne strahlen von ihrem Foto glücklich zu mir hoch, scheinen mich geradezu zu verhöhnen. Ohne noch mal darüber nachzudenken, zücke ich mein Handy und lade mir die nächstbeste Dating-App herunter.

Kapitel 13

Zu jung. Zu alt. Lebt zu weit weg. Fotografiert sich mit einem Fisch in der Größe meines Oberschenkels. Die Auswahl an Männern, die sich mir auf der App bietet, ist ziemlich ernüchternd. Gleichzeitig macht es mich beinahe ein bisschen süchtig zu swipen. Während ich an der Rezeption sitze, an der Supermarktkasse stehe oder im Urlaubsverkehr an der Ampel warten muss, zücke ich mein Handy. Hinter jedem Nach-links-Wischen könnte schließlich das perfekte Match auf mich warten. Jedes Mal, wenn ich das Handy wieder einstecke, kriecht mir das schlechte Gewissen in die Knochen. Schließlich verschwende ich meine Zeit, die ich besser damit verbringen sollte, jede Minute mit Hannah zu genießen. Aber dann kommt der nächste Moment der Stille, und ich hole es doch wieder hervor. Und dann entdecke ich Jonas. 35 Jahre, Bankkaufmann aus Eckernförde und die grünsten Augen, die ich jemals gesehen habe. Mit klopfendem Herzen wische ich nach rechts. Spüre es für einen Schlag aussetzen, als ich mit einem digitalen Konfettiregen den Hinweis erhalte: »It's a Match.« Jetzt könnte ich Jonas schreiben. Das wäre der nächste logische Schritt. Aber jedes Mal, wenn ich den leeren Chat öffne, werden meine Hände schwitzig und meine Gedanken zu Brei. Was soll ich ihm sagen? Was wäre gleichzeitig witzig und mysteriös, charmant, aber nicht zu bemüht?

Und sollte ich es nicht doch besser einfach lassen?

Es ist Donnerstagnachmittag, und ich sitze im Schatten der Bäume auf einer Bank neben dem Fußballplatz, als das Schicksal mir eine Antwort abnimmt. Mein Handy pingt und zeigt an, dass Jonas selbst den ersten Schritt gemacht hat.

»Moin. Na, wie läufts?« steht da, und für einen Moment schnürt es mir die Luft ab. Da ist ein echter Typ am anderen Ende. Der mein amateurhaftes Selfie am Strand von Altensande gesehen hat und jetzt trotzdem Kontakt mit mir aufnimmt. Meine Finger schweben ratlos über der Tastatur. Eine schlagfertige Antwort muss her. Sofort.

»Hey!«

Ich fahre so heftig zusammen, dass ich mein Handy fallen lasse. Es landet direkt vor Chris' Füßen auf dem Rasen.

»Oh, sorry. Ich wollte dich nicht erschrecken.« Er geht in die Knie, um es aufzuheben.

»Schon gut, ich mache das.« Eilig springe ich auf, um zu verhindern, dass er auf den Bildschirm schauen kann. Das Letzte, was ich brauche, ist, dass mein Ex mein Datingprofil sieht.

»Oookay. Wie du willst.« Er tritt einen Schritt zurück und beobachtet mit einem amüsierten Funkeln in den Augen, wie ich das Handy in meiner Tasche verschwinden lasse. Seit unserem gemeinsamen Besuch in der Notaufnahme hat sich etwas zwischen uns verändert. Ich bin immer noch sauer auf ihn und fantasiere manchmal, wie ihn ein fehlgeleiteter Ball der Mädchen mitten ins Gesicht trifft. Aber ich habe nicht mehr das Bedürfnis, direkt in die andere Richtung zu rennen, wenn ich ihm begegne.

»War was?«, frage ich und verschränke die Arme vor der Brust. Er kratzt sich am Hinterkopf. »Tatsächlich hätte ich eine Frage an dich.«

Etwas an dieser Formulierung lässt sämtliche Alarmglocken in meinem Kopf schrillen. »Und die wäre?«

So wie er von einem Fuß auf den anderen tritt, könnte man fast annehmen, dass er nervös ist. Vor einem Gespräch mit mir. Es geschehen offensichtlich noch Zeichen und Wunder.

»Du weißt ja, dass am Ende der Ferien das Fußballcamp für alle Vereine der Umgebung stattfindet.«

»Kann man sagen. Hannah ist geradezu besessen davon.«

Ein Lächeln huscht über sein Gesicht. Ich ignoriere das leise Flattern in meiner Brust. »Ja, die Mädchen freuen sich alle schon riesig.« Er versenkt die Hände in den Hosentaschen. Zieht sie wieder heraus und faltet sie hinter dem Rücken. »Da gibt es nur ein Problem.«

Ich tue ihm nicht den Gefallen, noch mal nachzufragen. Abwartend hebe ich eine Augenbraue.

»Es ist so«, beginnt er schließlich. »Jedes Jahr ist ein anderer Verein an der Reihe, den Wettkampf zu organisieren. Dieses Jahr sind wir dran. Dazu kommt, dass jeder Verein genug Trainer und Aufsichtspersonen mitbringen muss, die sich während der Woche um die Kinder kümmern. Und zwar mindestens einen Mann und eine Frau, weil die Teilnehmer ja Jungs und Mädchen sind. Eigentlich hatte Lydia mir eine ihrer Bekannten aus dem Sportverein vermittelt, die mir helfen sollte. Aber die hat mich heute Morgen angerufen, weil sie einen Hexenschuss hat und sich kaum bewegen kann. Alle anderen Leute aus dem Sportverein habe ich schon abgegrast, aber von denen hat niemand Zeit. Und wenn wir nicht langsam mit der Organisation anfangen, dann kann ich nicht garantieren, dass das Camp überhaupt zustande kommt und …«

»Warte, warte, warte.« Ich hebe eine Hand, um seinen Redefluss zu unterbrechen. Gehorsam klappt er den Mund zu.

»Was genau meinst du mit *Wir*?«

»Ich wollte dich fragen, ob du mir helfen könntest.« Mir war es fast lieber, als er meinem Blick ausgewichen ist. Die aufrichtige Bitte in seinen Augen ist deutlich schwerer auszuhalten.

»Dir helfen? Dabei, ein Zeltlager mit über 200 Teilnehmern zu organisieren und diese 200 Kinder auch noch zu hüten?« Mir entfährt ein hysterisches Lachen. »Bist du völlig verrückt?«

»Ich wurde schon Schlimmeres genannt«, murmelt er.

»Was?«

»Ach, nicht so wichtig. Hör zu, ich weiß, dass es absurd klingt. Und natürlich sind auch noch Trainer von den anderen Vereinen dabei und helfen uns. Ich brauche aber noch eine weibliche Aufsichtsperson. Und ich würde dich nicht fragen, wenn es eine andere Option gäbe.«

»Du kennst keinen anderen Menschen in ganz Altensande, den du fragen könntest?« Meine Stimme trieft vor Ironie. Aber er lässt sich davon nicht provozieren. »Keine mit einem erweiterten Führungszeugnis und einem Erste-Hilfe-Kurs und den nötigen pädagogischen Kenntnissen.

Du bist Lehrerin, du gibst Sportunterricht, du kannst wirklich gut mit Kindern umgehen. Es gibt keine bessere Kandidatin als dich.«

Seine Stimme wird leiser, vorsichtiger. »Und keine, die ich lieber dabeihätte.«

Mir fehlen die Worte. Für mehrere Sekunden stehe ich einfach nur da und starre ihn an. Suche in seinem Gesicht nach einem Hinweis auf Spott oder Häme. Aber da ist nur Chris.

»Ach, auf einmal?«

Ich trete zurück, bringe ein paar Schritte dringend nötiger Distanz zwischen uns.

»Nina, bitte. Du hast selbst gesagt, du willst einen Neuanfang. Dann lass uns neu anfangen.« Er kommt vorsichtig einen Schritt auf mich zu. Als ich nicht zurückweiche, macht er einen weiteren. »Als Freunde. Okay?«

Ein feines Zittern durchläuft seine Finger, als er die Hand nach mir ausstreckt. »Verdammt, ich vermisse meine beste Freundin.«

Scheiße. Ich vermisse dich auch, liegt mir auf der Zunge, aber ich schlucke es runter.

»Lass mich darüber nachdenken«, sage ich kühl. Feiere und hasse mich dafür, wie er die Hand sinken lässt.

»Natürlich. Fair enough.«

Wir stehen schweigend voreinander, eine Sekunde, dann noch eine. Ich könnte so viel sagen und wüsste nicht mal, wo ich anfangen sollte. Ob ich anfangen will. Dieses Gespräch oder diese neue Variante unserer Beziehung. Freunde, Partner, Feinde und jetzt wieder Freunde? Kann das wirklich funktionieren? Will ich das?

Am Ende streckt er noch mal die Hand aus. »Ich kann dir meine Nummer geben. Dann kannst du mir Bescheid sagen, wenn du es dir überlegt hast.«

»Klar.« Mit einem kurzen Blick aufs Display versichere ich mich, dass nur ein Adressbuch zu sehen ist, dann reiche ich ihm mein Handy. Er tippt seine Nummer ein, längst eine andere als die, die ich vor einem Jahrzehnt gelöscht habe.

»Es wäre super, wenn du mir bis zum Wochenende Bescheid geben könntest«, sagt er, als er mir das Handy zurückgibt. »Sonst muss ich schauen, ob ich noch irgendjemand anderen finden kann.«

»Und wenn du niemanden findest?«, hake ich nach.

Er wirft einen kurzen Blick über die Schulter zu seinen Spielerinnen, die gerade mit einem kleinen Freundschaftsspiel das Training beenden. »Muss ich im schlimmsten Fall das Camp absagen. Aber lass das meine Sorge sein.«

Mit zusammengepressten Lippen beobachte ich ihn, wie er zurück auf die Mitte des Platzes joggt und auf halbem Weg einen verirrten Ball zurückschießt. Und verfluche ihn für die Lage, in die er mich gerade gebracht hat.

Mein Handy brennt den ganzen restlichen Tag über ein Loch in meine Tasche. Da ist die Nachricht von Jonas, die ich immer noch beantworten muss. Und die Nummer von Chris, der auf meine Entscheidung wartet. Hätte mir vor wenigen Monaten jemand erzählt, dass ich nicht nur die Nummer meines Ex wieder eingespeichert hätte, sondern auch mit fremden Typen auf einer Dating-App chatte, hätte ich ihn für verrückt erklärt. Ganz zu schweigen davon, dass mein Ex-Mann immer noch darauf wartet, dass ich seine Hochzeitseinladung beantworte. Da kommt es mir gerade recht, dass ich am Abend mit Dagmar und Luisa verabredet bin. Nachdem ich Hannah ins Bett gebracht und Sandra mit dem Abspülen geholfen habe, mache ich mich auf den Weg ins Büdchen, die einzige Kneipe von Altensande. Der Besitzer Hein ist ein echtes Urgestein des Ortes und früher zur See gefahren, was man dem Inneren des Büdchens ansieht. Die Wände zieren selbst gemachte Fotos von Häfen auf der ganzen Welt, ein Anker hängt hinter dem Tresen an der Wand, und auf allen Tischen stehen kleine Leuchttürme mit Teelichtern.

»Mensch, das ist ja schon wieder lange her.« Luisa begrüßt mich mit einem Küsschen auf beide Wangen. Dagmar steht von ihrem Stuhl auf, um mich herzlich zu umarmen.

»Ja, es war echt viel los«, gestehe ich, als ich mich setze. »Ihr wisst ja, wie der Ferienanfang immer ist in der Pension.«

»Ach, bei uns war ja auch immer was«, winkt Luisa ab. »Erst war Patrik auf Dienstreise, und dann hat Zoya aus der Kita Läuse mitgebracht, und dann war der Hund krank.«

»Und im Tourismusbüro ist zu dieser Jahreszeit auch immer genug zu tun«, ergänzt Dagmar. »Aber das weißt du ja von Sandra.« Seit meine Schwester zu ihrer Kollegin geworden ist, sieht sie meine Grundschulfreundin häufiger als ich.

Manchmal erscheint es mir so, als würden wir die ersten Minuten unserer Treffen immer damit verbringen, uns über all die Gründe auszutauschen, aus denen wir uns so lange nicht gesehen haben, obwohl wir im selben Ort wohnen. Vielleicht ist das einfach so, wenn man erwachsen ist. Andere Prioritäten, kranke Kinder und Arbeit und Ehemänner, die vor den Freundinnen kommen. Aber ein Teil von mir weigert sich beharrlich, das einfach so hinzunehmen.

»Wie geht's euch?«, frage ich, nachdem Hein mir ein frisch gezapftes Bier hingestellt hat. »Ich will alles wissen, das Gute, das Unschöne. Haltet euch nicht zurück.«

Dagmar nippt an ihrem Weinglas. »Uns geht's gut. Kann mich wirklich nicht beklagen. Wir haben jetzt für die Herbstferien Urlaub gebucht. Fabian wollte schon immer mal in die Karibik, also fliegen wir jetzt für zehn Tage in die Dominikanische Republik.«

»Nein!« Luisa klatscht in die Hände. »Das ist ja traumhaft! Hast du Fotos vom Hotel?«

Mit einem stolzen Lächeln präsentiert Dagmar uns Bilder der luxuriös anmutenden Hotelanlage unter Palmen. Ihr Mann arbeitet als Ingenieur in einem großen Büro in Eckernförde, sodass Geld seit ihrer Hochzeit keine große Rolle mehr spielt.

»Ach, da bin ich ja direkt ein bisschen neidisch«, seufzt Luisa. »Wir wollen dieses Jahr bloß wieder nach Schweden, in dasselbe Ferienhaus wie die letzten zwei Jahre.«

Es ist ein wunderschönes altes Schwedenhaus direkt an einem großen See, das aussieht, als hätte Astrid Lindgren persönlich dort gewohnt. Aber das sage ich nicht laut.

»Was ist mit dir, Nina? Schon was geplant?«

»Nichts Konkretes«, antworte ich vage. »Seit wir auf die Ferien angewiesen sind, ist das ja schwierig mit der Pension.«

»Also fährt Hannah wieder mit Jan weg?«

»So ist es.« Der nächste Schluck Bier hinterlässt einen schalen Nachgeschmack auf meiner Zunge. »Dieses Jahr hat er für die beiden Amsterdam geplant.«

Nachdem das Thema Urlaub abgegrast ist, wendet sich das Gespräch erst unserer Arbeit und dann unseren Familien zu. Meine beiden Freundinnen haben beide Halbtagsjobs, in denen sie sich langsam, aber sicher nach oben arbeiten, und Ehemänner, die sie vergöttern, während die Kinder zwar hin und wieder mal krank sind oder zur Logopädie müssen, sich ansonsten aber wie kleine Engel verhalten. Mit jedem Satz schrumpft mein Wunsch, meine verschiedenen Dramen auszupacken. Schon wieder die Frau am Tisch zu sein, die mehr Probleme als Lösungen mitbringt. Aber nach dem zweiten Glas Bier gebe ich mir einen Ruck. »Nur mal rein hypothetisch«, beginne ich und falte die Hände auf dem Tisch. »Ein Mensch, der euch in der Vergangenheit verarscht hat, käme jetzt wieder in euer Leben und wünscht sich eine zweite Chance. Was würdet ihr machen?«

»Rein hypothetisch also?« Luisa mustert mich neugierig. »Das hat überhaupt nichts damit zu tun, dass Chris Reuter wieder in der Stadt ist?«

Meine Wangen röten sich. Sie deutet mit dem Zeigefinger auf mich. »Aha! Wusste ich es doch!«

»Sag mir, dass das nicht wahr ist!« Dagmar starrt mich mit aufgerissenen Augen an.

»Nein, nein, ihr versteht mich falsch!«, beteuere ich sofort. »Es geht hier nicht darum, wieder was mit ihm anzufangen. Auf gar keinen Fall.« Die Erinnerung an seine

Hand an meiner Schulter auf dem Fußballplatz schiebt sich in mein Bewusstsein. Ich schüttele den Kopf, als könnte ich sie dadurch loswerden. »Es wäre auf rein freundschaftlicher Basis. Er braucht jemanden, der ihm hilft, ein Fußballcamp zu organisieren.«

Luisa bleibt kritisch. »Und das ist alles? Hast du vergessen, dass wir hier von Chris reden? Dem Typen, der schon zu Schulzeiten nichts hat anbrennen lassen?«

»Und der in seiner Zeit bei St. Pauli jeden Monat mit einer anderen Frau gesehen wurde?«, ergänzt Dagmar.

»Ich wusste nicht, dass ihr seine Karriere so genau verfolgt habt«, murmele ich in mein Glas. Nicht so wie ich, die sich in einer Form von gnadenloser Selbstkasteiung am Anfang jeden Artikel durchgelesen hat, der seinen Namen enthielt. Die jedes Paparazzi-Foto genau analysiert hat, das ihn mit einer neuen bildschönen Frau zeigte. Es brauchte einen sehr strengen Anruf von Sandra und die Erinnerung daran, dass ich so etwas wie Selbstrespekt habe, um seinen Namen aus meiner Google-Suchhistorie zu löschen.

»Na ja, man ist ja schon neugierig.« Luisa schwenkt den Wein in ihrem Glas. »Wenn einer von uns es mal so weit raus schafft.«

»Zurück zum Punkt«, hakt Dagmar ein. »Wenn ich mich richtig erinnere, hat er dich eiskalt sitzen lassen. Und jetzt braucht er deine Hilfe?« Sie verzieht das Gesicht. »Das würde ich mir gut überlegen.«

»Also glaubst du nicht, dass Menschen sich ändern können?«, hält Luisa dagegen. »Dazu kommt, dass das Camp wahrscheinlich abgesagt wird, wenn ich nicht helfe«, ergänze ich seufzend. »Hannah darf dieses Jahr zum ersten

Mal mitfahren und freut sich seit Monaten darauf. Sie wäre am Boden zerstört.« Und Jan hätte keinen Grund mehr, länger zu warten, bevor er sie vor eine Entscheidung stellt.

»Mhm.« Dagmar runzelt die Stirn. »Das ist natürlich eine vertrackte Situation.«

»Kann man so sagen.«

»Meine spontane Reaktion wäre: Schick ihn zur Hölle. Das hat er verdient.«

»Auf der anderen Seite …« Ein Grinsen breitet sich auf Luisas Gesicht aus. »… besteht ja die Chance, dass er jetzt ein besserer Mensch ist, der seine Fehler bereut. Und wenn ich mich richtig erinnere, ist er der heißeste Typ im Umkreis von mindestens hundert Kilometern.« Verschwörerisch stößt sie mir mit einem Ellenbogen in die Seite. »Falls auch nur die geringste Chance besteht, würde ich sie, glaube ich, ergreifen.«

»Es gibt keine Chance«, bekräftige ich mit Nachdruck. Die beiden sehen nicht wirklich überzeugt aus. Hein fragt, ob wir noch etwas trinken wollen, und wir bestellen eine dritte Runde. Dann zwinge ich sie zu einem Themenwechsel, indem ich mein Handy auf die Tischplatte lege und ihnen ein Foto von Jonas zeige. »Kommen wir zu wichtigen Fragen: Was soll ich einem Typen wie ihm antworten?«

Zwei Stunden und insgesamt vier Bier später verlassen wir lachend und leicht schwankend die Kneipe. Nachdem wir uns an der Kreuzung voneinander verabschiedet haben, laufe ich allein den kurzen Weg zurück zur Pension. Leichter Nieselregen benetzt meine Haut, und der kühle Wind vom Meer vertreibt den Schleier, den der Alkohol über meine Gedanken gelegt hat. Wir haben die letzte Stunde damit verbracht, mögliche Antworten zu brainstormen, die ich an Jonas senden könnte. Es war ein witziges Spiel, eine mehr als willkommene Ablenkung, aber immer, wenn die beiden mich dazu bringen wollten, eine der Nachrichten abzuschicken, habe ich gezögert. An Hannah gedacht, die schon seit Stunden friedlich schläft. An Jan, der schon ein halbes Jahr nach unserer Trennung eine neue Liebe gefunden hat. An Chris, der will, dass wir wieder Freunde sind. Jetzt ziehe ich das Handy aus der Tasche und öffne den Chat noch mal. Jonas sieht auf seinen Fotos wirklich nett aus. Volle dunkle Haare, ein schönes Lächeln, ein markantes Kinn. Es wäre ja nur für ein Date. Mehr nicht. Das müsste gar nichts bedeuten. Bevor ich weiter darüber nachdenken kann, antworte ich ihm: »*Moin. Hättest du mal Lust auf einen Kaffee?*«

Dann, weil ich gerade mutig bin, tippe ich auf die neue Nummer, die Chris heute Nachmittag eingespeichert hat. »Ich bin dabei.« Mein Herz klopft so laut in meiner Brust, dass ich Angst habe, es könnte die Nachbarn wecken. Diese Nachricht abzuschicken, fühlt sich fast riskanter an als der Text an Jonas. Aber ich tue es trotzdem. Atme einmal tief die salzige Nachtluft ein und bete im Stillen, dass ich das morgen früh nicht bereuen werde.

Kapitel 14

Die Antwort trudelt ein, als ich mir den zweiten starken Kaffee des Tages eingieße. Es ist kurz nach neun, der größte Ansturm beim Frühstücksbüfett ist durch, und das leichte Hämmern in meinen Schläfen ist die einzige Erinnerung an die vier Bier von gestern Abend. Bevor ich den ersten Schluck nehmen kann, leuchtet mein Display auf. Neue Nachricht von Jonas. *»Klingt gut. Darf es auch ein Wein sein? Ich kenne da einen Laden.«*

Diese Worte machen mich sofort wacher, als Koffein es jemals könnte. Schnell werfe ich einen Blick über meine Schulter, aber meine Schwester ist noch im Gespräch mit einem der Gäste. Als ich auf »Antworten« tippe, fühle ich mich wieder ein bisschen wie mit sechzehn.

»Gerne.«

Fast sofort erscheinen die drei kleinen Punkte, die andeuten, dass er gerade tippt.

»Samstagabend um 19:00?«

Eigentlich ist der Samstag traditionell Hannahs und mein gemeinsamer Filmeabend. Diese Woche ist *Die Eiskönigin* dran, ihr absoluter Lieblingsfilm. Das kann ich einem Typen aber schlecht vor dem ersten Date erzählen.

»Ginge auch heute?«

Wieder vergehen nur wenige Sekunden, bis er antwortet. *»Krieg ich hin. Freue mich drauf.«* Die nächste Nachricht ist die Adresse eines Bistros in Eckernförde.

Das Herz schlägt mir bis zum Hals, als ich das Handy wieder wegstecke. Ob vor Aufregung oder vor Angst, könnte ich beim besten Willen nicht sagen.

Heute Nachmittag sind weder abreisende noch ankommende Gäste geplant, also nutzen Sandra und ich die Zeit für einen gemeinsamen Ausflug an den Strand. Nachdem ich Hannah von oben bis unten mit Sonnencreme eingeschmiert und das Buch, das schon seit Monaten auf meinem Nachttisch liegt, eingepackt habe, machen wir uns auf den Weg. Der Sommer in Altensande zeigt sich heute von seiner besten Seite. Der Wetter-App auf meinem Handy zufolge haben wir 24 Grad und eine leichte Brise aus Südwesten. Ideal für einen Strandtag. Das dachten sich offensichtlich auch alle anderen Bewohner und Touristen im Ort, denn als wir am Strandübergang ankommen, schauen wir auf bunte Strandmuscheln, Sonnenschirme und Handtücher, so weit das Auge reicht. Aber das ist der Vorteil daran, Einheimische zu sein: Wir kennen jeden Geheimtipp. Also wenden wir uns nach links und wandern die Promenade entlang, bis der gepflasterte Weg endet und sich ein sandiger Pfad durch die Heckenrosen schlängelt. Hannah läuft immer ein paar Meter voraus, ihren Eimer mit Schaufeln und Sandspielzeug fest im Griff. Etwa dreihundert Meter weiter öffnet sich eine kleine Bucht mit einer alten Weide, unser Lieblingsplatz. Hier breiten wir unsere Picknickdecke aus.

»O ja. Genau das habe ich gebraucht.« Mit einem genüsslichen Seufzen versenkt Sandra ihre Zehen im warmen Sand. »Manchmal vergesse ich in der ganzen Hektik, dass Leute eigentlich hierherkommen, um Urlaub zu machen.«

»Ich weiß, was du meinst.« Ich ziehe mir mein Strandkleid über den Kopf und strecke mich auf dem Handtuch aus. Hannah beginnt mit der Konstruktion einer Sandburg, während wir die Sonne genießen. Eigentlich wäre jetzt der ideale Moment, das Buch herauszuholen, das ich extra dafür mitgebracht habe. Aber meine Augenlider sind herrlich schwer. Die Strahlen der Sonne wärmen meine Haut, die salzige Brise streicht über meine Beine, und das Rauschen der Wellen ist das einzige Geräusch um uns herum. Es ist wunderschön. Wenn ich Momente wie diesen konservieren könnte, ich würde ausschließlich in ihnen leben.

»Das ist ja echt ein Ding mit der Hochzeit, was?«, fragt Sandra unvermittelt.

»Hochzeit?« Unvermittelt schrecke ich hoch. »Was? Wer hat denn was von Hochzeit gesagt? Also, ich wüsste nicht …«

»Der Brief von Jan? Ich hab doch gesehen, dass du ihn geöffnet hast.«

»Ach so.« Erleichtert winke ich ab. »Sag das doch gleich.«

Meine Schwester runzelt die Stirn. »Du siehst ja beinahe so aus, als würdest du dich darüber freuen.«

»So würde ich es nun nicht sagen«, antworte ich so ungerührt wie möglich. »Aber wenn Fabienne meint, sie wird mit ihm glücklich, bitte. Ich werde sie nicht aufhalten.«

»Ich hoffe, sie weiß, worauf sie sich einlässt«, murmelt Sandra düster. »Geht ihr hin?«

»Bleibt uns wahrscheinlich nichts anderes übrig«, antworte ich. »Hannah ist jetzt schon ganz aufgeregt vor ihrer ersten Hochzeit.« Noch ahnt sie ja nicht, dass es demnächst noch eine zweite geben wird. Der Gedanke hebt meine Laune augenblicklich.

»Soll ich mitkommen? Ich könnte den ganzen Tag mit dir in der Ecke sitzen, Kuchen essen und über die Outfits der anderen Gäste lästern.«

»Keine schlechte Idee«, gebe ich zu. »Die Ablenkung kann ich auf jeden Fall gebrauchen.«

»Du gehst da natürlich in deinem allerbesten Look hin. Vielleicht dem dunkelgrünen Kleid, das du zur Eröffnung der Pension anhattest? Oder wir fahren noch mal zusammen in die Stadt und besorgen was Neues. Der soll auf jeden Fall sehen, was er sich hat entgehen lassen.« Sie zwinkert mir zu. »Und du kannst dir den Trauzeugen klarmachen.«

Sofort kommt mir Jonas wieder in den Sinn. »Schauen wir mal. Du weißt ja, was ich von Männern halte.«

»Sie sind nicht alle schlecht«, wirft sie ein.

»Aber auch nicht alle wie Phillip.«

Ein verliebtes Lächeln huscht über ihr Gesicht. »Ich glaube, dass es für jeden da draußen einen Phillip geben kann.«

»Mmh.« Ich rümpfe die Nase.

»Früher warst du immer die Romantikerin von uns beiden«, erinnert mich Sandra. »Du hast die Liebesfilme geguckt und die romantischen Bücher gelesen und mit zwölf angefangen, die Playlist für meine Hochzeit zusammenzustellen. Was ist mit der Nina passiert?«

»Sie hat geheiratet«, gebe ich trocken zurück. »Und festgestellt, dass die Realität mit der Fantasie wenig zu tun hat.«

Ein Schatten fällt über Sandras Gesicht. Eilig spreche ich weiter. »Aber ohne Hochzeit gäbe es keine Hannah, und das ist eine ganz und gar furchtbare Vorstellung.«

Unsere Blicke wandern zu meiner Tochter, die gerade mit einem Eimerchen Muscheln sammelt, um ihre Sandburg zu verzieren.

»Da hast du recht. Aber – und versteh mich jetzt nicht falsch – willst du wirklich von jetzt an allein bleiben?« Sobald sie das ausgesprochen hat, verzieht sie das Gesicht, als hätte sie in eine Zitrone gebissen. »Sorry, die Frage klingt geradeso, als käme sie direkt von Tante Waltraud. Natürlich bist du nicht allein. Und kannst machen, was du willst.«

»Das tue ich auch«, antworte ich bestimmt. »Und was ich will, ist, Hannah eine gute Mutter zu sein. Das Letzte, was ich dazu brauche, ist irgendein Kerl.«

Nachdenklich wiegt Sandra den Kopf hin und her. »Meinst du wirklich, dass die beiden Dinge sich ausschließen müssen?«

Ungebeten schleicht Chris sich in meine Gedanken, der Hannah auf der Bank in Söderby tröstet.

»Das Risiko ist mir zu groß«, entgegne ich schärfer, als ich eigentlich wollte. Denke mit dem Stich eines schlechten Gewissens an Jonas und das Wein-Date in Eckernförde heute Abend. Aber das ist etwas anderes. Da geht es nur um ein bisschen Spaß, mehr nicht.

»Ich gehe mal eben ins Wasser«, antworte ich, um dieser Unterhaltung auszuweichen. Sandras Miene verrät mir, dass sie genau weiß, was ich gerade mache. Aber ich lasse ihr keine Gelegenheit, meine Flucht zu kommentieren. Nachdem ich sichergestellt habe, dass mein mittlerweile dank Rosas Törtchen etwas zu knapper Bikini richtig sitzt, stehe ich auf und mache mich auf den Weg an die Wasserkante. Heißer Sand, Muschelreste und kleine Steine piksen mir in die Fußsohlen, und ich mache große Schritte, um möglichst schnell ins kühle Nass zu kommen. Bis zu den Knien marschiere ich hinein, ohne innezuhalten. Dann schwappt mir eine Welle bis zum Bauchnabel, und ich beiße mir auf die Lippe, um nicht aufzuschreien. Obwohl ich hier aufgewachsen bin, werde ich mich wohl nie an die Kälte der ersten Welle gewöhnen. Ich nehme ein paar tiefe Atemzüge, dann wage ich mich weiter vor. Nach wenigen Schritten geht mir das Wasser bis zur Brust, und die nächste Welle zwingt mich dazu, die Augen zuzukneifen, um sie vor dem Salzwasser zu schützen. Mit einem beherzten Sprung nach vorne kürze ich das Unvermeidliche ab und tauche ein. Es ist ungefähr fünf Sekunden eiskalt und dann einfach nur herrlich. Ich schwimme mit zügigen Bewegungen nach draußen, wie magisch angezogen vom Horizont. Auch wenn ich keine gute Surferin sein mag, beim Schwimmen macht nicht mal Sandra mir was vor. Dafür habe ich in meiner Jugend genug Zeit bei der DLRG Altensande verbracht und meine Runden im Schwimmbad gedreht. Trotzdem werden meine Arme irgendwann müde, also drehe ich mich auf den Rücken und lasse mich von den sanften Wellen schaukeln. Der blaue Himmel über mir ist von kleinen Schäfchenwolken überzogen, und für einen Moment erlaube ich mir, einfach nur zu genießen.

»Hey, ist alles in Ordnung?«

Ein Schatten fällt vor mein Gesicht, und mit ihm ertönt die letzte Stimme, die ich gerade hören will.

»Chris?« Ich blinzele in die Sonne und schaue vor den hölzernen Rumpf eines kleinen Segelboots etwa zwei Meter vor mir im Wasser. Hannahs Fußballtrainer beugt sich über die Reling und schaut mit gerunzelter Stirn zu mir herunter. »Nina? Was machst du denn hier?«

»Wonach sieht es denn aus?«, gebe ich leicht gereizt zurück. Bin ich nicht mal im Wasser vor ihm sicher?

»Als wolltest du alleine bis nach Dänemark schwimmen?«

»Pff, ich bitte dich …« Ich werfe einen Blick über die Schulter und halte inne. Als ich mich das letzte Mal umgedreht habe, konnte ich Hannah noch im Sand spielen sehen. Jetzt ist meine Tochter nur noch ein kleiner Punkt am Strand, mindestens 400 Meter entfernt.

»Vielleicht trainiere ich ja gerade für einen Triathlon«, gebe ich zurück, um zu überspielen, dass mir das Herz für einen Moment in die Bikinihose gerutscht ist.

»Davon will ich dich natürlich nicht abhalten.« Chris grinst, und ich fühle mich sofort durchschaut. »Aber falls du möchtest, kann ich dich auch wieder ein Stück Richtung Land mitnehmen.«

Jede Zelle meines Körpers wehrt sich gegen den Gedanken, zu ihm ins Boot zu klettern. Aber meine Muskeln sind müde, der ablandige Wind arbeitet gegen mich, und auch das hat mich meine Zeit bei der DLRG gelehrt: Überschätze nie deine eigene Kraft.

»Na schön«, gebe ich nach. »Danke.«

Er ist so nett, meine Entscheidung nicht weiter zu kommentieren. »Dann mal rein mit dir.« Mit zwei kräftigen Armzügen schwimme ich längsseits des Segelboots und sondiere die Außenseite. Es ist ein etwa fünf Meter langes Boot aus Holz, dessen Reling etwa einen halben Meter über der Wasseroberfläche liegt. Es gibt keine Griffe oder Halterungen, nichts, was es vereinfachen würde, aus dem Wasser ins Boot zu gelangen. Chris denkt offensichtlich dasselbe.

»Ist ein bisschen hoch, aber das kriegen wir hin.« Er streckt mir seine Hände entgegen. Erneut zwingt mich die Vernunft, sein Angebot anzunehmen. Ich lege meine Finger um seine Handgelenke, er tut es mir gleich.

»Auf drei machst du einen kräftigen Tritt mit den Beinen, und ich ziehe.«

»So machen wir's.«

»Bist du bereit?«

»Bist du bereit?«

Wir grinsen beide. Dann beginnt er zu zählen. »Eins, zwei, drei!«

Auf das vereinbarte Zeichen mache ich eine kräftige Schwimmbewegung mit den Beinen. Gleichzeitig zieht er mit Schwung meine Hände nach oben. In der Theorie sollten diese beiden Dinge dazu führen, dass ich mit der Hüfte auf der Reling zu liegen komme und dann ganz elegant meine Beine ins Boot schwingen kann. In der Praxis schramme ich mit dem Bauch am Holz entlang und schlage mir fast das Kinn an der Reling auf. Chris verliert das Gleichgewicht und stürzt nach hinten ins Boot, wobei er mich hinter sich herzieht. Mit einem Schrei, gefolgt von einem wenig eleganten Grunzen, lande ich schließlich im Boot. Genau auf Chris.

»Oh, scheiße, tut mir leid.«

»Das war mein Fehler.«

»Warte, ich gehe sofort …«

»Hast du dich verletzt?«

In einem Chaos aus Armen und Beinen versuchen wir beide, möglichst schnell viel Distanz zwischen uns zu bringen. Ich rutsche im Boot nach hinten, bis mein Rücken gegen die Bordwand stößt, und umschlinge meine Knie mit den Armen.

Erst jetzt, wo mein Rücken an der warmen Holzwand lehnt, fällt mir auf, dass etwas fehlt. Mein Bikini-Oberteil. Irgendwo zwischen dem Wasser und dem Boot muss sich der Knoten an meinem Rücken gelöst haben, und jetzt baumelt der nasse Stoff von der schmalen verbliebenen Schlaufe um meinen Hals wie ein Hundehalsband.

»Warte, du hast da …«

»Ja, schon gemerkt.«

»Kann ich irgendwie …«

»Ich mach schon.«

Aber ich habe es nicht. Egal, wie sehr ich meine Arme verrenke, es gelingt mir nicht, den Knoten wieder in meinem Rücken zu befestigen.

»Warte.« Chris unterbricht meine zunehmend verzweifelten Bemühungen. »Lass mich dir helfen.«

Kommt es auf eine weitere Demütigung jetzt überhaupt noch an? Mit knallrotem Kopf gebe ich nach und wende ihm meinen nackten Rücken zu. Er greift nach den losen Enden und knotet es in Blitzgeschwindigkeit zu. Dabei berühren seine Finger kaum meinen Rücken, scheinen immer wenige Millimeter über meiner Haut zu schweben.

»So, das wär's schon.« Sobald der Knoten sitzt, rückt er wieder von mir ab und rappelt sich auf. Das hellgrüne T-Shirt, das er trägt, zieren mehrere nasse Flecken an Brust und Bauch, für die ich verantwortlich bin. Mein Kopf wird noch etwas heißer. Mit gesenktem Blick zupfe ich meinen Bikini zurecht, bis ich sicher bin, dass alles wieder an seinem Platz ist.

»Hier, falls dir kalt wird.« Ich schaue gerade noch rechtzeitig auf, bevor ein Stück Stoff mich mitten ins Gesicht treffen kann. In dem Moment, in dem er es ausspricht, erinnert mich ein kühler Windstoß daran, dass ich komplett nass bin. Ohne lange darüber nachzudenken, ziehe ich mir das Shirt über den Kopf. Ich brauche einen Moment, um es zu erkennen. Die dunkelblaue Farbe ist mittlerweile verblasst, und die Buchstaben mit den Namen unseres Abiturjahrgangs sind kaum noch lesbar.

Im Sommer nach dem Abi bin ich regelmäßig in diesem T-Shirt aufgewacht.

»Hattest du geplant, heute Anhalter aufzulesen?« Es kostet mich Mühe, meine Stimme möglichst unbeteiligt klingen zu lassen.

»Ich habe immer gerne was zum Wechseln dabei, wenn ich rausfahre«, antwortet Chris und schließt den Reißverschluss seines Rucksacks wieder. »Man weiß nie, wofür man es brauchen kann.«

Er hält für einen Moment inne, als er mich ansieht. Seine Augen wandern über meinen Körper, seine sonnengebräunten Wangen werden eine Spur dunkler. Mit einem Mal fühle ich mich gänzlich nackt, als läge kein Stoff zwischen seinem Blick und meiner Haut. Dann springt er auf und geht um mich herum, um an einer der Leinen am Mast zu zerren. Das kleine Boot wendet behäbig in Richtung Land.

»Danke übrigens für deine Nachricht«, sagt er, ohne mich erneut anzusehen. »Dass du beim Camp helfen willst. Das ist echt großartig.«

»Warte es ab, vielleicht bereust du es noch«, murmele ich und stemme mich ebenfalls hoch.

»Das bezweifle ich«, sagt er so leise, dass ich ihn kaum hören kann. Und ein Teil von mir möchte ihn schütteln. Ihn fragen, was das soll, er, hier, nach all den Jahren. Welches Recht er hat, mich immer noch mit einem kleinen Satz aus dem Gleichgewicht zu bringen. Ich möchte ihn ins eiskalte Wasser schmeißen, nur damit er für einen Moment so verwirrt ist, wie ich mich fühle.

»Kann ich irgendetwas tun?«, frage ich stattdessen und wende mich den Leinen zu, die um den Hauptmast geknotet sind.

Für einen Moment sieht er aus, als wollte er abwinken. Dann überlegt er es sich anders. »Kannst du die Achterleine nachziehen? Die müsste etwas fester gespannt werden.«

Dankbar für eine konkrete Aufgabe, tue ich, wie mir geheißen. Das Segel flattert im Wind, und wir nähern uns langsam wieder der Küste.

»Seid wann segelst du eigentlich?«, frage ich, als ich die Stille nicht mehr aushalte. »War doch nie dein Ding.«

Obwohl Chris' Vater ein weit über Altensande hinaus anerkannter Schiffsbauer und leidenschaftlicher Segler war, konnte sein Sohn sich zu Schulzeiten nie dafür begeistern. Nur ein einziges Mal war ich mit ihm zum Segeln draußen. Es war der Versuch eines romantischen Dinners zum Sonnenuntergang. Leider hat es kurz vorher angefangen, wie aus Eimern zu schütten, und durch die aufkommenden Wellen ist uns der Karton mit meiner Pizza ins Wasser gefallen. Nach dieser Erfahrung hat er eigentlich geschworen, keinen Fuß mehr auf ein Segelboot zu setzen.

»Seit ein paar Monaten«, antwortet der erwachsene Chris vor mir mit einem Schulterzucken. »Jetzt, wo mein Vater nicht mehr rauskann, muss ja einer dafür sorgen, dass die Boote in Schuss bleiben.«

Er presst die Lippen zusammen, als hätte er bereits mehr gesagt, als er eigentlich wollte. »Für die letzten hundert Meter brauchen wir ein bisschen Unterstützung. Kannst du mal ein Stück zur Seite rutschen?«

Während er den kleinen Außenbordmotor des Bootes anschmeißt, grabe ich in meinen Erinnerungen nach Details zu Chris' Familie. Sandra hatte vor ein paar Monaten mal von Gerüchten erzählt, dass Herr Reuter seinen Betrieb verkaufen will. Warum, war nicht ganz klar, aber es wurde über gesundheitliche Gründe spekuliert. Offensichtlich waren diese Spekulationen nicht völlig unbegründet.

Mir brennen noch Dutzende weitere Fragen auf der Zunge, aber etwas an Chris' Gesichtsausdruck sagt mir, dass er kein Interesse daran hat, sie zu beantworten. Und es geht mich auch wirklich nichts an. Die Zeiten sind lange vorbei.

»Sieht so aus, als würdest du schon erwartet«, meint er und deutet mit dem Kinn in Richtung Ufer.

Tatsächlich steht Sandra bereits am Strand, die Augen mit der Hand vor der Sonne abgeschirmt, und schaut uns entgegen. Hannah wartet direkt neben ihr und umklammert ihren Oberschenkel. Sofort fühle ich mich schuldig.

Es war absolut unverantwortlich, so weit rauszuschwimmen und mich potenziell in Gefahr zu bringen.

»Hält das Boot hier an?« Der Wind trägt Hannahs aufgeregte Stimme zu uns herüber.

»Ich kenn den Kapitän! Das ist der Chris vom Fußball!«

»Sieht ganz so aus«, antwortet meine Schwester, und ich ahne bereits den Fragenhagel, der auf mich zukommen wird, sobald wir allein sind.

»Das reicht auch«, sage ich, bevor wir noch näher ans Ufer kommen. »Die letzten zwanzig Meter kann ich ja fast schon laufen.«

Chris stellt den Motor ab. »Viel weiter geht auch nicht, bevor es zu flach wird.«

Wir schauen einander an. Der Moment wird länger, zieht sich wie Karamell an einem heißen Tag. Ich warte darauf, dass er noch etwas sagt. Vielleicht wartet er auf dasselbe.

»Mama? Bist du das? Darf ich auch auf das Boot?« Hannahs Stimme löst den Bann. Ich ziehe mir Chris' T-Shirt über den Kopf und hänge es sorgsam über die Reling.

»Danke fürs Mitnehmen.«

»Gerne. Wir müssen uns möglichst bald mal treffen, um über die Camp-Planung zu sprechen.«

»Klar.« Ich beiße die Zähne zusammen. »Wie wäre es Samstag? So gegen fünfzehn Uhr?«

»Hört sich gut an.«

Damit schwinge ich meine Beine über die Reling und lasse mich vorsichtig wieder ins Wasser sinken. Nachdem ich die letzten Minuten auf dem Boot in der Sonne gesessen habe, nimmt die Kälte mir erneut den Atem. So schnell ich kann, schwimme ich die letzten Meter, bis mir das Wasser nur noch bis zu den Oberschenkeln reicht und ich herauswaten kann.

»Mama!« Hannah läuft mir entgegen. »Darf ich auch mal Boot fahren? Mit Chris? Das war er doch, oder? War das sein Boot? Glaubst du, er nimmt mich mal mit?«

»Eins nach dem anderen«, antworte ich lachend, als ich sie in den Arm nehme. Ein Blick über meine Schulter zeigt, dass Chris gewartet hat, bis ich sicher an Land bin. Erst jetzt hebt er zum Abschied den Arm und wendet das Boot. Der Wind packt hinter die Segel, und innerhalb von Sekunden ist er außerhalb unserer Rufreichweite.

»Das Boot gehört Chris. Oder vielmehr seiner Familie«, beantworte ich eine von Hannahs Fragen.

»Dann darf ich ja vielleicht mal mitfahren, oder?«

»Das musst du ihn schon selbst fragen«, wiegele ich ab und hoffe, dass Hannah das Boot bis zum nächsten Fußballtraining längst vergessen hat. Sie braucht nun wirklich nicht noch einen Grund, um ihn zu vergöttern.

»Was war das denn gerade?«, schaltet Sandra sich in das Gespräch ein.

»Eine zufällige Begegnung«, antworte ich wahrheitsgemäß. »Da schwimmt man friedlich vor sich hin und denkt an nichts Böses, und dann taucht aus dem Nichts dieser Typ auf.«

»Ist das so, ja?« Sie mustert mich, als würde sie mir diese Aussage nicht ganz abkaufen. »Na ja, in dem Fall kann man von Glück sagen. Du warst ganz schön weit draußen.«

»Nicht viel weiter als sonst«, verteidige ich mich, mehr vor Hannah als vor meiner Schwester. »Dafür hätte ich kein Rettungsboot gebraucht.«

Zumindest hoffe ich das. Aber ich habe meine Lektion gelernt, es gibt keinen Grund, mir jetzt auch noch einen Vortrag von Sandra anzuhören. Zeit für einen Themenwechsel. »Sag mal, hast du eigentlich mal was Neues vom alten Herrn Reuter gehört? Ist der wirklich so schwer krank?«

»Bisher sind da nur diffuse Gerüchte.« Sie zuckt mit den Schultern. »Aber ich kann Markus mal fragen, wenn ich ihn nächste Woche im Büro sehe. Der hatte, glaube ich, letzte Woche einen Termin in der Werft, vielleicht hat er ja was gehört.«

Langsam schlendern wir zurück zu unseren Sachen. Ich wickele mich in mein Handtuch ein und lasse mich mit einem Seufzen aufs Handtuch sinken. Versenke meine Zehen im warmen Sand und versuche, mich zurück in die unbekümmerte Sommerstimmung zu versetzen, die ich vorhin noch gespürt habe. Aber jedes Mal, wenn ich die Augen schließe, ist da Chris' Gesicht. Der Blick in seinen meerblauen Augen, als er mich in dem alten Shirt gesehen hat. Bei der Erinnerung stellen sich die feinen Härchen auf meinem Unterarm auf. Vielleicht ist jetzt genau der richtige Moment, mit Jonas Wein trinken zu gehen. Es wird höchste Zeit, dass ich über diese albernen nostalgieverklärten Gefühle hinwegkomme, die Chris offensichtlich immer noch in mir auslöst. Was könnte da besser helfen als ein anderer Mann?

Kapitel 15

Es ist kurz vor sieben, und ich wechsele zum dritten Mal innerhalb einer halben Stunde mein Outfit. Wenn ich pünktlich sein will, muss ich in spätestens fünfzehn Minuten das Haus verlassen, und zwar geschminkt und mit geföhnten Haaren. Aber weder der beige Faltenrock mit der cremefarbenen Bluse noch der graue Hosenanzug von meinem Vorstellungsgespräch, noch das geblümte Sommerkleid konnten mich bisher überzeugen.

»Mama? Können wir gleich noch eine Geschichte lesen?« Hannah steckt den Kopf durch meine Schlafzimmertür und betrachtet mit Neugier das Chaos an Klamotten auf meinem Bett.

»Was machst du da?«

»Ich versuche, mich anzuziehen«, antworte ich mit einem schiefen Lächeln. »Ich hab dir ja erzählt, dass ich heute Abend noch einen Termin habe. Aber Phillip hat vielleicht Zeit, dir was vorzulesen. Magst du ihn fragen?«

Schon während ich es ausspreche, überkommt mich wieder mein schlechtes Gewissen. *Du bist die schlechteste Mutter der Welt*, flüstert es mir ins Ohr. *Die lieber mit wildfremden Männern Wein trinkt, als ihrer Tochter vorzulesen.*

Hannah wiederum scheint mit dieser Lösung auch zufrieden zu sein. »Okay.« Sie kommt ins Zimmer und begutachtet kritisch den angehäuften Kleiderstapel. »Was willst du denn anziehen?«

»Wenn ich das wüsste.« Seufzend schäle ich mich aus der Strumpfhose, die ich unter das Sommerkleid anziehen wollte. »Was würdest du mir denn empfehlen?«

»Mmh.« Sie öffnet meinen Schrank und wandert mit dem Finger an den Kleiderbügeln entlang. Dann hellt sich ihr Gesicht auf. »Was ist denn damit? Das sieht voll schön aus!«

Behutsam nimmt sie einen Bügel von der Stange und präsentiert mir ihre Auswahl. Es handelt sich um ein türkisblaues Kleid aus feiner Baumwolle mit eng anliegendem Oberteil und locker fallendem Rock. Ich habe es mir vor sechs Jahren für unsere Flitterwochen auf Sizilien gekauft, die wir nach Hannahs Geburt nachholen wollten. Dazu ist es nie gekommen, und seitdem hängt es ganz hinten im Schrank.

»Ich weiß nicht.« Mit gerunzelter Stirn nehme ich ihr den Bügel ab und betrachte das Kleid. Es war ein Glücksfund in einem Vintage-Shop in Hamburg bei einem meiner Besuche bei Jan. Obwohl es secondhand war, hat es trotzdem über 150 € gekostet, und ich weiß noch, wie lange ich überlegt habe, bis ich es mitgenommen habe.

»Ist das nicht ein bisschen zu schick?«

»Zieh es mal an«, entgegnet Hannah. »Dann sehen wir, wie es aussieht.«

Vorsichtig öffne ich den kleinen Reißverschluss am Rücken und ziehe mir das Kleid über den Kopf. Der Stoff fühlt sich kühl und weich auf meiner Haut an. Aber ich kann nicht leugnen, dass der Kauf schon einige Jahre zurückliegt. An den Hüften und am Bauch spannt es, und ich muss einmal ausatmen, um den Reißverschluss wieder schließen zu können.

»Wow!« Hannah klatscht in die Hände. »Das sieht toll aus!«

Ich gehe von meinem Zimmer in den Flur, um einen Blick in den Ganzkörperspiegel werfen zu können. Hannah hat recht, das Kleid ist immer noch wunderschön. Aber die Frau, die mir entgegenblickt, scheint aus einem anderen Leben zu stammen. Einem mit intakter Ehe und Flitterwochen am Mittelmeer und sechs Kilo weniger auf den Hüften. Ich fühle mich seltsam verkleidet, als würde ich eine Version von mir spielen, die lange Vergangenheit ist. Aber ich bin auch realistisch. Wenn ich nicht zum ersten Date schon eine halbe Stunde zu spät kommen will, muss ich mich jetzt schminken und föhnen, sonst wird das nichts mehr. Also krame ich in meinem Schuhschrank, bis ich ein paar dazu passende Riemchensandalen gefunden habe, tusche meine Wimpern und föhne meine Haare, bis sie in rotbraunen Wellen geschmeidig über meine Schultern fallen. Fürs Flechten bleibt mir keine Zeit mehr.

»Hab einen schönen Abend, ja?« Ich küsse Hannah auf die Stirn.

»Kommst du später noch zum Gutenachtsagen?«

»Natürlich. Bis dann, mein Schatz.«

Um einer möglichen Begegnung mit Sandra und Phillip auszuweichen, nehme ich den Hinterausgang und marschiere durch den Garten zur Straße. Ein paar von den Gästen, die den milden Sommerabend auf den Liegestühlen genießen, werfen mir neugierige Blicke zu, aber ich ignoriere sie. Meine Hände zittern, und mir schlägt das Herz bis zum Hals, als ich den Motor starte und die Adresse des Bistros eingebe, die Jonas mir geschickt hat. Noch kann ich einfach absagen. Noch kann ich mir das Make-up wieder aus dem Gesicht waschen, das Kleid zurück in den Schrank hängen und mich mit Hannah auf dem Sofa einkuscheln. Kein Risiko eingehen.

»Ganz ruhig«, sage ich zu mir selbst und zwinge mich dazu, einen tiefen Atemzug zu nehmen. »Es ist einfach nur ein Date. Zwanglos, unverbindlich, und dringend nötig.« Schließlich habe ich eine Hochzeit zu verdrängen und eine Jugendliebe endgültig aus meinem System zu verbannen.

Mit diesem Gedanken löse ich die Handbremse und trete aufs Gaspedal. Die Navigation auf meinem Handy führt mich in eine kleine Seitengasse in der Eckernförder Altstadt. Leider ist die an einem Freitagabend voll mit Urlaubern und Einheimischen auf der Suche nach dem perfekten Platz zum Abendessen, sodass ich dreimal um den Block fahren muss, bis ich einen Parkplatz gefunden habe. Als ich in meinen Riemchensandalen über das Kopfsteinpflaster eile, bin ich bereits zehn Minuten zu spät. Das Bistro, das Jonas vorgeschlagen hat, befindet sich im Erdgeschoss eines alten Wohnhauses mit roter Klinkerfassade. Efeu rankt sich an der Hauswand hoch, und eine weißrote Markise wirft Schatten auf kleine Tische aus poliertem Holz. Obwohl ich mir das Bild in den letzten vierundzwanzig Stunden schon Dutzende Male angeschaut habe, zücke ich noch einmal mein Handy und rufe Jonas' Profil auf. Draußen sehe ich niemanden, der dem Mann auf den Fotos ähnelt. Also gönne ich mir vor der Tür noch eine Sekunde, um mich zu sortieren. Mit einem Schlag wird mir bewusst, dass ich gerade das erste Mal in meinem Leben auf ein Date im klassischen Sinne gehe. Chris und ich waren nie im Kino oder im Restaurant oder was auch immer die Leute heute so machen, um ihre wahre Liebe zu finden. Wir waren vorher schon befreundet und machten nach diesem einen Kuss einfach so weiter wie vorher. Nur, dass wir in keiner freien Sekunde die Finger voneinander lassen konnten. Jan habe ich im Studium kennengelernt, als wir beide chronisch pleite und gestresst waren. Wenn er mal Zeit hatte, haben wir lange Spaziergänge unternommen oder einen Filme-abend auf seiner Couch gemacht, während er nebenbei seine Lernzettel durchging. Ich habe keine Ahnung, wie man eigentlich datet.

Aber vielleicht ist es noch nicht zu spät, es zu lernen. Nach einem letzten prüfenden Blick in die Glasscheibe der Eingangstür betrete ich das Bistro. Die Inneneinrichtung wird von hellem Holz dominiert. Hinter der lang gezo-genen Theke sind Weinfässer übereinandergestapelt, und auf jedem der Tische steht eine leere Weinflasche, in der eine Wachskerze steckt. Das Bistro ist gut besucht, aber ich muss nicht lange nach meinem Date suchen.

»Hey. Du musst Nina sein.« Von einem Tisch rechts neben dem Tresen erhebt sich ein Mann mit dunkelbrau-nen Locken und blassblauem Hemd.

»Das bin ich. Jonas, nehme ich an?« Das Lachen klingt schrill in meinen Ohren. Aber er scheint sich nicht daran zu stören. »So ist es.« Bevor ich weiß, wie mir geschieht, haucht er mir rechts und links ein Küsschen auf die Wangen. Als er mich zum Tisch führt, zieht er meinen Stuhl zurück. Wir setzen uns, und für einen Moment scheint niemand wirklich zu wissen, was er sagen soll.

»Sorry, ich bin ein bisschen nervös«, bricht es aus mir heraus. »Ich mache so was …« Meine Hand wedelt unbestimmt zwischen ihm und der Kerze auf dem Tisch und dem Bistro hinter uns hin und her, »… nicht sehr oft.«

Sein Lächeln wirkt beinahe erleichtert. »Das geht mir auch so. Also, weil ich recht wenig Zeit habe, verstehst du? Aus beruflichen Gründen.«

Dankbar nehme ich diesen Konversationsfaden auf. »In deinem Profil steht, du bist Bankkaufmann hier in der Stadt?«

»Eigentlich ist es mehr als das. Ich bin gerade auf dem besten Weg zum Filialleiter, da kommt dann einiges zusammen.« Er erzählt mir detailliert von seinen Überstunden und dem schwierigen Umgang mit Kollegen, die weniger Leistungsbereitschaft zeigen. Als ein Kellner kommt, bestellt er für uns beide eine Flasche Weißwein. »Ich kann allerdings höchstens ein Glas trinken«, werfe ich ein. »Ich muss noch fahren.«

»Du bist mit dem Auto hier?« Er runzelt die Stirn. »Wieso denn das?«

Weil ich meine Schwester nicht bitten wollte, mich zu einem Date zu fahren, und es um diese Uhrzeit keine regelmäßigen Busse aus Altensande mehr gibt. Aber gerade den ersten Teil behalte ich lieber für mich.

»Ich hab ja geschrieben, dass ich aus einem der Ferienorte in der Umgebung komme. Da ist das mit dem öffentlichen Nahverkehr noch nicht so angekommen«, antworte ich entschuldigend. Er schüttelt den Kopf. »Ja, das ist wirklich kein Zustand da draußen. Zugegeben, Eckernförde ist jetzt keine Großstadt, aber mich würden keine zehn Pferde raus aufs Land kriegen. Was gibt es da außer Deichschafen und Touristen?«

»Altensande ist wirklich schön«, widerspreche ich. »Okay, es ist ein kleines Dorf, aber wir haben da alles, was wir brauchen. Und die Leute kennen sich und helfen einander, wenn es nötig ist.«

Er sieht nicht überzeugt aus. »Ich schätze, da sind Geschmäcker einfach verschieden. Aber jetzt erzähl mal, du bist Lehrerin?«

Mit jedem Schluck Wein, den ich nehme, werde ich etwas entspannter. Bereitwillig erzähle ich ihm von meinem Job in der Grundschule und wie mich die Arbeit mit meinen Schülern bereichert. Gleichzeitig fühlt es sich unfassbar falsch an, nicht im gleichen Atemzug von Hannah zu sprechen. Als würde ich einen Teil von mir selbst verleugnen. Aber er macht es mir leicht, fragt nicht einmal nach. Stattdessen schafft er es relativ schnell, das Gespräch wieder auf sich zu lenken, egal, wovon ich gesprochen habe. Wir reden über den Urlaub, den er im Frühjahr auf Kuba gemacht hat, die Wohnung, die er gerade renoviert, und den Halbmarathon, den er im Herbst laufen will. Einmal greifen wir gleichzeitig in den kleinen Brotkorb auf dem Tisch, und unsere Finger streifen einander. Ich warte auf den Funken, den Moment der Elektrizität, aber er bleibt aus. Als ich mein erstes Glas getrunken habe, hebt er die Flasche und hält sie mir fragend hin. »Ich kann dir später auch ein Taxi rufen.«

Es ist schon kurz vor zehn. Wenn ich Hannah noch Gute Nacht sagen will, muss ich jetzt spätestens los.

»Ich weiß nicht, wie es dir geht, aber ich habe einen sehr schönen Abend.« Er wirft mir ein charmantes Lächeln zu, und für einen Moment ist da doch so etwas wie ein Flattern irgendwo zwischen meiner Brust und meinem Magen. Also protestiere ich nicht, als er mein Glas noch einmal füllt. Wir bleiben im Bistro sitzen, bis die Kellner anfangen, die Tische abzuwischen. Er zahlt die Rechnung und geht nicht auf mein Angebot ein, die Hälfte zu übernehmen. Als ich aufstehe, merke ich erst, wie wenig ich Alkohol gewohnt bin. Der Raum um mich herum scheint leicht mit meinen Bewegungen zu schwanken wie ein Schiff auf dem Meer. Wie Chris' Segelboot, das mich zurück an Land gebracht hat. Aber nein. Ich bin nicht hier, um an Chris zu denken. Ganz im Gegenteil. Als Jonas mir seinen Arm anbietet, nehme ich ihn, und gemeinsam schlendern wir durch die leeren Gassen der Altstadt zum Strand. »Wir haben Glück«, meint er und deutet nach oben. »Es ist sternenklar.«

Ich folge seinem Blick und schaue in den nachtschwarzen Himmel. Tatsächlich funkeln über uns Hunderte von kleinen Lichtpunkten. »Wow. Das ist wirklich wunderschön.«

»Ein bisschen so wie du.«

Jonas bleibt stehen und zieht mich sanft zu sich. Ich habe keine Ahnung, was ich antworten soll, zu abgelenkt von der Tatsache, dass seine Lippen plötzlich nur noch wenige Zentimeter von meinen entfernt sind.

»Wenn nicht sogar noch schöner«, murmelt er, dann drückt er seine Lippen auf meine. Und plötzlich ist mir das alles zu nah, zu eng, zu schnell.

»Warte … warte mal«, murmele ich in seinen Mund. Aber er scheint mir gar nicht richtig zuzuhören. Seine Hände streichen über meinen Rücken und wandern tiefer, seine Zunge fährt sanft über meine Unterlippe. Dann wird sie fordernder. Objektiv betrachtet ist er kein schlechter Küsser, wie ein kleiner, rationaler Teil meines Gehirns einräumen muss. Aber das ändert nichts daran, dass ich mit einem Schlag stocknüchtern bin. Und einfach nur nach Hause will.

»Halt.« Entschieden stemme ich meine Hände gegen seine Brust und schiebe ihn zur Seite. »Das … das geht mir alles ein bisschen zu schnell.«

»Oh. Okay. Klar«, sagt er ein bisschen außer Atem und macht einen großen Schritt zurück. »Ich kann warten, gar kein Problem.«

»Ich glaube, ich würde jetzt gerne ein Taxi rufen.«

Ein Schatten fällt über sein Gesicht, aber er zückt sofort sein Handy. Den Weg zurück zur Hauptstraße gehen wir schweigend. Seine Hand liegt weiterhin um meine Hüfte, aber ich habe gerade nicht die Energie, um sie abzuschütteln. Als er die Tür des Taxis für mich öffnet, drückt er mir einen Kuss auf die Wange.

»Ich hatte einen sehr schönen Abend, Nina.«

Ich suche nach einer passenden Antwort darauf. Es wäre gelogen, wenn ich sagen würde, ich hätte keinen Spaß gehabt, irgendwie. Zumindest bis zu dem Moment, in dem ich seine Zunge im Mund hatte.

»Danke für den Wein«, antworte ich schließlich und zwinge mich zu einem Lächeln, das ich nicht fühle.

»Melde dich, wenn du gut angekommen bist.«

»Mache ich.«

»Bis zum nächsten Mal.«

Er erspart es mir, darauf antworten zu müssen, indem er die Autotür zumacht. Der Taxifahrer wirft mir einen Blick zu, in dem ich Mitgefühl zu erkennen glaube. »Wohin soll's gehen, die Dame?«

»Altensande.« Mit einem Schlag merke ich, wie müde ich bin. »Zur Pension Meerbach.«

Ich lehne den Kopf an die kühle Scheibe und sehe dabei zu, wie vor dem Fenster die Umrisse von Häusern vorbeiziehen. Auf den Lippen schmecke ich immer noch Weißwein und einen Hauch von Jonas' herbem Aftershave. Ich habe keine Ahnung, wie ich mich fühlen soll.

Als ich um kurz nach elf so leise wie möglich in die Pension schleiche, sind alle Lichter bereits aus. Vorsichtig öffne ich die Tür zu Hannahs Zimmer. Der schwache Lichtschein aus dem Flur fällt auf ihr schlafendes Gesicht. Der Tür zugewandt, als hätte sie auf mich gewartet, bis sie schließlich eingeschlafen ist.

Mein Handy pingt mit einer Nachricht. »Danke für die schönen Stunden«, schreibt Jonas. »Bist du gut angekommen?«

Ich schicke einen erhobenen Daumen zurück. Dann schließe ich die Zimmertür meiner Tochter und schleiche mich ins Bett, begleitet von dem dumpfen Gefühl, heute Abend an allen Fronten versagt zu haben.

Kapitel 16

»Da bist du ja. Ich hab dich gestern Abend gar nicht mehr gesehen.« Mit diesen Worten stoppt mich Phillip auf dem Weg zu meinem dringend benötigten ersten Kaffee.

Mein Hirn braucht länger, als mir lieb ist, bis es eine plausible Ausrede ausspuckt.

»Spontan mit Dagmar verabredet«, schwindele ich mit der Gewissheit, dass er mir diese Notlüge verzeihen würde.

»Ach so. Ich wollte dich auch eigentlich nur fragen, ob du heute Nachmittag vielleicht Zeit zum Brainstormen hast.«

Er schaut über seine Schulter in Richtung Küche, wo Sandra gerade leise mit dem Radio mitsingt. »Es geht um den perfekten Ort«, flüstert er. »Für ... du weißt schon.«

Ich verziehe das Gesicht. »Würde ich gern. Aber heute Nachmittag bin ich bei Chris, um das Camp zu planen.«

»Oh. Stimmt, Sandra hatte da was erzählt. Bist du dir sicher, dass du mit dem Kerl zusammenarbeiten willst?« Er schürzt die Lippen. »Also, ich will dir da nicht reinreden, du wirst deine Gründe haben.«

Das sollte man meinen. Heute im kühlen Licht des frühen Samstagmorgens zweifele ich gerade daran.

»Nach allem, was du mir erzählt hast, würde ich an deiner Stelle so wenig Zeit wie möglich mit ihm verbringen.«

Phillips offensichtliche Sorge um mein emotionales Wohlbefinden ist wie Balsam für meine verwirrte Seele.

»Aber es muss sein«, gebe ich ihm dieselbe Antwort, mit der ich mich vor mir selbst rechtfertige. »Er braucht jemanden fürs Camp, und ich kann helfen. Außerdem kann ich so noch ein bisschen mehr Zeit mit Hannah verbringen, bis …« Im letzten Moment bekomme ich die Kurve, »… also, bis die Ferien vorbei sind.«

Von Jans Ultimatum zu erzählen, verkrafte ich nicht vor dem Frühstück. Und wenn wir ehrlich sind, auch nicht danach. »Aber wir finden eine Gelegenheit, über dein Anliegen zu sprechen.« Ich zwinkere ihm verschwörerisch zu. »In der Zwischenzeit mache ich mir schon mal Gedanken.«

Als ich in die Küche komme, sitzt Hannah bereits am Tisch und schaufelt sich eine Schüssel Cornflakes in den Mund. Sobald sie mich sieht, breitet sich ein Lächeln auf ihrem Gesicht aus. »Da bist du ja! Du hast mir gestern gar nicht mehr Gute Nacht gesagt.«

Ich drücke ihr einen dicken Kuss auf die Wange und streiche ihr eine Haarsträhne hinters Ohr. »Das tut mir wirklich leid, mein Schatz. Es ist später geworden, als ich gedacht habe.«

In diesem Moment betritt Sandra wieder die Küche, ein leeres Tablett unter dem Arm. »Was ist später geworden?«

Das ist die verdammte Sache mit dem Lügen. Wenn man einmal damit angefangen hat, gibt es kein Zurück mehr. »Meine Verabredung mit Dagmar gestern«, antworte ich, ohne sie anzusehen. Spüre ihren Blick im Rücken wie einen Scheinwerfer und wage es nicht, mich umzudrehen.

Sie konnte mir schon immer ansehen, wenn ich nicht die Wahrheit gesagt habe.

Aber immerhin Hannah scheint mit dieser Erklärung für den Moment zufrieden. »Stell dir vor, Phillip hat mir gestern gar keine Geschichte vorgelesen, sondern was viel Besseres!«

»Ach tatsächlich?« Ich setze mich ihr gegenüber auf einen Stuhl und nehme mir einen Apfel aus dem Obstkorb. »Was denn?«

»Er hat mir ein Buch voller Fotos gezeigt. Von Australien, auf der anderen Seite der Welt. Und Tante Sandra hat auch mitgeguckt.«

»Eigentlich wollten wir ihr Buch über die reisende Raupe weiterlesen«, meint Phillip, der hinter mir die Küche betreten hat. »Aber als ich erzählt habe, dass ich genau wie Sandra mal in Sydney war, wollte Hannah den Beweis sehen.«

»Das ist echt voll schön in Australien!« Sie wedelt mit ihrem Löffel in der Luft herum. »Da gibt es einen riesigen Berg aus rotem Stein. Und Strand, so wie bei uns, nur viel größer. Können wir da mal hin?«

Ich wische einen Tropfen Milch vom Tisch, der von ihrem Löffel getropft ist. »Das ist ziemlich weit weg, Schatz. Da kommt man nicht so einfach hin, da muss man sehr lange fliegen.«

Und jede Menge Geld bezahlen, das wir nicht haben.

»Papa fliegt doch voll oft. Vielleicht können wir den ja fragen, ob er mit uns nach Australien will.«

Seine Kreditkarte und sein Terminkalender würden es zulassen. Und auch wenn Jan sich noch nie sonderlich für die weite Welt da draußen interessiert hat, traue ich es ihm zu, Hannah Flugtickets zu kaufen. Einfach nur, weil er es kann und ich nicht.

»Hat Phillip dir denn auch von den Spinnen erzählt?«, schaltet Sandra sich ins Gespräch ein.

»Spinnen?« Hannah macht große Augen. Wenn es jemanden in dieser Familie gibt, der sich noch mehr vor den achtbeinigen Kreaturen ekelt wie ich, dann ist sie das.

»Oh, stimmt, das muss ich vergessen haben.« Phillip fasst sich an den Kopf. »In Australien sind nicht nur die Strände groß. Da gibt es Spinnen, die sind so groß, dass du ihre Schritte an der Wand hören kannst, wenn sie laufen.«

»Ihh!« Hannah verzieht das Gesicht, während mich bei der bloßen Vorstellung ein Schauer überkommt.

»Wenn das so ist, will ich doch lieber hierbleiben«, verkündet sie entschlossen und wendet sich wieder ihrem Frühstück zu. Phillip zwinkert mir über ihren Kopf hinweg zu.

»Amsterdam ist außerdem viel besser als Australien«, sagt sie mit einem Mund voll Cornflakes. »Können wir meine Sachen schon mal packen, Mama? Papa sagt, es ist egal, wie viel ich mitnehme, weil wir mit dem Auto fahren.«

»Das ist ja erst nächstes Wochenende«, wiegele ich ab. »Bis dahin haben wir noch viel Zeit«

Nicht genug, wenn es nach mir geht. Die vier Tage, die Hannah mit Jan in Amsterdam ist, werden mir viel zu viel Zeit zum Nachdenken geben, ob das demnächst ein Dauerzustand wird. Ich hier, sie bei ihm.

Sandra stellt mir schweigend eine Kaffeetasse vor die Nase, und sofort verstärkt sich mein schlechtes Gewissen. Es wird höchste Zeit, dass ich sie einweihe. In die Situation mit Jan und das Date mit Jonas und den Knoten in meinem Magen, wenn ich an mein Treffen mit Chris denke. Schweigend beobachte ich, wie sie Phillip ebenfalls eine Tasse Kaffee eingießt und zwei Löffel Zucker einrührt. Er küsst sie und flüstert ihr etwas ins Ohr, das sie kichern lässt.

Nach dem Antrag, verspreche ich mir selbst im Stillen. Das will ich ihr nicht ruinieren. Danach werde ich ihr alles erzählen.

Weil heute den ganzen Tag über Regen und Windböen von bis zu fünf Beaufort angekündigt sind, fällt meine samstägliche Strandwanderung mit den kleinen Pensionsgästen aus. Dafür plant Sybille, die Sandra vor zwei Jahren in der Surfschule kennengelernt hat und die seitdem regelmäßiger Gast bei uns ist, mit ihren beiden Kindern ins Wellenbad in den Nachbarort zu fahren und Hannah mitzunehmen.

Sandra und Phillip verbringen den Nachmittag damit, in einem der letzten noch unrenovierten Gästezimmer die Wände weiß zu streichen, und ein Teil von mir spielt mehrfach mit dem Gedanken, ihnen meine Hilfe anzubieten und Chris kurzfristig abzusagen. Es ist derselbe Teil von mir, der noch immer nicht auf Jonas' Frage nach einem zweiten Treffen geantwortet hat.

Dabei fällt es mir selbst schwer zu sagen, was genau mich eigentlich zurückhält. Chris und ich haben uns darauf geeinigt, kein Wort über unsere gemeinsame Vergangenheit zu verlieren. Er will einen Neustart als Freunde. Und trotzdem schwitzen meine Handflächen, als ich vor dem Sportheim in Timmendorf aus dem Auto steige.

Chris wartet in dem winzigen Raum neben den Umkleiden auf mich, den Lydia irgendwann mal als Trainerbüro eingerichtet hat. Das letzte Mal, als ich hier drin war, hingen die Wände voll mit Fotos von ihr und den Mannschaften, die sie trainiert. Auf dem Bord hinter dem Schreibtisch standen Pokale, und auf dem winzigen Schreibtisch immer eine kleine Schale mit Gummibärchen. Jetzt sind die Wände kahl, und auf dem Schreibtisch stapelt sich ein Berg von Akten.

Darüber gebeugt steht Chris, blättert erst in der einen, dann der anderen Akte, die Stirn in tiefe Falten gelegt. Er ist so konzentriert, dass er mein Kommen gar nicht bemerkt. Zögerlich klopfe ich gegen den Türrahmen. »Da bin ich.«

Er wirbelt herum. »Nina, hey!«

Durch den Schwung der Bewegung gerät ein Stapel Unterlagen ins Wanken, und es gelingt ihm erst im letzten Moment, ihren Sturz aufzuhalten. »Puh, das war knapp. Gut, dass du da bist.«

»Was ist denn hier passiert?« Zwei Schritte in den Raum genügen, um zu sehen, dass sich das Chaos nicht auf den Schreibtisch beschränkt. Auch auf dem Boden davor, auf der Fensterbank, überall stapeln sich Zettel. »Ist dir ein Aktenschrank explodiert?«

Er schmunzelt. »Schön wär's.« Mit geöffneten Handflächen dreht er sich einmal im Kreis und deutet auf das Durcheinander. »Das hier ist mein Versuch, die letzten zwanzig Jahre Sommercamp-Orga zu durchblicken.«

»Ach du Scheiße.« Mit wachsendem Entsetzen schaue ich mich um. »Ich hatte ja keine Ahnung, dass man dafür einen Abschluss in Betriebswirtschaft braucht.« Er lächelt schief. »Falls du es dir doch noch anders überlegen willst, jetzt wäre der letzte Moment.«

Ich erwache aus meiner Trance und schüttele den Kopf. »Rückzieher machen gilt nicht. Ich hab gesagt, ich unterstütze dich, also tue ich das auch.«

Sein Lächeln wird breiter. »So kenne ich dich.«

Der Satz hängt für einen Moment zwischen uns in der Luft. Ich räuspere mich. »Also, wo soll ich anfangen?«

Chris hebt den Daumen und dreht sich wieder zum Schreibtisch um. Mit erstaunlicher Zielsicherheit greift er aus dem Papierstapel einen Notizblock und schlägt die erste Seite auf.

»Also, wir müssen uns um die finale Anmeldung des Zeltplatzes bei der Stadtverwaltung kümmern. Dann müssen wir die Raumplanung machen und natürlich die Essensplanung. Als Nächstes steht das Tagesprogramm an und die Aufteilung der Teams. Wir brauchen eine Strecke für die Nachtwanderung. Dann steht auch noch das Abschlussturnier an und ...«

»Halt, halt, stopp.« Ich hebe die Hände. »Das ist doch wirklich nicht das erste Mal, dass die Fußballvereine so ein Camp ausrichten. Da muss es doch irgendwo Vorlagen geben.«

Mit großer Geste deutet er auf die Papiere. »Gibt es. Aber das letzte Mal, dass der FC Timmendorf mit der Orga dran war, ist über zehn Jahre her. Seitdem hat sich einiges geändert, sowohl vom Ablauf als auch an den Auflagen. Und ich weiß nicht, ob es dir schon mal aufgefallen ist ...« Er hält mir ein Blatt mit Schriftzeichen vor die Nase, die auch genauso gut Hieroglyphen sein könnten. »Lydias Handschrift ist der reine Albtraum.«

Er sieht so verzweifelt aus, dass ich kichern muss. »Okay, ich verstehe. Dann würde ich vorschlagen, wir fangen ganz vorne an. Die Platzgenehmigung. Gibt es da so was wie einen Vordruck?«

»Den habe ich gerade gesucht, als du kamst.«

»Schade. Aber Moment, ich habe eine bessere Idee. Du sagst, die Gemeinde muss die Genehmigung ausstellen?«

»Genau.« Er schaut noch mal auf seine Checkliste. »Lydia hatte mir mitgegeben, dass sie schon Anfang des Jahres grundsätzlich mal nachgefragt hat. Da hieß es wohl, es spräche im Prinzip nichts dagegen, die große Wiese hinter dem Sportheim hier, also direkt am Deich, zu nutzen. Wir müssten es nur noch mal formal beantragen.«

»Das sollte kein Problem sein.« Ich zücke mein Handy. »Meine Schwester arbeitet nicht umsonst in Altensande in der Verwaltung. Ich frage sie eben, welchen ihrer Kollegen hier in Timmendorf wir anrufen müssen.«

»Großartige Idee!« Er strahlt mich an. »Du kümmerst dich darum, ich überlege schon mal, wie wir den Zeltplatz aufteilen?«

»So machen wir es.«

Wie sich herausstellt, reicht ein kurzer Anruf bei Sandra, die mir die Mailadresse des zuständigen Kollegen und die PDF-Datei des Vordrucks zukommen lässt. Sobald der verschickt ist, räumen wir auf dem Boden genug Platz frei, um ein DIN-A3-Papier auszulegen, auf dem Chris die Umrisse des Platzes einzeichnet.

»Es ist wichtig, dass wir Flucht- und Rettungswege frei lassen und niemandem den Weg zu den Toiletten verbauen«, erklärt er.

Während ich die Liste mit den teilnehmenden Vereinen und ihren angekündigten Teilnehmerzahlen vorlese, macht er eine grobe Skizze, wer wo seine Zelte aufschlagen wird. Danach setzen wir uns an den Essensplan. Die Fußballvereine haben in der Vergangenheit fürs Abendessen meistens mit einem Caterer aus Timmendorf zusammengearbeitet, der ihnen einen guten Preis gemacht hat. Frühstück und ein Mittagsimbiss müssen aber auf dem Zeltplatz vorbereitet werden.

»Das heißt, es darf nicht zu kompliziert sein, muss sich auf einem Gasherd oder Grill kochen lassen, und wir müssen die Vegetarier und Allergiker berücksichtigen«, zählt Chris auf. Irgendwann, während ich gerade dabei bin, die nötige Menge an Spaghetti für 200 Fußballspieler zu berechnen, stellt er mir eine Tasse Kaffee hin und zaubert eine Packung Schokoladenkekse aus Lydias Schreibtisch hervor.

Dankbar greife ich zu. »Das hab ich jetzt gebraucht.«

Er nimmt sich auch einen Keks, stippt ihn in die Kaffeetasse. Angewidert verziehe ich das Gesicht. »Machst du das immer noch? Widerlich.«

»Ganz im Gegenteil.« Betont genüsslich beißt er ab. »Mit Kaffee ist es sogar noch besser als mit Kakao.«

Er nimmt sich noch einen zweiten und wiederholt die Prozedur. »Gott, ich liebe die Dinger. Einen Vorteil muss es ja haben, kein Profisportler mehr zu sein.«

»Komisch«, rutscht es mir heraus. »Wo das doch alles war, was du immer wolltest.«

Er weicht meinem Blick aus, taucht den letzten Rest Keks in seinen Kaffee. »Wie sich herausstellt, kann man sich täuschen, wenn man achtzehn ist und keine Ahnung vom Leben hat.« Bevor ich die Gelegenheit habe nachzuhaken, stellt er seine Tasse weg und greift wieder zum Stift. »Also, wie viele Spaghetti brauchen wir?«

Die Planung der Mahlzeiten ist komplexer, als ich gedacht habe. Als ich das nächste Mal auf die Uhr schaue, ist es kurz vor sieben, und die Sonne vor dem Fenster ist schon hinter die Bäume gewandert. Chris und ich sitzen immer noch auf dem Boden, gemeinsam über eine lange Einkaufsliste gebeugt.

»Den Teil verschicken wir an die Trainer der anderen Vereine«, meint er und tippt mit dem Kugelschreiber auf den Zettel. »Und den oberen müssen wir besorgen. Das wird dann später mit den Teilnahmegebühren verrechnet.«

Die Kirchturmglocke läutet, und er schaut auf. »Aber das können wir sowieso heute nicht mehr erledigen. Ich würde vorschlagen, wir machen nächstes Mal weiter?«

»In Ordnung.«

Er springt auf, als hätten wir nicht die letzten drei Stunden krumm und schief auf dem Boden gehockt. Ächzend versuche ich, ebenfalls aufzustehen, aber mein gesamtes linkes Bein ist eingeschlafen.

»Na los, hoch mit dir.« Er streckt mir seine Hände entgegen und zieht mich langsam auf die Füße. Aber mein linker Fuß weigert sich, mein Gewicht zu tragen. Mit einem unterdrückten Fluchen stürze ich nach vorne. Meine Stirn kollidiert mit Chris' Brust, und seine Arme schließen sich reflexartig um meine Taille.

»Whoa, vorsichtig.«

»Sorry!« Ich stütze mich mit den Händen an seinem

Bauch ab. Der Teil von mir, der nicht damit beschäftigt ist, zutiefst peinlich berührt zu sein, bemerkt die Muskeln, die ich durch den Stoff seines Shirts spüren kann. »Mein Fuß will irgendwie …«

Unsere Blicke treffen sich, und mit einem Schlag wird mir bewusst, wie nah wir uns sind. Wir stehen Brust an Brust, seine Hände immer noch stabilisierend auf meiner Hüfte, die Spitze seiner Nase nur wenige Zentimeter von meiner entfernt. Erst gestern stand Jonas, wo Chris jetzt steht. Direkt bevor er mich geküsst hat.

Chris' Blick streift meine Lippen nur für den Bruchteil einer Sekunde, bevor er einen Schritt zurücktritt und seinen Griff verändert, sodass seine Hände jetzt nur noch meine Unterarme stützen.

»Geht's wieder?«

»Ja, alles super«, presse ich hervor, während tausend kleine Nadelstiche durch meinen Fuß schießen. Offensichtlicher kann man nicht zurückgewiesen werden.

»Du … du kannst mich dann auch loslassen.«

»Oh, natürlich.« Sofort verschwinden seine Finger, und er verschränkt die Arme hinter dem Rücken. Ich beiße mir auf die Unterlippe, als ich vorsichtig mein ganzes Gewicht wieder auf den linken Fuß verlagere.

»Sicher, dass alles …?«

»Ganz wunderbar. Danke.« Sobald ich sicher bin, dass ich nicht noch mal umfalle, nehme ich meine Tasche vom Schreibtisch. »Wann machen wir weiter?«

»Wie wäre es am Montag nach dem Training?«

»Dann müsste ich schauen, wer Hannah und Frieda mit nach Hause nimmt.«

Bei der Erwähnung der Mädchen hellt sich sein Gesicht auf. »Die beiden können auch noch ein bisschen länger auf dem Platz kicken, während wir reden. So fußballverrückt, wie sie sind, freuen sie sich über die zusätzliche Zeit.«

»Ich frage sie einfach mal«, sage ich ausweichend. »Bis dann.«

Sein »Bis bald. Und danke noch mal«, hallt mir durch den Flur hinterher, als ich die Flucht ergreife. Das hindert mein Hirn nicht daran, die letzten Minuten in Dauerschleife abzuspielen. Das Graublau seiner Augen, selbst aus der Nähe so wechselhaft wie das Meer. Die warme Haut unter seinem Shirt. Starke Arme um meine Hüften. In meinem Bauch flackert Hitze auf, die sich gefährlich anfühlt. Höchste Zeit, Gegenmaßnahmen zu ergreifen. Noch bevor ich den Motor starte, öffne ich mein Dating-Profil auf dem Handy. Mein Daumen schwebt für ein paar Sekunden über Jonas' Namen, bevor ich einen Chat weiter nach unten scrolle. Alberto, kurze dunkle Haare, Filmstarlächeln, Fitnesstrainer aus Humersby. *»Hey. Hättest du mal Lust auf ein Treffen?«*

Kapitel 17

»Also, mein Gefühl wäre, es müsste hier in Altensande sein. Ein Ort, mit dem sie viel Gutes verbindet.« Phillip hat die Notizen-App auf seinem Handy geöffnet. Ich schaue ihm über die Schulter und pfeife leise. »Wow, du hast dir ja richtig Gedanken gemacht. Wie vielen Frauen willst du noch mal einen Antrag machen?«

Er knufft mich freundschaftlich in die Seite, dann weiten sich seine Augen. »Vorsicht, Ball im Anflug.«

Schnell rutschen wir beide auf der Bank ein großes Stück nach links. Hannah läuft an uns vorbei dem fehlgeleiteten Fußball hinterher und ruft uns eine Entschuldigung zu, bevor sie sich wieder in die erbitterte Partie Einheimische gegen Touristenkinder stürzt.

Um vor Sandras Ohren sicher zu sein, hat Phillip sich angeboten, Hannah und mich auf den Spielplatz zu begleiten. Also sitzen wir am Sonntagnachmittag gemeinsam mit etwa zwanzig anderen Eltern auf den Holzbänken neben dem kleinen Bolzplatz und stellen sicher, dass unsere Kinder sich nicht versehentlich gegenseitig umbringen.

»Okay, zurück zum Thema. Ein Ort mit emotionaler Verbindung.« Nachdenklich tippe ich mir mit dem Finger ans Kinn. »Ich meine, ganz Altensande ist voller Erinnerungen, schließlich ist sie hier aufgewachsen. Aber wir brauchen was ganz Besonderes.«

»Ich hab ja schon an die kleine Bucht mit der Weide gedacht. Da haben wir uns das erste Mal geküsst. Aber gleichzeitig frage ich mich, ob das nicht ein bisschen zu offensichtlich ist.«

»Das muss ja nichts Schlechtes sein«, werfe ich ein.

»Nein, aber ich möchte sie schon überraschen. Sie soll es überhaupt nicht kommen sehen, und ich hab die Befürchtung, wenn ich sie spontan zu einem romantischen Picknick unter der Weide einlade, könnte sie den Braten vorher riechen.«

Ich wiege den Kopf hin und her. »Das wäre möglich. Also ein alltagstauglicher und gleichzeitig romantischer Ort. Gar nicht so einfach.«

»Natürlich ginge es in der Pension selbst«, meint er und scrollt ein Stück nach unten. »Aber das ist mir eigentlich zu fantasielos. Und zu nah an ihrer Arbeit. Dann ist mir ihr Lieblingsitaliener unten am Hafen eingefallen, aber ich kann mir vorstellen, dass sie nicht gleich das halbe Dorf zum Gratulieren auf der Matte stehen haben möchte.«

»Auf keinen Fall«, stimme ich zu. »Es sollte ein Ort sein, an dem ihr allein sein könnt.«

Wir überlegen weiter, verwerfen noch ein paar andere Ideen.

»Wie war eigentlich dein Antrag?«, fragt Phillip mich unvermittelt, als wir am Ende seiner Liste angekommen sind. »Wo hat Jan dich gefragt?«

»Ich hatte ihn in Hamburg besucht, während er dort als Assistenzzahnarzt gearbeitet hat«, antworte ich überrumpelt. »Wir sind abends essen gegangen, richtig schick. Ich hatte gar nicht das Richtige zum Anziehen dabei, weil ich so überrascht war.«

Die Erinnerung ist tief vergraben unter all dem, was zwischen Jan und mir danach schiefgelaufen ist. Aber wenn ich die Augen schließe, sehe ich mich immer noch in Jans winziger Dachgeschosswohnung vor meiner kleinen Reisetasche stehen und verzweifelt nach einem Outfit suchen, mit dem ich im Hotel Atlantic nicht wie eine Hinterwäldlerin aussehen würde. Eine schwangere Hinterwäldlerin, die nur deshalb einen Antrag bekommt, weil der Mann, der sie geschwängert hat, katholisch erzogen wurde.

»Es war so ein Restaurant mit weißen Stoffservietten und livrierten Kellnern und einem großen Balkon mit Blick auf die Alster«, erzähle ich langsam, während die Details zu mir zurückkommen. »Das Essen war fantastisch. Das Schokoladensoufflé war eins der besten Desserts, das ich jemals gegessen habe. Danach hat er mich auf den Balkon geführt und ist auf die Knie gegangen.«

»Das hört sich schon ziemlich romantisch an«, meint Phillip. »Hätte ich ihm gar nicht zugetraut.«

»Um ehrlich zu sein, ich auch nicht. Aber ich muss es ihm lassen, er hat sich wirklich große Mühe gegeben.«

Er sah umwerfend aus in dem dunkelblauen Jackett, das er extra dafür gekauft hat. War den ganzen Abend der aufmerksame, charmante und witzige Mann, in den ich mich im Studium mal verliebt hatte. Als er dann die Schatulle mit dem Ring geöffnet hat und die Menschen neben uns auf dem Balkon zu applaudieren begannen, war ich überzeugt, den romantischsten Antrag aller Zeiten bekommen zu haben.

»Es war ein bisschen wie im Film«, sage ich nachdenklich. »Fast zu schön, um wahr zu sein. Was es ja am Ende auch nicht war.«

Phillip verzieht das Gesicht. »Sein Verlust, Nina.«

»Ich weiß nicht. Irgendwie scheint sich dieses Muster mit den Männern in meinem Leben zu wiederholen.« Ich habe keine Ahnung, wieso ich das laut sage. Aber sobald es meine Zunge verlassen hat, kann ich es nicht wieder zurücknehmen. Will es nicht zurücknehmen. »Erst lässt Chris mich einfach sitzen, dann lässt Jan sich scheiden, nachdem die Frau auf dem Dorf mit seinem Kind nicht mehr in seinen Lebensentwurf passt.« Meine Stimme wird bitter. »Versteh mich nicht falsch, ich war es, die die Scheidung wollte. Aber da kann man sich schon mal fragen, woran es liegt, dass sie alle abhauen.«

Phillip hebt die Hände. »Moment. Die Gründe sind ganz einfach. Beide Typen waren selbstsüchtige Arschlöcher. Das hat mit dir nichts zu tun.«

»Ich hab sie mir ja ausgesucht«, halte ich dagegen.

Er grinst schief. »Okay, es hatte was mit deinem Männergeschmack zu tun. Aber an dem kann man ja arbeiten.«

»Ja, ich schätze, das kann man.« Alberto will mich am Dienstag treffen. Bei sich zu Hause. Ich habe zugesagt und jetzt schon Herzrasen, wenn ich daran denke.

»Aber eigentlich ist das auch nicht nötig. Ich komme sehr gut ohne Männer klar. Zukünftige Schwäger natürlich ausgenommen.«

»Natürlich.« Sein Grinsen wird breiter.

»Also zurück zum Thema. Der Antrag. Vielleicht denken wir zu kompliziert.«

Zweifelnd sieht er mich an. »Was soll das heißen?«

»Du willst einen Ort, an dem sie nicht sofort Verdacht schöpft. Den sie liebt und mit dem ihr beide eine Verbindung habt. Was wäre mit der Surfschule? Abends, nachdem alle Kurse durch sind?«

Er wiegt den Kopf hin und her. »Klar, das wäre möglich, aber ...«

»Oder warte, noch besser«, unterbreche ich ihn mit erhobener Hand. »Auf dem Wasser! Es gibt keinen Ort, den Sandra mehr liebt.«

»Ein Antrag auf dem Surfbrett?« Langsam nickt Phillip. »Das klingt verrückt. Aber es könnte tatsächlich funktionieren.«

»Das ist brillant!«, bekräftige ich, von meiner eigenen Idee begeistert. »Ihr geht abends noch mal raus, wie sonst auch, nur dass wir dieses Mal die Surfschule vorbereiten. Also sobald ihr im Wasser seid, könnte ich Kerzen anzünden, Weingläser bereitstellen, so was halt. Dann, wenn ihr eure letzte perfekte Welle des Abends genommen habt, machst du ihr einen Antrag. Und ihr kommt als Verlobte zurück an den Strand, wo wir dann zusammen anstoßen können.«

Mit großen Augen schaut er mich an. »Du bist ein Genie, Nina Meerbach. Hat dir das schon mal jemand gesagt?«

Kann ich nicht behaupten. Für große Leistungen war in unserer Familie immer eher Sandra bekannt. Trotzdem zwinkere ich ihm kokett zu. »Das kann ich gar nicht oft genug hören.«

Wie abgesprochen bleibt Chris nach dem nächsten Fußball-training länger, damit wir weiterplanen können. Während Frieda und Hannah erwartungsgemäß begeistert sind, den großen Fußballplatz für sich zu haben, schleppen wir die wichtigsten Akten nach draußen und breiten sie auf einem der Holztische aus, wo wir die Mädchen im Blick behalten können.

»Die Zusage für den Platz ist mittlerweile da«, berichtet Chris und hakt einen Punkt auf seiner Liste ab. »Heute müssen wir auf jeden Fall die Bestellung an den Caterer rausgeben, sonst wird das zu knapp.«

»Ja, das hab ich mir schon gedacht.« Ich zücke mein Handy und öffne die Notizen-App. »Deshalb hab ich mir in der Zwischenzeit schon mal ein paar Gedanken gemacht, was passende Gerichte angeht.«

»Ach, so ein Zufall.« Er legt sein Handy neben meins auf den Tisch. »Ich auch. Dann lass mal was hören.«

Ähnlich wie bei unserem ersten Treffen vergeht die Zeit wie im Flug. Als wir mit der Essensplanung fertig sind, fragen Hannah und Frieda bereits, wann es eigentlich Abend-essen gibt. Ich habe nicht mal gemerkt, dass es schon nach sechs ist, weil mit Chris zu organisieren einfach irgendwie … angenehm ist. Wie in den Rhythmus eines alten Tanzes zu-rückzufinden, dessen Schritte man fast vergessen hatte.

»Das ist aber ein langer Einkaufszettel.« Mit großen Augen beugt Hannah sich über unseren Block mit Noti-zen. »Wollt ihr das alles kochen?«

»Nicht wir allein. Das ist die Planung fürs Camp.«

»Cool!« Ihre Augen beginnen zu leuchten. »Dann machen wir da Hotdogs? Und Pizza?«

»Unter anderem, genau.« Chris schiebt ihr den Zettel zu, damit sie besser lesen kann. »Pizza? Ohh, das könnte ich jetzt auch essen«, meint Frieda. Hannah nickt enthusiastisch. »Ja, das ist eine gute Idee! Mama, können wir Pizza essen gehen?«

Ich werfe einen Blick auf die Uhr. Bis wir zu Hause sind und ich irgendetwas Essbares auf den Tisch gestellt hätte, wäre es kurz vor acht. Bis dahin bin ich selbst verhungert.

»Wir müssen nur vorher deine Eltern fragen, Frieda. Die erwarten dich langsam zurück.«

Die Mädchen jubeln. »Die haben bestimmt nichts dagegen«, sagt Frieda. »Aber du kannst sie ja kurz anrufen.«

Ein kurzes Telefonat bestätigt ihre These, also fangen wir an, unsere Unterlagen zusammenzuräumen, während Hannah und Frieda ihren Ball wegbringen.

»Kommst du auch mit?«, fragt Hannah Chris, als wir gemeinsam zu unseren Autos gehen. »Du magst doch bestimmt auch Pizza.«

»Gibt es jemanden, der keine Pizza mag?«, antwortet er mit einem Augenzwinkern.

»Mein Cousin«, verkündet Frieda mit ernster Miene. »Der hasst nämlich Tomaten. Und Käse.«

»Na gut, in dem Fall wäre Pizza vermutlich nicht das Beste«, gibt Chris zu.

»Aber du magst ja Tomaten«, sagt Hannah. »Also, kommst du mit?«

Mittlerweile sind wir am Parkplatz angekommen, an dem sich unsere Wege trennen würden. »Das ist euer Abendessen.« Chris wirft mir einen kurzen Blick zu. »Ich habe sowieso noch Reste von gestern zu Hause.«

Es ist eine Ausflucht, um mir die Möglichkeit zu geben, ihn höflich abzuwimmeln. Die Zeit, die wir gemeinsam verbringen, auf das Nötigste zu reduzieren.

»Ach schade«, murmelt Hannah.

»Du kannst gerne mitkommen«, höre ich mich sagen. »Nach der ganzen Planung haben wir uns Pizza verdient.«

»Wenn das so ist …« Ein vorsichtiges Lächeln breitet sich auf seinem Gesicht aus. Es ist anders als die Art von Lächeln, die er sonst so freigiebig verteilt, an seine Mannschaft, an die Eltern nach dem Training, an jeden, dem er begegnet. Mehr wie das von dem Chris, den ich vor zehn Jahren kannte. Ich kann es mir nicht zu lange ansehen.

»Na, dann los«, sage ich, während ich die Taschen der Mädchen in den Kofferraum lade. »Kannst du uns eine Pizzeria in Timmendorf empfehlen?«

Eine Viertelstunde später sitzen wir auf einer ausladenden Holzterrasse direkt am Strand von Timmendorf. Die Möbel sind aus Palettenholz, die Sitzkissen meerblau, und über uns spannen sich Lichterketten. Aus den Lautsprechern kommt leise Gitarrenmusik, und um uns herum wird überall mit Aperol Spritz angestoßen.

»Es ist mittlerweile mehr als eine Pizzeria«, sagt Chris beinahe entschuldigend. »Und deshalb auch ziemlich gut besucht.«

Es gibt Menschen in Altensande, die insgeheim nur darauf warten, dass der Sommer endet und sie ihr Dorf wieder für sich haben. Die die Touristen als notwendiges Übel akzeptieren, sich aber insgeheim in ihrer Ruhe gestört fühlen. Ich habe das nie so empfunden.

»Ist ja auch wunderschön hier«, antworte ich. Denn mich macht es eher stolz, dass so viele Menschen in meine Heimat kommen, um sie zu genießen. Und es gibt mehr als genug Strand für uns alle, davon bin ich überzeugt.

Während wir auf unsere Pizza warten, hält es Hannah und Frieda nicht lange auf ihren Stühlen. Direkt neben dem Strandrestaurant ist ein kleiner Spielplatz mit Schaukeln, den sie begeistert entern, sobald ich ihnen das Okay gebe. Meinen Fehler erkenne ich erst, als wir uns wieder einander zuwenden. Nur zu zweit.

»Wirklich schön hier«, wiederhole ich in mein Glas, um der plötzlichen Stille etwas entgegenzusetzen.

»Kann man wohl sagen«, entgegnet er, den Blick aufs Meer gerichtet. Für die Menschen um uns herum muss es aussehen, als würden wir einen Familienausflug an den Strand machen. Vater, Mutter und zwei Kinder, die spielen gehen, damit die Eltern mal ein bisschen Zweisamkeit genießen können.

Ein Teil von mir möchte sofort die Flucht ergreifen. Der andere wird von einer plötzlichen Sehnsucht überkommen. Nach genau diesem Leben.

Natürlich nicht mit Chris. Auf keinen Fall. Aber vielleicht mit irgendjemandem.

»Wieso habe ich Hannahs Vater eigentlich noch nicht kennengelernt?«, fragt Chris unvermittelt. Ich verschlucke mich fast an meiner Cola.

»Interessiert er sich nicht für Fußball?«

»Kann man so sagen«, antworte ich ausweichend. Aber er lässt sich nicht so leicht abwimmeln. »Nicht mal für die Spiele? Das muss für Hannah ja hart sein.«

Es ist dieses ehrliche Mitgefühl in seiner Stimme, das mich dazu bringt weiterzusprechen.

»Jan und ich sind geschieden. Schon seit über sechs Jahren.«

Eine ganze Reihe von Emotionen flackert über sein Gesicht. »Verstehe«, sagt er schließlich und nimmt einen großen Schluck aus seinem Glas. »Das stelle ich mir hart vor. Also, für Hannah und …« Er lässt den Satz auslaufen, schaut der Flugbahn einer Möwe hinterher. »Und überhaupt.«

»Er wohnt in Hamburg und besucht Hannah, so oft er kann. Oder zumindest, sooft es für ihn passend ist«, ergänze ich leise. »Was ist mit dir?« Ich stütze mich mit den Unterarmen auf die Tischplatte. »Irgendwelche Kinder, Hunde oder Ehepartner, die du seit unserem letzten Treffen dazugewonnen hast?«

»Lucy ist vor drei Jahren gestorben.« Er verzieht das Gesicht. »Seitdem haben meine Eltern es nicht übers Herz gebracht, sich einen neuen Hund zuzulegen.«

Bei dem Gedanken an die karamellfarbene kleine Dackeldame, mit der wir früher im Garten gespielt haben, zieht sich mein Herz zusammen. »Das tut mir leid.«

»Mir auch.« Er presst die Lippen zusammen. »Ich war zu ihrer Beerdigung hier, kurz. Sie liegt unter der alten Linde bei uns.«

Vor drei Jahren hat er noch in der Bundesliga gespielt. »Das muss ja wirklich ein kurzer Besuch gewesen sein«, merke ich an. »Dass niemand etwas davon mitbekommen hat.«

»Es war zwischen zwei Spielen. Da war nicht sehr viel Zeit.«

»Du musst dich vor mir nicht rechtfertigen«, sage ich.

»Ich weiß.«

Wir schweigen.

»Was ist eigentlich aus Sabine geworden?«, frage ich, weil ich offensichtlich nie weiß, wann ich aufhören sollte. »So hieß sie doch? Oder war es Sonja?«

Als ob ich nicht genau wüsste, wie jede einzelne Frau hieß, an deren Seite er in Klatschmagazinen abgebildet wurde.

»Sonja«, bestätigt er knapp. »Was soll mit ihr sein?«

Ich hebe vielsagend die Augenbrauen. »War sie etwa nicht deine große Liebe, die Spielerfrau an deiner Seite? Die *Bild*-Reporter klangen ziemlich überzeugt.«

Er schnaubt. »Dann nur, weil der PR-Fuzzi der Mannschaft das genau so wollte.«

»Also lief da nie was zwischen euch?«, frage ich ungläubig.

»Das hab ich nicht gesagt.«

»Ah. Verstehe.«

Ich habe schon lange kein Recht mehr darauf, eifersüchtig zu sein. Und doch ist da ein kleiner Stich irgendwo zwischen meinem Magen und meinem Brustkorb, wenn ich an die Fotos der hellblonden Frau mit dem sonnengebräunten Teint denke.

»Sie war auch wirklich wunderschön.«

Er öffnet den Mund, schließt ihn wieder. Nimmt noch einen Schluck Cola. »Das kann man so sagen.«

In diesem Moment kommt der Kellner mit unserer Bestellung. Ich war selten so froh, eine Pizza Margherita zu sehen. Während des Essens sprechen wir wenig, außer um die Pizza zu loben und die Mädchen zu warnen, wenn sich eine diebische Möwe nähert.

Mir brennen noch Dutzende Fragen auf der Zunge. Aber ich bringe es nicht fertig, sie zu stellen. Frage mich, was es mir jetzt noch bringen würde, die Antworten zu kennen. Sobald das letzte Stück Pizza verspeist ist, zahlen wir und machen uns auf den Rückweg zu den Autos.

»Dann sehen wir uns Donnerstag nach dem Training wieder, um über die Camp-Olympiade zu sprechen?«

»Donnerstag ist schlecht, da muss ich zum … also, da habe ich einen anderen Termin. Wie ist Samstag für dich?«

Da ist Hannah mit Jan auf dem Weg nach Amsterdam. Ein bisschen Ablenkung wird mir da wahrscheinlich guttun.

»Klingt gut. Dann bis Samstag.«

Mit einem letzten Gruß steigt er in seinen Wagen und fährt. Ich wusste nicht, dass man gleichzeitig Erleichterung und Enttäuschung fühlen kann. Aber Chris Reuter ist offensichtlich immer für eine Überraschung gut.

Kapitel 18

Alberto wohnt in einer großen Altbauwohnung in der Innenstadt von Humersby. Ich bin auf dem Weg zu ihm extra noch mal am Supermarkt vorbeigefahren, weil ich nicht ohne Gastgeschenk auftauchen wollte. Als ich jetzt mit der teuersten Flasche Weißwein, die ich zu zahlen bereit war, in der Tür stehe, hinterfrage ich noch mal kurz alle meine bisherigen Lebensentscheidungen.

Ich weiß nichts über diesen Mann. Vielleicht ist er ein gefährlicher Serienkiller. Vielleicht lagern im Keller dieser Altbauwohnung die Leichen der anderen naiven Frauen, die er vorher mithilfe von Dating-Apps in seine Wohnung gelockt hat.

»Nina, guten Abend.« Der Mann, der mir die Tür öffnet, sieht nicht aus wie ein Serienkiller. Er lächelt so nett wie auf seinem Profilbild, und als er die Tür ein bisschen weiter öffnet, kommt eine bildschöne graue Katze anstolziert, die sich an seinem Bein reibt. Haben Mörder Haustiere? Ich denke nicht.

»Hallo«, sage ich mehr zu der Katze als zu ihm. Sie blinzelt mich unberührt aus tiefblauen Augen an. Dann geht sie zu mir rüber und beschnuppert vorsichtig meine Schuhe. »Estrella mag dich.« Alberto lächelt mich an.

»Was für ein schöner Name.« Ich gehe vorsichtig in die Knie und streichele ihr über den Kopf.

»Ist spanisch für Stern«, erklärt Alberto. Den ich immer noch nicht richtig begrüßt habe. Ich schnelle hoch und halte ihm die Weinflasche hin. »Hi. Ich bin Nina. Wie du dir schon gedacht hast. Aber trotzdem. Die hab ich mitgebracht. Für dich.« Ich klappe den Mund zu, bevor ich weiterstammeln kann.

Alberto nimmt die Flasche mit einem Lächeln entgegen. »Vielen Dank. Komm rein, das Essen sollte gleich fertig sein.«

Er führt mich durch einen kurzen Flur in ein großes, geschmackvoll eingerichtetes Wohnzimmer. Die Wände sind cremefarben gestrichen, die Möbel aus hellem Holz, das Bücherregal an der Wand steht voll mit Klassikern. Estrella, die uns begleitet hat, springt mit einem eleganten Satz auf den kleinen Kratzbaum. Das Einzige, was nicht sofort ins Bild passt, ist die Hantelbank neben dem Fernseher.

»Berufskrankheit«, sagt er, als er meinen Blick bemerkt. »Wenn ich es mal nicht ins Studio schaffe, habe ich gerne hier was zum Trainieren. Machst du auch Sport?«

»So ein bisschen«, antworte ich vage.

»Oh, cool! Was machst du so?«

»Hauptsächlich schwimmen. Wir haben das Meer ja quasi direkt vor der Tür, da bietet sich das an.«

»Das ergibt Sinn. Aber ich muss dir was gestehen.« Er verzieht verlegen das Gesicht. »Wenn man den Grund nicht sehen kann, kriegt man mich nicht ins Wasser. Und die Ostsee hat so viele Quallen und Algen, brr. Das ist nichts für mich.«

Ich muss lachen und beschließe an dieser Stelle, dass ich Alberto sympathisch finde. »Da gewöhnt man sich dran. Irgendwann nimmt man die Quallen gar nicht mehr so richtig wahr.«

Wir setzen uns an den großen hölzernen Esstisch, den er gedeckt hat. Auf dem Tisch brennt eine Kerze, und aus der Küche duftet es nach Curry.

»Wie scharf magst du dein Essen?«, fragt er auf dem Weg in die Küche. »Danach würde ich die Menge an Chilischoten anpassen, die jetzt noch reinmüssen.«

»Ich bin eher so die milde Fraktion.« Sandra hat auf ihren Reisen eine beachtliche Toleranz für Schärfe entwickelt, die mittlerweile dazu führt, dass sie bei uns nichts mehr würzen darf, ohne Phillip oder mich abschmecken zu lassen.

»Kein Problem. Bin sofort wieder da.«

Während er weg ist, lasse ich den Blick noch mal langsam durch den Raum wandern. Die Wohnung ist mit Bedacht eingerichtet und sieht gleichzeitig irgendwie unpersönlich aus. Es gibt keine Fotos an den Wänden, kaum die Art von schönen, aber nutzlosen Dekoartikeln, die man im Lauf seines Lebens von Freunden und Verwandten geschenkt bekommt.

»Essen ist fertig.« Alberto kommt zurück, einen großen Topf in der Hand, den er auf dem Tisch zwischen uns platziert. »Tofu-Curry mit Brokkoli, nach einem Rezept meiner Mutter. Dazu hab ich Reis gemacht.«

»Wow, riecht köstlich«, antworte ich ehrlich und sauge den Duft ein. Er greift nach meinem Teller und füllt mir auf. »Ich hoffe, so schmeckt es auch.«

Es schmeckt tatsächlich noch besser. Ich esse zwei Portionen Curry, während wir uns unterhalten. Anders als bei Jonas habe ich hier tatsächlich das Gefühl, dass es Alberto interessiert, was ich zu erzählen habe. Er hört zu, stellt Nachfragen und unterbricht mich kein einziges Mal.

Das sollte eigentlich der Standard sein, wispert mir eine kleine Stimme zu. Ist es aber häufig nicht, antworte ich in Gedanken, bevor ich mich wieder auf das Gespräch konzentriere. Alberto selbst ist schon ziemlich viel rumgekommen, war als Yoga-Lehrer und Tattoo-Artist in Indonesien und Thailand unterwegs, bevor er dann nach einem kurzen Aufenthalt in Hamburg in Humersby gelandet ist, wo seine Eltern ursprünglich herkommen.

»Wie kommt's, dass du dich am Ende gegen die große Stadt entschieden hast?«, frage ich und denke an Jan.

»Es war mir einfach nicht persönlich genug. Zu viel Hektik, zu viel Lärm, zu viele Menschen, die sich selbst unglaublich wichtig finden, wenn sie dir von ihren Meetings erzählen.« Er schüttelt den Kopf. »Da habe ich es hier besser. Und wenn man die Stadt mal braucht, ist man schnell da.«

Er arbeitet immer noch nebenbei in einem kleinen Tattoo-Studio in Eckernförde und zeigt mir bereitwillig die Motive auf seinen Oberarmen. Ein Kompass, ein verschnörkeltes Kreuz, eine Welle. Zu jedem gibt es eine Geschichte. Mittlerweile sitzen wir auf dem Sofa, die geöffnete Flasche Wein vor uns und meine Schulter an seine gelehnt. Es ist irgendwie passiert, ohne dass ich es bewusst geplant hätte. Und an sich spricht nichts dagegen. Alberto scheint wirklich nett zu sein. Und mit seinem trainierten Körper und seinen Tattoos ist er auch mehr als attraktiv.

Trotzdem bleibt ein Teil von mir innerlich auf Distanz, jederzeit bereit, vom Sofa aufzuspringen und die Flucht zu ergreifen.

»Wie ist es mit dir?«, fragt er, als er sein Shirt wieder richtet. »Hast du irgendwo Tinte unter der Haut?«

Ich schüttele den Kopf. »Es gab bisher nie ein Motiv, das mich ausreichend überzeugt hätte.«

»Ich verstehe. Das ist natürlich eine wichtige Voraussetzung.« Langsam streckt er die Hand aus und streicht über meinen Unterarm. »Falls du es dir mal anders überlegst, wäre hier vielleicht ein guter Spot. Oder hier.« Seine Finger wandern weiter nach oben in Richtung meiner Schulter. »An der Innenseite vom Oberarm. Oder natürlich hier.« Federleicht streicht er über den Teil meines Schlüsselbeins, den meine Bluse nicht verdeckt. Gänsehaut breitet sich auf meinen Armen aus. Er bemerkt es.

»Nina, bevor ich dich küsse, müssen wir noch über eins sprechen.«

Ich richte mich auf. »Du willst mich also küssen?«

»Sehr gern sogar.« Seine Hand bleibt auf meiner Schulter liegen, sein Daumen fährt langsam von meinem Schlüsselbein hoch bis zu meinem Kinn. »Aber du musst wissen, dass ich gerade nicht auf der Suche bin.«

»Das ...« Ich räuspere mich, versuche, meine Fassung zurückzugewinnen. Irgendwo zwischen der Bewegung seines Fingers und seinen Worten ist die nämlich verloren gegangen. »Das passt hervorragend. Ich nämlich auch nicht.«

Ich weiß überhaupt nicht, was ich hier suche. Nur, dass ich irgendetwas tun muss, das mir beweist, dass weder Jan noch Chris irgendwelche Macht über mich haben.

»Wunderbar.« Seine Stimme ist weich, verführerisch. »Dann sind wir uns ja einig, was das hier ist.«

Sind wir das? Ich weiß es nicht, und bevor ich das verbalisieren kann, küsst er mich. Und eins muss man ihm lassen: Er macht das verdammt gut. Erst vorsichtig und zurückhaltend, dann zunehmend intensiver.

Als ich das nächste Mal dazu komme, Luft zu holen, ist meine Bluse aufgeknöpft, und sein Shirt liegt neben uns auf dem Fußboden.

Mir wird plötzlich bewusst, dass ich seit Jan keinem Mann mehr so nah war. Dass niemand mich ohne mindestens eine schützende Schicht Stoff gesehen hat. Alberto bedeckt meine Schulter mit Küssen, während seine Finger sich an meinem BH-Träger zu schaffen machen.

Ich möchte ihm dabei helfen. Ich möchte, dass er aufhört.

»Halt, warte mal«, presse ich hervor. Seine Finger kommen zum Stillstand. »Alles in Ordnung?«

»Ja. Schon. Es ist nur ... alles ein bisschen schnell.«

»Oh.« Er rutscht ein Stück auf dem Sofa zurück. »Ich dachte, wir wären uns einig?«

»Einig auf was?«, stelle ich die Frage, die ich eben schon hätte platzieren müssen.

»Dass wir hier zwei Erwachsene sind, die ein bisschen Spaß ohne Konsequenzen miteinander haben. Sex ohne Commitment, weißt du?« Jetzt klingt er beinahe ein bisschen ungeduldig.

Ich schaue ihn an, lasse meinen Blick langsam seine tätowierte Brust herunterwandern und sehe die beiden Optionen vor meinem inneren Auge. Die Welt, in der ich mich wieder nach vorne beuge, um ihn zu küssen und wir Sex haben und ich hoffentlich endlich alles andere vergessen kann. Und die, in der ich an dieser Stelle nach Hause gehe, Hannah noch Gute Nacht sage und mit Sandra einen Absacker auf der Terrasse trinke.

Für einen Moment bin ich von Unentschlossenheit geplagt. Er wirft einen wenig subtilen Blick auf seine Uhr. »Also, was ist jetzt?«

Ich beginne, meine Bluse wieder zuzuknöpfen. »Ich glaube, ich möchte jetzt nach Hause gehen.«

Kapitel 19

Hannah ist schon den ganzen Morgen kurz vor einem Nervenzusammenbruch. Um elf Uhr wollte Jan kommen und sie abholen. Dann wollen er, Fabienne und meine Tochter gemeinsam weiter nach Amsterdam fahren, wo sie die nächsten vier Tage verbringen werden. Aber das Kofferpacken wird zu einer echten Herausforderung. Erst kann sie sich nicht entscheiden, welche Kuscheltiere sie mitnehmen will, und möchte am liebsten alle einpacken. Nachdem ich sie davon überzeugt habe, dass das vielleicht keine gute Idee ist, weil ja auch noch ein paar zu Hause auf ihr Bett aufpassen müssen, weigert sie sich, ihre Regenhose und den Mantel einzupacken, weil »es ja Sommerferien sind. Und da regnet es nicht.« Stattdessen möchte sie unbedingt ihre ganzen Fußballsachen mitnehmen, falls sie dort einen Fußballplatz finden. Bis sie um zehn vor elf endlich auf zwei fertig gepackten Taschen sitzt, bin ich selbst absolut urlaubsreif. Trotzdem ertappe ich mich immer wieder bei dem Wunsch, Jans Auto würde auf dem Weg liegen bleiben. Oder ihr Hotel die Reservierung stornieren. Irgendetwas, das diese Reise verhindern könnte.

»Wieso bist du so aufgeregt, Mama?«, fragt Hannah von ihrem Platz auf der Treppe aus. Ich schaue zum dritten Mal innerhalb von fünf Minuten aus dem Fenster und sehe nach wie vor nur eine leere Straße. »Ich? Du bist doch die, die eine große Reise macht«, lenke ich ab.

»Ja, das stimmt.« Sie legt ihren Kopf auf die Knie. »Aber es wäre irgendwie noch schöner, wenn du auch dabei sein könntest.«

Ich beiße mir auf die Unterlippe. »Das geht leider nicht, Schatz.«

»Aber wieso eigentlich nicht? Papas Auto ist groß genug für uns alle.« Ihre Stimme wird leiser. »Und die anderen Kinder in der Schule fahren auch mit Mama und Papa zusammen in den Urlaub.«

Der Satz trifft mich ins Herz wie ein gut platzierter Messerstich. Was soll ich ihr darauf sagen? Deine Eltern haben es nicht geschafft, sich so zu lieben wie andere? Dein Vater hat mich wie einen Nebenjob behandelt, während er eigentlich mit seiner Praxis verheiratet war?

Ich wende mich vom Fenster ab und setze mich neben Hannah auf die Treppe.

»Du weißt ja, dass dein Papa und ich nicht mehr zusammen sind.«

Sie nickt stumm.

»Das ist ein bisschen wie bei dir und Luise in deiner Kindergartengruppe. Erinnerst du dich?«

»Erst waren wir Freundinnen«, sagt sie langsam. »Und dann hat sie mir immer die Spielzeugautos weggenommen, und wir waren keine Freundinnen mehr.«

»Genau.«

»Hat Papa dir was weggenommen?«, fragt sie erschrocken. Eilig schüttele ich den Kopf. »Nein, das nicht. Aber wir sind keine Freunde mehr, so wie früher. Das hat überhaupt nichts mit dir zu tun. Aber deshalb kann ich nicht mitkommen.«

Sie runzelt die Stirn. »Aber Luise und ich, wir haben uns am Ende wieder vertragen.« Ihre Stimme bekommt einen hoffnungsvollen Unterton. »Kannst du Papa nicht auch wieder lieb haben?«

Ich wähle meine nächsten Worte sehr sorgfältig. »Es ist immer gut, sich versöhnen zu wollen. Und dein Papa und ich, wir streiten uns nicht mehr. Aber Freunde werden wir keine mehr sein.«

»Mh.« Hannah hat diesen Blick aufgesetzt, den ich sonst nur an ihr sehe, wenn sie eine besonders schwierige Matheaufgabe lösen muss.

Bevor sie weitersprechen kann, nähert sich draußen ein Auto.

»Das muss er sein!« Meine Tochter springt auf und läuft an mir vorbei zur Tür. Ich schnappe mir ihre Taschen und folge ihr nach draußen.

»Da ist ja meine Große!« Jan hat Hannah hochgehoben und schwingt sie einmal im Kreis. Sobald er sie wieder auf die Füße gesetzt hat, kommt er auf mich zu und nimmt mir eine der Taschen ab.

»Gib mir ruhig beide.«

»Geht schon.«

»Sicher, ich …?«

»In den Kofferraum oder nach hinten?«

Er gibt seinen Versuch auf, mir auch die zweite abzunehmen, und öffnet den Kofferraum. Der ziemlich leer ist für einen Trip mit drei Leuten. Ein schneller Blick nach vorne bestätigt diese Beobachtung.

»Wo ist Fabienne? Kommt sie mit ihrem eigenen Wagen nach?«

»Nein.«

»Sie fährt gar nicht mit?« Es gelingt mir nicht, die Überraschung in meiner Stimme zu verbergen.

Jans Gesicht zeigt keinerlei Regung. »Sie hatte spontan noch eine Verpflichtung bei der Arbeit. Geschäftsreise.«

»Ah. Okay.«

Er macht einen Schritt auf mich zu und senkt die Stimme. »Es war ziemlich spontan. Damit hätten wir noch ein Bett frei. Falls du doch noch mitkommen möchtest.«

Zum Glück ist Hannah schon mit Anschnallen beschäftigt und hat nicht gehört, was er gerade gesagt hat.

»Deine Verlobte gegen deine Ex eintauschen? Charmante Idee.« Ich verschränke die Arme vor der Brust. »Ich bin sicher, Fabienne wäre absolut begeistert.«

»Darum geht es nicht. Es müsste kein großes Ding sein.« Er zuckt mit den Schultern. »Sie musste kurzfristig absagen. Das Hotel ist bereits bezahlt. Das ist alles. Und stell dir vor, wie Hannah sich freuen würde.«

Scheiß auf die Planung des Camps, meine Arbeit in der Pension, meine tiefe Abneigung gegen den Mann, der vor mir steht. Es ist dieses Argument, das mich beinahe einlenken lässt.

»Papa, kommst du? Wir wollen losfahren!«, schallt Hannahs Stimme von der Rückbank und bringt mich zurück in die Realität. Ein gemeinsamer Urlaub, in dem wir uns die ganze Zeit bei jeder Gelegenheit in die Haare kriegen, ist das Letzte, was Hannah gebrauchen kann. Ich habe Chris meine Hilfe versprochen. Und welches Spiel Jan auch immer gerade zu spielen versucht, ich werde nicht mitmachen.

»Deine Tochter wartet«, sage ich und trete einen Schritt vom Auto zurück. Er atmet langsam aus.

»Ich komme!«, ruft er Hannah zu. Dann haucht er mir einen Kuss auf die Wange.

»Bis Montag. Schönes Wochenende.«

Ich stehe immer noch wie vom Donner gerührt in der Einfahrt, als der Wagen losrollt. Und merke erst, als sie schon um die Ecke gebogen sind, dass ich Hannah nicht mal richtig verabschieden konnte.

Der Gedanke verfolgt mich den ganzen Tag. Verbündet sich mit der seit Monaten schwelenden Angst, dass das ein Dauerzustand werden könnte, und malt mir diese Zukunft in den dunkelsten Farben aus. Ein Altensande ohne Hannah. Eine Beziehung, die primär aus Verabschiedungen besteht. Obwohl wir natürlich schon öfter getrennt waren, habe ich dieses Mal direkt das Gefühl, als würde ein Teil von mir fehlen. Unser Haus voller Feriengäste kommt mir leer vor, und jedes Kind, das ich abends beim Einkaufen sehe, erinnert mich an Hannah. Als Jan abends ein Selfie schickt, wie sie an einem der Kanäle stehen, steigen mir sofort die Tränen in die Augen. Hannah sieht so glücklich aus. Wie kann ich mir wirklich sicher sein, dass ich sie hierbehalten will, weil es das Beste für sie ist? Und nicht einfach nur das Beste für mich?

Eine gute Mutter sollte die Bedürfnisse ihres Kindes über die eigenen stellen. So ist es in der Gesellschaft üblich, so hat es meine Mutter getan und ihre Mutter vor ihr.

Was sagt es über mich aus, dass ich mir lieber eine Hand abhacken lassen würde, als meine Tochter nach Hamburg ziehen zu sehen?

»Nina? Ist alles okay?«

Ich blinzele, konzentriere mich auf Sandra, die mir beim Abendessen gegenübersitzt. »Du hast bisher mit deinen Kartoffeln eher Jenga gespielt, als sie zu essen.«

»Oh.« Ich lege die Gabel zur Seite. »Ja, alles gut. Hab nicht wirklich Hunger, das ist alles.«

Sie wirft mir einen mitfühlenden Blick zu. »Mir fehlt Hannah auch. Irgendwie habe ich das Gefühl, das ganze Haus ist ein bisschen zu still ohne sie.«

»Vielleicht sollten wir uns schon mal dran gewöhnen«, rutscht es mir heraus. Meine Schwester runzelt die Stirn. »Was? Wovon redest du?«

»Jan will sie zu sich nehmen«, platzt es aus mir heraus. »Dieses Mal wirklich.«

Sandra hält inne, eine Gabel voll Kartoffeln auf halbem Weg zum Mund. »Davon redet er doch schon seit Jahren. Als ob er jemals Ernst machen würde.«

»Wird er.« Meine Stimme zittert, und ich balle die Hände unter dem Tisch zu Fäusten. »Er will sie selbst entscheiden lassen. Nach den Sommerferien und dem Fußballcamp.«

Sandras Gesicht verdunkelt sich. »Lass mich raten, er hat dir ein schlechtes Gewissen gemacht, damit du zustimmst. So was wie, ›wenn du Hannah dazu erziehst, unabhängig zu sein, musst du auch ihre Entscheidungen respektieren‹.«

»Ziemlich genau so«, murmele ich, den Blick auf die Tischplatte gesenkt.

»Oh, dieser miese kleine …«

»Er hat ja recht«, unterbreche ich Sandras Verwünschungen. »Sie sollte selbst entscheiden dürfen. Und wir wissen beide, dass Jans Einkommen ihr in Hamburg ein ganz anderes Leben ermöglichen würde, als ich es jemals könnte.«

»Geld allein ist nicht alles«, hält Sandra dagegen. »Hier ist ihr Zuhause, ihre Familie, ihre Freunde. Das würde sie nicht einfach so aufgeben.«

»Vielleicht nicht«, stimme ich zu. »Aber vielleicht sollte sie es. Denk an ihre Zukunft, an das, was ihr eine gute Schule in Hamburg bieten könnte.«

Meine Schwester schüttelt den Kopf, öffnet den Mund, schließt ihn wieder. »Das mag ja alles sein«, gibt sie schließlich zu. »Trotzdem bin ich davon überzeugt, dass ihr Platz hier ist. Bei uns. Und hey, schau uns an.« Sie wartet, bis ich ihrem Blick begegne. »Wir sind nicht auf eine teure Privatschule gegangen, und aus uns ist trotzdem was geworden.«

Ich lächele schwach. »Bin mir nicht sicher, ob Jan dem zustimmen würde.«

»Pff.« Abfällig schüttelt sie den Kopf. »Es gibt keinen Menschen, dessen Meinung mich weniger interessieren würde.«

Wir essen weiter. Die Kartoffeln schmecken nach Pappe auf meiner Zunge.

»Ich glaube, ich stelle den Rest für später in den Kühlschrank.«

»Klar.« Sandras Blick brennt sich in meinen Rücken, als ich aufstehe und meinen Teller wegbringe.

»Bis wann hat sie noch mal Zeit für die Entscheidung?«

»Jan will sie nach dem Fußballcamp fragen. So lange konnte ich raushandeln.«

»Mhm …« Sandras Stirn liegt in tiefen Falten. »Wenn du willst, kann ich auch mal mit ihr reden. Bevor sie sich entscheidet, meine ich.«

»Danke.« Ich versuche zu schlucken, aber mein Mund ist plötzlich staubtrocken. »Darauf komme ich gerne zurück, wenn es so weit ist.«

»Sehr gut.« Sie mustert mich, ganz die besorgte große Schwester, und zu meiner Angst um Hannahs Zukunft gesellt sich prompt mein schlechtes Gewissen.

»Es tut mir leid. Ich wollte dich da nicht jetzt schon reinziehen.«

»Du spinnst wohl.« Mit einem Ruck steht Sandra auf. »Hannah ist meine Familie. Du bist meine Familie. Wenn dich etwas bedrückt, dann verlange ich, dass du mich da mit reinziehst.« Sie malt mit den Zeigefingern Anführungszeichen in die Luft.

Ich blinzele heftig gegen die aufsteigenden Tränen. Im nächsten Moment liegen Sandras Arme um meine Schultern. Meine Schwester konnte schon immer die besten Umarmungen verteilen.

»Danke«, murmele ich erneut in den Stoff ihres T-Shirts.

»Jederzeit.« Sie drückt mich noch einmal, dann tritt sie einen Schritt zurück. »Phillip und ich haben überlegt, heute Abend nach Eckernförde ins Kino zu fahren. Es gibt die x-te Fortsetzung von irgendeinem dieser Superhelden-Filme, die er gerne schaut. Hast du Lust mitzukommen?«

»Lieb von euch.« Ich wische mir mit dem Ärmel über die Augen. »Aber ich glaube, ich wäre heute Abend keine gute Gesellschaft.«

Auf keinen Fall will ich den beiden einen romantischen

Abend ruinieren, indem ich die ganze Zeit schniefend danebensitze.

»Sicher?«, hakt sie nach. »Vielleicht würde dir das gerade guttun.«

»Danke, im Ernst. Aber ich glaube, ich gehe gleich einfach ins Bett. Je schneller ich schlafe, desto schneller vergeht die Zeit, bis Hannah zurück ist.«

»Wie du magst.« Sandra setzt sich wieder an den Tisch. »Dann erhol dich gut. Und mach dir nicht zu viele Gedanken. Hannah ist das schlaueste Kind, das ich kenne. Sie wird die richtige Entscheidung treffen.«

Meine Schwester klingt absolut sicher. Und ich wäre es auch gern. Das Problem ist, dass ich selbst nicht mehr einschätzen kann, wie die richtige Entscheidung aussieht. Und je länger ich an dem Abend im Bett liege und das letzte Foto von Hannah und Jan am Kanal anschaue, desto größer wird meine Angst vor der Wahrheit.

Kapitel 20

Als mein Wecker am nächsten Morgen klingelt, bin ich völlig gerädert. Was wenig überraschend ist, wenn man bedenkt, dass ich bis nach Mitternacht wach gelegen und meine ganze Fotogalerie mit Hannah durchgeschaut habe. Meine Augen sind geschwollen vom Weinen, mein Kopf brummt, und meine Glieder sind schwer wie Blei.

Mühsam rolle ich mich aus dem Bett und schlurfe in die Küche. Heute ist Rosa persönlich da und bringt die frischen Teilchen fürs Frühstück. Als sie mich sieht, weiten sich ihre Augen. »Himmel, Nina, bist du krank?«

»Was?« Ich unterdrücke ein Gähnen. »Nein, nein. Alles gut.«

Gegen das helle Licht blinzelnd mache ich mich auf den Weg zur Kaffeemaschine. »Hab nur zu wenig geschlafen, das ist alles.«

Sandra, die gerade zur Tür hereinkommt, wirft einen Blick auf mich und schüttelt den Kopf. »Dann ab zurück ins Bett mit dir. Wir schaffen das heute Morgen auch zu zweit.«

»Unsinn.« Ich schüttele den Kopf. Die Kopfschmerzen werden schlimmer. »Ich schaffe das schon.«

»Musst du aber nicht. Sonst wirst du am Ende noch richtig krank.«

»Du klingst schon wie Mama«, grummele ich.

»Das werte ich in dieser Situation als Kompliment.« Sie fasst mich sanft an den Schultern und schiebt mich Richtung Tür. »Nimm dir ein Glas Wasser und schlaf noch mal zwei Stunden. Danach wird immer noch genug Arbeit übrig sein.«

Mein Stolz möchte weiter protestieren, aber mit jeder Minute werden meine Augenlider schwerer. Also tue ich, wie mir geheißen, und verkrieche mich wieder ins Bett. Kaum habe ich mich hingelegt, vibriert mein Handy. Jan und Hannah beim Frühstücksbüfett. Sie hält einen Pfannkuchen von der Größe eines Wagenrades in die Kamera und strahlt ihren Vater an, der mit langem Arm das Selfie macht. Mit einem Stöhnen ziehe ich mir die Decke über den Kopf.

Aber sobald ich liege, ist an Schlaf nicht mehr zu denken. Ich starre blicklos an die Decke, während ich mir die düstersten Szenarien ausmale. Wünsche mir, ich hätte mir eine neue Packung Taschentücher mit nach oben genommen. Oder eine Aspirin. Irgendwann steckt Sandra den Kopf zur Tür herein. Als sie mich sieht, holt sie kurzerhand das Fieberthermometer aus dem Badezimmer.

»Muss ich mir Sorgen machen, Schwesterherz?«

»Nein«, murmele ich um das Thermometer herum. Es klingt selbst in meinen Ohren nicht sonderlich überzeugend. »Ich bin nicht krank.«

Höchstens krank vor Sorge. Aber das kann ein Fieberthermometer nicht messen.

»Hier, alles normal.«

Das trägt offensichtlich nicht dazu bei, die Besorgnis

meiner Schwester zu lindern. »Du kannst dich ja trotzdem noch ein bisschen erholen. Phillip und ich fahren gleich einkaufen. Brauchst du irgendwas?«

Stumm schüttele ich den Kopf. Sie bleibt noch einen Moment auf meiner Bettkante sitzen. »Ich wünschte mir, Mama wäre jetzt hier«, sagt sie leise. »Sie wüsste, was zu tun ist.«

»Stimmt.« Ich lächele schwach. »Sie hätte Jan vor die Tür gesetzt, sobald er dieses beschissene Ultimatum gestellt hätte.«

»O ja.« Meine Schwester nickt. »Da hätte sie keine Gnade gekannt. Genauso wenig wie Papa.«

Manchmal tut es weh, über sie zu sprechen. Aber jetzt gerade, mit Sandra, hilft es ein bisschen. Als wären sie hier im Raum mit uns, solange wir uns nur zusammen an sie erinnern.

»Kannst du mir doch was mitbringen?«, frage ich kleinlaut. »Das Schokoeis mit den großen Stückchen?« Es war Mamas Lieblingseis und eine kleine Sonntagstradition, nach dem Mittagessen auf der Terrasse Eis zu essen. Mit so viel Sahne und Schokostreuseln, wie wir wollten.

Sie nickt wissend. »Mache ich. Bis gleich, Schwesterherz.«

Sobald Sandra aus der Tür ist, greife ich zu meinem Handy und öffne meinen Chat mit Chris. Der Gedanke, ihm heute völlig verheult und emotional am Ende gegenüberzutreten, ist unerträglich. Wenn ich schon für alle Welt krank aussehe, dann werde ich diese Ausrede auch nutzen.

Sobald ich ihm für heute abgesagt und einen Ersatztermin am Montag vorgeschlagen habe, verkrieche ich mich wieder unter die Decke.

Das nächste Mal, dass ich die Augen öffne, klingelt es an der Tür. Mit einem Stöhnen fahre ich hoch. Der Blick auf meinen Wecker verrät mir, dass es kurz nach ein Uhr mittags ist. Ich muss tatsächlich noch mal eingeschlafen sein.

Ein zweites Klingeln vertreibt den Rest meiner Müdigkeit.

»Bin auf dem Weg!« So schnell wie möglich schlüpfe ich in meine Schlappen und ziehe einen Bademantel über mein löchriges Schlafshirt. Vermutlich hat mal wieder einer der Gäste seinen Schlüssel verloren. Oder die Nachbarskinder haben wieder ihren Fußball auf unseren Rasen geschossen.

Die Klingel geht ein drittes Mal. »Ja doch!« Außer Atem komme ich im Erdgeschoss an und eile zur Tür. Als ich sie aufreiße, schaue ich direkt in meerwasserblaue Augen.

»Chris?!«

Vor mir steht Hannahs Fußballtrainer, die Hände hinter dem Rücken verschränkt und einen beinahe verlegenen Ausdruck im Gesicht. »Hey, Nina.«

Mit einem Schlag wird mir bewusst, dass ich quasi im Schlafanzug vor ihm stehe. Schnell verschränke ich die Arme vor der Brust. »Was machst du hier?«, fauche ich. »Ich hatte dir doch geschrieben, dass ich heute nicht kann.«

»Ja, ich weiß.« Er kratzt sich am Hinterkopf. »Das wäre ja auch gar kein Problem gewesen. Aber dann habe ich deine Schwester im Supermarkt getroffen und sie gefragt, wie es dir geht. Ob du irgendwas brauchst oder so.«

»Das hätte Sandra mir ja besorgen können«, entgegne ich mit deutlich weniger Hitze.

»Stimmt. Das hat sie auch gesagt.« Er lächelt kurz, räuspert sich. »Dann hat sie angedeutet, dass du nicht krank bist, also im klassischen Sinne. Aber dass es dir nicht so gut geht. Wegen Hannah.«

»Das hat sie gesagt?« Zweifelnd hebe ich die Augenbrauen.

»Nicht direkt«, lenkt er ein. »Aber Hannah hat die letzte Woche beim Training immer wieder von dem anstehenden Ausflug mit ihrem Vater erzählt. Da habe ich dann eins und eins zusammengezählt.«

»Na, herzlichen Glückwunsch«, sage ich sarkastisch. »Bist du hier, um dir eine Medaille abzuholen?«

»Nicht wirklich.« Er räuspert sich ein zweites Mal, tritt von einem Fuß auf den anderen. »Ich bin hier, weil wir Freunde sind. Und die sind füreinander da, wenn es ihnen nicht gut geht. Das hab ich mal irgendwann von dir gelernt.«

Sprachlos starre ich ihn an. Er nimmt das als Einladung, schnell weiterzusprechen. »Das heißt, ich bin hier, um dich abzulenken.«

»Abzulenken? Und wie, wenn ich fragen darf?« Es gelingt mir nicht, die Skepsis aus meiner Stimme zu verbannen.

»Das ist eine Überraschung.« Er zwinkert mir zu, keine Spur mehr von Unsicherheit. »Also, was sagst du?«

Es gibt einen Teil von mir, der einfach nur zurück ins Bett möchte. Die Welt vergessen, bis Hannah zurück ist. Aber der Rest von mir war schon immer neugieriger, als gut für sie ist.

»Ich muss mich umziehen. Gib mir zehn Minuten.«

Elf Minuten später marschieren wir die Hauptstraße hinunter in Richtung Hafen. Egal, wie sehr ich ihn löchere, Chris weigert sich, mir das Ziel unseres Spaziergangs zu verraten.

Am Supermarkt legen wir einen kurzen Zwischenstopp ein. »Immer noch lieber Zartbitter als Vollmilch?«, fragt er mich vor dem Süßigkeitenregal.

»Immer noch lieber Lakritz als Gummibärchen?«, frage ich zurück. Wir grinsen einander an, und ich spüre einen Teil der Schwere, die seit Hannahs Abreise auf meinen Gliedern liegt, von mir abfallen.

Mit Snacks bewaffnet setzen wir unseren Weg fort. Aber anstatt für ein Picknick an den Strand zu gehen, wie ich eigentlich dachte, wendet Chris sich nach links und führt mich über die Promenade bis zum Hafen, vorbei an der Fischbrötchenbude bis zu den Privatstegen ganz hinten.

»Da wären wir.« Er deutet mit großer Geste auf ein wunderschönes Segelboot aus dunkelblau lackiertem Holz. An Deck sitzt bereits eine junge Frau mit sandblonden langen Haaren und Chris' blauen Augen.

»Helena, hi!« Überrascht winke ich seiner kleinen Schwester zu. Die erwidert meinen Gruß, ein vorsichtiges Lächeln im Gesicht.

»Bitte um Erlaubnis, an Bord kommen zu dürfen«, ruft Chris und hebt die Tüte mit unseren Einkäufen hoch. »Wir bringen wertvolle Fracht.«

»Erlaubnis erteilt«, ruft Helena zurück. Chris steigt vom Steg über die Reling nach unten auf das leicht schwankende Boot und reicht mir die Hand.

»Pff, ich bitte dich.« Ich ignoriere die Hand und lande mit einem kleinen Sprung neben ihm auf dem Deck. Seine Augen funkeln amüsiert. »Bist du etwa die letzten Jahre unter die Skipper gegangen?«

»Wirst du immer noch seekrank?«, schieße ich grinsend

213

zurück. Eine leichte Röte überzieht seine Wangen. »Wenn ich genug Lakritz esse, geht's.«

»Lass dir nichts vormachen«, schaltet Helena sich ein. »Er ist meistens ziemlich grün um die Nase, wenn er nach Hause kommt.«

Sie steht langsam auf und kommt auf uns zu. Erst jetzt wird mir bewusst, wie lange ich Chris' Zwillingsschwester nicht mehr gesehen habe. Selbst nach seinem Verschwinden aus Altensande sind wir uns immer mal wieder über den Weg gelaufen, im Supermarkt, am Strand, in Rosas Café. Aber das letzte Mal, dass ich ihr im Dorf begegnet bin, muss Monate her sein. Sie sieht schmaler aus als früher, blass für Anfang Juli. Unter ihre Augen liegen Schatten, und sie hält sich mit einer Hand an der Reling fest, als sie bei uns stehen bleibt.

»Es ist schön, dich zu sehen«, sage ich. Ihr Lächeln verliert etwas von seiner Zurückhaltung. »Dich auch.«

Wir zögern beide einen Moment, unsicher, welche Regeln von früher noch gelten, als wir zu dritt mit ihren Barbies spielten und ich ihr die Haare geflochten habe. Schließlich breite ich die Arme aus und umarme sie.

Chris hat in der Zwischenzeit schon damit begonnen, das Boot bereit zum Auslaufen zu machen. Er dirigiert mich professionell von einer Leine zur nächsten, während Helena die Tasche mit den Snacks unter Deck verstaut.

»Leinen los«, ruft Chris mir zu, und ich löse das letzte Seil, das uns noch mit dem Steg verbindet. Er startet den Motor und bringt uns langsam Richtung Hafenausfahrt. Sobald wir die Mauern des Hafens verlassen haben, entrollen wir das große Segel. Der Wind bauscht den Stoff auf und treibt uns voran, weiter hinaus aufs Meer. Ich setze mich in den Bug und beobachte die weißen Gischtkronen auf den Wellen unter uns. Die Sonne wärmt meine Haut, und der Wind pustet immer wieder kleine Wassertropfen in mein Gesicht.

Ich fühle mich so lebendig wie seit Wochen nicht mehr.

»Und, habe ich zu viel versprochen?« Chris lässt sich neben mich aufs Holz fallen. In der Hand hält er eine geöffnete Tüte Lakritz.

Ich runzele die Stirn. »Dieses Zeug riecht einfach schon widerlich.«

»Du riechst widerlich.« Er reißt die Augen auf, offensichtlich selbst überrascht von diesem spontanen Konter.

Für eine Sekunde starren wir einander an. Dann breche ich in Gelächter aus. Er fällt ein, sichtlich erleichtert. Es ist ein Lachen so hell und warm wie der Sonnenschein.

»Ahh, das habe ich vermisst«, murmelt er, nachdem wir wieder zu Atem gekommen sind.

Ich strecke mein Gesicht in den Wind, schmecke Salz auf meinen Lippen. »Ja«, sage ich, mehr zu den Wellen als zu dem Mann neben mir. »Ich auch.«

Wir schweigen, aber es ist ein angenehmes Schweigen. Ein vertrautes, sicheres Schweigen, und ich erlaube mir für den Moment, mich einfach hineinfallen zu lassen.

Nach ein paar Minuten stemmt Chris sich wieder hoch und macht sich auf den Weg zurück zum Steuerrad, um unseren Kurs zu korrigieren. Aus den Augenwinkeln sehe ich, wie Helena mit einem Tablett mit Teetassen die Stufen von unter Deck hochsteigt und ins Schwanken gerät. Ich springe auf und eile ihr zu Hilfe.

»Uff, das war knapp«, sagt sie dankbar, nachdem ich im letzten Moment das Kännchen mit Sahne vor dem Umkippen bewahrt habe.

»Kein Problem.« Zusammen tragen wir die Sachen nach vorne in den Bug. Helena geht noch mal unter Deck und kommt mit drei bunten Sitzkissen zurück. Sie geht langsam und bedächtig, immer eine Hand am Holz der Reling.

Sobald sie sich zu mir gesetzt hat, seufzt sie leise. »Na los. Frag schon.«

Ertappt senke ich den Blick. »Es tut mir leid, ich wollte nicht … also, wenn du nicht willst …«

»Vielleicht will ich aber.« Ihr Ton bekommt etwas Scharfes. Als sie zu einer der Tassen mit Tee greift, zittern ihre Finger.

»Okay.« Ich tue es ihr nach, nehme ebenfalls eine Tasse und fülle sie großzügig mit Sahne. Anders als Kaffee konnte ich Ostfriesentee noch nie schwarz trinken.

»Wie geht es dir?«, stelle ich schließlich die drängendste meiner Fragen.

Ein schwaches Lächeln huscht über ihr Gesicht. »Um ehrlich zu sein, schon viel besser. Aber noch weit entfernt von gut.«

Ich habe beinahe Angst, nachzuhaken. Ich tue es trotzdem. »Was ist passiert?«

»Wenn man das so genau wüsste.« Sie zuckt mit den Schultern. »Vor etwa neun Monaten bin ich krank geworden. Eine fette Grippe, die ich mir bei meinen Kollegen im Büro geholt habe. Nur, dass die sich innerhalb von zwei Wochen erholt haben. Ich nicht.«

Sie nimmt einen vorsichtigen Schluck Tee, schließt für

einen Moment die Augen. »Am Anfang konnte ich nicht länger als eine Stunde im Bett sitzen«, fährt sie fort. »Das hier ist schon ein echter Fortschritt.«

Entsetzt starre ich sie an. »Das ... das verstehe ich nicht ganz.«

Ein humorloses Lachen entfährt ihr. »Da bist du in guter Gesellschaft. Das hat mein Hausarzt auch gesagt. Nachdem ich das dritte Mal da war, weil ich mich einfach nicht erholen konnte, hat er mir geraten, doch mal einen Psychiater zu konsultieren.«

»Ist nicht wahr«, entfährt es mir.

Aber sie klingt nicht wütend, als sie weiterspricht. Sondern hauptsächlich resigniert. »Es hat Monate gedauert, eine richtige Diagnose zu bekommen. Am Ende ist Chris mit mir in der Uniklinik in Hamburg gewesen, und da wussten sie endlich was mit mir anzufangen.«

»Was haben sie gesagt?«

»Eine Art chronisches Erschöpfungssyndrom, ausgelöst durch den Grippevirus, den ich hatte. Ist ziemlich selten, aber hey.« Sie lächelt schief. »Irgendjemand muss ja das Opfer der Statistik sein.«

»Das klingt ... absolut furchtbar«, sage ich, nachdem ich diese Information verarbeitet habe. »Kann man da nichts machen?«

»Nicht viel. Ich darf mich vor allem nicht überlasten. Aber zum Glück habe ich eine vergleichsweise milde Form der Erkrankung. Seit ein paar Monaten geht es langsam bergauf, und ich habe wieder mehr Energie. Kann auch mal eine Viertelstunde spazieren oder selbst zum Supermarkt gehen. Trotzdem würde er«, sie deutet mit dem Kinn in

Richtung ihres großen Bruders, der gerade mit einem der Segel kämpft, »mich am liebsten in Watte packen und in meinem Zimmer einsperren.«

»Das kann ich mir vorstellen.«

Wir teilen ein Lächeln. Es lässt Helena um Jahre jünger aussehen.

»Was ist mit deiner Arbeit?«, frage ich vorsichtig. Helena war Landschaftsgärtnerin für eine der Hausverwaltungsgesellschaften in Altensande und hat die Gärten der Ferienhäuser betreut.

»Die musste ich letztes Jahr aufgeben.« Sie verzieht das Gesicht. »Acht Stunden am Tag durch den Ort laufen und schwere Säcke mit Blumenerde schleppen ist einfach nicht drin.«

»O Scheiße. Stimmt natürlich.«

»Aber ich habe vor ein paar Wochen mal mit Beatrix aus dem Blumenladen in der Deichstraße gesprochen. Sie könnte sich vorstellen, dass ich stundenweise dort anfange, sobald es wieder geht.«

Sie klingt so ehrlich erfreut darüber, dass es mir einen Kloß in den Hals treibt.

»Gott, Helena, das alles tut mir wirklich leid«, sage ich, weil ich irgendetwas sagen muss. »Das klingt unfassbar hart.«

»War es auch«, gibt sie unumwunden zu. »Ohne meine Familie hätte ich nicht gewusst, wie ich das schaffen soll.«

Ihr Blick wandert über meine Schulter zu Chris, der erfolgreich das zweite Segel gehisst hat und das Seil am Mast festknotet.

Der Kloß in meinem Hals wird dicker. Chris setzt sich

zu uns, und wir schlürfen unseren Tee. Er ist heiß und stark und cremig, ein perfekter Kontrast zu dem Wind, der auf dem Wasser noch ziemlich kühl ist. Währenddessen unterhalten wir uns. Über das Leben im Dorf, über die aktuelle Tourismus-Saison, über die Fischbrötchenpreise. Am Anfang ist es ein bisschen gezwungen, die Pausen zwischen den einzelnen Themen ein paar Sekunden zu lang. Aber mit jedem Satz wird es einfacher. Mit Chris und Helena zu quatschen, fühlt sich so vertraut an, wie an einen vergessen geglaubten Lieblingsplatz zurückzukehren. Man merkt erst, wie sehr man ihn vermisst hat, wenn man wieder über die Schwelle tritt.

Irgendwann wird Helena müde und kündigt an, sich unter Deck ein bisschen hinzulegen. Mittlerweile ist es kurz nach vier, und die Flut hat ihren Scheitelpunkt überschritten. Chris wendet das Boot, bringt uns langsam wieder zurück in Richtung Hafen. Ich stelle mich zu ihm ans Steuerrad.

»Willst du auch mal?«, fragt er. »Wenn ich mich richtig erinnere, weißt du besser als ich, wie das funktioniert.«

Die Erwähnung unseres katastrophalen Boot-Dates lässt mich schmunzeln. »Du hast dich aber auch wirklich selten dämlich angestellt. Wer fährt bitte einfach aufs Meer raus, ohne vorher einmal ins Wetter zu gucken und vergisst dann auch noch die Seekarte zu Hause?«

»Sagen wir, ich war mit anderen Dingen beschäftigt«, gibt er zu. Ein warmes Kribbeln steigt in meinem Bauch auf. Ich schüttele den Kopf, als könnte ich so auch das Gefühl vertreiben.

»Gut, dass ich ein Handy dabeihatte«, lenke ich das

Thema wieder in sichere Gefilde. »Und Google Maps ausgereicht hat, um uns in den Hafen zu bringen.«

»Absolut. Also, möchtest du zeigen, dass du es noch draufhast?«

Er tritt zur Seite und gibt das Steuerrad frei. Anders als bei dem kleinen Boot, mit dem wir damals rausgefahren sind, hat dieses ein großes altmodisches Steuerrad. Ich lege meine Finger um das Holz und spüre die verbliebene Wärme von Chris' Fingern.

»Also, wohin geht es, Kapitän?«, frage ich in meiner besten Piraten-Imitation.

Chris deutet auf den Eingang des Altensander Hafens, etwa zwei Kilometer vor uns. »Kurs backbord und dann immer geradeaus.«

Ich schlage das Rad leicht ein und beobachte, wie das Boot sich mit der Bewegung dreht. Sobald Chris mir ein Zeichen gibt, lenke ich wieder geradeaus.

»Hannah würde das hier lieben«, murmele ich. Bin selbst überrascht, dass ich jetzt das erste Mal seit Stunden wieder an meine Tochter denke. Sofort nagt das schlechte Gewissen an mir, zerbeißt die Blase aus Ruhe, die mich auf dem Wasser umgeben hat.

»Sie kann gerne auch mal mitfahren«, sagt Chris sofort. »Sag einfach Bescheid, dann organisiere ich das.«

»Danke.« Meine Stimme klingt mit einem Mal belegt. Ich räuspere mich. »Also kannst du jetzt Boot fahren, wann immer du willst?«

»Sozusagen. Mit seinem Rücken kann mein Vater nicht mehr raus, und damit liegen die, die er nicht vermieten kann, ungenutzt im Hafen.«

»Dann stimmen die Gerüchte?«, frage ich. »Dein Vater ist krank?«

Chris seufzt, schiebt die Sonnenbrille in seine Haare. An seinen Schläfen zeichnen sich helle Ränder ab, wo die Bügel seine Haut vor der Sonne geschützt haben. »Er war schon lange krank. Rheuma. Aber die letzten Monate ist es schlimmer geworden. Und da er sonst nie in Rente gehen würde, hat meine Mutter den Moment genutzt, um ein Ultimatum zu stellen.«

Ich kann mir genau vorstellen, wie das abgelaufen ist. Chris' Mutter ist eine liebevolle, aber auch sehr resolute Frau.

»Das fand er bestimmt super.«

Er schmunzelt. »Kann man so sagen. Die letzten Jahre ist er aber sowieso eher schlecht als recht über die Runden gekommen. Die meisten Leute fahren mit ihren teuren Jachten lieber in eine große Werft in Eckernförde, und mit den Fischerbooten hier ist nicht so viel Geld zu verdienen. Da schien es das Vernünftigste, jetzt aufzuhören. Das war allerdings bevor ...« Sein Blick wandert zum Eingang der Kajüte, in der Helena eben verschwunden ist.

»Sie hat es mir erzählt«, sage ich.

Er presst die Lippen zusammen. »Gott, ich habe mich noch nie so hilflos gefühlt. Sie so zu sehen, und niemand wusste eine Antwort. Es hat mich fast verrückt gemacht.«

»Bist du deshalb zurückgekommen?«, wage ich die Frage zu stellen, die mich seit Wochen beschäftigt. »Um dich um deine Familie zu kümmern?«

»Das wäre eine sehr ehrenvolle Erklärung, nicht wahr?«, murmelt er.

Ich warte darauf, dass er weiterspricht, aber er bleibt still, die Augen fest auf den Horizont gerichtet.

»Aber nicht die Wahrheit?«, hake ich nach.

»Nicht die ganze Wahrheit«, bestätigt er. Ich schaue ihn abwartend an. Er seufzt, setzt die Sonnenbrille wieder auf, als wollte er sich so auch vor meinem Blick abschirmen. »Wer weiß?«, sagt er leichthin. »Vielleicht war ich ja gar nicht so ein guter Spieler? Vielleicht bin ich nicht gegangen, sondern sie haben mich rausgeworfen.«

Ich schnaube. »Auf keinen Fall. Du warst gut. Richtig gut.«

»Du hast meine Spiele gesehen?« Er klingt so überrascht, dass ich die Augen verdrehe. »Natürlich. Was hast du denn gedacht?«

»Ich dachte, nachdem … na ja, ich dachte, es würde dich nicht mehr besonders interessieren.«

Er wendet sich wieder nach vorn. Ich tue es ihm nach, beobachte, wie die Umrisse des Seezeichens am Altensander Hafen langsam größer werden.

»Du hast dich geirrt«, sage ich.

»Darin bin ich Weltmeister.«

Sein Handy klingelt, und wir fahren beide zusammen. Mit einem unterdrückten Fluch fischt er es aus seiner Hosentasche.

»Feldmann, hey. Was gibt's?«

Mein Hirn braucht einen Moment, um diesen Namen zuzuordnen. Einer der beiden Sanitäter, die sich vor ein paar Wochen um Frieda gekümmert haben.

»Das ist heute?« Chris runzelt die Stirn. »Ich weiß nicht. Eigentlich habe ich … Ja, schon klar.«

Mit schlecht versteckter Neugier mustere ich ihn aus den Augenwinkeln. Er hat sich leicht abgewandt, kaut nachdenklich auf seiner Unterlippe.

»Ich denke drüber nach. Okay? Ja, wirklich. Alles klar, bis dann.«

Er steckt das Handy wieder weg, fährt sich mit der Hand durch die Haare. Sie stehen in alle Richtungen ab, als er sich wieder zu mir umdreht.

»Du musst ein bisschen weiter nach backbord. Warte, so.«

Seine Hand legt sich auf meine, korrigiert unseren Kurs kaum merklich, bis die Spitze des Bootes sich wieder mittig auf die Hafeneinfahrt ausrichtet.

Die Wärme seiner Finger sendet kribbelnde Elektrizität durch meine Adern.

»Was wollte Feldmann?«, frage ich, um mich abzulenken.

Er schüttelt den Kopf. »Mich überreden, aufs Feuerwehrfest zu kommen.«

»Moment, das ist heute?«

»Der Samstag mitten im Juli. Auf dem Höhepunkt der Sommerferien«, bestätigt er.

»Genau wie immer.« Ungläubig schüttele ich den Kopf. »Wie konnte ich das vergessen?«

»Du wolltest hingehen?«, fragt er überrascht.

»Alle gehen hin«, antworte ich mit einem Schulterzucken. »Das ganze Dorf ist da.«

Oder war es zumindest mal. Jetzt, wo ich darüber nachdenke, fällt mir ein, dass Dagmar und Luisa beide für dieses Jahr abgesagt haben. Sandra und Phillip sind heute Abend auch schon verplant, ein Charity-Event für die Jugendprojekte der Surfschule in Eckernförde. Und meine bisherige Abendplanung sah eigentlich vor, mich mit einer Flasche Wein und einem Becher Schokoladeneis auf die Terrasse zu verziehen.

»Ich weiß nicht«, sagt er jetzt. »Feldmann und die anderen wollen unbedingt, dass ich komme.«

»Aber du willst nicht?«, hake ich nach.

»Es ist nicht so einfach. Sie tun alle so, als hätte sich in den letzten zehn Jahren nichts verändert. Als wären wir alle noch dieselben Menschen wie direkt nach der Schule.«

»Tja, der Fluch der Kleinstadt, in der die Zeit stillsteht«, sage ich sarkastisch. »Ich bin sicher, in der großen Stadt sind alle schon in der Zukunft angekommen.«

Dabei ist es nicht so, als wüsste ich nicht, wovon er spricht. Natürlich haben wir uns alle verändert. Aber manchmal, wenn ich mit meinen Freundinnen von früher zusammensitze, fühle ich mich immer noch wie vierzehn und verzweifelt auf der Suche nach Menschen, die mich um meiner selbst willen mögen.

»So habe ich das nicht gemeint.«

»Und wie dann?«

»Ich meine nur, ich bin nicht mehr der Chris, den sie kannten. Was, wenn sie feststellen, dass sie diese Version von mir nicht mögen?«

Es ist ein so überraschend verletzliches Statement, dass ich für einen Moment nicht weiß, was ich sagen soll.

»Ich mag diese Version von dir«, rutscht mir heraus.

Zu sehen, wie sich sein Gesicht aufhellt, ist, wie in einen Sonnenaufgang zu schauen. Blendend und umwerfend schön.

»Du machst es mir ja auch leicht.« Ein Schatten fällt über die Sonne. »Aber wer sagt dir, dass diese Version die echte ist?«

»Willst du damit andeuten, dass in eurem Keller gerade Leichen in der Gefriertruhe liegen? In dem Fall haben wir uns nie gekannt.«

Er lacht, und mein Herz macht einen ungelenken Hüpfer, als hätte es vergessen, wie das geht.

»Geh zum Feuerwehrfest«, sage ich. »Zeig den Leuten den Chris, der du bist. Was kann schon schiefgehen?«

Er tippt sich nachdenklich ans Kinn. »Unter einer Bedingung: Du kommst mit.«

Kapitel 21

Nachdem wir angelegt und an Bord aufgeräumt haben, verabschieden wir uns voneinander. Helena geht direkt nach Hause, aber wir verabreden uns für die kommende Woche auf einen Kaffee bei Rosa, wenn sie sich fit genug dafür fühlt.

Chris und ich werden uns in einer Stunde an der Feuerwache wiedertreffen. Auf dem Weg nach Hause hämmert mein Herz in meiner Brust, als wäre ich gerade einen Marathon gelaufen. Es weiß instinktiv: Was ich hier mache, könnte gefährlich werden. Gefährlicher als jedes Dating-App-Treffen.

Als ich frisch geduscht vor meinem Kleiderschrank stehe, bin ich für einen Moment von den Optionen paralysiert. Die Nina von früher ist meistens in Jeans-Shorts und Top zum Fest gegangen, die Haare in einem achtlosen Dutt hochgebunden. Das war mein Outfit an dem Abend unseres ersten Kusses. Aber Chris hat recht. Wir sind nicht mehr dieselben Menschen, die wir damals waren.

Nur, wer bin ich jetzt?

Ich stehe vor dem Ganzkörperspiegel und betrachte den Körper, der nicht mehr so aussieht wie mit achtzehn. Hannahs Geburt, der Stress eines alleinerziehenden Elternteils, die Snacks, die mich beim Klausuren-Korrigieren wach halten – all das hat Spuren hinterlassen. Zum ersten Mal seit Langem verspüre ich das Bedürfnis, sie zu verdecken.

»Aber wofür?«, frage ich laut in die Stille meines Zimmers. Chris und ich haben kein Date. Diesen Weg sind wir schon mal gegangen, und er endete in Desaster. Jetzt sind wir einfach zwei alte Freunde, die zusammen aufs Dorffest gehen, so wie sie es schon früher getan haben.

Nicht mehr und nicht weniger, egal, was mein stolperndes Herz dazu sagt.

Bevor ich mir weiter den Kopf zerbrechen kann, greife ich zu meinen grauen Lieblingsshorts und ziehe mir das erstbeste saubere T-Shirt über den Kopf, das ich finden kann. Zum Abschluss schlüpfe ich in meine ausgelatschten Sneakers. Im Badezimmer flechte ich meine Haare zu einem einfachen Zopf. Auf dem halben Weg nach draußen gehe ich noch mal zurück und lege einen Hauch von meinem roten Lieblingslippenstift auf. Einfach, weil ich es kann. Dann schnappe ich mir meine Tasche, schreibe Sandra eine kurze Nachricht, wo ich bin, und mache mich auf den Weg.

Als ich auf die Straße trete, vibriert mein Handy. Aber es ist nicht Sandra, die antwortet, sondern eine Nachricht von Jan. Eigentlich will ich sie nicht öffnen. Aber die immer präsente Sorge um Hannah ist stärker als alles andere.

Es ist wieder ein Selfie. Die beiden sitzen auf einem Boot, das durch die Grachten fährt. Während er in die Kamera schaut, kleben Hannahs Augen an etwas, das hinter der Linse liegt, und ihr Gesicht leuchtet vor Begeisterung.

Aus Hannah wird mal eine echte Seefahrerin,
schreibt er. *Sie hat mich schon versprechen lassen,*
dass ich ihr zum 13. Geburtstag eine Kreuzfahrt
schenke.

Mein Herz rutscht drei Etagen tiefer. Es klingt beinahe so, als wäre er sich schon sicher, wie Hannah sich entscheiden wird. Während ich die Nachrichten lese, taucht eine weitere auf.

Dir würde es hier auch gefallen, Nina.

Ich blinzele, lese den Satz noch mal. Suche nach einer versteckten Spitze, einer darunter verborgenen Bedeutung, und finde nichts.

Was soll ich jetzt darauf antworten? *In einem anderen Leben vielleicht?*

Für diese Spielchen habe ich gerade keinen Kopf. Im Laufen tippe ich liebe Grüße an Hannah und warte, bis die blauen Haken zeigen, dass er sie gelesen hat. Dann stecke ich das Handy weg und versuche, Jan für den Abend aus meinem Hirn zu verbannen.

Schon bevor ich in die Straße einbiege, in der die Feuerwache liegt, höre ich das Sommerfest. Der laue Wind trägt eine Mischung aus Stimmengewirr, Gelächter, klirrenden Gläsern und dem Sommerhit von vorletztem Jahr zu mir herüber. Zusammen mit dem Duft nach Bratwurst und Pommes. Das Wasser läuft mir im Mund zusammen, und ich beschleunige meine Schritte.

Vor mir liegt das zweistöckige Gebäude der freiwilligen Feuerwehr Altensande, und ich folge den Geräuschen durch eins der großen geöffneten Rolltore in den Innenhof.

Was ich Chris erzählt habe, war keine Übertreibung. Beim Anblick der über hundert Menschen, die sich über den Hof und in der Fahrzeughalle verteilen, könnte man tatsächlich meinen, das ganze Dorf wäre hier.

Ich schaffe es gerade mal drei Schritte in Richtung des Getränkewagens, bevor ich angehalten werde.

»Nina, hier rüber!« Rosa und Donata stehen an einem der Stehtische und winken mich zu sich. Vor beiden stehen bereits volle Weingläser. Bis ich mich zu ihnen durchgeschlagen habe, hat Rosa mir mithilfe eines stummen Handzeichens ebenfalls ein Glas bestellt. Ich nehme es dankbar an und trinke einen großen Schluck. Hoffe, der Alkohol hilft ein bisschen dabei, meine völlig unnötige Nervosität zu bekämpfen. Ich recke den Hals, habe aber mit meinen 1,65 m keine Chance in der Menge.

»Habt ihr Chris gesehen?«, frage ich die beiden Frauen. Rosa runzelt die Stirn. »Reuter? Heute Abend noch nicht.« Ihre Augen verengen sich. »Wieso?«

»Nur so.« Ich nehme noch einen Schluck Wein. Rosa mustert mich über den Rand ihrer Brille hinweg. »Nur so. Aha.«

»Wir sind hier verabredet. Also, als Freunde«, plappere ich weiter. »Wie in alten Zeiten, du weißt schon.«

Sie nippt an ihrem Weinglas. »Ich hoffe nur, dass du es auch weißt, meine Liebe.«

»Vielleicht hat er sich ja verändert«, sage ich, von dem überraschenden Impuls getrieben, Chris zu verteidigen. »Das soll es ja geben.«

»Natürlich gibt es das«, wirft Donata versöhnlich ein. »Wenn du glaubst, dass …«

»Dazu kann ich nichts sagen.« Rosas Stimme bleibt kühl. »Ich weiß nur, was er damals mit dir angerichtet hat. Und wünsche mir keine Wiederholung dieses Trauerspiels.«

Mit einem Ruck stelle ich mein Glas ab. »Keine Sorge. Ich habe alles unter Kontrolle.«

Bevor sie darauf antworten kann, drehe ich mich um und verschwinde in der Menge. Mag ja sein, dass sie es nur gut meint. Aber ich bin nicht mehr die Siebzehnjährige mit dem gebrochenen Herzen. Ich kann sehr gut selbst entscheiden, was ich tue.

Mit einem Zug leere ich mein Weinglas und stelle es auf den Tresen des Getränkewagens. Dort entdecke ich ein vertrautes Gesicht.

»Moin! Noch eins?«, ruft der Mann hinter der Theke mir zu.

»Feldmann, richtig?«

Er tippt sich an die Stirn und deutet eine Verbeugung an. »Oder Felix, wie es dir lieber ist.«

Die meisten der Feuerwehrleute hier kenne ich zumindest vom Sehen, schließlich sind sie alle aus Altensande. Aber manche von den Sanitätern kommen von weiter weg, Eckernförde, Kappeln, manche sogar aus Kiel.

»Freut mich. Nina.« Ich proste ihm mit dem vollen Glas zu, das er vor mir abgestellt hat.

»Nina. Na, schau an.« Er mustert mich mit unverhohlener Neugier. »Du bist das also.«

»Was meinst du?«, frage ich, aber er hat sich bereits einem neuen Kunden zugewandt, der Bier bestellt hat.

Da ich immer noch keine Spur von Chris entdeckt habe, bleibe ich erst mal beim Getränkewagen stehen und beobachte das bunte Treiben um mich herum. Nachmittags ist das Sommerfest ein riesiger Kinderspielplatz. Es gibt jede Menge Kuchen, die Kinder dürfen sich alle Feuerwehrautos ansehen, und dieses Jahr entdecke ich sogar eine kleine Hüpfburg. Aber sobald die Sonne untergeht, wird die Feuerwache für eine Nacht zum wildesten Tanzclub zwischen hier und Dänemark. Jetzt ist es kurz vor halb neun, und die Umbruchphase ist in vollem Gange. Die letzten Familien mit Kinderwagen und Babytragen verabschieden sich mit Tellern voller Kuchenreste nach Hause, die lange Kaffeetafel in der leer geräumten Fahrzeughalle wird abgebaut, um Platz für eine Tanzfläche zu schaffen, und ein paar Kollegen von Feldmann sind damit beschäftigt, große Musikboxen anzuschließen. Die Party kann losgehen. In diesem Moment entdecke ich Chris. Er kommt durch eins der offenen Tore, tief im Gespräch mit der Frau, die zusammen mit Feldmann auf dem Sportplatz war. Susi, so hat sie sich vorgestellt. Die beiden unterhalten sich angeregt, die Köpfe eng zusammengesteckt. Susi trägt ein enges schwarzes Top und einen Jeansrock, der ihre langen Beine betont. Sie sieht verdammt gut aus, und als er lacht, legt sie eine Hand auf Chris' Oberarm.

Mein Wein schmeckt mit einem Mal sauer.

»Wir sind nur Freunde«, erinnere ich mich selbst leise. »Freunde.«

In diesem Moment fällt Chris' Blick auf mich. Er verabschiedet sich mit einem Nicken von Susi und bahnt sich dann seinen Weg durch die Menge auf mich zu. Das gibt mir genügend Zeit, um ihn von Kopf bis Fuß zu mustern. Er hat das Sportshirt vom Segeln gegen ein Hawaiihemd mit pink-grünem Muster getauscht, Palmenwedel und exotische Blüten. Es sollte nicht so sexy aussehen, aber verdammt, das tut es. Der oberste Knopf des Hemds ist offen und zeigt gerade genug sonnengebräunte Haut, dass er direkt einer Werbung für einen Karibikurlaub entstammen könnte. Das bemerke nicht nur ich. Während er sich durch die Menschen schiebt, drehen sich Köpfe, Blicke folgen ihm. Er ist der berühmteste Sohn Altensandes, der Star-Fußballer, der heimgekehrt ist. Als er vor mir stehen bleibt, ist mein Mund mit einem Mal staubtrocken.

»Hey.«

»Hi.«

Aus der Nähe sehe ich eine leichte Röte auf seinen Wangen, Sonnenbrand von unserem Segeltörn heute Nachmittag. Den er unternommen hat, um mich abzulenken. Ich klammere mich an meinem Glas fest, um der Versuchung zu widerstehen, mit dem Finger seine Haut entlangzufahren.

»Du siehst gut aus«, sagt er. Das Rot auf seinen Wangen intensiviert sich. »Sorry, ich musste Helena noch kurz beim Kochen helfen. Wartest du schon lange?«

»Du auch«, rutscht es mir heraus. »Also, du siehst gut aus. In dem Teil. Wie auch immer du das anstellst.«

»Ich hab es in Spanien während eines Trainingslagers an einer Strandbude gekauft.« Er schmunzelt. »Meine Mannschaftskameraden waren allerdings nicht deiner Meinung.«

Es ist die perfekte Erinnerung daran, wie unterschiedlich unsere Leben die letzten zehn Jahre waren. Mit einem

Schlag bin ich wieder nüchtern. »Willst du auch was trinken?«

»Gerne.«

Er bestellt ein Bier und unterhält sich kurz mit Feldmann, dessen Blick immer wieder neugierig zu mir wandert. Mit unseren Getränken in der Hand lehnen wir uns an die Wand der Fahrzeughalle und lassen das Treiben auf uns wirken. Immer wieder bleiben Leute kurz stehen, um mit Chris zu quatschen. Immer wieder läuft die Unterhaltung nach demselben Muster ab. Sie freuen sich über seine Rückkehr, er bedankt sich. Sie fragen ihn über seine Zeit bei St. Pauli aus, er wiederholt dieselben drei Phrasen darüber, wie dankbar er für diese Chance war und wie viel Spaß es ihm gemacht hat, auf dem Platz zu stehen. Sie erkundigen sich, was seine Pläne für die Zukunft sind, und er wiegelt ab, stellt eine strategische Rückfrage. Es ist überraschend, wie viel er immer noch über die Menschen in Altensande zu wissen scheint. Er fragt sie nach dem Stand ihrer Geschäfte, der Geburt ihrer Kinder, den Haustieren. Immer genau das richtige Thema, um sie von seiner Person abzulenken.

»Ich muss schon sagen, du weißt, was du tust«, sage ich, nachdem das Ehepaar Sattler von der Tankstelle weitergezogen ist. »Was ist aus dem Plan geworden, ihnen den echten Chris zu zeigen?«

Ertappt senkt er den Blick in sein Bierglas. »Nicht jeder ist so aufmerksam wie du«, antwortet er. »Aber dafür hat jeder eine Meinung.«

Ich muss gestehen, dass ich mir noch nie wirklich Gedanken darüber gemacht habe, wie es wohl ist, berühmt zu sein. Als Grundschullehrerin in einem kleinen Kaff an der Ostsee erschien das nie wie eine realistische Option.

»Die Leute haben immer eine Meinung. So ist das auf dem Land.«

»Daran musst du mich nicht erinnern. Ich komme auch von hier, falls du es vergessen hast.«

»Habe ich nicht«, entgegne ich mit einer Schärfe, die mich selbst überrascht. »Hast du es vergessen?«

Er zuckt zurück, als hätte ich ihn geschlagen. »Es ist anders, wenn man zurückkommt«, sagt er schließlich. »Wie gesagt, sie denken alle, du wärst noch derselbe Mensch wie früher. Und warten gleichzeitig nur darauf, dass du ihnen das Gegenteil beweist.«

»Du hast Angst«, schlussfolgere ich. »Angst davor, was passieren könnte, wenn du deine Maske mal für eine Minute fallen lässt.«

Er wirft mir einen unbewegten Seitenblick zu. »Ist das so?«

»Ist es«, bekräftige ich. »Aber weißt du was? Solange du dich von deiner Angst beherrschen lässt, wirst du nie wissen, ob sie begründet ...«

Es gibt ein schrilles Quietschen, als einer der Feuerwehrmänner die Soundanlage anschließt. Für einen Moment kommen alle Gespräche zum Erliegen.

»Tut mir leid, Leute, kleine technische Schwierigkeiten«, ruft der Mann am improvisierten DJ-Pult. »Jetzt kann die Party losgehen.«

Die ersten Takte von »Summer Paradise« erklingen, und Jubel brandet auf. Innerhalb von Sekunden ist die Tanzfläche voller Menschen, die im Takt mit der Musik wippen.

»Na los.« Chris stellt sein Glas zur Seite und nimmt meine Hand. »Lass uns tanzen.«

Ich umklammere mein Weinglas fester und folge ihm in die Menschenmenge.

Die Musik ist laut genug, dass ich sie in meinem Brustkorb spüre, und für einen Moment bin ich wie gelähmt. Alles ist zu laut, zu voll. Dann hebt Chris meine Hand, dreht mich in einer ungelenken Pirouette, die darin endet, dass wir uns gegenseitig auf die Füße treten. Er lacht, und es ist dasselbe warme Lachen wie heute Nachmittag auf dem Boot. Ich könnte es den ganzen Tag hören. Danach ist es leichter. Die Playlist ist ein wilder Mix aus '80s Rock, Schützenfest-Schlagern und Chart-Hits, und wir lassen uns von der Musik treiben. Mal schnell, mal langsam, aber immer nebeneinander. Chris' Hand streift meine Schulter, meine findet seine Brust, kleine Momente der Berührung, die jedes Mal einen Schlag durch meinen Körper jagen. Die jedes Mal ein bisschen länger werden.

Der nächste Song ist eine Rockballade, die Art von Musik, die Jan furchtbar finden würde. Wie selbstverständlich bleiben Chris' Hände auf meinen Hüften liegen, ziehen mich an sich, bis unsere Körper sich auf ganzer Linie berühren.

Ich lasse es geschehen, meine Hände seine Arme hinaufwandern. Eine Berührung, die mir mal so vertraut war und sich doch gänzlich neu anfühlt. Ich weiß, dass es passieren wird, bevor sein Blick auf meine Lippen fällt. Es ist beinahe so, als hätte der ganze Tag, als hätten die ganzen letzten Wochen nur hier enden können. Auf dem Altensander Feuerwehrfest, wo alles anfing.

»Darf ich dich küssen?« Chris' Stimme ist leise über dem Dröhnen der Musik. Anstelle einer Antwort versiegele ich seine Lippen mit meinen. Dieser Kuss ist ganz anders als der erste. Der war hauptsächlich betrunken und ungelenk. Jetzt sind Chris' Lippen vorsichtig, beinahe fragend auf meinen. Mein Körper reagiert, bevor mein Kopf es tun kann. Ich stelle mich auf die Zehenspitzen und öffne den Mund in den nächsten Kuss. Chris' gibt einen überraschten Laut von sich. Dann verstärkt sich sein Griff um meine Hüften, und seine Vorsicht verschwindet. Seine Zunge begegnet meiner, und der Rest der Welt verschwindet um mich herum. Die Musik, die Menschen, die funkelnde Discokugel, das alles rückt in den Hintergrund. Meine Hände erkunden seine Brust, seine Schultern, die weichen Haare in seinem Nacken. Mit jeder Berührung, jeder Begegnung unserer Lippen wächst ein Feuer in meinem Bauch, das ich noch nie gespürt habe. Das mich mitreißt wie ein Lavastrom, gegen den ich nichts ausrichten kann.

Wir lösen uns voneinander, um Luft zu holen. Die Welt schwimmt zurück in den Fokus. Mittlerweile läuft ein anderer Song, schnelle Beats und lauter Bass. Um uns herum wird gehüpft und getanzt, ein Ellenbogen landet in meiner Seite, ein Fuß auf meinen Zehen.

Mit dem Abstand geht mein Verstand wieder online und analysiert in Windeseile die Situation. Ich stehe hier an einem Scheideweg, balanciere auf einem Drahtseil. Wenn wir den Abstand zwischen uns wieder schließen, kann ich für nichts mehr garantieren. Das hier wäre kein kurzer Flirt. Kein harmloser One-Night-Stand, bei dem ich mein Herz und mein Leben vor jeder Art von langfristiger Konsequenz abschirmen kann. Chris könnte mich ruinieren. Das weiß ich genau, denn er hat es schon einmal getan.

Ich stolpere zurück, schiebe seine Hände von mir weg.

»Nina?« Seine Stimme ist dumpf über dem Lärm um uns herum. »Was ist los?«

»Ich kann das nicht«, stoße ich hervor. Nicht noch mal. Nicht jetzt, wo Hannah meine größte Priorität ist, wo mein ganzes Leben auf der Kippe steht. Auf einmal scheint es nicht mehr genug Sauerstoff in der Halle zu geben. Das Blut rauscht in meinen Ohren, und mir wird schwindelig.

»Warte.« Er versucht, meine Hand zu greifen. »Lass uns reden.«

Ich weiche zurück, als würde seine Berührung mich verbrennen. Genauso fühlt es sich an.

»Ich muss nach Hause. Jetzt.«

Sein Gesicht fällt in sich zusammen wie ein Kartenhaus. Es ist das Letzte, was ich sehe, bevor ich mich umdrehe und die Flucht ergreife.

Kapitel 22

Ich verbringe die Nacht damit, Löcher in meine Zimmerdecke zu starren. Sobald ich die Augen schließe, ist da Chris' Gesicht. Seine halb geschlossenen Lider, kurz bevor er sich nach vorne beugt, um mich zu küssen. Die sandblonden Haare, in die ich meine Hände vergraben habe. Die stumme Enttäuschung in seinen Augen, als ich mich von ihm gelöst habe.

Mein Handy klingelt einmal, zweimal, dreimal. Chris' Nummer leuchtet auf dem Display auf, aber ich lasse sie direkt auf die Mailbox gehen.

Mein Herz schlägt erratisch in meiner Brust, kann sich nicht entscheiden zwischen Panik, Verlangen und Wut. Panik über das, was ich beinahe getan hätte. Und wie verlockend der Gedanke für einen Moment war. Verlangen, das meine Lippen immer noch brennen lässt. Und zischende Wut. Auf diesen Mann, der genau wissen müsste, wie viel Macht er über mich hat, und sie einfach ausnutzt. Die Wut erdet mich, also klammere ich mich an ihr fest, während die Sonne langsam über den Horizont klettert. Denn was wäre passiert, wenn ich nachgegeben hätte? Vielleicht hätten wir tatsächlich ein paar schöne Wochen gehabt. Einen Sommer wie damals mit siebzehn, während ich eigentlich die vielleicht letzten Tage in Altensande mit Hannah verbringen sollte. Aber dann wäre es ihm irgendwann wieder zu langweilig geworden. Welchen Grund könnte es sonst haben, dass er jeder Frage nach seiner Zukunft und Vergangenheit so konsequent ausweicht? Er ist nur auf dem Sprung hier. Wie lange wird ein Mann wie er die Mädchenmannschaften des FC Timmendorf trainieren, bevor er ein besseres Angebot bekommt und einfach wieder abhaut?

Dann sind die Mädchen ohne Trainer, und ich kann die Scherben meines gebrochenen Herzens ein zweites Mal zusammenfegen. Nur dieses Mal hätte ich keine Entschuldigung für meine Naivität.

Als mein Wecker klingelt, bin ich schon auf. Das Einzige, was mich an einem Tag wie heute wieder ins Gleichgewicht bringen kann, ist die Ostsee.

Den Badeanzug bereits an und mit meinem Handtuch über der Schulter, radele ich die menschenleere Hauptstraße entlang. An der Einfahrt zur Feuerwehr trete ich etwas schneller in die Pedale, obwohl der Hof schon längst verlassen daliegt. Während ich mein Fahrrad an der Promenade anschließe, mache ich mir einen Plan. Das Einfachste wäre, jeden Kontakt zu Chris abzubrechen. Aber das würde das Camp gefährden, das Hannah alles bedeutet. Und sie ist das Wichtigste in meinem Leben. Keine Männer, keine Dates, gar nichts. Nur sie und ich und jeder Tag des Sommers, der uns bleibt. Allerdings muss ich spätestens morgen Chris wiedertreffen, um die Planungen fortzusetzen. Mit großen Schritten marschiere ich den Strand entlang, der zu dieser Zeit menschenleer ist. Muscheln piksen mir in die Fußsohlen, aber ich spüre es kaum, zu tief bin ich in Gedanken versunken. Vielleicht muss ich ihn gar nicht persönlich treffen. Wir planen den Rest des Camps einfach übers Telefon. Damit hätte ich noch zwei Wochen, bis das Camp beginnt und ich ihm nicht länger ausweichen kann. Eiskaltes Meerwasser leckt an meinen Zehen. Aber ich habe schon früh gelernt, dass man nicht stehen bleiben darf. Augen zu und durch. Ich mache drei große Schritte, bis das Wasser mir bis zu den Oberschenkeln reicht. Dann werfe ich mich nach vorne in die nächste Welle. Für einen Herzschlag ist mein Körper wie in Schockstarre. Umgeben von kaltem Wasser, ohne Orientierung, wo unten und oben ist. Im nächsten Moment tauche ich auf, nehme einen großen Atemzug frischer Morgenluft. Die ersten Strahlen der Sonne wärmen meine Wangen. Ich bin hellwach. Und fest entschlossen.

Als der Wagen mit Jan und Hannah vorfährt, warte ich bereits an der Tür. Ungeduldig wippe ich mit dem Fuß auf und ab und schaue demonstrativ auf die Uhr, als Jan aus dem Wagen steigt.

»Es tut mir leid«, sind die ersten Worte aus seinem Mund, auch wenn sein Gesicht nicht sonderlich bedauernd aussieht. »Wir standen bei Hamburg im Stau. Und dann wollte Hannah noch eine kleine McDonald's-Pause einlegen.«

Als hätte sie nur auf ihr Zeichen gewartet, öffnet meine Tochter die Tür und hüpft aus dem Wagen, eine leere Plastikverpackung in der Hand. »Wir haben uns Eis geholt«, verkündet sie, bevor sie sich in meine Arme wirft. »Aber keine Angst«, flüstert sie mir verschwörerisch ins Ohr. »Ich hab Papa gesagt, es muss was Besonderes bleiben.«

Ich schlucke den Kloß in meinem Hals herunter und drücke sie fester an mich. »Das hast du gut gemacht. Schön, dass du wieder da bist.« Ich könnte sie ewig festhalten, die Nase in ihren Haaren vergraben, und diesen Geruch einatmen, der unnachahmlich Hannah ist. Aber sie wird schnell ungeduldig, voller Energie nach der langen Autofahrt. »Darf ich in den Garten? Ein bisschen Fußball spielen?«

»Erst, wenn du deine Sachen reingetragen hast«, schränke ich die Erlaubnis ein. Ohne zu zögern, schnappt sie sich ihren kleinen Rucksack und marschiert damit in Richtung Haustür.

»Hier, lass mich den Rest nehmen.« Jan hat bereits den Kofferraum geöffnet und hängt sich beide Taschen über die Schulter. »Wo muss ich hin?«

Widerwillig führe ich ihn ins Haus und weise ihn an, die Taschen auf die Treppe zu stellen.

»Es war wirklich ein schöner Kurztrip«, sagt er ungefragt, als er sich wieder aufrichtet. »Wir hatten Glück mit dem Wetter. Und für Hannah war Amsterdam ein Traum. Waffeln, Pommes, Boot fahren auf dem Kanal, sie hat es geliebt.«

»Das kann ich mir vorstellen«, sage ich leise. Spüre den vertrauten Stich in meiner Brust bei dem Gedanken, wie gerne ich ihr Glück geteilt hätte.

Als wüsste er genau, wohin meine Gedanken gerade wandern, sagt Jan: »Dir hätte es auch gefallen. Da bin ich sicher. Vielleicht beim nächsten Mal?«

»Wie war Fabiennes Geschäftsreise?«, frage ich stattdessen.

»Gut«, sagt er knapp. »Sie ist gerade auch auf dem Rückweg nach Hamburg.«

»Dann musst du jetzt sicher direkt wieder los.« Ich werfe einen vielsagenden Blick in Richtung der Eingangstür.

»Papa! Komm, lass uns ein paar Bälle schießen«, ruft Hannah von draußen.

»Fabienne hat ihren eigenen Haustürschlüssel«, antwortet er mir mit einem Schulterzucken. »Eine halbe Stunde habe ich noch.«

Ohne auf meine Reaktion zu warten, marschiert er durch den Frühstücksraum auf die Veranda, wo Hannah schon auf ihn wartet.

Sandra, die dort gerade eine ihrer wenigen freien Stunden mit einem Buch verbringt, wirft mir einen irritierten Blick zu, als ich die Terrasse betrete.

»Frag nicht«, murmele ich. »Ich habe ihn nicht eingeladen.«

Sie rollt mit den Augen und flüstert: »Soll ich ihn loswerden?«

Ich liebe meine Schwester.

Aber einer von uns beiden muss ja die Erwachsene sein.

»Ich gebe ihm eine halbe Stunde.«

Gerade schießt Hannah ihrem Vater den Ball zu, und er verpasst die Annahme um Längen, muss hinterhersprinten, um zu verhindern, dass er in der Hecke landet. Vielleicht wird die halbe Stunde ja sogar ganz amüsant.

Ich setze mich auf die Stufen der Veranda, aber Hannah hat andere Pläne. »Komm, spiel mit, Mama! Wir brauchen noch einen Torwart!«

»Ja, spiel mit, Nina!« Jan winkt mich auf den Rasen.

»Oder hast du immer noch Angst vor Bällen?« Er besitzt doch tatsächlich die Frechheit, mir zuzuzwinkern. Nachdem er die eine Schwäche ausgenutzt hat, die ich ihm im Studium peinlich berührt gebeichtet habe, als wir mit den Ballsport-Lektionen anfangen mussten.

»Na warte.« Ich stemme mich hoch und jogge aufs Feld. »Dir bringe ich Angst vor Bällen bei.« Er ist zu überrascht, um zu reagieren, als ich ihm den Ball abnehme und auf die beiden auf den Boden gestellten Eimer zustürme, die das provisorische Tor markieren. Hannah jubelt, als ich den Ball versenke.

»Eins zu null für Mama!«

Damit beginnt das Spiel. Jan schafft es offensichtlich nicht mehr so oft ins Fitnessstudio wie früher, aber sein Ehrgeiz ist immer noch derselbe. Wir dribbeln umeinander herum, spielen uns aus, kämpfen um den Ball, während Hannah zu unserer begeisterten Kommentatorin wird.

»Mama hat den Ball. Nein, doch nicht. Jetzt wieder Papa. Er läuft, aber halt, das ist die falsche Richtung. Da kommt Mama und erobert ihn zurück.«

Es steht fünf zu vier für mich, als Jan stehen bleibt und schwer atmend die Hände auf die Knie stützt. »Ich ergebe mich. Der Sieg geht an dich.«

Keuchend komme ich neben ihm zum Stehen. Hannah hüpft jubelnd auf und ab. »Und der Pokal geht an Mama!« Anstelle eines Pokals bekomme ich eine stürmische Umarmung. Dann löst sie einen Arm und winkt Jan heran. »Na los, auch der Verlierer wird gedrückt.«

Jan zögert, wirft mir einen fragenden Blick zu. Vielleicht ist es der Siegesrausch, vielleicht Hannahs hoffnungsvolles

Gesicht, aber ich nicke. Er geht neben uns in die Hocke und legt einen Arm um Hannah und einen um mich. Die versucht, uns beide gleichzeitig zu drücken, was dazu führt, dass sie das Gleichgewicht verliert. Und weil auf den Fußballen zu hocken, nicht gerade die stabilste Körperhaltung ist, fallen wir gleich mit auf den Rasen, ein lachendes Knäuel aus Armen und Beinen.

»Das hat Spaß gemacht«, verkündet Hannah, als sie sich wieder aufrappelt. »Findet ihr nicht auch?«

»Absolut.« Jan klopft sich die Grasflecken aus der Hose, dann hält er mir die Hand hin, um mir aufzuhelfen. Ich stemme mich allein hoch und wische mir den Schweiß von der Stirn. »Fand ich auch«, gebe ich zu und stelle fest, dass es die Wahrheit ist.

»Was hältst du von einem Rematch?«, fragt er unvermittelt. »Ich bin nächste Woche für einen Kongress in Flensburg und könnte auf dem Rückweg vorbeikommen. Wir könnten was Essen gehen? Wir drei?«

»Ja!« Hannah klatscht in die Hände. »Lass uns das machen!«

»Ich weiß nicht …« Das letzte Mal, dass wir zu dritt essen waren, war zwei Wochen vor unserer Scheidung. Keine Erfahrung, die ich unbedingt wiederholen müsste.

»Bitte, Mama! Das wird bestimmt toll. Und ich werde auch ganz brav sein, versprochen.«

»Daran habe ich keinen Zweifel.« Ich streiche ihr über den Kopf. »Na schön. Dann gehen wir nächste Woche essen.«

Jan strahlt, als hätte ich ihm einen Lottogewinn verkündet. »Wunderbar, ich freue mich! Ich schreibe dir vorher, wann genau ich da sein kann. Dann kannst du noch mal fünfzehn Minuten Verspätung draufrechnen.« Er zwinkert mir zu. Ich muss schmunzeln.

»So machen wir es.«

Als wir ihn zum Auto bringen, umarmt er Hannah lange, flüstert ihr etwas ins Ohr, das sie zum Lachen bringt. Dann wendet er sich mir zu. »Bis nächste Woche also.«

»Bis dahin«, sage ich und lasse zu, dass er mich auf die Wange küsst. Als der Wagen vom Hof rollt, schlingt Hannah die Arme um meinen Oberschenkel. »Vielleicht könnt ihr ja doch wieder Freunde werden. Du und Papa.«

Jan scheint das auch zu glauben. Oder veranstaltet ein großes Schauspiel, um mich in Sicherheit zu wiegen. Ich schätze, in einer Woche werden wir es wissen.

Kapitel 23

Zu meiner großen Erleichterung scheint Chris ebenfalls wenig Interesse daran zu haben, mich bald wiederzusehen. Meine knappe Nachricht mit dem Vorschlag, den Rest des Camps separat zu planen und uns nur bei Bedarf telefonisch auszutauschen, quittiert er mit einem »Okay«. Kein weiterer Versuch, mich anzurufen, keine Rückfrage, nichts.

Ich weiß nicht, was ich erwartet habe, aber irgendwie bin ich trotz allem beinahe enttäuscht. Offensichtlich ist es mit ein paar Tagen Abstand kein Problem für ihn, das, was auf dem Fest passiert ist, hinter sich zu lassen. Aber gut, er hat wahrscheinlich Dutzende Frauen auf irgendwelchen Partys geküsst, während ich zu Hause war und Hannahs Windeln gewechselt habe. Was ist da schon eine mehr? Nur ein weiterer Beweis, dass ich mit meiner Flucht die richtige Entscheidung getroffen habe.

Zum Glück haben wir den Großteil der Orga schon erledigt. Das Essen ist bestellt, die Teilnehmerlisten sind vollständig, der Zeltplatz ist organisiert. Das Einzige, was noch offen ist, ist das Nachmittagsprogramm. Der Übersichtsliste von Lydia zufolge gibt es an einem Nachmittag immer eine Stadtrallye mit verschiedenen Stationen durch den Ort, in dem das Zeltlager stattfindet. Also setze ich am Montagnachmittag Hannah und Frieda fürs Training am Fußballplatz ab und mache mich danach auf Erkundungstour. Der kleine Spielplatz neben dem Camp bietet sich für eine Station an. Genauso natürlich der Strand, wo die Kinder um die Wette Sandburgen bauen könnten. Danach wird es schwieriger. Ich wandere durch die Straßen und notiere mir jeden Ort, der für eine Station infrage kommt, in meinem Handy. Die Herausforderung ist, dass die Teilnehmer irgendwo zwischen Hannahs Alter und fünfzehn Jahren sein werden. Die Aufgaben dürfen also weder zu schwer für jüngere Kinder noch zu langweilig für ältere werden. Ich biege gerade von der Fußgängerzone in eine vielversprechend aussehende Seitenstraße ab, als mein Handy klingelt.

»Phillip, hey. Was gibt's?«

»Hast du eine Minute?« Er klingt außer Atem, als käme er gerade von einer Jogging-Runde. Oder vom Surfen.

»Klar, schieß los.« Ich lehne mich mit dem Rücken an eine Hauswand.

»Sandra war vorhin in der Surfschule.«

»Okay ...? So weit, so normal?«

»Ja, natürlich. Es ist nur, irgendwie kamen wir auf Jans Hochzeit.«

Eine Bemerkung, die mich sofort das Gesicht verziehen lässt. Da Phillip das durchs Telefon nicht sehen kann, spricht er einfach weiter. »Und darüber auf das Thema Heiraten allgemein.«

Langsam beginne ich zu ahnen, worauf das hinausläuft. »Und was hat sie gesagt?«

»Dass sie nicht weiß, ob sie heiraten will. Also überhaupt.«

Das ist neu. »Seit wann denn das?«

»Keine Ahnung?« Er klingt leicht panisch. »Früher haben wir immer gescherzt, dass wir diese riesige Strandhochzeit wollen. Sie hat noch nie was davon gesagt, dass sie nicht heiraten möchte. Aber jetzt sagt sie auf einmal, sie braucht das gar nicht.« Er schluckt hörbar.

»Sie meinte, Leute wie Jan wären der beste Beweis dafür, dass Heiraten nicht mehr viel bedeutet.«

Jan. Selbst wenn er nicht da ist, muss sein Schatten über uns hängen. Ohne Zweifel hat sein Auftritt am Wochenende Sandra noch mal vor Augen geführt, welche Risiken eine Ehe bergen kann.

»Da hat sie ja sogar irgendwie recht«, murmele ich und denke an Fabienne, die spontan doch nicht mit nach Amsterdam gefahren ist. »Wer weiß, was ihm das wirklich bedeutet?«

»Heißt das, ich sollte den Antrag vergessen?«, fragt Phillip mit leiser Stimme. »Wenn sie es gar nicht möchte?«

Ich fahre mir mit der Hand durch die Haare. »So einfach ist das nicht. Vielleicht will sie keine Ehe, wie Jan und ich sie hatten. Oder wie Jan und Fabienne sie haben werden. Aber du bist ja nicht er. Vielleicht hat sie das einfach nur gesagt, weil sie selbst Angst hat.«

»Aber wie soll ich das herausfinden?«

»Ganz einfach.« Ich drücke mich von der Hauswand ab und setze meinen Weg fort. »So, wie du es ohnehin geplant hast. Du musst sie fragen.«

Am anderen Ende flucht Phillip leise. »Als ob ich nicht schon nervös genug gewesen wäre. Aber ja. Natürlich. Du hast recht.«

»Wie immer.«

»Tatsächlich überraschend häufig«, räumt er ein. Die Panik aus seiner Stimme ist Amüsement gewichen. »Danke für deine Geduld mit mir. Das weiß ich sehr zu schätzen. Vor allem, wo deine Erfahrungen mit Hochzeiten nun wirklich nicht die besten sind.«

Jetzt bin ich es, die schluckt. »Gerade deshalb will ich, dass ihr die schönste, romantischste, bombastischste Hochzeit feiert, die Altensande je gesehen hat.«

»Kein Druck also.«

»Gar kein Druck.«

Ich laufe am Schulhof der Timmendorfer Grundschule vorbei, und mein Blick fällt auf die Tischtennisplatten. »Eine andere Frage: Was hältst du eigentlich von Tischtennis-Rundlauf?«

Die letzte Woche vor dem Camp vergeht wie im Flug. Meine Arbeit in der Pension und lange Nachmittage mit Hannah am Strand könnten mich beinahe vergessen lassen, was auf mich zukommt. Während ich die Rallye ausarbeite, übernimmt Chris den Großteil der Kommunikation mit den Trainern der anderen Vereine. Als ich am Dienstagmorgen, drei Tage vor Campstart, aufwache, bin ich einer WhatsApp-Gruppe mit dem Namen *Camp-Orga* hinzugefügt worden, in der die anderen zwanzig Teilnehmer sich schon rege über alles von der besten Anfahrt bis zur besten Luftmatratze austauschen. Chris moderiert die Unterhaltung mit Enthusiasmus, antwortet geduldig auf alle Fragen und verbreitet so eine gute Stimmung, dass es kaum auszuhalten ist. Im Dämmerzustand überfliege ich die Nachrichten, bis mein Hirn an der letzten hängen bleibt. Eine

Natalie aus Söderby fragt, wie groß die Zelte maximal sein dürfen. Und mit einem Schlag wird mir ein ziemlich offensichtliches Problem bewusst: Ich habe kein Zelt.

Unsere Familie hat genau einen Campingurlaub gemacht. Ich war sechs, Sandra war acht, und wenn meine Erinnerung mich nicht täuscht, hat es die ganzen zwei Wochen auf dem dänischen Campingplatz geregnet. Seitdem habe ich kein Zelt mehr von innen gesehen und auch nicht das Bedürfnis danach. Da Friedas Familie aus begeisterten Campern besteht, hat sie Hannah von Beginn an großzügig eingeladen, in ihrem Zelt zu schlafen. Das wird mir aber nicht weiterhelfen.

»Sag mal, wo ist eigentlich unser Zelt hingekommen?«, frage ich Sandra beim Frühstück. Die legt den Kopf schief und schaut mich verständnislos an.

»Zelt? Welches Zelt?«

Diese Reaktion hatte ich befürchtet. Nach dem Frühstück klettern wir gemeinsam über die wackelige Leiter auf den Dachboden der Pension. Durch das winzige Fenster fällt Sonnenlicht auf die Holzdielen und lässt den Staub in der Luft tanzen.

»Irgendwo hier müsste es sein«, sagte Sandra, nachdem sie einmal kräftig geniest hat. Dabei deutet sie mit einer vagen Handbewegung auf eine Wand aus Kisten und Kartons, die etwa so hoch ist wie ich.

»Kinderspiel«, antworte ich mit einem Optimismus, den ich nicht fühle. »Wie gut kann man ein großes grünes Zelt verstecken?«

Die Antwort lautet »Sehr gut«, wie ich die nächsten Stunden schmerzhaft lernen muss. Wir graben uns durch Kisten, durchwühlen Schränke und finden alles – außer einem

Zelt. Alte Schulhefte von Sandra und mir, Wintermäntel meiner Mutter, Kisten voller Geschirr und Besteck, das noch von unserer Großmutter stammen muss, eine langsam rostende Sammlung Hanteln von meinem Vater und jede Menge Fotoalben.

»Ich war echt ewig nicht mehr hier oben«, meint Sandra nachdenklich, während sie in einem der Alben blättert. »Nicht mehr seit Mamas Beerdigung.«

»Ich auch nicht.« Den Boden aufräumen ist eins dieser To-dos, die seit Jahren auf meinen Listen stehen, am Ende aber immer anderem weichen müssen. Zu wenig Zeit. Zu viele Erinnerungen.

»Schau mal. Das Album kenne ich gar nicht.« Meine Schwester zieht ein in rotes Leder gebundenes Buch aus dem Stapel und pustet vorsichtig den Staub vom Deckel. »Es ist ihr Hochzeitsalbum.«

»Warte, was?« Ich ziehe den Kopf aus dem Kleiderschrank, den ich gerade durchsuche, und schaue ihr über die Schulter. »Verrückt, wie jung sie damals noch waren!«

Die Bilder auf den ersten Seiten zeigen unsere Eltern vor der kleinen Kirche in Altensande. Mama trägt ein einfaches, aber elegantes weißes Kleid, Papa einen grauen Anzug mit einer roten Rose im Knopfloch. In Mamas geschwungener Handschrift steht neben dem Foto ein Datum: 13.03.1981.

»Mama war so alt wie ich jetzt, als sie geheiratet hat«, sagt Sandra.

Ich denke zurück an mein Telefonat mit Phillip, an ihre plötzlichen Vorbehalte gegenüber dem Thema Heiraten. »Überlegst du manchmal, wie es wäre?«, frage ich vorsichtig. »Phillip zu heiraten?«

»Natürlich.« Sie schmunzelt. »Du bist nicht die Einzige mit einem Pinterest-Board zum Thema Brautkleider.«

»Wie bitte?« Ich pikse sie in die Seite. »Meine pragmatische Bloß-kein-Schnickschnack-Schwester hat eine Übersicht aus Hochzeitskleidern auf ihrem Handy?«

»Hey, jetzt beruhig dich«, antwortet sie lachend. Ihr Blick fällt zurück auf das Album, und sie wird wieder ernst. »Ich weiß auch nicht. Irgendwas an Phillip ist anders als bei jedem anderen Typen vor ihm.«

Ich spüre, dass das noch nicht alles war. Also warte ich, während sie ihre Gedanken sortiert. »Es ist nur … nicht jede Ehe endet glücklich.«

Da hätten wir den Kern des Problems. »Bitte lass dir von Jan und mir nicht deinen Traum von wahrer Liebe zerstören«, sage ich. Die Worte stechen mir nach all den Jahren immer noch in der Brust.

»So meinte ich das nicht.« Sie dreht sich zu mir um, schaut mich an. »Wirklich. Jan war einfach nicht der Richtige für dich. Das heißt aber nicht, dass du deine wahre Liebe nicht noch finden könntest.«

Chris' meerblaue Augen schieben sich in meine Gedanken. Die Erinnerung fühlt sich an wie ein gut platzierter Faustschlag, und es kostet mich Mühe, keine Miene zu verziehen. »Ich bin glücklich so, wie es ist«, sage ich. »Solange ich Hannah und dich habe. Ihr seid meine Familie.«

Es ist die Wahrheit. Wenn ich es mir nur oft genug sage, wird es sich auch so anfühlen. »Und Phillip, natürlich.«

»Phillip.« Sie sagt seinen Namen, als wäre es eine magische Formel. »Was wäre, wenn ich ihn heiraten würde? Und wenn er nach zwei Jahren Ehe mit mir feststellt, dass er mich nicht dauerhaft mit meiner Arbeit teilen will? Die Pension und die Modernisierung, das wird so schnell nicht weniger. Oder wenn ich eines Morgens aufwache und …« Sie zögert, beißt sich auf die Unterlippe. »Und ihn nicht mehr liebe, nachdem ich ihm ›für immer‹ versprochen habe?«

Das Einfachste wäre, ihre Sorgen mit einer Handbewegung abzutun. Ihr zu versichern, dass ihre Liebe niemals in Gefahr geraten kann, egal, was die Zukunft bringt. Aber es wäre auch unehrlich. Also denke ich eine ganze Weile nach, wähle meine nächsten Worte sorgfältig. »Das könnte natürlich passieren. Auch wenn ich es für sehr unwahrscheinlich halte. Aber niemand von uns hat eine Glaskugel. Die beiden hier«, ich tippe mit dem Zeigefinger auf ein Foto unserer Eltern am Strand, vor einem weißen Zelt, das die Feuerwehr ihnen für die Feier geliehen hat. »Die wussten es auch nicht. Aber sie haben es trotzdem riskiert. Wie hat Mama immer gesagt? Sich zu lieben …«

»… ist immer eine Entscheidung«, beendet Sandra den Satz. »Nicht nur ein Gefühl, sondern auch eine Handlung.«

»Genau.« Ich nicke nachdrücklich. »Hatten sie die perfekte Ehe? Um ehrlich zu sein, ich weiß es nicht. Aber ich glaube, sie waren verdammt glücklich zusammen.«

Die besorgten Falten auf Sandras Stirn glätten sich. »Ja. Das glaube ich auch. Seit wann bist du eigentlich so weise, kleine Schwester?«

»War ich immer schon«, antworte ich mit einem Zwinkern. »Du hast mich nur früher nie gefragt.«

Lachend blättert sie auf die nächste Seite. Sie zeigt weitere Fotos von der Hochzeitsgesellschaft, eine bunte Mischung aus Freunden und Familie und bekannten Gesichtern aus Altensande.

»Schau mal, ist das Rosa?«

Ich kneife die Augen zusammen, beuge mich tiefer über ihre Schulter. »Sieht fast so aus. Das müssen wir ihr unbedingt später zeigen.«

»Definitiv. Und Hannah möchte die Bilder bestimmt auch sehen.«

Nachdem wir am Ende angekommen sind, legt Sandra das Buch neben die Treppenluke, damit wir später nicht vergessen, es mit nach unten zu nehmen. Kurz darauf bin ich tatsächlich erfolgreich und ziehe eine längliche grüne Tasche ganz unten aus dem Schrank. »Schau mal, was ich gefunden habe.« Im Inneren befinden sich eine grüne Plane, Zeltstangen und ein kleiner Sack voller Heringe.

»Und du bist dir sicher, dass du das benutzen willst?«, fragt Sandra, nachdem sie das Innere der Tasche begutachtet hat. »Riecht ein bisschen muffig, oder?«

»Hey, es hat zwanzig Jahre auf dem Dachboden gelegen. Da kann das schon mal passieren.« Ich fahre mit der Hand über den Stoff, als hätte ich irgendeine Ahnung, auf was genau ich achten muss. »Aber ansonsten ist alles da. Ich werde es einfach ausprobieren.«

»Willst du es nicht wenigstens einmal im Garten aufbauen?«, fragt sie. »Nur, um sicherzugehen?«

»Da ist die pragmatische Sandra, die ich kenne.« Mit einem Ruck schwinge ich mir die Tasche über die Schulter. Sie ist eindeutig schwerer, als sie aussieht. »Also schön. Bauen wir das Teil auf.«

Kapitel 24

Hannah ist, wie zu erwarten, begeistert von diesem Plan. Da sie in etwa so viel vom Zeltaufbau versteht wie Sandra und ich, verbringen wir den Großteil des Nachmittags damit, Zeltstangen ineinanderzustecken und wieder abzubauen, uns in der Plane zu verheddern und die Heringe zu verlegen. Darüber vergesse ich völlig, auf mein Handy zu gucken. Ich stecke gerade bis zu den Schultern in der Zeltplane, als sich jemand hinter mir räuspert.

»Kann ich behilflich sein?« Jan steht im Garten, die Hände amüsiert in die Seiten gestemmt.

»Papa!« Hannah lässt die Stangen fallen, die sie gerade getragen hat, und stürmt auf ihn zu.

Mit Mühe schäle ich mich aus dem Zelt und werfe einen Blick auf die Uhr. Es ist mittlerweile kurz nach sechs. »Oh, entschuldige, hattest du angerufen? Mein Handy liegt drinnen, ich war hier ein bisschen … beschäftigt.«

»Das sehe ich.«

Er gibt sich wenig Mühe, sein Grinsen zu verstecken. Mit so viel Würde wie möglich stehe ich auf und streiche mir das Gras von der Hose. »Wären wir dann so weit?«

»Also ich habe zumindest Hunger mitgebracht. Ich hoffe, ihr auch?«

»Ja, auf jeden Fall!« Hannah nickt enthusiastisch. »Ein Zelt aufbauen ist voll anstrengend. Viel mehr, als ich gedacht habe!«

Jan lacht. Ich frage mich, wie viele Zelte er in seinem Leben aufgebaut hat. Und ob das etwas ist, was man eigentlich über den Mann wissen sollte, mit dem man mal verheiratet war.

Ich spüre Sandras Blick in meinem Rücken, als wir den Garten verlassen, und werfe ihr über meine Schulter ein beruhigendes Lächeln zu. Ich habe hier alles im Griff. Zumindest hoffe ich das. Nachdem Hannah und ich uns saubere Klamotten angezogen haben, machen wir uns auf den Weg ins Dorf. Jan hat vorgeschlagen, zu dem kleinen griechischen Lokal zu gehen, das vor einem Jahr an der Promenade eröffnet hat. Ich habe vor allem deshalb zugestimmt, weil dort primär Touristen essen gehen. Das Letzte, was ich brauchen kann, ist Dorftratsch darüber, ob Jan und ich jetzt wieder zusammen sind.

Auf dem Weg zum Restaurant stellt er abwechselnd Hannah und mir Fragen zu unserer Woche. Von seiner Tochter will er alles über ihr Fußballtraining erfahren, von mir über die Arbeit in der Pension, die aktuelle Saison und die Renovierungsarbeiten. Anfangs antworte ich zurückhaltend. Will seine Höflichkeit nicht überstrapazieren. Aber er stellt immer wieder Nachfragen, scheint sich ehrlich zu interessieren. Also fange ich an, ebenfalls Fragen zu stellen. Rechne mit den üblichen Gemeinplätzen, ausweichenden Antworten – und werde wieder überrascht.

»Es ist gerade tatsächlich recht stressig in der Praxis«, gibt er unumwunden zu. »Meine beste Arzthelferin, die

Britta, ist in Rente gegangen, und ohne sie sind wir alle ein bisschen überfordert.«

Dem Hund gehe es gut, erzählt er. Aber so richtig Erfolg in der Hundeschule hätten sie nicht. Er könnte immer noch kein Sitz, egal, wie sehr sie sich bemühen. Mit jeder offenen Antwort verschwindet ein Teil der inneren Anspannung, die ich sonst immer mit Jan assoziiere.

Im Restaurant zieht er mir den Stuhl zurück und bestellt uns beiden ein Glas schweren Rotwein.

»Für mich bitte lieber Weißwein«, sage ich zum Kellner, bevor er wieder verschwinden kann. Jan wartet, bis er verschwunden ist, bevor er sagt: »Entschuldige. Ich wusste nicht, dass du mittlerweile lieber Weißwein trinkst.«

»Es gibt einiges, das du nicht über mich weißt«, entgegne ich. Ein Blick zu Hannah erinnert mich an den eigentlichen Grund für dieses Abendessen, und ich besinne mich wieder. »Aber jetzt weißt du es ja.«

Er nickt ernst. »Ich werde es mir merken.«

Nachdem wir unser Essen bestellt haben, beginnt Hannah, vom Fußballcamp zu erzählen. »Und der Chris hat gesagt, wir müssen alle unbedingt an Schlafsäcke denken, sonst wird es nachts zu kalt.«

»Chris? Ich dachte, deine Trainerin heißt Lydia.«

»Hieß sie ja auch, aber jetzt ist sie weg, Papa«, erklärt sie geduldig, als würde sie mit einem Kleinkind sprechen. »Chris ist der neue Trainer. Und er ist klasse! Stimmt's, Mama?«

Ich verschlucke mich an meinem Wein. »Im Fußball. Also, ich meine, er ist ein guter Fußballspieler«, sage ich, sobald ich wieder Luft bekomme.

»Klar ist der das. Schließlich war er ein richtiger Profi«, erzählt Hannah stolz. »In der Liga für die Erwachsenen.«

»Warte mal – Chris? Etwa *der* Chris Reuter?« Jan runzelt die Stirn.

»Ja. Genau der«, antworte ich knapp. Jan weiß nicht viel über meine erste große Liebe. Nur, dass sie Chris hieß und es mit uns nicht geklappt hat. Trotzdem scheint ihn diese Nachricht zu beunruhigen.

»Wieso ist der denn wieder hier?«

»Wenn ich das wüsste.« Ich nehme noch einen großen Schluck Wein. Jan mustert mich, einen schwer zu deutenden Ausdruck auf dem Gesicht. Dann schüttelt er den Kopf, als würde er sich selbst zurechtweisen. »Mit dem Schlafsack hat er bestimmt recht«, sagt er zu Hannah. »Und ein Zelt habt ihr ja auch schon, wie ich gesehen habe.«

»Das ist gar nicht meins«, sagt Hannah abwinkend. »Ich schlafe bei Frieda. Die hat ein riesiges, da kann man sogar drin stehen. In dem grünen schläft Mama.«

»Du fährst auch mit zum Camp?«

»Sie fährt nicht nur mit«, antwortet meine Tochter an meiner Stelle, die Brust stolzgeschwellt. »Sie hilft Chris bei allem. Sie ist unsere zweite Camp-Chefin.«

»Nicht ganz«, relativiere ich. »Ich habe ein bisschen bei der Organisation geholfen und betreue die Kinder.«

»Mit Chris«, sagt er, und es klingt nicht begeistert. »Mit Chris«, wiederhole ich und hebe die Augenbrauen. Fordere ihn heraus, etwas zu sagen. Er bleibt stumm.

»Wie geht es eigentlich Fabienne?«, frage ich und lege die Unterarme auf den Tisch. »Ich hab sie schon eine ganze Weile nicht mehr gesehen.«

»Gut. Ihr geht es gut«, sagt Jan und lächelt. Es wirkt bemüht.

»Was machen die Vorbereitungen für die Hochzeit?«, lege ich nach. Gestehe mir selbst ein, dass ich es genieße, mal die Oberhand zu haben.

»Es läuft gut. Du weißt ja, wie das ist.« Er nimmt die dünne Papierserviette, die vor ihm liegt, in die Hand und faltet sie neu. »Ziemlich viel, was man da beachten muss. Viel Planerei.«

»Darf ich das Blumenmädchen sein?«, fragt Hannah mit großen Augen. »So wie im Fernsehen? Das wäre so toll!«

Er wendet sich ihr zu, und sofort verändert sich sein Gesicht. Es wird weicher, irgendwie. Sein Lächeln ist warm und ehrlich, als er antwortet: »Wenn wir ein Blumenmädchen haben sollten, dann wirst du es. Fest versprochen.«

Wir tauschen einen Blick. Bis zur Hochzeit sind es noch sechs Wochen. Ende nächster Woche will Jan Hannah vor die Entscheidung stellen. Hamburg oder Altensande. Bei dem Gedanken, dass ich vielleicht allein zur Hochzeit fahren muss, vergeht mir sämtlicher Appetit.

Als könne er Gedanken lesen, greift Jan meine Hand und sagt, immer noch an Hannah gerichtet: »Bis dahin haben wir noch ein bisschen was zu klären. Aber mach dir keine Gedanken. Am Ende wird alles gut, da bin ich ganz sicher.«

Sie schaut ihn an, wie Kinder ihren Vater anschauen sollten. Voller Vertrauen in seine Worte, ohne auch nur einen Hauch des Zweifels. Er erwidert ihren Blick mit einer Zuneigung, die mir die Kehle zuschnürt.

Es ist leicht, Jan zu hassen, wenn ich ihn nur als den Mann betrachte, der mir meine Tochter nehmen will.

Und nicht als ihren Vater, der sie offensichtlich liebt. Genauso sehr wie ich, nur auf eine andere Art und Weise. Für einen Moment frage ich mich, was passiert wäre, wenn wir es damals doch noch mal miteinander versucht hätten. Unsere Liebe war tot, da war jeder Versuch der Wiederbelebung zwecklos. Aber wir hätten vielleicht wirklich wieder Freunde werden können. Hannah gemeinsam ein Zuhause bieten. In einem anderen Leben.

Ich schmecke mein Gyros kaum, zu beschäftigt bin ich damit, ihre Interaktionen zu beobachten. Wie entspannt Hannah mit ihrem Vater scherzt, wie liebevoll er ihr antwortet. Und ein Teil von mir ist ein kleines bisschen erleichtert. Dass er es ehrlich mit ihr meint und es ihm nicht nur darum geht, mir eins auszuwischen. Dass sie ein gutes Leben haben wird, falls sie sich für Hamburg entscheidet.

Zugegeben, es ist ein kleiner Teil. Dem Rest von mir blutet das Herz, während ich mein Fleisch mit dem Messer attackiere, als wäre es allein für meine Probleme verantwortlich. Weder Hannah noch Jan scheinen meinen fragilen emotionalen Zustand zu bemerken. Nachdem wir bezahlt haben, schlendern sie gut gelaunt zurück, Hannahs Hand in seiner. Als er mir seinen Arm anbietet, so wie früher, überrasche ich mich selbst damit, dass ich ihn annehme. Es ist ein schwacher Moment, die Suche nach einer Stütze und der Mangel an Alternativen. Mein Blick fällt auf unsere Spiegelung im Schaufenster einer geschlossenen Eisdiele, eine glückliche Familie auf dem Heimweg nach dem Abendessen, und ich möchte am liebsten die Scheibe zerschlagen. Oder losheulen.

Stattdessen konzentriere ich mich auf Hannahs Stimme,

ihr helles Lachen über einen Insiderwitz, den sie und Jan sich offenbar in Amsterdam zugelegt haben, und setze stumpf einen Fuß vor den anderen.

Als wir vor der Pension ankommen, wo sein Auto steht, lösen wir uns voneinander. »Ich hatte einen schönen Abend heute«, sagt er zu Hannah und drückt sie fest. Dann wendet er sich mir zu. »Einen wirklich schönen Abend«, wiederholt er etwas leiser.

»Es war nett«, sage ich, weil es die Wahrheit ist. Kein Vergleich mit früheren Treffen.

»Nett?« Seine Lippen zucken amüsiert. »Mehr kriege ich nicht?«

»Nettes Gyros. Nette Szenerie. Nette Unterhaltung«, wiederhole ich und verschränke die Arme vor der Brust. »Alles in allem sehr nett.«

»Okay, das nehme ich.« Dieses Mal bin ich auf den Wangenkuss vorbereitet, als er kommt.

»Wir sollten das öfter machen. Alle drei.«

Hannahs Augen kleben an mir, und ich nicke. »Vielleicht sollten wir das. Je nachdem, wie die Dinge sich entwickeln.« Er erkennt den Wink mit dem Zaunpfahl und tritt einen Schritt zurück. »Bis bald, ihr zwei. Ich melde mich spätestens, wenn ihr aus dem Camp zurück seid.«

Wir bleiben in der Einfahrt stehen, bis sein Wagen um die Ecke gebogen ist.

»Vielleicht werdet ihr ja doch wieder Freunde«, sagt Hannah leise.

Ich gebe ihr dieselbe Antwort wie ihm. Die Wahrheit. »Vielleicht.«

Kapitel 25

Der erste Tag des Camps startet für mich um sechs Uhr morgens. Die offizielle Anreise der Camp-Teilnehmer auf dem Zeltplatz in Timmendorf ist um zehn Uhr geplant, aber Chris und ich haben uns schon um kurz nach sieben verabredet, um die letzten Vorbereitungen zu treffen. So leise wie möglich schleiche ich durchs Haus und packe die letzten Sachen zusammen, dann trage ich alles ins Auto, lade die Tasche mit dem grünen Zelt auf die Rückbank und mache mich auf den Weg. Es ist ein Sommermorgen wie aus dem Bilderbuch. Kleine Schäfchenwolken bedecken den blauen Himmel, und die Sonne ist jetzt schon warm genug, dass ich in meinem Top nicht friere. Ein kurzer Blick in den Rückspiegel zeigt eine verschlafene Nina mit eilig geflochtenem Zopf und dunklen Ringen unter den Augen. Die wird Chris vermutlich ziemlich schnell daran erinnern, warum mich zu küssen ein Fehler war. Seit diesem Abend auf dem Feuerwehrfest waren all unsere Nachrichten rein informativ. Geschäftlich und kühl, genauso, wie ich es wollte. Trotzdem kann ich nicht leugnen, dass ich nervös bin, wie es sein wird, ihn wiederzutreffen. Der Parkplatz ist leer, als ich den Wagen parke. Aber bis ich ausgestiegen bin und meine Klamotten fürs Erste ins Vereinsheim geschleppt habe, knirscht der Kies unter den Reifen eines zweiten Fahrzeugs.

»Sorry für die Verspätung.« Chris steigt aus, zwei Kaffeebecher balancierend. »Ich dachte, wir könnten noch eine Stärkung gebrauchen.«

Er drückt mir einen Becher in die Hand, und unsere Finger streifen sich. Ich gebe mein Bestes, das kurze Kribbeln auf meiner Haut zu ignorieren.

»Ist alles okay bei dir?«, fragt er, nachdem wir beide den ersten Schluck genommen haben.

»Alles super«, sage ich knapp. Aber er lässt sich dieses Mal nicht so leicht beirren. »Nina, wenn ich etwas getan habe, was du nicht wolltest …« Er wartet, bis ich seinem Blick begegne. »Dann tut es mir wirklich leid.«

Ich bin zu überrumpelt, um zu lügen, und die Wahrheit springt mir von den Lippen, bevor ich sie aufhalten kann. »Ich wollte es auch.«

Für einen Moment stehen wir schweigend voreinander. Nicht nah genug, um uns zu berühren, aber zu nah für zwei Menschen, die sich nichts bedeuten.

Eine unerträgliche Distanz.

»Aber das war ein Fehler«, sage ich und mache einen Schritt zurück. »Den ich nicht hätte begehen dürfen. Mir tut es leid.«

»Ein Fehler?« Chris klingt so ehrlich verletzt, dass ich es am liebsten zurücknehmen würde. Aber das geht nicht.

»Der nicht wieder vorkommen wird, also mach dir darüber keine Gedanken. Wir bringen dieses Camp über die Bühne, und dann gehen wir beide wieder getrennte Wege, genauso wie die letzten zehn Jahre.«

»Ist es das, was du willst? Was ist aus einem Neuanfang als Freunde geworden?« Die Enttäuschung in seinem Blick lässt mich beinahe schwach werden. »Nur weil wir einmal ...«

»Einmal was?«, unterbreche ich ihn scharf. »Vergessen haben, dass Freunde nicht miteinander rumknutschen? Vergessen haben, wo das hinführt?«

»Und wo wird es hinführen?«, fragt er. »Wie können wir das wissen, wenn wir es nicht ausprobieren?«

»Das Spiel habe ich einmal gespielt.« Und verloren. Ich muss es nicht aussprechen, damit er es hört. Etwas in seinem Gesicht stürzt in sich zusammen wie eine Sandburg, wenn die Flut kommt. »Nina, ich ...«

»Wir sollten uns nichts vormachen«, sage ich mit einem Hauch Verbitterung. »Offensichtlich können wir nicht einfach Freunde sein. Also lass es uns nicht noch schwerer machen, als es ohnehin ist.«

Damit stürze ich den Rest meines Kaffees hinunter und werfe den Becher in Richtung Papierkorb. Er landet einen Meter daneben. Ich marschiere hinterher und versenke ihn ordnungsgemäß. »Fangen wir an.«

Wir beginnen damit, eine ganze Palette an Biertischen und Bänken aus dem Sportheim zu tragen und aufzubauen. Gegen neun kommen die ersten Trainer aus den anderen Vereinen und helfen uns dabei, das große weiße Gemeinschaftszelt, das wir uns von der Feuerwehr geliehen haben, aufzubauen. Es sieht ziemlich kompliziert aus, aber zum Glück sind die meisten anderen Trainer nicht zum ersten Mal dabei. Celine, eine Frau mit braunen Locken und ansteckendem Lächeln, aus Scharbeutz übernimmt das Kommando, und unter ihrer Anleitung haben wir das Zelt in einer halben Stunde aufgebaut. Unter den anderen Trainern herrscht beinahe eine Art Klassenfahrt-Feeling. Alle sind bestens gelaunt, irgendjemand hat eine Musikbox mitgebracht und spielt Malle-Musik, und jeder Neuankömmling wird herzlich begrüßt. Die Jüngste in der Runde ist Maura, die lange selbst im Verein in Schönhagen gespielt hat und jetzt mit 22 zur Trainerin aufgestiegen ist. Der Älteste ist Heinz aus Damp, der mit seinen 62 Jahren schon über vierzig Sommercamps miterlebt hat. Der Rest der Truppe ist ein bunt zusammengewürfelter Haufen aller Altersklassen und Berufsgruppen. Da Chris und ich beide neu dabei sind, werden wir zu Anfang neugierig mit Fragen gelöchert. Das heißt, Chris wird gelöchert. Er ist der zurückgekehrte Star, und meine Lebensgeschichte ist schnell erzählt. Obwohl ich es schon ein paarmal miterlebt habe, ist es immer noch beinahe faszinierend, wie geschickt er den Leuten gerade genug Informationen gibt, dass sie zufrieden sind, ohne wirklich auf ihre Fragen zu antworten.

Außerdem bin ich überrascht davon, wie viel Spaß es machen kann, Dutzende Zelte aufzubauen. Das Camp ist so angelegt, dass es neben dem großen Gemeinschafts-zelt, wo abends gemeinsame Aktionen gestartet werden, auch kleinere Gruppenzelte für die einzelnen Vereine gibt. Das Gruppenzelt des FC Timmendorf, das Lydia Chris und mir überlassen hat, ist eine alte Pfadfinderjurte, bei deren Anblick die anderen direkt mit dem Stöhnen anfangen. »O Gott, nicht dieses Teil«, sagt Celine, als Chris damit aus dem Lager kommt. »Nur Lydia wusste wirklich, wie das aufgebaut wird. Und es hat trotzdem immer ewig gedauert.«

Celines Vorhersage stellt sich als zutreffend heraus. Selbst nachdem wir alle Stangen, Planen und Seile sortiert haben, weiß niemand so wirklich, wo wir anfangen müssen. Bis das Grundgerüst steht, rollen schon die ersten Autos mit Kindern auf den Parkplatz.

»Okay, wir machen hier später weiter«, entscheidet Chris. »Das hier ist schließlich das letzte Gruppenzelt. Jetzt kümmern wir uns erst mal um unsere Spieler. Denkt dran, die offizielle Eröffnung und das Mittagessen sind um dreizehn Uhr. Viel Erfolg bis dahin!«

Mehr Zeit hat er nicht, bevor die Eltern mit ihren Kindern den Zeltplatz betreten. Wenn ich dachte, dass vorher schon Chaos herrschte, werde ich jetzt eines Besseren belehrt. Nichts hätte mich auf das Durcheinander vorbereiten können, das losbricht, wenn 200 Kinder und ihre Eltern mit Reisetaschen, Zelten und Tüten voller Snacks den Zeltplatz entern. Die nächsten zwei Stunden verbringe ich damit, mit einem Klemmbrett bewaffnet hin und her zu laufen und jedem Spieler des FC Timmendorf seinen Platz zuzuweisen. Ich trage Zelttaschen, pumpe Luftmatratzen auf, schlage Heringe in den Boden und leiste erste psychologische Betreuung für die kleineren Kinder, die beim Abschied von ihren Eltern den ersten Anflug von Heimweh verspüren. Hannah und Frieda werden von Friedas Vater gebracht, der ihr Zelt innerhalb von zehn Minuten wie ein Mann aufstellt, der das schon unzählige Male praktiziert hat. Andere Eltern sind weniger routiniert. Aus den Augenwinkeln beobachte ich, wie Chris mit zwei Jungs und deren

Mutter mit den Stangen eines Zelts kämpft. Das nächste Mal, als ich Dina und ihren Vater über den Zeltplatz führe, sind sie noch nicht viel weitergekommen.

Gegen zwölf Uhr kehrt langsam Ruhe ein. Die meisten Zelte stehen, die Eltern verabschieden sich, während die Kinder damit beschäftigt sind, die erste Tüte Chips zu öffnen und mit ihren Zeltnachbarn zu spielen. Das gibt mir die nötige Zeit, endlich auch mein Zelt aufzubauen. Nach unserem gescheiterten Versuch im Garten weiß ich immerhin schon, wie es nicht geht, und durch die ganzen Zelte der Kinder bin ich schon ein bisschen in Übung. Mit frischem Enthusiasmus mache ich mich ans Werk. Das Gerüst der Stangen zusammenzubasteln, gelingt mir jetzt schon deutlich schneller. Mit der Plane sieht es schon anders aus.

»Kann ich dir helfen?« Chris taucht natürlich genau in dem Moment auf, in dem ich mir die Plane übergezogen habe wie ein Halloween-Kostüm.

»Ich hab alles im Griff.«

»Das sehe ich.« Mit einem kleinen Schmunzeln greift er eine Ecke der Plane und zieht sie mir über den Kopf. »Meine Familie hatte früher mal so ein Zelt. Ich glaube, ich weiß noch, wie das funktioniert.«

Mein Stolz würde ihn am liebsten wegschicken. Aber bis zur Eröffnung habe ich noch eine halbe Stunde. Realistisch betrachtet werde ich das allein nicht schaffen.

»Na schön. Dann lass mal sehen.«

Seine Erinnerungen sind offensichtlich auch nicht mehr die frischesten, und unser erster Versuch scheitert glorios. Aber Chris gibt nicht auf, pflückt die Stangen noch mal auseinander und fängt von vorne an. Wir arbeiten größtenteils schweigend. Es ist immer genug Abstand zwischen uns, sodass wir uns nicht mal versehentlich berühren können. Genau so, wie ich es will. Und trotzdem wandern meine Augen immer wieder zu ihm hinüber. Trotzdem ertappe ich mich dabei, wie mein Blick einen Moment länger als nötig auf seinen geschickten Fingern verweilt, die ein Seil aufknoten. Wie etwas in meiner Brust flattert, während er völlig konzentriert auf die Stangen starrt und sich nachdenklich ans Kinn tippt, als müsste er sie nur lange genug betrachten, damit sie ihm ihre Geheimnisse verraten.

Dieses Zeltlager kann gar nicht schnell genug vorbeigehen.

»Was meinst du?« Stöhnend rappeln wir uns auf und betrachten unser Werk. Das Zelt steht ein bisschen windschief, aber es hält, und das genügt mir. So schnell es geht, haue ich die Heringe in den Boden und verfrachte meine Tasche nach drinnen. Zum Aufpumpen der Luftmatratze bleibt keine Zeit mehr. Um Punkt dreizehn Uhr versammeln wir alle dreißig Kinder des FC Timmendorf und führen sie zum Platz vor dem großen Gemeinschaftszelt. Dort warten die anderen Vereine bereits auf den offiziellen Beginn des Camps.

»Also dann.« Chris schaut mich an. »Packen wir es an.«

Er wartet, bis ich nicke. Dann bahnt er uns beiden einen Weg durch die Menge nach vorne. Aus Ermangelung einer Bühne haben die anderen einen Biertisch aufgestellt. Celine und Heinz halten ihn fest, als Chris und ich raufklettern und uns hinstellen. Jemand reicht Chris ein Megafon, das erst mal ohrenbetäubend quietscht, als er es einschaltet.

Das sorgt immerhin innerhalb von Sekunden für Ruhe. Er legt einen Schalter um, und das Quietschen verstummt. Mit einem entschuldigenden Grinsen hebt er das Megafon an den Mund.

»Moin. Ich heiße euch alle herzlich willkommen zu unserem großen Fußball-Sommercamp!«

Applaus brandet auf. Die Kinder klatschen, ein paar der Trainer pfeifen. Ich entdecke Hannah und Frieda in der dritten Reihe, die mir begeistert zuwinken. Ich winke zurück und frage mich, ob es sich wohl so anfühlt, berühmt zu sein.

Mit Mühe gelingt es Chris, die Menge wieder zu beruhigen. Dann beginnt der organisatorische Teil der Begrüßung. Er verliest ein paar allgemeine Campregeln und betont, dass keiner von den Teilnehmern allein an den Strand und ins Wasser gehen darf. Dann reicht er mir das Mikrofon weiter, um das Programm zu verkünden.

Das Besondere am Camp ist, dass die Kinder nicht in denselben Gruppen trainieren wie sonst. Stattdessen werden sie über die Vereine hinweg in bunten Teams zusammengewürfelt. So können sie neue Kontakte knüpfen und werden auch mal von einem anderen Trainer angeleitet.

»Wir haben euren Trainern eine Liste mit den Teams zukommen lassen, die sie euch gleich in eurem Gruppenzelt verkünden. Das erste Team-Training steht heute um drei auf dem Programm.«

Sofort bricht aufgeregtes Getuschel los. Hannah überlegt schon seit Wochen, mit wem sie am liebsten in einem Team wäre. Ich hoffe, dass ihr Wunsch erfüllt wird. Aber damit nicht der Verdacht aufkommt, ich könnte meine

Tochter bevorzugen, hat Chris die Teams ausgelost, sodass ich auch keine Ahnung habe, mit wem sie spielen wird. Oder welche Gruppe Kinder ich trainieren werde.

»Heute Abend nach dem Abendessen brechen wir dann zu unserer großen Nachtwanderung auf. Dafür müsst ihr alle eure Taschenlampen mitbringen.«

Das Getuschel wird lauter, Kinder stoßen einander aufgeregt in die Seiten. Ich verkneife mir ein Grinsen.

»Bis dahin bleibt mir nur, euch allen einen guten Start ins Camp zu wünschen!« Erneut bricht Applaus aus. Chris hüpft von der Bank und reicht mir die Hand. Reflexartig nehme ich sie, um nicht das Gleichgewicht zu verlieren. Die Wärme seiner Finger sendet elektrische Impulse von meiner Hand direkt in meine Brust. Sobald ich sicher auf den Füßen stehe, lasse ich sie wieder los und bringe die dringend benötigte Distanz zwischen uns.

»Das lief doch schon mal nicht schlecht«, meint er, während sich die Versammlung langsam auflöst. Wir wandern mit unseren Kindern zurück zu unserem Gruppenzelt. »Bist du bereit für deine erste Mannschaft?«

»Ich kann eine ganze Horde Grundschüler bändigen«, antworte ich. »Was sind da schon eine Handvoll Fußballspieler?«

In Wahrheit habe ich mir bisher noch nicht allzu viele Gedanken gemacht, wie genau ich eine Gruppe Kinder zwischen sieben und fünfzehn trainieren soll. Im Studium haben wir zwar alle Ballsportarten durchgenommen, Fußball war aber noch nie meine besondere Stärke. Chris hat mir im Vorhinein versichert, dass es beim Camp primär um Spaß und nicht um Leistung geht. Trotzdem beschleicht mich auf einmal die Befürchtung, ich könnte mir mit dieser Aufgabe mehr zugemutet haben, als ich leisten kann.

»Ich bin gespannt«, sagt Chris leichthin. »Aber mach dir nichts draus, wenn meine Mannschaft deine im Turnier am Ende besiegt. Es ist ja dein erstes Mal.«

»Das ist sehr großzügig von dir«, antworte ich in demselben Tonfall. »Umso peinlicher wäre es natürlich für dich, wenn ihr gegen uns verlieren würdet.«

»Das wäre es«, gibt er freimütig zu. Seine Augen blitzen amüsiert. »Aber das wird nicht passieren.«

Ich bleibe stehen, verschränke die Arme vor der Brust. »Bist du bereit, darauf zu wetten?«

Er tippt sich ans Kinn, tut so, als müsste er scharf nachdenken, dann streckt er mir die Hand entgegen. »Jederzeit.«

Wir schütteln uns die Hände. »Was bekommt der Gewinner?«, fragt Chris, nachdem wir die Wette besiegelt haben. »Einen Kuchen bei Rosa?«

Erst nachdem er es ausgesprochen hat, scheint ihm unsere Vereinbarung wieder einzufallen. Wir ziehen das Camp durch und gehen getrennte Wege.

»Wir müssen ihn ja nicht zusammen essen«, ergänzt er schnell.

»Okay«, antworte ich, bevor die Stille sich ziehen kann. »Ein Kuchen bei Rosa und den süßen Triumph des Sieges. Ich werde beides aus ganzem Herzen auskosten.«

Sobald wir all unsere Kinder wieder am Gruppenzelt versammelt haben, zieht Chris einen zusammengefalteten Zettel aus seiner Hosentasche. Sofort verstummen alle Gespräche. Die Aufteilung der Teams ist ein zentraler Moment. Hannah und Frieda halten einander an den Händen, und ich schicke ein kleines Gebet an den Gott des Losglücks, dass die beiden in dasselbe Team kommen.

»Wie ich sehe, habe ich bereits eure ungeteilte Aufmerksamkeit.« Chris schmunzelt. »Dann will ich euch mal nicht länger auf die Folter spannen. Wie ihr wisst, werden die Teams jedes Jahr ausgelost. Insgesamt gibt es zwanzig Trainer und damit auch zwanzig Teams. Jeweils eins davon werden Nina und ich trainieren, aber viele von euch werden bei anderen Trainern landen. Nutzt diese Gelegenheit. Nicht nur dafür, etwas für euer Spiel mitzunehmen, sondern auch, um eure Mitspieler besser kennenzulernen. Und vergesst nicht: Hier im Camp steht immer der Spaß im Vordergrund.«

»Außer beim Turnier«, wirft ein etwa elfjähriger Junge aus der ersten Reihe ein. »Da geht's ums Gewinnen.« Zustimmendes Gelächter bricht aus. Chris wirft mir einen amüsierten Seitenblick zu. »Darüber reden wir, wenn es so weit ist. Also, das sind eure Teams. Zu Heinz, dem Trainer des SV Damp, gehen Mark, Luisa, Orla ...«

Ich warte ungeduldig, bis Hannahs Name aufgerufen wird. Als Chris verkündet, dass sie zusammen mit Frieda von Celine trainiert wird, atme ich erleichtert auf. Die beiden fallen sich jubelnd in die Arme und ziehen sofort los zu ihrem Zelt, um sich umzuziehen. Zuletzt liest Chris die Kinder vor, die er und ich trainieren werden. Die Mannschaften sind nach Alter und Geschlecht gemischt, was den Spaßcharakter des Camps hervorheben soll. Während er die Namen vorliest, versuche ich schon mal, mir alle Gesichter gut einzuprägen. Nachdem das erledigt ist, ist Zeit fürs Mittagessen. Der Einfachheit halber gibt es heute

Hotdogs mit Heißmacherwürstchen. Die Kinder fallen wie eine Horde ausgehungerter Wölfe über das Essen her. Chris und ich sind nicht viel besser. Ich habe das Gefühl, seit dem Frühstück schon drei Leben gelebt zu haben, und es ist gerade mal zwei Uhr nachmittags. Damit bleiben mir fünf Tage, bis ich das Kapitel Chris Reuter endgültig abschließen kann. Ich kann es kaum erwarten.

Kapitel 26

Als ich um kurz vor drei an der alten Eiche am Rand des Geländes ankomme, warten dort schon elf Kinder auf mich. Nach der Liste, die Chris mir gegeben hat, kommen die meisten aus Scharbeutz und Eckernförde. Vom FC Timmendorf ist lediglich Carla dabei, ein elfjähriges Mädchen, das ich nur vom Sehen kenne, weil sie zwei Klassen über Hannah spielt. Die Altersspanne meiner Mannschaft erstreckt sich von sieben bis fünfzehn, was meinen Trainingsplan nicht unbedingt einfacher macht. Aber wir haben ja noch fünf Tage Zeit bis zum Abschlussturnier.

»Moin«, begrüße ich die Runde. Elf Augenpaare wenden sich mir zu und betrachten mich neugierig. Obwohl ich es als Lehrerin seit Jahren gewohnt bin, vor Klassen zu stehen, schwitzen meine Handflächen unter den Blicken meiner Mannschaft. Mathe unterrichten kann ich. Ob das auch für Fußball gilt, werden die kommenden Tage zeigen.

»Schön, dass ihr hier seid. Für die, die mich nicht kennen, ich bin Nina. Zusammen werden wir die nächsten fünf Tage trainieren. Ja, was ist?«

Ein kleines Mädchen mit langen dunklen Haaren und Sommersprossen hat zögerlich die Hand gehoben.

»Ähm, also, wenn wir spielen wollen, warum sind wir dann nicht auf dem Fußballplatz?«

Sobald sie die Frage ausgesprochen hat, senkt sie den Blick zu Boden. Ich lächele ihr ermunternd zu. »Gute Frage. Wie heißt du denn?«

Die Kleine antwortet nicht sofort. Ein älterer Junge, der hinter ihr steht und dieselben Sommersprossen auf den Wangen hat, gibt ihr einen sanften Schubs.

»Zoe«, murmelt sie daraufhin.

»Okay, Zoe. Du hast eine schlaue Frage gestellt. Wenn wir Fußball spielen wollen, was machen wir dann hier?« Ich deute auf die alte Eiche und den dahinterliegenden Parkplatz.

»Wie ihr wisst, gibt es im Camp zwanzig Teams. Aber wir haben nur einen großen Fußballplatz, deshalb können nicht alle gleichzeitig dort trainieren.« Beim Anblick der enttäuschten Gesichter füge ich schnell hinzu: »Das heißt aber nicht, dass wir hier nicht Fußball spielen können. Ganz im Gegenteil, wir machen uns einfach unsere eigenen Tore.«

Zusammen mit den Kindern platziere ich kleine orangene Pylone auf der Wiese. Nach dem Aufwärmen teile ich die Gruppe in Dreierteams auf, die gegeneinander antreten müssen, um mir einen Überblick über ihre Fähigkeiten und die Gruppendynamik zu machen. Man merkt den Kindern schnell an, dass sie noch nie in dieser Konstellation gespielt haben. Auch die Altersunterschiede der Spieler machen sich bemerkbar. Pässe gehen daneben, Absprachen misslingen, Torschüsse gehen vorbei. Als ich sie wieder zusammenrufe, schaue ich in größtenteils frustrierte Gesichter.

»Also, wie ist es gelaufen?«

Einen Moment traut sich niemand zu antworten. Dann meldet sich ein Mädchen mit krausen schwarzen Locken zu Wort, die sich als Alisha vorstellt. »Es war gar nicht so einfach, mit neuen Leuten zu spielen.«

Die anderen nicken, offensichtlich erleichtert, dass es jemand ausgesprochen hat. »Ja, und die anderen sind so viel schneller als ich«, sagt Fred, der nach Zoe der Kleinste im Team ist. »Da komme ich gar nicht hinterher.«

»Und ich hatte immer Angst, zu kräftig zu schießen«, meint Sahra, eine kräftige Fünfzehnjährige und die Älteste in der Gruppe. »Weil ich den Kleineren ja nicht wehtun wollte.«

»Ihr habt recht«, antworte ich. »Dieses Team ist anders als die Mannschaften, in denen ihr sonst spielt. Ihr alle habt unterschiedliche Vorerfahrung, unterschiedliche Stärken und Schwächen. Aber genau das können wir uns auch zunutze machen. Dafür müssen wir uns nur ein bisschen besser kennenlernen.«

Die Gesichter der Spieler bleiben skeptisch. Aber ich bin noch nie vor einer Herausforderung zurückgeschreckt. Also plane ich meine Trainingseinheit ein bisschen um. Anstatt den Rest der Stunde mit Dribbeln und Passen zu verbringen, machen wir uns besser miteinander bekannt. Als die anderen vom Fußballplatz in Richtung der Umkleidekabinen gehen, kenne ich die Lieblingstiere und Bands aller Spieler und weiß, welches Fach sie in der Schule hassen. Die Stimmung unter ihnen hat sich zum Positiven gewendet. Während wir zurück zum Camp schlendern, plaudern sie weiter, schimpfen gemeinsam über Mathehausaufgaben oder spekulieren über das Ziel der heutigen Nachtwanderung.

»Wenn du sagst, du hast Angst, hält Joshua vielleicht deine Hand«, sagt Sahra grinsend zu Fiona. Wie ich erfahren habe, gehen die beiden in dieselbe Klasse. Die Angesprochene wird so rot wie ihre Fußballschuhe. »Red keinen Scheiß. Ich hab keine Ahnung, ob der mich überhaupt mag.«

»Er hat dich zu seinem Geburtstag eingeladen. Er will jede Gruppenarbeit mit dir machen. Er schickt dir jeden Tag Nachrichten«, zählt Sahra auf. »Was brauchst du noch?«

»Wir sind Freunde, mehr nicht. Er steht auf Julia aus der C, hab ich gehört.«

»Hast du gehört, mhm? Von wem?« Sahra lässt nicht locker. Dieses Gespräch ist nicht für meine Ohren bestimmt, aber ich gehe direkt hinter ihnen, und das macht es schwer, nicht hinzuhören.

»Das sagen die anderen halt. Und Julia ist halt auch megahübsch. Also, das würde schon passen«, murmelt Fiona.

Ihre Freundin stößt ihr den Ellenbogen in die Seite. »Hey, du bist auch hübsch!«

»Pfff. Ich weiß nicht.«

»Und überhaupt, was hast du zu verlieren? Du findest ihn gut, also wieso es nicht einfach riskieren? Wer weiß, vielleicht wirst du ja überrascht?«

»Und vielleicht verliere ich einen guten Freund«, antwortet Fiona scharf. »Das Risiko ist es mir nicht wert.« Damit beschleunigt sie ihre Schritte und lässt Sahra stehen. Die bleibt kopfschüttelnd zurück. Doch ihre Worte begleiten mich den ganzen Rückweg über. Mit welcher Selbstverständlichkeit sie ihrer Freundin geraten hat, es einfach zu riskieren, als stünde dabei nichts auf dem Spiel. Die Art von Ratschlag, die nur ein Teenager geben kann, dem noch niemand das Herz gebrochen hat.

Als wir an unserem Zeltplatz ankommen, sind die anderen Kinder auch schon vom Training zurück. Manche sitzen an den Tischen im Gruppenzelt und spielen Karten, andere haben noch nicht genug vom Fußball und kicken sich zwischen den Zelten einen Ball zu. Hannah und Frieda sitzen in ihrem Zelteingang und teilen sich eine Tüte Gummibärchen. Ich ändere meinen Kurs und schlendere auf sie zu. »Na, ihr zwei? Wie war das erste Training?«

Die beiden lassen sich nicht zweimal bitten. Die Worte sprudeln nur so aus ihnen hervor.

»Es hat richtig Spaß gemacht!«

»Die Trainerin ist voll cool!«

»Die anderen Kinder sind teilweise viel größer als wir. Aber alle echt nett bisher.«

»Und auch voll gut im Fußball. Mit denen haben wir bestimmt eine Chance, das Turnier zu gewinnen.«

»Das hört sich ja super aus.« Mit einem unterdrückten Stöhnen lasse ich mich vor dem Zelt ins Gras sinken.

»Und wie ist deine Mannschaft?«, fragt Hannah. »Sind die nett zu dir?« Sie hält mir die Tüte Gummibärchen hin, und ich greife zu. »Sehr nett«, antworte ich wahrheitsgemäß. »Aber wir müssen uns noch ein bisschen als Team zusammenfinden.«

»Verstehe«, sagt Frieda. »So wie du und Chris? Ihr seid ja jetzt ein echt gutes Team.«

Ich verschlucke mich an meinem Gummibärchen. Hannah klopft mir fürsorglich auf den Rücken. »So in etwa«, würge ich hervor, sobald ich wieder Luft bekomme. Als hätten Friedas Worte ihn heraufbeschworen, taucht Chris aus dem Gruppenzelt auf und winkt mich zu sich hinüber. Dieses Mal unterdrücke ich mein Stöhnen nicht.

»Die Arbeit ruft«, sage ich entschuldigend zu den Mädchen und rappele mich mühsam hoch. Bevor ich gehe, drücke ich Hannah einen Kuss auf den Schopf. »Wir sehen uns gleich zum Abendessen.«

Chris kommt offensichtlich frisch aus der Dusche. Er trägt ein kurze graue Jogginghose und einen dunkelroten Hoodie. Niemand sollte in so einem einfachen Outfit so unverschämt gut aussehen. Seine Haare sind noch leicht feucht, und mir steigt ein angenehm frischer Duft nach Minze in die Nase, als ich vor ihm stehen bleibe. »Was gibt's?«, frage ich und bin insgeheim stolz darauf, wie unberührt meine Stimme klingt.

»Wie ist dein Training gelaufen?«

»Gut. Sehr gut sogar.« Zumindest, was den Gruppenzusammenhalt angeht. Das Fußballspielen an sich müssen wir noch üben, aber das muss er ja nicht wissen. »Und selbst?«

Er schmunzelt. »Gar nicht so einfach, um ehrlich zu sein. Meine Jungs sind alle ganz versessen darauf, der beste Stürmer zu sein. Das mit dem Teamplay üben wir noch.«

»Ja«, gebe ich zu, von seiner Ehrlichkeit überrascht. »Das kommt mir bekannt vor.«

»Ist für die Nachtwanderung alles vorbereitet? Du kennst die Strecke? Ich bilde das Schlusslicht?«

»Ja, so machen wir es.« Die Strecke für die Nachtwanderung zu planen, gehört immer zu den Aufgaben des ausrichtenden Vereins. Mein Plan sieht vor, dass wir im Ort anfangen und uns dann bis zur Steilküste südlich von Timmendorf vorarbeiten. Der Weg dorthin führt ein ganzes Stück durch bewaldetes Gebiet, sodass die Kinder genug Gelegenheit bekommen werden, ihre Taschenlampen zu benutzen.

»Sehr gut.« Chris nickt. »Du hast das alles komplett im Griff, wie ich sehe. Wusste ich doch, dass es richtig war, dich zu fragen.«

Ich weiß nicht, was ich darauf antworten soll. Versuche angestrengt, an der Wut festzuhalten, die ich nach unserem Kuss für ihn empfunden habe. Aber wenn er jetzt mit seinen verwuschelten Haaren neben mir steht und mir ein Kompliment macht, ist das gar nicht so einfach.

»Du bist aber auch nicht schlecht«, gebe ich schließlich widerwillig zurück. »Man könnte meinen, du hättest schon Dutzende Camps organisiert.«

»Wer weiß?« Er zuckt mit den Schultern. »Vielleicht waren die ganzen Trainingslager, die wir bei St. Pauli machen mussten, doch noch langfristig für etwas gut.«

»Vermisst du es manchmal?«, frage ich und rechne fest damit, wieder eine ausweichende Antwort zu bekommen. Stattdessen schürzt er nachdenklich die Lippen, scheint sich meine Frage ernsthaft durch den Kopf gehen zu lassen.

»Hin und wieder schon. Die Reisen, die Aufregung, die Spiele.«

Ich warte auf ein »Aber« und bekomme keins. Nur einen schweigenden Chris, der selbst beinahe überrascht aussieht, wie ehrlich er gerade war.

Dann fällt sein Blick auf etwas hinter mir, und sein Gesicht hellt sich auf. »Helena, hi!«

Seine Schwester kommt über den Zeltplatz auf uns zu, einen Rucksack über der Schulter. »Dafür schuldest du mir was, Bruderherz.«

Sie drückt ihm den Rucksack in die Hand. »Nachdem du mir gestern noch geschworen hast, du würdest nichts vergessen.«

Er zieht mit sichtlicher Erleichterung einen Stoffbeutel aus dem Rucksack. »Und dann vergesse ich ausgerechnet meinen Schlafsack, ich weiß. Das nächste Eis bei Giovanni geht auf mich.«

»Das will ich auch hoffen.« Sie wendet sich mir zu und verdreht die Augen. »Geschwister, hab ich recht?«

»Das musst du Sandra fragen«, gestehe ich schmunzelnd. »Unter uns beiden war ich eher diejenige, der man alles hinterhertragen musste.«

»Aber jetzt, wo du hier bist ...« Chris legt seiner Schwester den Arm um die Schulter und führt sie zu einer der Bierzeltgarnituren. »... kannst du auch mit uns Abend essen. Wir grillen, und weil du mir meinen Kram gebracht hast, würde ich dir eins meiner Würstchen überlassen.«

»Sehr großzügig.«

Chris' Stimme wird ernster. »Also nur, wenn das gerade geht und du ...«

Ich folge den beiden langsamer, gebe ihnen den nötigen Abstand für eine private Unterhaltung. Insgeheim hoffe ich, dass Helena bleiben kann. Ich könnte noch einen erwachsenen Gesprächspartner brauchen, den ich nicht gleichzeitig erwürgen und küssen möchte. Als ich bei den beiden ankomme, hat Helena sich gerade auf eine der Bänke gesetzt. Chris verschwindet mit dem Versprechen, ihr etwas zu trinken zu holen, und ich nutze die Gelegenheit, um mich zu ihr zu setzen.

»Hey. Na, wie geht's dir?«, frage ich und beiße mir direkt danach auf die Zunge. »Oder ist das eine blöde Frage? Wahrscheinlich kannst du die schon nicht mehr hören, oder?«

Helena schmunzelt. »Die Frage ist nicht das Problem. Eher, dass die meisten Leute sie stellen, weil sie hoffen, dass ich jetzt endlich mal ›viel besser, danke‹ antworte. Und dann enttäuscht sind, wenn ich das nicht kann.«

»Scheiße. So habe ich es noch nie betrachtet.«

»Ich weiß, dass du es nicht so gemeint hast. Und hey, ich bin hier, also würde ich heute sagen, dass es mir ziemlich gut geht.«

»Das freut mich. Und es tut mir leid, dass ich mich noch nicht wieder gemeldet habe. Wir wollten ja eigentlich noch mal Kaffee trinken gehen. Es gab nur …« Einen Kuss zwischen mir und deinem großen Bruder, nachdem ich ihn am liebsten nie wiedersehen wollte und nicht wusste, wie ich dir gegenübertreten soll, denke ich.

»… viel zu tun«, beende ich lahm.

»Das verstehe ich. Wir können uns ja mal verabreden, wenn das Camp durch ist.«

»Sehr gerne. Und, was sagst du zu unserem Lager hier?« Sie dreht sich um, lässt den Blick einmal langsam über den Zeltplatz wandern.

»Es ist richtig schön geworden. Irgendwie total gemütlich.« Helena lächelt versonnen. »Anders als der Rest meiner Familie konnte ich Camping noch nie viel abgewinnen. Aber wenn ich mir das so anschaue, hätte ich direkt Lust, selbst hier zu übernachten.« Ein Schatten fällt über ihr Gesicht. »Na ja, vielleicht nächstes Jahr.«

Ich lehne mich über den Tisch und lege eine Hand auf ihren Unterarm. »Du bist uns jederzeit willkommen. Morgens, mittags, abends, komm einfach vorbei, wenn es geht.«

»Danke. Das werde ich machen.«

Gemeinsam beobachten wir, wie Chris aus dem Gruppenzelt auftaucht, wo wir unsere Getränkevorräte lagern. Auf dem Weg wird er von einer Gruppe Kinder aufgehalten, die Bälle unter dem Arm tragen. Mit einem entschuldigenden Schulterzucken in unsere Richtung klemmt er sich die Wasserflaschen unter den Arm und lässt sich mitziehen zu den improvisierten Toren, die sie zwischen den Zelten gebaut haben.

»Es tut wirklich gut, ihn so zu sehen«, sagt Helena unvermittelt. »Unbeschwert, meine ich. Das ist eine ganze Weile her.«

Ich verschränke die Hände auf dem Tisch, hin und hergerissen zwischen meiner Neugier und meinem Versuch, alles Chris-Bezogene aus meinem Leben herauszuhalten.

»Das habe ich auch dir zu verdanken.« Helena wirft mir ein Lächeln zu, das ich nicht deuten kann.

»Mir? Wie kommst du darauf?«

»Du hast ihm geholfen, das Camp zu organisieren, aber auch, hier wieder anzukommen. Seit er wieder mehr Zeit mit dir verbringt, erkenne ich ihn wieder. Den Chris von früher.«

»Er ist nicht mehr der Chris von früher«, sage ich und denke an unsere Unterhaltung auf dem Feuerwehrfest. »Aber ist das irgendwer?«

»Natürlich nicht. Wir haben uns alle verändert.« Ihre Stimme bekommt einen scharfen Unterton. Sie räuspert sich. »Aber nicht im Kern. Nicht in dem, wer wir sind. Mein Bruder scheint sich gerade wieder daran zu erinnern. Allerdings ...«

Sie hebt die Augenbrauen, schaut mich direkt an. »... allerdings verhält er sich seit letztem Wochenende ein bisschen seltsam.«

»Ist das so?«, frage ich so unschuldig wie möglich. »Inwiefern seltsam?«

»Na ja, er schläft kaum noch, hört den ganzen Tag Emo-Rockmusik, und ich habe ihn schon dreimal auf der Terrasse gesehen, wo er einfach nur dasaß und ins Leere gestarrt hat. Sehr untypisch für ihn.«

»Aha«, sage ich schwach, die Augen fest auf Chris gerichtet, der gerade einen Ball annimmt und ihn an eins der Kinder weiterschießt.

»Wenn ich es nicht besser wüsste ...« Helena zieht das letzte Wort genüsslich in die Länge. »Dann würde ich fast sagen, mein Bruder hat Liebeskummer.«

Blut steigt mir in die Wangen. »Interessant«, presse ich hervor, meide ihren Blick. Der Gedanke, Chris könnte traurige Musik hören und nachts wach liegen, nur wegen mir, stellt seltsame Dinge mit meinem Herzen an. Zieht es gleichzeitig zusammen und lässt es schneller schlagen.

»Fand ich auch«, sagt Helena ungerührt. »Ich dachte nur, vielleicht solltest du das wissen.«

In diesem Moment erscheint das Subjekt unserer Unterhaltung und rettet mich davor, eine Antwort geben zu müssen.

»Sorry, ich wurde aufgehalten.« Etwas außer Atem lässt Chris sich neben uns auf die Bank fallen.

»Gar kein Problem. Wir haben nett geplaudert«, sagt Helena und wirft mir einen vielsagenden Seitenblick zu.

Chris ist zum Glück zu sehr damit beschäftigt, uns Wasser in bunte Plastikbecher zu gießen, um es zu bemerken.

Seine Schwester lenkt das Gespräch aufs Camp, fragt uns über den ersten Tag, die Kinder und die anstehende Nachtwanderung aus. Während wir sprechen, beobachte ich Chris verstohlen aus den Augenwinkeln. Nichts an ihm wirkt anders als vor dem verhängnisvollen Kuss. Vielleicht deutet Helena die Zeichen falsch? Oder vielleicht stehe ich jetzt auch einfach hinter der Mauer, hinter die er andere Menschen nicht schauen lässt.

Kapitel 27

Nachdem alle Kinder ihre Grillwürstchen verspeist haben, ist die Sonne schon fast hinter die Baumwipfel gesunken. Um halb zehn treffen sich alle in der Mitte des Platzes beim Gemeinschaftszelt, die Taschenlampen in der Hand. Helena bleibt an unserem Zeltplatz und behält ein Auge auf das kleine Lagerfeuer, das wir dort entzündet haben.

Nachdem alle versammelt sind, machen wir uns gemeinsam auf den Weg. Die Trainer achten drauf, dass ihre Schützlinge nicht auf die Straße laufen, und nehmen die jüngeren Kinder an die Hand, die sich im Dunkeln fürchten. Bald haben wir den Ort hinter uns gelassen. Auf dem Fußweg durch den Wald, umgeben von Bäumen, ist es schon so dunkel, dass ich die Augen zusammenkneifen muss, um die Wegweiser zur Steilküste zu erkennen.

»Hast du keine Taschenlampe?«, fragt Frieda, die aufgeregt neben mir hergeht. »Doch, klar. Mama hat die Lampe in ihrem Handy«, erklärt meine Tochter, die selbst eine große Campinglampe umklammert hält wie ein Schwert.

Ich zücke das Handy und schalte die Lampe ein, was beide Mädchen mit einem Raunen quittieren. »Na los, jetzt ihr.«

Nach und nach schalten auch die anderen Kinder ihre

Lampen ein. Lichtkegel fallen auf die Blätter und beleuchten den Weg, während sich der Himmel über uns langsam tiefblau färbt. Es ist eine laue Nacht, auch nach Sonnenuntergang so mild, dass ich ohne eine Jacke auskomme.

Hinter uns gehen Fiona, Sahra und noch zwei andere Mädchen, die Arme untereinander eingehakt, und dahinter eine Gruppe Jungs vom Scharbeutzer Fußballclub. Einer von ihnen, schwarze Haare und ein freundliches Gesicht, lässt Fiona nicht aus den Augen, als warte er nur darauf, dass sie sich zu ihm umdreht. Aber sie schaut stur geradeaus, bemerkt seinen Blick nicht.

Je länger wir unterwegs sind, desto ruhiger werden die Kinder. Alle sind gespannt darauf, wo unsere Reise enden wird. Denn am Ziel der Nachtwanderung gibt es traditionell eine Überraschung.

Als sich die Bäume schließlich öffnen und den Blick auf die Steilküste freigeben, bin ich selbst für einen Moment sprachlos. Der Mond hängt voll und schwer über der Ostsee, die spiegelglatt unter uns liegt. Der Himmel, mittlerweile nachtblau, ist überzogen von einer Decke aus Sternen.

»Wow«, flüstert Hannah. »Das ist wunderschön.«

Ich greife nach ihrer Hand, drücke sie fest. »Ist es wirklich.«

Das Ziel unserer Wanderung ist eine kleine Lichtung direkt an der Steilküste, an der ein paar Picknickbänke stehen. Hier wartet bereits Finn, einer der Trainer des Sportvereins Eckernförde, mit mehreren großen Kühlboxen. Er hat mit seinem Wagen den kürzeren Weg über die Straße genommen und verteilt jetzt an alle Kinder ein Eis als Überraschung und Mitternachtssnack.

»Hier. Ich dachte, du möchtest vielleicht auch eins.«

Chris hält mir ein Eis hin. Nach langem Überlegen haben wir uns für Orangen-Wassereis und klassische Schokoladen-Magnums entschieden. Er war Team Magnum, weil das fast jeder mag, ich habe widersprochen und mit dem Gedanken an Laktoseintoleranz für ein Wassereis plädiert. Jetzt hält er mir eins hin, während er selbst sein Schokoeis bereits ausgepackt hat.

»Danke.«

Der erste Mund voller Eis schmeckt frisch, süß, orangig. Nach endlosen Sommerferien.

»Du hast einen wirklich schönen Platz ausgesucht«, sagt Chris. »Ich gebe zu, am Anfang war ich etwas besorgt wegen der Steilküste. Aber da wusste ich noch nicht, dass es hier mittlerweile überall Zäune gibt.«

»Tja, es hat sich hier einiges verändert in den letzten Jahren. Heute könnten wir nicht mehr so einfach hier runterklettern.«

»Und unbemerkt bei Vollmond am Strand grillen.«

»Bis uns jemand wegen unbefugtem Betreten das Ordnungsamt auf den Hals gehetzt hat«, gebe ich zu bedenken. »Das war der Anschiss meines Lebens zu Hause.«

»Stimmt.« Er beißt ein Stück von seinem Eis, sodass ich die Schokolade knacken höre. »Aber damals hat es fast zwei Stunden gedauert, bis man uns entdeckt hat. Heute würde ich uns maximal dreißig Minuten geben.«

»Zwanzig.« Tatsächlich war der Weg, als ich ihn ausgekundschaftet habe, ein beliebtes Ziel von Hundespaziergängern und Joggern. Heute Abend haben wir ihn allerdings für uns allein.

Es ist seltsam, wieder hier zu stehen und mit ihm über früher zu sprechen. Noch vor ein paar Wochen hätte ich es nicht ausgehalten. Am Anfang hat mir jede Erinnerung an das, was mal war, beinahe körperlich wehgetan. Als würde eine alte Wunde langsam wieder aufreißen. Jetzt schmerzt es immer noch, aber auf eine dumpfere, sehnsüchtige Art. Wie ein beanspruchter Muskel, den man dehnen muss. Heilsamer Schmerz.

»Ich würde es riskieren«, sagt Chris leise, den Blick unverwandt auf den Punkt am Horizont gerichtet, wo das Meer den Nachthimmel berührt.

Ich frage nicht, was genau er meint. Zu groß ist meine Angst vor der Antwort.

»Es ziehen Wolken auf«, sage ich und knülle meine leere Eisverpackung in den Händen zusammen. »Wir sollten uns langsam auf den Rückweg machen.« Tatsächlich haben sich am Himmel langsam dunkle Wolken gebildet, die sich über die Sterne schieben. Also nehmen wir, nachdem alle ihr Eis gegessen haben, den kürzeren Weg zurück nach Timmendorf. Bis wir am Camp ankommen, ist es kurz vor zwölf, und gerade ein paar von den jüngeren Kindern sind so müde, dass Chris und ich sie auf den letzten Metern tragen müssen. Helena hat pflichtbewusst das Feuer vor dem Zelt gehütet, sodass es uns mit seinem wärmenden Licht empfängt, als wir wieder am Zeltplatz ankommen. Finn, der mit dem Auto schneller wieder zurück war, hat sich zu ihr gesellt. Die beiden sind so tief in eine Unterhaltung versunken, dass Helena zusammenfährt, als Chris ihr auf die Schulter tippt.

»Danke fürs Aufpassen. Wie ich sehe, hattest du Hilfe.«

»Nur ein bisschen.« Vielleicht ist es nur die Wärme des Feuers, aber ihre Wangen färben sich rot. »Ich muss dann auch mal nach Hause.«

»Geht das? Oder soll ich dich fahren?«

»Alles gut, das geht.« Sie steht langsam auf und streckt sich.

»Schreib, wenn du da bist, okay?« Chris reicht ihr ihre Jacke von der Bank.

»Mache ich, Bruderherz.« Sie drückt erst ihn und dann mich zum Abschied.

»Kommst du die Tage noch mal wieder?«, frage ich, als wir uns voneinander lösen.

Finn, der gerade noch ein neues Holzscheit ins Feuer wirft, wirft uns einen schnellen Blick zu.

»Ich hoffe. Wenn ich kann, auf jeden Fall.«

»Das würde mich freuen. Sollen wir dich noch zum Parkplatz begleiten?«

»Nicht nötig, ich …«

»Das kann ich sonst auch machen«, wirft Finn ein. Das Rot auf Helenas Wangen vertieft sich. »Na gut. Wenn ihr drauf besteht.«

Die beiden machen sich zusammen auf den Weg in Richtung der geparkten Autos. Chris schaut ihnen hinterher, die Stirn in Falten gelegt. »Wieso habe ich das Gefühl, dass ich hier gerade etwas nicht mitbekomme?«

Ich verkneife mir ein Grinsen. »Keine Ahnung, was du meinst.«

Mittlerweile ist der Himmel überzogen von Wolken. Als ich mit einer Gruppe von unseren jüngeren Mädchen zum Zähneputzen ins Vereinsheim gehe, fallen die ersten feinen Tropfen auf mein Gesicht. Nachdem alle bettfertig sind, müssen noch ein paar Heimwehtränen getrocknet werden. Eins der Mädchen hat ihr Kuscheltier verlegt, und ich räume im Licht meiner Handylampe ihr halbes Zelt leer, bis wir es unter ihrer Reisetasche finden. Die beiden Schwestern im Nachbarzelt können nicht schlafen, ohne dass ihnen jemand eine Geschichte vorliest. Hannah und Frieda wollen unbedingt, dass ich einmal überprüfe, dass ihr Zelt auch richtig zu ist. Ich bleibe bei ihnen sitzen, bis beide eingeschlafen sind. Mittlerweile bin ich so müde, dass ich mich am liebsten einfach zwischen die beiden legen würde. Nachdem ich Hannah einen Gutenachtkuss auf die Stirn gehaucht habe, schleiche ich mich so leise wie möglich nach draußen und ziehe den Reißverschluss zu. Mittlerweile sind aus den kleinen Tropfen große Tropfen geworden, und ich jogge grob in die Richtung, in der ich mein Zelt vermute. Auf dem Weg stolpere ich zweimal über unsichtbare Zeltschnüre und kann beide Male nur knapp verhindern, dass ich mit dem Gesicht voran auf der Wiese lande. Mit einem unterdrückten Fluchen humpele ich weiter. Als ich endlich davor ankomme, wird das windschiefe grüne Zelt beinahe heimelig. Mit letzter Kraft öffne ich den Reißverschluss und lasse mich hineinfallen. Nur, um drinnen zwei Entdeckungen zu machen.

Erstens: Ich habe im ganzen Durcheinander heute Morgen vergessen, meine eigene Luftmatratze aufzupumpen.

Zweitens: Es tropft von der Decke.

Kapitel 28

Die nächste halbe Stunde verbringe ich damit, meine Luftmatratze mit dem Mund aufzupusten. Ohne Erfolg. Danach ist mir schwindelig, und ich muss einsehen, dass ich
die Luft nicht schneller hineinkriege, wie sie durch ein kleines Loch am Kopfende wieder hinauszischt. Dabei werde
ich langsam, aber sicher von oben nass. Am Anfang dachte
ich, dass die Tropfen von der Decke sich auf den Eingangs-
bereich des Zelts beschränken würden. Aber während ich
mit der Luftmatratze kämpfe, muss ich feststellen, dass
auch das ein Irrtum ist. Die ganze Plane scheint undicht
zu sein. Mit einem erschöpften Stöhnen lasse ich mich auf
die leere Luftmatratze sinken und erwäge für einen Moment, einfach hier liegen zu bleiben. Die kleinen Steinchen
zu ignorieren, auf denen die dünne Zeltplane liegt. Die kalten Wassertropfen, die im Sekundentakt auf mich hinun-
terregnen, einfach zu verschlafen. Aber dafür bin ich dann
doch nicht müde genug.

Im Dunkeln taste ich nach meinem Handy und schalte
die Taschenlampe wieder ein. Die Anzeige auf dem Display
zeigt, dass es kurz nach zwei Uhr nachts ist. Während ich
das zunehmend feuchte Chaos um mich herum betrachte,
wäge ich meine Optionen ab. Hierbleiben ist schon mal

ausgeschlossen. Nach Hause fahren und morgen früh wiederkommen wäre zwar theoretisch möglich, aber ich bin so müde, dass ich mich gerade nicht in ein Auto setzen möchte. Außerdem werde ich hier als Betreuerin gebraucht, und Chris verlässt sich auf mich. Ich könnte zu Hannah und Frieda ins Zelt zurück, aber da ist schon kaum Platz für die beiden Mädchen und ihren ganzen Kram. Außerdem würde ich sie bestimmt aufwecken, wenn ich mich jetzt dazulege. Damit bleibt mir nur das Gruppenzelt. Nach einem kurzen Blick auf meine schwere Tasche entscheide ich mich dagegen, sie heute Abend noch durch die Gegend zu schleppen. Stattdessen ziehe ich sie zu und breite meine Regenjacke darüber aus. Das sollte zumindest für die nächsten Stunden reichen, um sie vor Feuchtigkeit zu schützen. Dann rolle ich meinen Schlafsack zusammen und krieche nach draußen. Der Platz liegt verlassen vor mir. Aus einem der Nachbarzelte dringt leises Schnarchen, und der Regen prasselt sanft auf die Zeltplanen, ansonsten ist es vollkommen still. Das Gruppenzelt ist dafür gedacht, dass die Kinder sich tagsüber hier aufhalten können, deshalb steht es voll mit Biertischen und Bänken, Brettspielkisten und Vorräten. Aber immerhin ist es trocken. Aus Mangel an Alternativen rolle ich meinen Schlafsack auf dem Boden aus und schlüpfe aus den Schuhen. Dann klettere ich mit Jeans und T-Shirt hinein. Obwohl mir eben auf der Wanderung noch warm war, fange ich schon nach wenigen Minuten an zu frieren. Die nächtliche Kälte des Bodens kriecht durch den dünnen Stoff meines Schlafsacks und lässt mich zittern. Als die vordere Zeltplane plötzlich aufschwingt, schrecke ich hoch.

»Wer ist da?!«, frage ich mit angehaltenem Atem.

»Ach du Scheiße!« Eine Gestalt fährt zusammen. Sekunden später trifft mich das Licht einer Handylampe ins Gesicht. »Nina? Was zur Hölle machst du denn hier?«

Im Zelteingang steht Chris in Boxershorts und einem locker sitzenden Muskelshirt und starrt mich entgeistert an.

»Dasselbe könnte ich dich fragen«, entgegne ich, muss mir aber im selben Moment eingestehen, dass meine Position vom Boden aus, halb in einen Schlafsack gewickelt, deutlich weniger überzeugend ist.

»Ich wollte mir nur noch mal eine Flasche Wasser holen«, antwortet er und lässt die Plane hinter sich zufallen. Abwartend hebt er die Augenbrauen, das »Und du?« unausgesprochen, aber dennoch deutlich.

»Mein Zelt ist undicht«, murmele ich, zu müde für irgendetwas anderes als die Wahrheit. »Und meine Luftmatratze kaputt.«

»Verstehe. Und da dachtest du, vielleicht solltest du heute Nacht hier schlafen?«

Bei seinem ungläubigen Tonfall spüre ich das Bedürfnis, mich zu verteidigen. »Es ist ja nicht so, dass mir viele Optionen bleiben würden.«

Mit einem Seufzen fährt er sich über die Augen. Als er die Hand fallen lässt, malt das kalte Licht seines Handys ihm tiefe Schatten ins Gesicht. Er sieht beinahe so müde aus, wie ich mich fühle. »Du kannst bei mir schlafen«, sagt er schließlich. »Mein Zelt ist groß genug für zwei.«

Ich bin so überrascht, dass ich lachen muss. »Okay, was wird das hier? So eine klassische ›Es gibt nur ein Bett‹-Situation?«

Verständnislos legt er den Kopf schief. »Was?«

»Na, in den ganzen Büchern und Filmen.« Ungeduldig wedele ich mit der Hand. »Da kommen die beiden Hauptcharaktere spätabends an irgendeiner Taverne oder einem Hotel an, und dann gibt es leider nur noch ein Zimmer. Und der Held bietet natürlich ganz charmant an, auf dem Boden zu schlafen, aber am Ende ...« Ich lasse den Satz auslaufen, spüre meine Wangen heiß werden.

Chris tritt von einem Fuß auf den anderen. »Damit kenne ich mich nicht so aus. Also mit den Büchern, meine ich. Das war eher deine Sache.«

»Keine Angst, ich lese schon lange keine romantischen Liebesgeschichten mehr«, antworte ich mit einem Hauch Verbitterung in der Stimme. »Das habe ich mir abgewöhnt.«

»Eigentlich schade.«

»Was?«

»Schon gut. Ich verspreche dir, ich frage aus reinem Eigennutz. Was bringt mir eine Betreuerin, die an Tag zwei mit einer Lungenentzündung ausfällt?«

»So schnell hole ich mir keine Lungenentzündung«, antworte ich. Was glaubwürdiger wäre, wenn ich nicht dabei zittern würde.

Er schaut mich unverwandt an.

»Na schön.« Ich werfe die Hände in die Luft und gebe mich geschlagen. »Solange es da wärmer ist als hier, komme ich mit.«

Während er sich sein Wasser holt, schäle ich mich aus dem Schlafsack und klemme ihn mir unter den Arm. Chris führt mich zum Rand des Zeltplatzes zu einem großen dunkelblauen Zelt, das nagelneu aussieht.

»Hereinspaziert«, flüstert er und zieht den Reißverschluss für mich auf. Drinnen besteht das Zelt aus einer Kabine, die etwa drei mal drei Meter groß ist. An der linken Wand liegen Taschen und Schuhe, aber an der rechten Wand befindet sich eine Luftmatratze, die so breit ist wie mein Bett zu Hause. Sie sieht so weich aus, dass ich heulen könnte.

»Du kannst dich gerne an die Wand legen«, sagt Chris, der hinter mir ins Zelt gekommen ist und den Reißverschluss schließt. »Oder näher an die Tür. Wie du magst.«

»Dann nehme ich die Tür«, antworte ich. So komme ich im Zweifel schneller wieder weg. Auch wenn ich nicht weiß, wohin genau ich gehen würde.

Ich breite meinen Schlafsack auf der Matratze aus und mache Anstalten, mich wieder hineinzulegen.

»Warte mal, du willst das alles anlassen?« Chris deutet auf meine Jeans.

»Klar. Mir ist ja so schon kalt genug«, zische ich zurück.

»Dann solltest du weniger anziehen.«

Auf meinen irritierten Blick hin fährt er fort: »Schlafsäcke isolieren deine Körperwärme. Das funktioniert aber nur, wenn du möglichst wenig anhast.«

»Das ist jetzt aber kein Trick, damit ich mich ausziehe, oder?«, rutscht es mir heraus. Selbst im Dunkeln sehe ich, wie seine Wangen sich färben.

»Das ist Wissenschaft.« Wie um zu beweisen, dass es ihm nicht egaler sein könnte, wie viel oder wenig ich neben ihm anhabe, klettert er über mich hinweg zu seinem Schlafsack und zieht demonstrativ sein Shirt über den Kopf. Im Dunkel des Zelts erhasche ich einen schnellen Blick auf gebräunte, muskulöse Schultern. Nur in Boxershorts legt er sich in seinen Schlafsack und dreht sich auf die andere Seite. Für einen Moment stehe ich unschlüssig vor der Luftmatratze. Dann steige ich aus der Jeans. Nur in T-Shirt, BH und Unterhose lege ich mich neben ihn und ziehe den Reißverschluss des Schlafsacks bis unter mein Kinn zu. Nach wenigen Sekunden des Zitterns merke ich tatsächlich, dass mir wärmer wird.

»Und? Besser?«, fragt Chris leise.

»Ein bisschen«, gebe ich zu, während meine Muskeln sich nach und nach entspannen. Die Matratze schaukelt leicht, als Chris sich auf den Rücken dreht. Draußen prasselt der Regen auf die Zeltplane, aber mit einem Mal stört mich das nicht mehr. Im Gegenteil, es ist beinahe gemütlich. Wenn ich mich konzentriere, kann ich hinter den Regentropfen das Rauschen des Meeres hören.

»Gute Nacht, Nina«, murmelt Chris, die Stimme schon irgendwo zwischen Schlafen und Wachen.

»Gute Nacht.« Ich riskiere einen Blick zur Seite. Seine Augen sind geschlossen, sein Gesicht so entspannt, wie ich es bei Tageslicht noch nicht gesehen habe, seit wir uns auf dem Fußballplatz wiederbegegnet sind. Helenas Worte von heute Nachmittag hallen noch mal durch meinen Kopf. Dass sie Chris schon lange nicht mehr so unbeschwert gesehen hat wie jetzt. Dabei erschien er mir immer wie der perfekte Sonnyboy, wenn er mal in der Klatschpresse auftauchte. Und auch seit er wieder hier ist, gibt er sich nach außen hin immer gut gelaunt und locker. Ist das am Ende alles nur eine Fassade gewesen? Und bin ich auf sie genauso hereingefallen wie alle anderen?

Eigentlich hatte ich damit gerechnet, die halbe Nacht wach zu liegen. So war es zumindest bei unserem katastrophalen Familien-Campingtrip damals. Aber die Kombination aus Chris' Körper neben mir und seinem Schlafsack-Trick sorgt dafür, dass mir angenehm warm ist. Sein Atem ist ruhig und gleichmäßig, und ich merke, wie meine Augenlider mit jeder Minute schwerer werden. Wer hätte gedacht, dass dieser Tag so endet, denke ich mit einem Hauch von Amüsement, als meine Augen zufallen. Bevor ich mir selbst eine Antwort darauf geben kann, bin ich eingeschlafen.

Kapitel 29

Ich werde stufenweise wach. Das Erste, was ich registriere, ist die Wärme. Ich bin von ihr umgeben, in sie eingehüllt und fühle mich vollkommen geborgen. Als Nächstes schafft es das Licht in mein Bewusstsein. Die Welt vor meinen Augen ist nicht mehr dunkel, aber um festzustellen, wie hell es tatsächlich schon ist, müsste ich sie öffnen. Und das würde ich gerne vermeiden. Gerade möchte ich nichts mehr, als einfach so lange wie möglich in diesem Moment verharren. Mit einem Seufzen vergrabe ich mein Gesicht tiefer in dem Kissen unter mir. Nur, dass das Kissen ziemlich fest ist. Und sich bewegt. Mit einem Ruck reiße ich die Augen auf und starre auf Chris' Brust. Jede verbleibende Müdigkeit verschwindet prompt aus meinem Körper, als mir klar wird, wie und wo ich mich befinde. In Chris' Zelt, auf seiner Matratze, an seinen Oberkörper geschmiegt wie eine Katze an einen heißen Stein. Mein rechter Arm ist über seinen Bauch geschlungen, sein linker liegt locker um meine Hüfte, als hätten unsere Körper im Schlaf eine stille Übereinkunft getroffen, uns zu verraten. Ich danke allen Göttern, die mir spontan einfallen, dass er noch zu schlafen scheint. Ignoriere das leise Ziehen in meinem Magen, als ich ihn im Licht des anbrechenden Tages ansehe. Die feinen Sommersprossen, die sich über seine Wangen ziehen. Die Haare, die ihm in die Stirn fallen. Das leichte Lächeln, das auf seinen Lippen liegt. Kopfschüttelnd reiße ich mich von diesem Anblick los und taste auf dem Boden des Zelts nach meinem Handy. Ein Blick auf das Display zeigt, dass es kurz nach sieben ist. Draußen sind bereits die ersten Kinderstimmen zu hören. So vorsichtig wie möglich löse ich mich von Chris, bei jeder Bewegung darauf bedacht, ihn nicht aufzuwecken. Halte den Atem an, als er sich mit einem leisen Seufzen auf die andere Seite dreht. Aber er schläft weiter. So schnell wie möglich schlüpfe ich in Jeans und Schuhe und krieche aus dem Zelt. Draußen begrüßt mich ein blauer Himmel, auf dem nur ein paar Schäfchenwolken noch an den Regenschauer von gestern erinnern. Hannah und Frieda sind schon wach. Sie sitzen an einem der Biertische und spielen ein Kartenspiel.

»Guten Morgen, ihr zwei.« Ich halte mir eine Hand vor den Mund, um mein Gähnen zu verdecken.

»Psst, Mama.« Hannah legt einen Finger an ihre Lippen. »Wir müssen leise sein. Die anderen schlafen ja noch.«

»Deshalb spielen wir auch, ohne zu reden«, sagt Frieda stolz. »Das war Hannahs Idee.«

»Eine sehr gute Idee«, flüstere ich zurück und setze mich zu den beiden. Hannah lehnt sich an meine Schulter, und ich lege einen Arm um sie. »Habt ihr gut geschlafen?«

»Wie ein Stein«, antwortet meine Tochter mit einem stolzen Unterton. »Nach dem ganzen Spielen und der Wanderung gestern waren wir so müde, da ging das gar nicht anders. Und du?«

Für einen Moment bin ich paranoid, dass Hannah gemerkt hat, aus welchem Zelt ich gekommen bin. Aber in ihren Augen liegt nichts als kindliche Neugier.

»Auch gut«, antworte ich wahrheitsgemäß. Als ich dann endlich geschlafen habe, war es ein tiefer, traumloser und erholsamer Schlaf. Das unsanfte Erwachen mal ausgenommen. Während die Mädchen ihr Spiel fortsetzen, gehe ich zurück zu meinem undichten Zelt und krame in meiner Tasche nach meinen Duschsachen. Das Wasser in den Duschen des Vereinsheims ist höchstens lauwarm, aber ich begrüße die Erfrischung. Nutze jeden Tropfen, um mir die Erinnerung an Chris' Körper an meinem von der Haut zu waschen. Als ich wieder bei Hannah und Frieda ankomme, werden immer mehr Zelte geöffnet. Das Camp erwacht zum Leben. Also schnappe ich mir ein paar Kinder und belade den Bollerwagen, den Chris extra dafür aus dem Lagerraum des Vereinsheims geräumt hat, mit großen Thermoskannen. Gemeinsam machen wir uns auf den Weg zur Küche des Vereinsheims. Hier sind ein paar andere Betreuer schon dabei, Tee, Kaffee und Kakao zu kochen.

»Einmal was von allem, bitte.« Ich reiche Finn unsere Thermoskannen, und er beginnt, sie zu befüllen. »Sag mal, ich hätte eine Frage«, sagt er, als er mir die erste Kanne voller Tee zurückreicht.

»Klar, schieß los.«

»Helena ist doch die Schwester von Chris, richtig?«

Ich unterdrücke ein Schmunzeln. »Ja, genau.«

»Und ihr Freund ist …?« Er gibt sich unbeteiligt, während er Kaffee umfüllt, aber mir kann er nichts vormachen.

»Soweit ich weiß, ist sie gerade Single. Wieso?«

»Ach. Einfach so.«

»Verstehe.«

»Nur …« Er stellt die letzten beiden gefüllten Kannen vor mir ab. »Sag ihr vielleicht nicht, dass ich das gefragt habe.«

»Selbstverständlich.« Ich zwinkere ihm verschwörerisch zu.

»Danke. Wie viele Brötchen braucht ihr?«

Wenige Minuten später machen wir uns mit unseren Thermoskannen, mehreren Tüten frischer Brötchen und für uns abgezähltem Aufschnitt auf den Rückweg in unser Lager. Dort angekommen, helfen die Kinder mir dabei, die Tische zu decken und den Aufschnitt zu verteilen. Ich bin gerade dabei, mir selbst den ersten Kaffee einzuschenken, als Chris auftaucht. Er sieht aus, als wäre er gerade aus dem Bett gefallen.

»Sorry, ich muss irgendwie meinen Wecker verschlafen haben.« Mit weit aufgerissenen Augen schaut er sich um. »Das ist mir noch nie passiert. Wir müssen noch unsere Getränke abholen und die Brötchen …«

»Schon passiert«, verkünde ich beruhigend und drücke ihm einen Kaffee in die Hand. »Wir haben alles unter Kontrolle.«

Er dreht sich einmal um die eigene Achse, betrachtet die gedeckten Tische und die Kinder, die sich gerade frischen Kakao in die Becher füllen.

»Oh. Sieht so aus. Danke dir.« Er nimmt einen großen Schluck Kaffee. »Und auch danke dafür. Wow, ich hätte nicht gedacht, dass ich so fertig sein würde.«

»Kein Problem.« Ich senke die Stimme. »Betrachte es als Miete für meinen Teil der Matratze.«

Er winkt ab. »Wie gesagt, das war reiner Egoismus. Wie du gerade mal wieder bewiesen hast, würde ich das hier nicht ohne dich hinkriegen. Hast du gut geschlafen?«

Es ist eine unschuldige Frage. Trotzdem werfe ich ihm einen prüfenden Seitenblick zu. Hat er doch mitbekommen, wie ich gegangen bin? Wie *wir* geschlafen haben? Sein Gesicht verrät nichts.

»Danke.« Ich räuspere mich. »Kann nicht klagen. Aber mach dir keine Sorgen, ich kümmere mich heute um ein neues Zelt.«

»Am Sonntag?«, gibt er zurück.

Scheiße. Daran habe ich noch gar nicht gedacht. »Ich frage bei meiner Schwester nach. Wir kennen bestimmt noch jemanden, der ein Zelt hat.« Auch wenn mir spontan niemand einfällt. Rosa brauche ich wohl kaum zu fragen, Phillip hat schon vorher abgewunken, und weder Dagmar noch Luisa sind begeisterte Camper.

»Du hast ja gesehen, meine Matratze ist groß genug«, meint Chris. »Daran hat sich nichts geändert.«

Natürlich hat er recht. Es wäre die pragmatischste und einfachste Lösung. Aber ich kann nicht riskieren, noch mal so eng umschlungen neben ihm aufzuwachen. Denn wer garantiert mir, dass er es beim nächsten Mal nicht doch mitbekommt?

»Sehr großzügig von dir. Vielleicht kriege ich ja doch noch eine andere Lösung hin«, antworte ich ausweichend. Er fasst sich theatralisch an die Brust. »Sei ehrlich. Ist es, weil ich schnarche?«

Gegen meinen Willen muss ich schmunzeln. »Du schnarchst nicht.«

Gespielt nachdenklich tippt er sich ans Kinn. »Dann rede ich im Schlaf? Oder trete? Oder breite mich zu sehr aus?«

»Weder noch. Du verhältst dich absolut vorbildlich«, ziehe ich ihn auf, während ich versuche, die Erinnerung an seine Hand an meiner Hüfte zu verdrängen.

»Sehr beruhigend«, sagt er, und wieder frage ich mich, an was er sich erinnert.

»Dann lass mich einfach später wissen, ob ich dir den Platz auf meiner Matratze freihalten soll.«

»Werde ich machen.«

Erleichtert darüber, das Thema fürs Erste beendet zu haben, sorge ich dafür, dass alle Kinder einen Platz am Tisch finden, und beginne, die Brötchen auf die Teller zu verteilen. Alle stürzen sich aufs Frühstück, als hätten sie tagelang nichts gegessen. Ich sitze neben Hannah und Frieda, nehme abwechselnd einen Schluck von meinem Kaffee und einen Bissen von meinem Nutellabrötchen und hoffe, dass eins von beiden mir die nötige Energie gibt, den kommenden Tag zu bewältigen. Nach dem Frühstück steht eine Trainingseinheit an, bei der meine Mannschaft und ich dieses Mal zu den Gruppen gehören, die auf dem richtigen Feld trainieren. Nach dem Training gestern, der Nachtwanderung und der ersten gemeinsamen Nacht in Zelten merke ich direkt, dass sich die Dynamik zwischen den Kindern verändert hat. Sie unterhalten sich bereits untereinander, als ich ankomme, wirken deutlich entspannter und vor allem richtig bereit, endlich Fußball zu spielen. Ich zücke meinen größtenteils aus alten Lehrbüchern und dem Internet zusammengeschusterten Trainingsplan, und wir machen uns ans Werk. Was in Sachen Kommunikation noch holprig läuft, macht die Mannschaft mit Motivation und Spielbegeisterung wieder wett. Am Ende unserer Trainingseinheit bin ich genauso durchgeschwitzt wie die Spieler, kann mir ein Grinsen jedoch nicht verkneifen. Wenn Chris denkt, er könnte uns besiegen, hat er sich mächtig geirrt.

Nach einem schnellen Mittagessen geht es fürs Nachmittagsprogramm an den Strand. Bei strahlendem Sonnenschein spielen die Kinder Beachvolleyball und Frisbee und planschen in den Wellen. Für uns Erwachsene bedeutet das allerdings wenig Entspannung, weil wir die Kinder keine Sekunde aus den Augen lassen dürfen. Ich fühle mich an die paar Schichten Aufsicht im Altensander Freibad erinnert, die ich als Jugendliche gemacht habe, um mein Taschengeld aufzubessern. Damals wie heute ist es verdammt anstrengend, denn Kinder neigen dazu, sich schnell zu bewegen und gerne laut herumzuschreien, selbst wenn niemand gerade ertrinkt. Das hält mich nicht davon ab, die ersten drei Male beinahe einen Herzinfarkt zu bekommen. Aber jeder Blick in Hannahs Gesicht wiegt all das sofort auf. Meine Tochter ist so glücklich, wie ich sie sonst nur auf dem Fußballplatz selbst erlebe. Sie tobt mit ihren Mannschaftskameradinnen über den Strand, spielt mit den älteren Kindern Frisbee und verspeist mit Frieda eine halbe Packung sandige Schokokekse. Das entschädigt mich selbst für die ernüchternde Erkenntnis, dass Sandra wie erwartet auf die Schnelle kein anderes Zelt auftreiben kann. Nachdem ich ihr die Lage am Telefon geschildert habe, verspricht sie aber, morgen bei ihrem Einkauf im Großmarkt bei einem Outdoorgeschäft in Eckernförde anzuhalten und nach einem Zelt zu suchen. Ich bedanke mich überschwänglich und verspreche mir selbst, mich einfach noch eine weitere Nacht zusammenzureißen. Im Zweifel wickele ich mich in meinen Schlafsack ein wie eine Mumie, um eine Wiederholung von heute Morgen zu vermeiden. Bis wir alle Kinder nach dem Strand wieder geduscht und trocken im Lager haben, habe ich einen leichten Sonnenbrand auf den Schultern und schmerzende Füße. Erholung ist allerdings noch nicht in Sicht, denn nach dem Abendessen steht eine Kinderdisco an. Dafür schieben wir im Versammlungsraum des Vereinsheims alle Tische an die Wände und bauen Lautsprecher auf. Celine und ich kümmern uns um die Playlist, und es ist überraschend anspruchsvoll, Musik auszuwählen, die möglichst vielen Kindern und Jugendlichen zwischen sieben und fünfzehn gefällt. Aber wie sich herausstellt, war unsere Sorge unbegründet. Die Kinder hüpfen und tanzen zu allem, was einen Beat hat. Woher sie diese Energie hernehmen, ist mir ein Rätsel.

»Komm, Nina, tanz mit!« Zoe und Alisha aus meiner Mannschaft entdecken mich am Rand des Raumes und ziehen mich auf die Tanzfläche. Dort werde ich von Sahra, Fiona und den älteren Mädchen begeistert begrüßt. Ich kenne das Lied nicht, und meine Füße sind schwer wie Ziegelsteine, aber ihre Begeisterung ist ansteckend. Also tanze ich einen Song und noch einen, bis ich irgendwann schwer atmend abwinke und mich am Rand auf den Boden sinken lasse.

»Wir sind eben doch keine fünfzehn mehr, was?« Chris bleibt neben mir stehen und reicht mir einen Becher Wasser.

»Keine Ahnung, was du meinst«, antworte ich so würdevoll wie möglich und trinke ihn in einem langen Zug aus.

»Wenn das so ist.« Er nimmt mir den Becher wieder ab und streckt mir eine Hand hin. »Tanz mit mir.«

Wie aus Reflex ergreife ich seine Hand, lasse mich von ihm auf die Beine ziehen. Die Berührung seiner warmen Finger jagt Strom durch meine Adern, und ich möchte es tun, trotz allem. Aber ich weiß es besser.

»Das wäre, glaube ich, keine gute Idee.« Vorsichtig, aber bestimmt löse ich unsere Hände. Er schluckt, macht aber einen großen Schritt zurück. »Wie du meinst«, sagt er leise. Und ich mache mir etwas vor, wenn ich mir sage, dass ich mich nur davor schützen möchte, mir noch mal das Herz brechen zu lassen. Denn ich bin längst dabei.

Chris wird von einer Gruppe Kinder an den Händen gefasst und in die Mitte der improvisierten Tanzfläche gezogen. Ich bleibe allein zurück und versuche mir einzureden, dass es die richtige Entscheidung ist. Irgendwann gesellen sich Fiona und Sahra zu mir. Während sie sich unterhalten, wirft Fiona immer wieder Blicke zu einer anderen Gruppe Tänzer hinüber. Unter ihnen ist auch der Junge mit den schwarzen Haaren, der sie gestern während der Nachtwanderung beobachtet hat. Sahra bemerkt ihren Blick ebenfalls und gibt ihr einen Stoß in die Seite. »Jetzt geh schon endlich rüber. Ich sag dir, er mag dich.«

Fiona vergräbt stöhnend ihr Gesicht in den Händen. »Das kannst du nicht wissen. Was, wenn nicht?«

»Was, wenn doch?«, hält Sahra dagegen. Fiona gibt keine Antwort. Die beiden beobachten schweigend, wie der dunkelhaarige Junge mit einem anderen Mädchen lacht. Fiona wird neben mir immer kleiner.

»Ich glaube, ich gehe schon mal schlafen«, murmelt sie

und steht auf. Sahra folgt ihr nach draußen. Ihre Frage begleitet mich durch den Rest des Abends, bis wir die Musik abdrehen und die letzten Kinder ins Bett gebracht haben. Bis ich wieder neben Chris auf der Luftmatratze liege, fest in meinen Schlafsack eingewickelt, und seinen ruhigen Atemzügen lausche.

Was, wenn doch?

Kapitel 30

Ich träume von starken Armen um meine Schultern und warmem Atem in meinem Nacken. Als ich aufwache, ist der Schlafsack neben mir allerdings bereits leer. Schlaftrunken rolle ich zur Seite und lande mit dem Gesicht voran auf Chris' kleinem Reisekissen. Es riecht nach Minzshampoo und Chris, und irgendwo in dem Status zwischen Schlafen und Wachen möchte ich nichts mehr, als mein Gesicht in dem Stoff vergraben. Dann stemme ich mich hoch und schlüpfe in meine klamme Hose. Der dritte Tag des Camps beginnt mit grauem Himmel und kühlem Wind. Das scheint den Kindern allerdings nichts auszumachen. Während Chris mit Fiona und Sahra den Tisch deckt, helfen Hannah und Frieda mir dabei, unsere Frühstücksbrötchen abzuholen und auszuteilen. Beim Essen quatschen und lachen sie, als hätten sie gerade eine erholsame Nacht in einem Fünf-Sterne-Hotel hinter sich, während ich am liebsten einfach den Kopf auf die Tischplatte legen könnte. Auch die zweite Nacht auf Chris' Matratze habe ich zwar an sich gut geschlafen, aber nach all den Anstrengungen von gestern hätte ich noch gut zwei Stunden mehr vertragen können.

»Wow, du siehst fertig aus«, sind Helenas erste Worte an

mich, als sie in der Mittagspause auf dem Zeltplatz auftaucht. Über die Schulter geschlungen hat sie eine große schwarze Tasche, die sie mir mit großer Geste überreicht. »Mit besten Grüßen von deiner Schwester, die es leider nicht persönlich geschafft hat. Ich wusste gar nicht, dass sie unsere Festnetznummer noch kennt.«

So oft, wie sie früher bei Chris' Eltern angerufen hat, um zu fragen, wann ich nach Hause komme, wundert mich das nicht.

»O mein Gott, das Zelt!« Dankbar nehme ich ihr die Tasche ab und öffne den Reißverschluss. Innen warten mehrere Schichten hellblauer Zeltplane und eine Tüte voller Stangen auf mich.

»Du weißt nicht zufällig auch, wie man das aufbaut?«

»Leider nicht.« Amüsiert beobachtet sie, wie ich in der Tasche krame. »Aber mein Bruder ist überraschend gut in so was. Der kann dir bestimmt helfen.«

Genau das würde ich gerne vermeiden. »Egal, darum kann ich mich auch später noch kümmern«, verkünde ich und stelle die Tasche in den Eingang meines undichten Zelts ab. Mittlerweile sind meine ganzen Klamotten bei Chris, und wir lagern hier Kartons mit Wasserflaschen und Ersatzfußbälle, denen ein paar Regentropfen nichts ausmachen.

»Wie du meinst.« Sie lässt den Blick über den Platz wandern, offensichtlich abgelenkt.

»Suchst du etwas?«, frage ich unschuldig. »Oder jemanden?«

Ertappt fährt sie zusammen. »Nein, nein. Also, ich dachte nur, ich sage Chris kurz Hallo, wenn ich sowieso hier bin.«

»Klar. Der ist vorhin in Richtung Küche aufgebrochen.«
Mit einem verschwörerischen Flüstern ergänze ich: »Wenn ich mich nicht irre, wollte er Finn dabei helfen, das Mittagessen vorzubereiten.«

»Aha.« Helena tritt von einem Fuß auf den anderen. »Dann warte ich vielleicht einfach hier, bis er zurück ist. Ich will ja nicht im Weg stehen.«

»Oder ...« Ich fasse sie sanft an den Schultern und drehe sie in Richtung Vereinsheim. »Du gehst einfach kurz vorbei. Ich bin sicher, dass du willkommen bist.«

Deutlicher kann ich es nicht machen, ohne mein Versprechen an Finn zu brechen. Zum Glück braucht Helena aber nicht mehr Ermunterung. Mit einem kleinen Lächeln macht sie sich auf den Weg in Richtung Küche. Am liebsten würde ich hinterhergehen und genau beobachten, was als Nächstes passiert. Aber einer von uns Erwachsenen hat ja Aufsichtspflicht.

An diesem Nachmittag steht die Stadtrallye auf dem Programm. Dazu bauen wir in der Mittagspause an verschiedenen Punkten in der Stadt, die ich vorher ausgekundschaftet habe, kleine Stationen auf. Von Sackhüpfen über Eierlaufen bis Teebeutel-Weitwurf sind fast alle Spiele dabei, die ich früher auf meinem Kindergeburtstag auch gespielt habe. Dann bekommen die einzelnen Teams eine Karte und werden auf die Stadt losgelassen.

»Müssen wir das wirklich machen?«, meckert Sahra, als ich mit meinem Team an der ersten Station ankomme. Hier geht es darum, mithilfe eines Schwamms und einer Menschenkette so viel Wasser wie möglich in kurzer Zeit von einem Eimer in einen anderen zu befördern. »Das Abschlussturnier ist übermorgen. Wir sollten eher dafür trainieren.«

»Das hier ist Training«, halte ich dagegen und stelle mich in die Reihe. »Es geht um Geschwindigkeit, Koordination, Teamwork. Alles Dinge, die uns auch auf dem Fußballplatz helfen werden.«

Sahra sieht nicht überzeugt aus. Auch die anderen älteren Spieler in meinem Team nehmen ihre Position in der Menschenkette eher zögerlich ein. Sobald Celine, die diese Station betreut, aber auf ihre Stoppuhr drückt und »Start« ruft, sind sie voll dabei. Unter lauten Anfeuerungsrufen geben sie den Schwamm hin und her, steigern das Tempo, bis ich selbst kaum noch mitkomme. Als unsere Minute um ist, haben wir fast alles Wasser von einem Eimer in den anderen transportiert.

»Nicht schlecht.« Mit einem anerkennenden Nicken macht Celine sich eine Notiz auf ihrem Klemmbrett. »Das ist bisher der Rekord.« Die Kinder jubeln und klatschen einander ab. Damit ist bei allen der Ehrgeiz geweckt. Jede neue Aufgabe wird mit voller Konzentration absolviert. Wenn wir auf dem Weg auf andere Gruppen stoßen, tauschen sich die Kinder aus, wer beim Sackhüpfen schneller war oder eine größere Sandburg gebaut hat. Auch wenn ich sie immer wieder daran erinnere, dass wir hier nicht für Olympia trainieren, hoffe ich insgeheim ebenso, dass wir es aufs Siegertreppchen schaffen. Vielleicht sogar vor dem Team von Chris.

Der gibt sich beim Abendessen gewohnt siegessicher, wirkt aber seltsam abgelenkt. Helena muss ihn dreimal bitten, ihr das Ketchup zu reichen, bevor er reagiert, und auch sonst verbringt er mehr Zeit damit, auf sein Handy zu starren, als seine Nudeln zu essen. Den Leerlauf zwischen Abendessen und Siegerehrung nutze ich, um versuchsweise mein neues Zelt aufzubauen. Hannah und Frieda versuchen nach Kräften, mir zu helfen, sind aber leider genauso wenig begabt, sodass wir nach einer halben Stunde ein windschiefes Gebilde und zwei Stangen übrig haben. Als Hannah gerade anbieten will, ihre Taschenlampe zu holen, damit wir weitermachen können, geht es zur großen Siegerehrung ins Gemeinschaftszelt. Helena erzählt auf dem Weg, wie sie Finn geholfen hat, alle Punkte zusammenzurechnen, und ich muss mir auf die Lippe beißen, um nicht zu breit zu grinsen. Wenn es jemanden gibt, dem ich von ganzem Herzen ein Happy End wünsche, dann ist es Helena. Wider Erwarten gewinnen weder meine noch Chris' Mannschaft, aber meine Mädchen schaffen es immerhin auf Platz drei. Jubelnd nehmen sie ihre selbst gebastelten Medaillen entgegen, und Sahra besteht darauf, mir ebenfalls eine umzuhängen.

Über die Freude vergesse ich beinahe, dass ich immer noch keinen Platz zum Schlafen habe. Mittlerweile ist es nach zehn und so dunkel, dass ich ohne Taschenlampe keine Chance habe. Und ohne Chris, wenn ich ehrlich bin. Wenn ich die Wahl habe, einmal meinen Stolz herunterzuschlucken und um Hilfe zu bitten oder noch eine Nacht neben ihm zu liegen, weiß ich, was ich wähle. Allerdings ist Chris nirgendwo zu sehen. Auch nachdem ich die kleineren Mädchen ins Bett gebracht habe, bleibt er verschwunden. Ein paar ältere Jungs, die um das von Helena betreute Lagerfeuer sitzen, erzählen mir, er sei nach der Siegerehrung aufgehalten worden. »Da kam so ein Typ auf ihn zu«, erinnert sich einer der Spieler. »Den kannte ich nicht, der sah auch nicht so aus, als würde er zum Zeltlager gehören.«

»Stimmt.« Ein anderes Kind nickt. »Der sah irgendwie so schick aus. Lackschuhe und Hemd hatte der an.«

Ich runzele die Stirn. »Okay, wisst ihr, wo sie hingegangen sind?«

Es folgt Kopfschütteln. Tief in Gedanken versunken gehe ich weiter. Ein Typ in Büroklamotten, der Chris abends auf dem Zeltplatz anspricht? Wer könnte das sein, und warum? Und wo würden die beiden hingehen?

Meiner Intuition folgend mache ich mich auf den Weg ins Vereinsheim. Schon auf dem Flur vor Chris' Büro höre ich eine fremde Stimme.

»Ich verstehe, dass Sie überrascht sind.« Es ist eine tiefe Männerstimme. Sie klingt freundlich, aber darunter liegt etwas anderes, Schärferes. Ich halte inne, die Hand auf der Türklinke.

»Überrascht ist nicht das Wort, das ich benutzen würde.« Das ist Chris. In seiner Stimme findet sich keine Spur von Freundlichkeit. »Wie haben Sie mich gefunden?«

»Das war nun wirklich keine große Detektivarbeit. Wer ein bisschen gräbt, findet schnell heraus, wo Sie geboren wurden. Und wenn Ihnen Ihre Privatsphäre so wichtig ist, hätten Sie kein Bild auf der Trainer-Seite des FC Timmendorf hochladen sollen.«

Chris atmet hörbar ein. »Was wollen Sie von mir?«, sagt er, und die Kälte in seiner Stimme jagt mir eine Gänsehaut die Arme hoch.

»Das wissen Sie. Genau das, was jeder andere Journalist

von Ihnen wollte, seit Sie von der Bildfläche verschwunden sind. Die Wahrheit.«

Mein Herz setzt einen Schlag aus. Die letzten Tage habe ich fast vergessen, dass Chris nicht nur der Fußballtrainer meiner Tochter und meine erste Jugendliebe ist. Sondern auch ein bis vor Kurzem gefeierter Fußballstar, der sang- und klanglos aus der Öffentlichkeit verschwunden ist. Obwohl ich mich seit unserer ersten Begegnung frage, was es damit auf sich hat, lässt die Frage des Journalisten mich schlucken. Es ist offensichtlich, dass er nicht darüber sprechen will. Niemand sollte ihn dazu zwingen.

»Ich habe aufgehört«, sagt Chris knapp. »Das ist alles, was Sie wissen müssen.«

»Sehen Sie, da bin ich anderer Meinung«, erwidert der Reporter. »Unsere Leser, die ganze Fußballnation fragt sich seit Monaten, was an den Gerüchten dran ist.«

»Ich befasse mich nicht mit Gerüchten.«

»Das ist interessant. Wollen Sie gar nicht wissen, von welchen ich rede?« Die Stimme des Journalisten bekommt etwas Süffisantes. »Dass mehrere spanische Clubs Ihnen Verträge angeboten haben, weiß ich aus sicherer Quelle. Haben Sie endlich unterschrieben? Oder wie lange wollen Sie hier noch den Kreisliga-Trainer geben?«

Mein Herz rutscht mir in die Kniekehle. Hatte ich nicht genau das die ganze Zeit befürchtet?

»Sie haben keine Ahnung, wovon Sie reden«, antwortet Chris, aber er hat etwas von seiner vorherigen Sicherheit verloren.

»Ach nein? Dann haben Sie keine Angebote aus Madrid und Barcelona?«

»Doch, schon, aber …«

Das Blut rauscht in meinen Ohren, und ich balle meine Hände zu Fäusten.

»Sehen Sie, ich sagte Ihnen ja, dass ich gut informiert bin.« Blätter rascheln, als würde der Reporter die Seiten eines Blocks umblättern. »Was hätten wir noch? Dass Ihr Vater krank ist, das hat man mir hier schon im Supermarkt bestätigt. Was Ihre Schwester angeht, konnte man mir allerdings weniger sagen …«

»Verschwinden Sie.« Chris' Stimme durchschneidet seinen Satz wie ein Messer. »Sofort.«

»Und dann wäre da natürlich noch die Sache mit …«

»Ich sagte, verschwinden Sie.«

Für einen Moment herrscht Stille auf der anderen Seite der Tür. Ich wage kaum zu atmen. Als der Journalist wieder spricht, ist seine Stimme so hart wie die von Chris. »Wie Sie meinen. Aber ich gebe Ihnen noch einen gut gemeinten Rat. Wenn ich Sie finden konnte, dann können es andere auch. Sie können sich nicht ewig in irgendeinem Kaff verkriechen. Und der Nächste, der hier auftaucht, fragt vielleicht nicht erst freundlich bei Ihnen nach, wie Ihre Seite der Geschichte aussieht.«

Schritte ertönen, und bevor ich mich in Sicherheit bringen kann, fliegt die Tür auf. Der Mann, der heraustritt, trägt ein dunkelblaues Hemd und einen modischen Kurzhaarschnitt. Ohne meine Anwesenheit zur Kenntnis zu nehmen, stürmt er an mir vorbei den Gang hinunter. Noch hat Chris mich nicht gesehen. Er steht unbewegt hinter seinem Schreibtisch, starrt mit leerem Blick auf die Stelle, an der der Journalist eben noch gestanden hat. So habe ich ihn noch nie gesehen. Aber jetzt gerade bin ich zu wütend, um darauf Rücksicht zu nehmen.

»Dann stimmt es also?«, frage ich leise. »Du willst abhauen?«

»Nina?« Chris fährt zusammen, als hätte er einen Eimer kaltes Wasser über den Kopf bekommen. »Wie lange stehst du da schon?«

»Lange genug«, gebe ich zurück. In der Küche dreht jemand das Radio auf und erinnert mich daran, dass wir hier nicht allein sind. Ich marschiere ins Büro und schließe die Tür hinter mir, bevor ich weiterspreche. »Wolltest du dieses Mal wenigstens Bescheid geben? Oder hätten deine Spieler das erst erfahren, wenn sie zum Training auftauchen und du nicht da bist?«

»Nina, jetzt warte doch mal …«

»Für mich wäre es ja nicht das erste Mal. Aber für die Kinder wäre es eine Katastrophe, wenn sie ihren neuen Trainer verlieren.«

Für einen Moment sieht Chris so aus, als wollte er energisch widersprechen. Dann sacken seine Schultern nach unten, als hätte ihm jemand den Stecker gezogen. »Glaubst du wirklich, dass das so einen Unterschied machen würde? Ich bin nur ein Kreisliga-Trainer. Ihr werdet einen anderen finden.«

»Werden wir nicht!« Ich werfe die Hände in die Luft. »Keinen wie dich. Keinen, der so viel Leidenschaft und Spaß am Spiel mitbringt. Keinen, den die Kinder so gernhaben.« Ich bohre ihm den Finger in die Brust. »Meine Tochter ist dein größter Fan, nur falls du das noch nicht wusstest.«

Tränen stechen mir in den Augen, und ich trete einen Schritt zurück, lasse die Hand sinken. »Aber was ist das schon im Vergleich zu einer großen Karriere, mhm?«

»Glaubst du wirklich, dass es mir hier um nichts anderes geht?« Er wirft die Hände in die Luft. »Dass ich nur hier bin, um mein Ego streicheln zu lassen, bevor ich wieder weiterziehe?«

»Ich habe keine Ahnung, wieso du hier bist«, schieße ich zurück. »Aber glaub mir, ich wünsche mir nichts mehr, als dass du endlich wieder dahin verschwindest, wo du hergekommen bist.«

Ich bereue die Worte, sobald sie meinen Mund verlassen haben. Chris sieht mich an, als wäre gerade etwas in ihm zerbrochen.

»Ich weiß nicht, wieso ich mir all die Jahre Hoffnungen gemacht habe«, sagt er leise. »Schließlich hast du meine Briefe nie beantwortet. Ich hätte niemals glauben dürfen, dass wir doch noch eine Chance haben könnten.«

Die Zeit um mich herum scheint quietschend zum Stillstand zu kommen. Mein Blickfeld verschwimmt, und meine Lunge vergisst, was eigentlich ihr Job ist. »Briefe? Welche Briefe?«

Kapitel 31

Chris schaut mich an, als hätte ich den Verstand verloren. Ein Teil von mir fragt sich, ob das vielleicht tatsächlich der Fall ist.

»Die Briefe, die ich dir aus dem Trainingslager geschrieben habe«, sagt er langsam. »Über Monate.«

Ich schüttele den Kopf. »Keine Ahnung, wem du geschrieben hast, aber ich war es nicht. Bei mir ist kein einziger Brief angekommen. Das Letzte, was ich von dir bekommen habe, war ein Abschiedskuss an deiner Haustür.« Meine Stimme beginnt zu zittern. »Von dem ich damals nicht mal wusste, dass es ein Abschiedskuss ist.«

Chris schaut mich an, als würde er mich zum ersten Mal sehen. In seinen Augen spiegelt sich dieselbe Verwirrung, die ich fühle.

»Komm mit.« Er greift nach meiner Hand und zieht mich mit sich. Ich lasse es geschehen, immer noch zu überrumpelt, um zu reagieren. Er führt mich nach draußen auf den Zeltplatz, schlängelt sich durch die Zelte bis wir vor seinem zum Stehen kommen.

»Was wird das?«, frage ich schwach, als er den Reißverschluss öffnet.

»Ich muss dir etwas zeigen.«

Er klettert ins Zelt, wartet darauf, dass ich ihm folge. Als ich unbewegt vor dem Eingang stehen bleibe, taucht sein Kopf wieder im Türrahmen auf. »Ich weiß, dass ich Mist gebaut habe, Nina. Offenbar größeren, als ich dachte.« Im kühlen Licht des Monds schimmern seine Augen. »Aber bitte vertrau mir noch dieses eine Mal.«

Wortlos sinke ich auf die Knie und krieche ins Zelt. Drinnen sitzt Chris im Schneidersitz auf seiner Luftmatratze und kramt im Licht seiner Taschenlampe in seiner großen Sporttasche. Gefaltete Hosen, Handtücher, Unterwäsche, alles wandert aus den Tiefen seiner Tasche neben ihn auf die Matratze. Am Ende zieht er ein kleines, in Leder gebundenes Buch hervor. Der Einband ist ziemlich abgegriffen, als hätte sein Besitzer es häufig gebraucht.

Chris schlägt es in der Mitte auf und hält es mir hin.

»Was ist das?«, frage ich, die Arme schützend um meinen Oberkörper geschlungen. Unbeirrt streckt er mir das Buch entgegen. »Im Trainingslager sollten wir Tagebuch führen. Uns immer wieder unsere Ziele und unsere Motivation vor Augen halten. Aber ich habe mehr an dich gedacht als an alles andere.«

Zögerlich nehme ich das Buch entgegen. Das Leder ist weich in meinen Händen und die Seiten voll von Chris' vertrauter, fein säuberlicher Handschrift.

»Hier hab ich sie immer vorgeschrieben«, sagt er mit rauer Stimme. »Meine Briefe an dich. Damit ich sicher sein konnte, dass ich jedes Wort richtig gewählt habe.«

Tatsächlich beginnt die Seite, die gerade aufgeschlagen ist, mit den Worten »Liebe Nina«.

Der Briefentwurf ist datiert auf den 1. September unseres Abschlussjahres. Zwei Tage, nachdem er mich in Altensande verlassen hat.

Die Schrift verschwimmt vor meinen Augen, und ich schlage das Buch zu, bevor meine Tränen auf das Papier tropfen können.

»Wieso hast du es getan?«, presse ich hervor. Stelle die eine Frage, die ich seit einem Jahrzehnt mit mir herumtrage. »Wieso, Chris?«

Er greift nach meinen Händen, streicht mit den Daumen sanft über meinen Handrücken. »Weil ich ein Idiot war, Nina.« Er räuspert sich. »Ein Idiot, der wahnsinnige Angst hatte.«

»Du?« Ungläubig schüttele ich den Kopf. »Du hattest vor gar nichts Angst.«

Er lacht humorlos auf. »Ich hatte vor allem Angst. Dass das Angebot nur eine Farce war. Dass sie schnell merken würden, dass ich doch nicht gut genug bin. Dass ich dem Druck nicht standhalten würde. Aber vor allem vor deiner Reaktion.«

Die Taschenlampe befindet sich zwischen uns auf dem Boden, der Lichtkegel an die Wand gerichtet. Sein Gesicht liegt im Schatten, aber ich bin wie hypnotisiert von seinen Augen. Meerblau und so vertraut, als lägen zwischen unserem ersten und letzten Kuss Sekunden anstelle von Jahren.

»Ich hab dich immer unterstützt«, protestiere ich schwach.

»Bis zu einem gewissen Punkt«, räumt er ein. »Aber du hast mir auch immer geraten, mir realistischere Träume zu suchen. Eine Ausbildung zu machen, irgendetwas Bodenständiges, womit ich auch in Altensande bleiben könnte.«

Ein trauriges Lächeln umspielt seine Lippen. »Du warst

eben schon immer die Pragmatische von uns beiden. Aber dann bekam ich dieses Angebot, das alles verändert hat. Ich war so unglaublich glücklich. Und hatte plötzlich Angst, du würdest meine Freude nicht teilen. Mit deiner Ablehnung hätte ich nicht umgehen können.«

»Und anstatt mir zu vertrauen, bist du lieber nachts stillschweigend abgehauen«, sage ich mit tränenerstickter Stimme. »Du hast mir mein verdammtes Herz gebrochen, Chris.«

»Und das seitdem jeden einzelnen Tag bereut.« Im Halbdunkeln sehe ich, wie er sich über die Augen wischt. »Nina, es tut mir so leid.«

Damals, in dem traurigen, endlosen Herbst nach unserem gemeinsamen Sommer habe ich manchmal davon geträumt, ihn zur Rede zu stellen. Mir in allen Farben ausgemalt, wie ich ihn in Grund und Boden reden würde, bis er auf Knien vor mir um Verzeihung bitten würde. In diesen Fantasien war ich die Rachegöttin, makelloses Make-up, figurbetontes Kleid und keine Gnade. Jetzt laufen mir heiße Tränen über die Wangen, und ich presse mir eine Hand vor den Mund, um nicht hörbar zu schluchzen. Wortlos sinke ich nach vorne, presse mein Gesicht gegen Chris' Schulter. Sie bebt unter mir. Der Mann, dem ich bittere Rache geschworen hatte, weint ebenfalls. Ganz behutsam, als fürchte er eine erneute Zurückweisung, legt er seine Hände auf meinen Rücken und hält mich. Ich schlinge die Arme um meinen Brustkorb, als könnte ich mein Herz dadurch davor bewahren zu zersplittern.

Ich weiß nicht, wie lange wir so dasitzen, bis ich keine Tränen mehr habe. Bis die Berührung seiner Hände keine lange vergrabene Trauer mehr in mir weckt, sondern zögerliche Sehnsucht.

»Du hast mir also geschrieben, mhm?«, frage ich mit heiserer Stimme und setze mich auf.

Chris fährt sich mit dem Unterarm über die Augen. »Jede Woche. Bei jeder Gelegenheit, die ich hatte. Ich wollte ja nicht, dass es zwischen uns vorbei ist. Dich zu verlassen war nie meine Absicht. Bis mein Trainer mich irgendwann vor allen anderen zusammengeschissen hat, weil ich lieber in meinem Buch gekritzelt habe, anstatt ihm zuzuhören.« Der Humor verschwindet so schnell aus seiner Stimme, wie er gekommen ist. »Und da du mir nie geantwortet hast, habe ich es irgendwann aufgegeben. Schließlich konnte ich es dir nicht verdenken, mich zu hassen.«

»Ich habe dich nicht gehasst«, widerspreche ich heftig. Er legt zweifelnd den Kopf schief. »Na gut, vielleicht ein bisschen«, gebe ich zu. »Immerhin hast du mit mir geschlafen und mich dann am nächsten Tag sitzen lassen.«

Er verzieht das Gesicht. »Das war wirklich beschissenes Timing.«

»Kann man sagen. Nicht nur, dass mein Freund plötzlich weg war, ich musste mich auch die ganze Zeit fragen, ob es so schlecht war.« Ich versuche, meiner Stimme Leichtigkeit zu geben, aber alte Unsicherheit schimmert durch jedes Wort.

»War es nicht.« Er schluckt. »War es ganz und gar nicht.«

Mit einem Mal ist die Luft im Zelt wie elektrisch aufgeladen. Chris' Blick ruht auf mir, als müsste er nie wieder etwas anderes ansehen, und kribbelnde Wärme steigt in mir hoch.

»Dir ist nie in den Sinn gekommen anzurufen?«, krächze ich. Er lächelt schief. »Ich habe jeden Abend darüber nachgedacht. Bestimmt zwanzig Mal deine Nummer gewählt und mich am Ende nicht getraut. Als dann keine Antwort auf die Briefe kam, dachte ich, du willst nichts mehr von mir wissen.«

»Und ich dachte, du hättest dich einfach eiskalt aus dem Staub gemacht.«

»Das werde ich mir nie verzeihen«, flüstert er. Seine rechte Hand streicht sanft über meine Wange. Wischt meine Tränen weg. »Aber wie es aussieht, haben wir uns beide geirrt.«

»Das haben wir«, antworte ich, etwas außer Atem. Mein Kopf brummt, während er versucht, all diese Informationen zu verarbeiten. Alles, was ich die letzten zehn Jahre geglaubt habe, war ein Irrtum. Chris' Hand wandert in meinen Nacken, ankert mich in der Gegenwart.

»Wieso sind die Briefe niemals angekommen?«, frage ich.

»Keine Ahnung. Aber ich schwöre dir, ich werde es herausfinden. Und dann wird der Postbote, der das verbockt hat, mir einiges erklären müssen.«

Ein Kichern steigt in mir hoch. »Bei dem Gespräch wäre ich gerne dabei.«

»Das wird sich arrangieren lassen.« Mit jedem Satz kommen sich unsere Gesichter ein bisschen näher. Ich kann die Sommersprossen auf seinen Wangen zählen und rieche einen Hauch Zitronentee in seinem Atem. Seine Augen wandern zu meinem Mund. Es wäre so leicht, die letzten Zentimeter zwischen uns zu schließen. Mein ganzer Körper vibriert mit dem Bedürfnis, seine Lippen zu spüren. Aber es gibt immer noch etwas, das mich zurückhält.

»Willst du wirklich wieder gehen? Nach Spanien, wie der Reporter gesagt hat?«

Chris schüttelt sofort den Kopf. »Auf keinen Fall.«

»Aber du hast Angebote von dort?«

Auch dieses Mal zögert er nicht mit der Antwort. »Das stimmt. Und ganz am Anfang habe ich darüber nachgedacht. Aber jetzt nicht mehr.«

»Nein?« Ich hasse es, wie wackelig meine Stimme klingt. Aber ich muss es wissen.

Er schaut mich an, und ich habe das Gefühl, dass seine Augen direkt in meine Seele sehen. »Nein«, sagt er bestimmt. »Ich verspreche es.«

Das ist alles, was mein Hirn brauchte, um meinem Körper die Kontrolle zu überlassen. Im nächsten Atemzug liegen meine Lippen auf seinen. Er macht einen überraschten Laut, erholt sich aber schnell. Sein Mund öffnet sich, und seine Zunge begegnet meiner. Nur die entfernte Erinnerung daran, dass um uns herum Kinder schlafen, lässt mich mein Stöhnen hinunterschlucken.

Ich klettere auf seinen Schoß, und meine Hände wandern von seinen Schultern nach oben, vergraben sich in seinen Haaren. Seine Finger scheinen überall zu sein, in meinem Nacken, an meinen Armen, auf meinen Hüften. Mit jeder Bewegung verringern wir unseren Abstand, bis kein Zentimeter Luft mehr zwischen uns ist.

»Warte mal kurz«, keucht Chris und löst sich von mir, um Luft zu holen. »Die Kinder. Wer ist gerade am Lagerfeuer?«

»Helena«, antworte ich atemlos, lehne meine Stirn an seine. »Da war sie zumindest eben, als ich dich suchen gegangen bin.«

»Okay, gut. Gib mir nur eine Sekunde.«

Mit sichtlicher Mühe nimmt er seine Hand von meiner Hüfte und lehnt sich zur Seite, um den Reißverschluss des Zelts einen Spaltbreit zu öffnen und hindurchzuspähen. »Sie ist immer noch da«, verkündet er erleichtert. »Wir haben also Zeit.«

»Ist das so, ja?« Mein Herz klopft so laut in meiner Brust, dass ich befürchte, es könnte den ganzen Zeltplatz aufwecken. »Zeit wofür?«

Feuer lodert in seinen Augen, als er sich wieder mir zuwendet. »Um nachzuholen, was ich zehn Jahre lang vermisst habe.«

Kapitel 32

Chris überwindet die Distanz zwischen uns erneut und küsst mich hungrig. Gleichzeitig wandern seine Finger unter mein T-Shirt, streichen über die nackte Haut an meinem Bauch. Ich sauge scharf die Luft ein, und er hält inne. »Ist das okay?«

Anstelle einer Antwort hebe ich den Saum seines Shirts an und ziehe es nach oben. Wir trennen uns nur lange genug, um die störenden Schichten Stoff zu beseitigen. Im Schein seiner Taschenlampe nehme ich mir einen Moment, um meinen Blick über Chris' breite Schultern und starke Arme wandern zu lassen. Gleichzeitig spüre ich seine Augen auf mir wie einen Scheinwerfer, durchdringend und warm.

»Man sieht dir eure Trainingslager auf jeden Fall an«, scherze ich schwach, während ich den Bauch einziehe. Anders als bei Chris ist mein Körper die letzten zehn Jahre definitiv nicht straffer geworden.

Trotzdem schaut er mich an, als könnte er sein Glück kaum fassen. »Du bist wunderschön«, haucht er und küsst meine Schulter. Arbeitet sich über mein Schlüsselbein vor bis zu dem Punkt an meinem Halsansatz, der mir fast den Atem nimmt. Aber es reicht mir nicht. Ich brauche mehr.

Meine Hände wandern seinen Brustkorb entlang bis zum Bund seiner Jeans. Mit zitternden Fingern löse ich den Knopf, halte einen Moment inne, um ihm Zeit zu geben zu reagieren.

Ohne die Lippen von meiner Haut zu lösen, öffnet er mit einer Hand den Verschluss meines BHs. Er fällt zwischen uns auf den Zeltboden, und kalte Luft strömt über meine Haut. Plötzlich fühle ich mich zu nackt. Zu schutzlos. Ich verschränke die Arme vor der Brust, und mein Körper versteift sich wie vor ein paar Wochen, als ich auf der Couch eines Fremden saß, der versucht hat, mich auszuziehen. Damals wurde mir erst in dem Moment klar, dass ich keinen Sex ohne Gefühle möchte. Jetzt ist es für die Gefühle schon längst zu spät. Es gibt kein Zurück mehr, wir befinden uns schon im freien Fall, und trotzdem erinnert mich mein Kopf daran, dass ich den Aufprall noch abfedern könnte. Mich jetzt zurückziehen, bevor ich ungebremst aufschlage.

»Nina?« Chris bemerkt mein Zögern, hält inne. »Alles okay?«

»Ich weiß es nicht«, antworte ich ehrlich. »Ich glaube, ich hab Angst.«

Er rückt ein Stück von mir ab, aber seine Hände bleiben auf meinen Hüften liegen. Erden mich wie ein Anker im Sturm.

»Ich auch«, antwortet er leise. »Aber ich will mich nicht mehr davon aufhalten lassen. Das habe ich von einer Freundin gelernt.«

Ich schmunzele bei der Erinnerung, und das Eis in meinen Knochen beginnt zu schmelzen.

»Wir müssen das nicht machen, wenn du nicht willst«, fügt Chris hinzu, seine Berührung jetzt nur noch federleicht. Augenblicklich vermisse ich seine Wärme.

»Und wenn ich es will? Aber verdammt noch mal Schiss habe, was es bedeuten könnte?«

»Vielleicht musst du nicht jetzt entscheiden, was es bedeutet«, gibt er zurück, und das ist alles, was ich brauche, um die Angst zum Schweigen zu bringen. Langsam lasse ich meine Hände sinken, gebe mir Raum zum Atmen. Eine kleine Stimme in meinem Kopf erinnert mich an all die Frauen in den Magazinen, mit denen Chris seit unserem letzten Mal zusammen war, und ich greife zur Taschenlampe, um das Licht zu löschen. Aber er hält mich auf. Flucht leise, während er mich betrachtet, als wollte er mich mit den Augen verschlingen. »Scheiße, Nina.« Er schüttelt den Kopf. »Du bist ... perfekt.«

Seine Stimme bricht, und er fährt mit den Fingern meine Haut entlang, als würde er ein unbezahlbares Artefakt berühren. Gänsehaut breitet sich auf meinen Armen aus, und meine Unsicherheit verdampft.

»Weniger reden«, murmele ich und hebe mit meiner Hand sein Kinn. »Mehr küssen.«

Es ist alles an Aufforderung, was er braucht.

Unser erstes Mal miteinander war ungeschickt, leicht angetrunken und voller Nervosität. Wir waren Teenager, und keiner von uns wusste, was er tat. Dieses Mal ist es anders. Das Zelt ist eng, und die Luftmatratze quietscht leise unter unserem Gewicht, als ich mich hinlege und Chris sich über mich beugt. Er lässt sich Zeit, mehr Zeit, als Jan sich jemals genommen hat. Küsst sich hingebungsvoll von meinen Lippen über mein Brustbein nach unten, bis ich Sterne sehe, und jedes Mal, wenn Unsicherheit sich in meine Gedanken schleicht, flüstert er ein Kompliment in meine Haut, als verrate er mir ein Geheimnis. Sein langsames Tempo gibt mir die Zeit, mich wieder mit einem Körper vertraut zu machen, den ich früher mal kannte. Der sich deutlich verändert hat, seit ich ihn das letzte Mal berühren konnte. Neben den Muskeln sind auch Narben dazugekommen. Eine an seinem Oberschenkel, eine am Bauch, eine an seinem Brustbein. Ich küsse sie alle, mache mir mentale Notizen, ihn später danach zu fragen. Wenn ich wieder fähig bin, klare Sätze zu formulieren. Chris' Berührungen verwandeln mein Gehirn in Pudding. Hinterlassen eine Spur aus Feuer auf meiner Haut, bis ich es nicht mehr aushalte.

»Chris«, keuche ich. »Du kannst mich nachher küssen, bis du keine Luft mehr bekommst. Aber bitte, lass mich nicht länger warten.«

Er hebt den Kopf von meinem Oberschenkel, ein schelmisches Grinsen auf den Lippen. »Wie war das? Ich bin dir zu langsam?« In Zeitlupe wandern seine Finger die Innenseite meines Oberschenkels entlang, und ich lehne mich in die Berührung, warte auf den entscheidenden Moment. Seine Hände kommen zum Stillstand. Ein frustriertes Stöhnen entfährt mir.

»Chris Reuter, ich schwöre dir, wenn du nicht gleich zur Sache kommst, küsse ich dich nie wieder.«

Er beugt sich über mich, seine Lippen nur wenige Zentimeter von meinen. »Das kann ich nicht riskieren.« Das Amüsement ist aus seinem Gesicht verschwunden. An seiner Stelle ist da der gleiche Hunger, der in meinem Bauch brennt. Sein nächster Kuss schmeckt nach flüssiger Lava. Dann greift er in seine Tasche, kramt mit einer Hand darin herum. Und kramt und kramt. Mit jeder Sekunde wird er hektischer, bis er sich ganz aufrichtet und beginnt, achtlos Klamotten aus der Tasche zu werfen.

Außer Atem stütze ich mich auf die Unterarme. »Was machst du da?«

Ertappt dreht er sich wieder zu mir. »Es wäre möglich, dass ich nicht vorbereitet bin.«

Ich brauche einen Moment, um die Bedeutung seiner Worte zu erfassen. »Oh.«

»Zu meiner Verteidigung musst du zugeben, dass das hier ein Kinderzeltlager ist und ich in dem Glauben hierherkam, du könntest mich nicht ausstehen.«

»Okay, fair«, gebe ich zu. »Ich fürchte allerdings, die Zeiten, in denen ich ein Kondom in der Handtasche hatte, sind vorbei.«

»Verstehe.«

Wir starren einander im Halbdunkeln an, immer noch schwer atmend. Ich bin die Erste, die anfängt zu kichern. Er schaut mich an, als hätte ich den Verstand verloren, was es nur noch witziger macht. Ich presse mir eine Hand vor den Mund, um nicht zu laut zu lachen, während es meinen ganzen Körper schüttelt. Das wiederum bringt ihn zum Lachen, und damit beginnt ein Teufelskreis. Jedes Mal, wenn ich mich halbwegs beruhigt habe, prustet er wieder los oder umgekehrt, bis meine Bauchmuskeln schmerzen und mir Tränen über die Wangen laufen. Irgendwann liegen wir atemlos nebeneinander und schauen nach oben an die blaue Zeltdecke. Ich bin völlig erschöpft und fühle mich gleichzeitig so leicht wie schon lange nicht mehr.

»Dann wird das heute Abend wohl nichts«, resümiere ich, nachdem ich wieder genug Luft in den Lungen habe. Das Verlangen in meinem Bauch pulsiert protestierend, aber dafür gibt es andere Wege, später, in meinem Zelt. Oder vielleicht unter einer kalten Dusche.

»Zumindest nicht so.« Chris stützt sich auf einen Ellenbogen und schaut mich an. Seine Finger streichen sanft über meine Wangen, und meine Augen fallen wie von selbst zu, als ich mich seinen Berührungen hingebe. »Es gibt ja noch andere Wege.«

Die Wärme aus meinem Bauch lodert wieder hoch, breitet sich aus. Ich greife nach seiner Hand und führe sie langsam an meinem Körper hinab. »Tatsächlich? Ich glaube, das musst du mir genauer erklären.«

Er braucht keine weitere Aufforderung. Wenn ich mir das nächste Mal die Hand vor den Mund halte, wird das nichts mit Gelächter zu tun haben.

Kapitel 33

Als wir aus dem Zelt stolpern, ist es kurz vor Mitternacht.

»Mist, Helena! Die wartet bestimmt schon seit einer Stunde auf uns.« Chris hüpft auf einem Bein, während er versucht, sich einen Schuh über den anderen Fuß zu ziehen und gleichzeitig in seine Jacke zu schlüpfen. Ich kämme mir mit den Fingerspitzen durch die Haare und flechte meinen Zopf neu. Alles, um nicht zu offensichtlich zu machen, was gerade passiert ist. Wobei es sich anfühlt, als würde ein Blick in mein Gesicht reichen, um den ganzen Zeltplatz einzuweihen. Ich kriege das Grinsen nicht von den Lippen und habe das Gefühl, auf dem Weg zum Lagerfeuer einen Meter über dem Boden zu schweben. Nicht nur, weil der Orgasmus verdammt gut war. So gut, dass meine Knie immer noch aus Wackelpudding zu bestehen scheinen. Aber es ist mehr als das. Es ist die Art, wie Chris mich angesehen hat, danach. Wie wir uns möglichst leise wieder angezogen und dabei gekichert haben wie Teenies, die es in der Pause hinter der Sporthalle getrieben haben. Wie er jetzt einen Moment wartet, gerade noch außerhalb des Lichtkreises des Feuers, und sich mir zuwendet. »Alles okay?«

Er wirft einen schnellen Blick über seine Schulter, auf

Helena und die drei Jungs, die immer noch ums Lagerfeuer sitzen.

»Alles gut«, antworte ich ehrlich. »Aber vielleicht wäre es besser, wenn sie nicht …«

»Ja, das dachte ich auch«, antwortet Chris schnell. »Natürlich würde ich am liebsten der ganzen Welt erzählen, dass diese Frau mich immer noch mag«, ergänzt er mit einem Augenzwinkern. Ich knuffe ihn in die Seite.

»Aber vielleicht warte ich damit, bis wir uns darauf geeinigt haben, was genau wir erzählen«, beende ich seinen Satz. Welche Bedeutung es hat. Dieser Gedanke vertreibt etwas von dem wohligen Gefühl in meinem Bauch. Er ist zu nah dran an der Realität, die außerhalb dieses Zeltplatzes liegt und in die wir unweigerlich zurückkehren müssen. Aber mit der will ich mich heute Abend nicht beschäftigen. Nur für eine einzige Nacht will ich einfach nur Nina sein. Nicht die Mutter von Hannah, die Schwester von Sandra, die Lehrerin. Nur Nina.

»Da seid ihr ja.« Helenas Stimme unterbricht meine Gedanken. »Ich hab schon langsam angefangen, mir Sorgen zu machen. Ich hab euch beide mehrfach angerufen.«

»Oh, sorry, mein Handy war stumm«, stottere ich.

»Meins auch, tut mir echt leid.«

Helena verschränkt die Arme vor der Brust, offensichtlich wenig überzeugt von dieser Ausrede. »Und wo wart ihr?«

»Im Sportheim«, antworte ich.

»Auf dem Fußballplatz«, sagt Chris gleichzeitig. Wir tauschen einen Blick.

»Also, ich war duschen«, füge ich hinzu, und er nickt. »Genau. Ich auch.«

»Ihr wart also zusammen duschen, mhm?« Amüsiert hebt sie die Augenbrauen.

»Nein, natürlich nicht«, widerspricht Chris eilig. »Nina war duschen, ich kam vom Platz, und sie hat eben einfach auf mich gewartet. Draußen. Dann sind wir zusammen zurückgekommen.«

»Ich verstehe«, antwortet seine Schwester in einem Tonfall, der deutlich macht, dass sie uns kein Wort glaubt. Mit wissendem Blick verfolgt sie, wie wir uns betont weit voneinander entfernt ums Feuer setzen. Meine Wangen glühen, als wäre ich gerade von meiner Mutter dabei erwischt worden, wie ich mich nachts ins Haus schleiche. Zum Glück ist Helena offensichtlich zu müde, um uns weiter auszuhorchen, und verabschiedet sich nach Hause. Da es schon spät ist, schicken wir auch die drei Jungs, die noch Marshmallows über dem Lagerfeuer geröstet haben, ins Bett.

»Das wird noch eine Weile brennen«, sagt Chris mit Blick auf die Flammen. »So wie es aussieht, haben sie da gerade erst frisches Holz draufgelegt. Wenn du willst, kannst du ruhig schon mal ins Bett gehen, dann passe ich noch drauf auf.«

An Schlaf ist gerade nicht zu denken. Also schüttele ich den Kopf und rücke ein bisschen näher ans Feuer. »Wenn es dir nichts ausmacht, bleibe ich noch ein bisschen. Abgesehen davon …« Ich grinse bei der Erinnerung. »Ist mein Zelt sowieso noch im Rohbau, wenn man so will. Eigentlich habe ich nur nach dir gesucht, um dich um Hilfe beim Aufbauen zu bitten.«

»Verstehe.« Er erwidert mein Grinsen. »Ich denke, ich

würde es verkraften, wenn du noch eine weitere Nacht neben mir verbringst.«

Ich tippe mir in gespielter Nachdenklichkeit ans Kinn. »Wenn ich es mir recht überlege, wäre das eine annehmbare Option.«

Chris steht von der Bank auf, auf der er gesessen hat, und kommt ums Feuer herum. »Ist der Platz hier noch frei?«

Jetzt, wo niemand mehr hier ist, gibt es keinen Grund, die Fassade zwischen uns aufrechtzuerhalten. Also klopfe ich wortlos auf das Holz neben mir. Er setzt sich, gerade nah genug, dass sich unsere Schultern fast berühren. Wie um mir die Chance zu geben, bei Bedarf Abstand zu wahren. Aber heute Nacht will ich keinen Abstand. Entschieden rutsche ich an ihn heran, bis ich den Kopf auf seine Schulter legen kann. Das Holz knistert, und die warmen Strahlen des Feuers vertreiben die Kühle der Nacht. Sein Arm wandert um meine Taille, und ich möchte diesen Moment am liebsten einfrieren. Konservieren und gut verstecken, damit ich ihn später immer wieder anschauen kann, wenn das hier vorbei ist.

»Am Anfang wollte ich unbedingt so schnell wie möglich wieder weg«, sagt Chris unvermittelt. Ich drehe den Kopf, schaue zu ihm hoch. »Aus Altensande?«

»Ja.« Er starrt ins Feuer, als würde er dort etwas ganz anderes sehen. »Hier zu sein erinnerte mich nur jeden Tag daran, was ich verbockt hatte.«

Unwillkürlich setze ich mich aufrecht hin. »Du musst nicht darüber sprechen, wenn du nicht willst.«

»Ich würde es gern«, sagt er leise. »Und ehrlich gesagt glaube ich langsam auch, ich muss.«

Ich greife nach seiner Hand und verschränke unsere Finger. »Okay.«

Er spricht nicht sofort weiter, senkt den Blick auf unsere verschränkten Hände. Ich lasse ihm den Raum, den er braucht.

»Ich bin nicht freiwillig aus dem Profifußball ausgeschieden«, sagt er schließlich. »Sie haben mich rausgeworfen.«

Sprachlos starre ich ihn an. Tausend mögliche Antworten schießen mir durch den Kopf, von entgeisterten Nachfragen über empörte Ausrufe, aber ich beiße mir auf die Unterlippe und bleibe still. Spüre, dass auch nur ein falsches Wort ihn dazu bringen könnte, die Mauern wieder hochzufahren.

»Und sie hatten jedes Recht dazu.« Er lässt meine Hand los und verschränkt die Arme vor der Brust, als müsste er sich an irgendetwas festhalten. »Denn ich war nicht nur ein bestenfalls mittelmäßiger Spieler, sondern auch ein Junkie.«

»Bitte was?«, platzt es aus mir heraus. Er weicht meinem Blick aus. »Als ich mit dem Profisport anfing, hab ich natürlich gehört, dass gedopt wird. Dass Leute alles Mögliche einwerfen, um nicht abgehängt zu werden. Schließlich hängt nicht nur dein Lebenstraum an deiner Leistungsfähigkeit, sondern auch eine ganze Menge Geld. Und ich habe das immer verurteilt. Gedacht, dass mir das niemals passieren könnte, dass ich meine Moral über Bord werfe, nur um dabeizubleiben.« Er lacht auf, aber in seiner Stimme ist keine Spur von Humor. »Bis ich wirklich begriffen habe, was Profisport bedeutet. Das endlose Hamsterrad aus Training, Spielen, Turnieren, Training. Immer begleitet von dieser Angst im Nacken. Was, wenn ich nicht gut genug bin.« Mit jedem Wort scheint er auf der Bank neben mir kleiner zu werden. Ich schlinge einen Arm um seine Schultern und spüre die Anspannung in jeder Faser seines Körpers.

»Was ist dann passiert?«, frage ich vorsichtig.

Er schluckt. »Dann war ich nicht gut genug.« Es ist ein einfacher Satz, und in seiner Endgültigkeit klingt er so erdrückend, dass ich nicht weiß, was ich sagen soll. Jede Antwort, die ich geben könnte, wäre eine leere Plattitüde.

»Das hört sich so belastend an«, sage ich schließlich, als ich die Stille nicht länger ertrage. »Scheiße, Chris.«

Er zuckt mit einer Schulter. »Es war die Wahrheit. Mit jedem Spiel, mit jeder Saison wurde mein Trainer ein bisschen unzufriedener mit mir. Ich war zu langsam, zu weit hinten, zu unkonzentriert. Meine Technik war nicht gut genug, meine Ausdauer verbesserungswürdig, und während der Rest des Teams sich immer weiterentwickelte, schien es bei mir einfach nicht zu fruchten. Ich sei nicht leidenschaftlich genug, hat er mir gesagt. Derselbe übrigens, der mir damals verboten hat, dir weiter Briefe zu schreiben. Weil es mich zu sehr von dem ablenken würde, was wirklich zählt.«

»Er klingt wie ein richtiges Arschloch«, rutscht es mir heraus. Das entlockt Chris wenigstens ein schiefes Grinsen. »Das mag sein. Aber er war der Boss. Und mit jeder Saison kamen neue, jüngere Spieler dazu, die mich in den Schatten spielten, ohne sich groß anzustrengen. Irgendwann wusste ich nicht mehr, was ich tun sollte. Schließlich war das mein Leben, mein Traum. Ich war der Junge aus dem Kaff in Schleswig-Holstein, der es bis in die Bundesliga geschafft hat. Der bei jedem Besuch zu Hause ausgefragt wurde, wie es beim Fußball läuft. Den Gedanken, zurückkommen und allen die Wahrheit sagen zu müssen, konnte ich nicht ertragen.«

»Ich verstehe«, antworte ich. Er sieht mich an. »Wirklich?«

»Na ja.« Ich lege den Kopf schief. »Zugegeben, ob ich am Ende so weit gehen würde, meine eigene Gesundheit zu gefährden, weiß ich nicht. Aber das kann ich auch nicht wissen, schließlich war ich noch nie in so einer Situation. Der Druck, unter dem du gestanden hast, muss immens gewesen sein.«

Er schaut mich an, als suche er hinter meinen Worten nach einer versteckten Bedeutung. Nach einer verborgenen Verurteilung, einem subtilen Vorwurf. Als könnte er nicht glauben, dass jemand ihn nicht dafür verurteilen würde, was er getan hat. Es tut mir in der Seele weh.

»Chris.« Ich begegne seinem Blick so offen, wie ich kann. »Versteh mich nicht falsch. Du hast echt Scheiße gebaut. Aber das weißt du selbst, und ehrlich gesagt bist du nicht der Einzige.« Zum Beispiel habe ich jahrelang den falschen Mann gehasst und dafür einen anderen geheiratet. Aus Angst vor ihrem Weggang gelogen und dadurch beinahe die Beziehung zu meiner Schwester riskiert. Zu viel Zeit in der Schule und zu wenig mit Hannah verbracht. Die Liste ist lang. »Das hat jeder, ob er es sich eingestehen will oder nicht.«

Chris zuckt mit den Schultern, als könnte er das nicht ganz glauben. »Vielleicht.«

»Ganz sicher sogar.«

»In meinem Fall hat es mich jede Menge Geld und meine

Karriere gekostet. Es kam in einem Routine-Bluttest raus, obwohl man mir geschworen hat, das Zeug wäre nicht nachweisbar.« Er schüttelt den Kopf. »Von den Entzugserscheinungen ganz zu schweigen. Die ersten paar Wochen nachdem mein Trainer mich rausgeworfen hat, habe ich zitternd auf der Couch verbracht.«

»Ganz allein?« Bei der Vorstellung wird mir übel.

Chris greift nach meiner Hand, als wäre ich hier diejenige, die Trost gebrauchen könnte. »Das muss man meinem Trainer lassen. Er hat niemandem was gesagt. Hat mir kurz und knapp verkündet, wie bodenlos enttäuscht er sei und dass ich sofort meinen Scheiß zusammenpacken könne, aber das war's. Niemand wusste es, weder meine Mannschaft noch irgendjemand sonst. Sonst würde mich ja jetzt nicht mal im Ausland mehr jemand wollen.«

»Was war mit deiner Familie, deinen Freunden in Hamburg?«

»Ich hatte meine Mannschaft. Für viel mehr war keine Zeit.«

»Und hin und wieder eine Frau, mit der man sich in einem Klatschmagazin ablichten lassen konnte.« Es ist eine sachliche Bemerkung, kein Vorwurf, trotzdem verzieht Chris das Gesicht. »Und das. Aber da war nie mehr als eine gute Nacht zusammen. Und meiner Familie konnte ich nichts sagen. Sie wären so unfassbar enttäuscht gewesen.«

»Also hast du lieber allein vor dich hingelitten«, fasse ich zusammen.

Er senkt den Blick. »Ehrlich gesagt, fühlte es sich auch ein bisschen verdient an. Ich hatte mich allein in die Scheiße geritten. Dann musste ich sie auch allein wieder ausbaden.«

»Entschuldige, aber das ist der größte Schwachsinn, den ich je gehört habe«, widerspreche ich heftig. »Gerade in solchen Momenten brauchen wir Menschen, die uns lieben. Dafür sind sie ja da.«

Nachdenklich kaut er auf seiner Unterlippe. »So habe ich das noch nie betrachtet.«

»Und bist trotzdem hierher zurückgekommen?«

»Wo hätte ich hingehen sollen? Ohne den Fußball ist das hier das einzige Zuhause, das ich kenne. Außerdem bin ich nicht der Einzige mit Problemen. Helena, mein Vater, sie brauchten Unterstützung. Also habe ich meine Wohnung in Hamburg auf unbestimmte Zeit untervermietet und bin zurückgekommen.«

»Wissen sie es jetzt? Wieso du nicht mehr spielst?«

»Nicht im Detail. Nur, dass ich mir eine längere Auszeit genommen habe, aus gesundheitlichen Gründen.« Er lässt den Kopf hängen. »Aber ich weiß, dass ich es ihnen sagen muss. Nicht nur ihnen.«

»Was meinst du?«

»Der Reporter vorhin. Er wusste, dass hinter meinem Rücktritt mehr steckt. Und er wird nicht der Einzige bleiben. Andere werden es herausfinden und hier auftauchen, und so, wie ich einige von ihnen kennengelernt habe, werden sie sich nicht so leicht vertreiben lassen.«

Mir läuft es kalt den Rücken herunter. »Ich weiß schon, warum ich nie berühmt sein wollte.«

»Ich auch nicht«, murmelt er, den Blick ins Feuer gerichtet. »Ich wollte einfach nur Fußball spielen.«

Ich tue es ihm nach, beobachte, wie die Flammen gierig an den Holzscheiten lecken. Funken landen im Gras und verglimmen, bevor sie Schaden anrichten können. Obwohl es immer noch hell brennt, merkt man, dass das Feuer langsam kleiner wird. Die Kälte der Nacht kriecht mir in die Knochen, und ich strecke die Hände nach vorne, um sie zu wärmen.

»Was wirst du jetzt tun?«, frage ich leise. Chris schnaubt leise. »Ich weiß es nicht. Seit Wochen wollen das alle von mir wissen, und ich habe keinen blassen Schimmer. Aber irgendetwas muss ich tun. Ich hab es satt, mich hier zu verstecken. Wenn ich nicht so verdammt Angst hätte.« Seine Stimme gerät ins Wanken. Er löst unsere Hände und schlingt sie wieder um seinen Oberkörper.

Früher wusste ich immer, wie ich ihn aufheitern konnte, wenn eine Arbeit schlecht gelaufen war oder er Streit mit seinem Vater hatte. Dafür hat er mich zum Lachen gebracht, wenn die Arbeit in der Pension zu viel wurde oder ich Liebeskummer hatte. Jetzt suche ich nach tröstenden Worten und finde keine. Vielleicht ist das die härteste Erkenntnis, wenn man erwachsen wird. Dass es manchmal nichts gibt, was man sagen kann, um es besser zu machen. Schweigend lehne ich den Kopf wieder an seine Schulter. Spüre, wie er sich langsam entspannt, bis sich seine Wange an meine Schläfe schmiegt.

»Ich hab auch Angst«, flüstere ich in die Stille. »Immer eigentlich. Vor allem. Dass Hannah etwas zustoßen könnte. Dass ich sie verlieren könnte.« Jetzt bin ich es, deren Stimme zu zittern beginnt. Eilig räuspere ich mich und spreche weiter: »Dass die Pension schlecht läuft oder dass Sandra beim Surfen verunglückt oder dass ich meinen Kindern in der Klasse nicht gerecht werde.«

Dass mir noch mal jemand das Herz brechen könnte, denke ich und habe gleichzeitig selbst jetzt Angst, es laut auszusprechen. Chris zieht mich etwas näher zu sich, aber er bleibt still. Als wüsste auch er, dass es manchmal nichts zu sagen gibt. Aber zu zweit ist die Stille irgendwie deutlich einfacher zu ertragen.

Kapitel 34

Als ich aufwache, weiß ich für einen Moment nicht, wo ich bin. Ich liege weich, und meine Wange ist auf etwas Warmem gebettet. Aber der Stoff an meinen Oberschenkeln ist etwas zu kühl, um angenehm zu sein, und ein leichter Geruch nach Rauch liegt in der Luft.

»Oh, Scheiße.« Mein Kissen vibriert, als Chris spricht. Seine Stimme ist rau, als hätte er mit Kieselsteinen gegurgelt, und er hört sich in gleichen Teilen verwirrt und belustigt an. Das bringt mich schließlich dazu, ebenfalls die Augen zu öffnen.

»Verdammt. Das war so nicht geplant.« Ich höre mich nicht viel besser an als er, als ich mich stöhnend aufrichte und umschaue. Wir liegen neben dem längst erloschenen Lagerfeuer auf der Wiese, die mit Morgentau bedeckt ist. Über uns ist der Himmel bereits blau, und die Sonne klettert über die Dünen.

»Es ist erst halb sechs.« Chris gähnt. Je wacher ich werde, desto deutlicher kehrt meine Erinnerung an den gestrigen Abend zurück. Wir haben am Feuer gesessen, bis es fast ganz heruntergebrannt war. Weil ich irgendwann zum Sitzen zu müde wurde, habe ich mich ins Gras gelegt. Offensichtlich bin ich nicht wieder aufgestanden.

Ein Windstoß fährt mir durch die Haare, und ein Schauer durchläuft mich. Meine Kleidung ist taunass, und ohne Schlafsack ist die Wiese eindeutig zu kalt zum Schlafen. »Keine Ahnung, wie es dir geht, aber ich könnte jetzt eine Dusche gebrauchen.« Steif rolle ich mich auf die Seite und bemerke Muskeln in meinem Rücken, von denen ich nicht mal wusste, dass sie existieren. »Gott, ich bin langsam zu alt für so was.«

Chris lacht leise. Es vergeht ihm, als er aufsteht. Wir schlendern über den leeren Zeltplatz zu den Duschen. Unsere Hände berühren sich immer mal wieder wie beiläufig, aber im Licht des neuen Tages zögere ich, seine Hand zu nehmen. Hier, wo uns jeder sehen könnte. Und auch er tut es nicht. Eine lauwarme Dusche später bin ich wie neugeboren. Während ich mir in der Mädchenumkleide in Flipflops und Jogginghose die feuchten Haare bürste, fühlt es sich fast so an, als wäre ich wieder sechzehn Jahre alt. Als würde ich nicht in einer Welt leben, die von Verpflichtungen, Arbeit und Alltagssorgen bestimmt wird. Sondern in einer, in der man im Gras schläft und den Sonnenaufgang beobachtet und den heißen Typen einfach küsst, ohne sich über die Konsequenzen Gedanken machen zu müssen. Es fühlt sich verdammt gut an.

Als wir wieder am Zeltplatz ankommen, krabbeln die ersten Kinder bereits aus den Zelten. Hannah entdeckt mich und stürmt auf mich zu, als hätte sie mich seit Tagen nicht gesehen. »Guten Morgen! Hast du gut geschlafen?«

Ich gehe in die Hocke und wirbele sie einmal durch die Luft. »Wunderbar«, antworte ich. »Und du?«

»Wir auch! Es war total gemütlich bei uns. Können wir ab jetzt vielleicht immer zelten?«

»Das könnte im Winter ein bisschen kühl werden«, gibt Chris zu bedenken. Meine Tochter legt den Kopf schief, runzelt die Stirn. »Vielleicht«, gibt sie zu. »Aber man könnte ja mehrere Schlafsäcke übereinanderziehen.« Mit großen Augen wendet sie sich wieder mir zu. »Können wir das diesen Winter ausprobieren? Zu Weihnachten?«

Wenn sie zu Weihnachten überhaupt noch hier ist, schießt es mir durch den Kopf.

»Chris kann ja auch mitmachen«, sagt Hannah, die mein Schweigen missdeutet. »Der kann doch so gut Zelte aufbauen, das kann er bestimmt auch im Schnee.«

Wenn er zu Weihnachten nicht doch längst weg ist, im Ausland irgendwo Fußball spielen. Diese beiden Gedanken vertreiben das Gefühl der Leichtigkeit auf einen Schlag. Langsam setze ich Hannah wieder ab. »Wir schauen mal. Jetzt zelten wir ja erst Mal im Sommer. Wollt ihr mir helfen, das Frühstück vorzubereiten?«

Frieda und Hannah lassen sich nicht zweimal bitten. Während wir frühstücken, drehen sich die Gespräche der Kinder größtenteils um das kommende Abschlussturnier. Es liegt eine neue Spannung in der Luft, jetzt, wo das Ende des Camps näher rückt. Während diese Tatsache bei den Teilnehmern größtenteils freudige Aufregung hervorruft, bekomme ich kaum einen Bissen von meinem Brötchen herunter. Das Ende des Camps ist meine Deadline. Spätestens am Wochenende wird Jan sich melden. In zwei Wochen sind die Sommerferien vorbei, und bevor die Schule beginnt, muss Hannah sich entscheiden.

Beim Training heute sind meine Spieler hoch konzentriert, fast schon verbissen. Wir üben Torschüsse, Pässe und Verteidigung, und die Kinder gehen bei jedem Schuss aufs Ganze. Von der die letzten Tage gewachsenen Kameradschaft und gegenseitigen Rücksicht ist plötzlich wenig zu spüren. Als Sahra das dritte Mal fluchend im Dreck landet, weil sie versucht hat, Fiona einen Ball abzunehmen, die sich wiederum mit schmerzverzerrtem Gesicht das Schienbein hält, rufe ich sie in der Mitte des Platzes zusammen. »Was ist heute los mit euch?«, frage ich beim Blick in verschwitzte, frustrierte Gesichter.

»Morgen ist das Turnier«, erklärt Timo, als wäre das eine dämliche Frage gewesen. »Da müssen wir schon besser sein als jetzt, wenn wir gewinnen wollen.«

Die anderen nicken. Ich denke an Hannah, die seit dem Unterschreiben der Anmeldung davon träumt, das Turnier als Sieger zu verlassen, und an meine Wette mit Chris. Daran, was der Druck zu gewinnen mit ihm gemacht hat.

»Wisst ihr was? Ich wäre auch gerne oben auf dem Treppchen«, gebe ich zu. »Schließlich bin ich der Meinung, dass ihr das beste Team auf diesem Platz seid.« Die Kinder lächeln zögerlich, offensichtlich nicht überzeugt. »Glaube nicht, dass die anderen das auch so sehen werden«, murmelt Sahra. »So wie wir spielen. Glaubst du wirklich, das wird reichen, um zu gewinnen?«

Ich wähle meine nächsten Worte sehr sorgfältig. »Vielleicht kommt das darauf an, wie wir ›gewinnen‹ definieren. Was würdet ihr sagen, wer ist für euch ein Gewinner?«

»Der, der am Ende den Pokal holt?«, sagt Fred. Ich nicke ihm zu. »Der hat sicherlich gewonnen. Aber was ist mit denen, die ihr Allerbestes geben und mit voller Leidenschaft dabei sind?«

Die Spieler tauschen Blicke. Ein paar nicken langsam. Ermutigt fahre ich fort: »Oder wie wäre es mit denen, die sich als Team aufeinander verlassen und am besten zusammenarbeiten? Oder denen, die den meisten Spaß haben? Sind die keine Gewinner?«

»Doch, schon«, räumt Sahra ein. »Wenn man es so sieht.«

»Und wer sagt uns, dass wir es nicht so sehen sollten?«, gebe ich zu bedenken. »Die Welt ist meistens ziemlich gut darin, uns vorzuschreiben, was ein Gewinn ist. Eine gute Note in der Klausur oder eine Medaille beim Sport.«

Ein gut bezahlter Job oder eine funktionierende Ehe.

»Aber wir müssen uns nicht immer daran halten. Wir können selbst entscheiden, was wir als Sieg verbuchen.«

»Dann will ich gewinnen, indem ich am meisten Spaß habe«, verkündet Zoe. »Das ist der beste Gewinn von allen.«

Die jüngeren Spieler stimmen ihr zu. Die älteren wirken noch nicht vollkommen überzeugt. Aber ich erwarte auch nicht, dass eine leidenschaftlich vorgetragene Motivationsrede es schafft, jahrelange soziale Konditionierung auf Leistung zu überlagern. Trotzdem hoffe ich, dass es ihnen hilft, es zu hören. So sehr, wie es mir geholfen hat, es zu sagen.

Den Rest des Trainings machen wir ein Freundschaftsspiel. Es wird deutlich weniger geflucht und mehr gelacht, und als wir zum Zeltplatz zurückkehren, ist ein Teil der Anspannung aus dem Team verschwunden.

»Weißt du, was auch ein Gewinn wäre?«, fragt Sahra Fiona auf dem Weg zu ihrem Zelt. »Wenn du dich einfach trauen würdest, mit Joshua zu sprechen. Ganz egal, was er sagt.«

Die beiden entfernen sich, bevor ich hören kann, was Fiona antwortet, aber ich spüre einen Funken Stolz auf meine Mannschaft in meiner Brust. Zurück am Zeltplatz, entdecke ich Hannah, die ganz allein an einem der Tische sitzt und mit nachdenklicher Miene in ihren Plastikbecher starrt. »Hey, du Fußballstar.« Ich setze mich neben sie und stupse sie sanft mit dem Ellenbogen an. »Training schon vorbei? Wo ist denn Frieda?«

»Weiß ich nicht«, murmelt sie. »Ist mir auch egal.«

Verwundert hebe ich die Augenbrauen. »Was ist denn los? Habt ihr euch gestritten?«

Hannah kaut auf ihrer Unterlippe, antwortet nicht sofort. Schließlich wendet sie sich mir zu, und in ihren Augen schimmern Tränen. »Hat Papa mich nicht genug lieb?«

Die Frage trifft mich wie ein Eimer eiskaltes Wasser ins Gesicht. »Natürlich ... also, auf jeden Fall hat er dich lieb«, stottere ich. »Wie kommst du denn jetzt darauf?«

»Na ja, Frieda hat erzählt, dass ihre Eltern morgen zum Abschlussturnier kommen und ihr zujubeln. Wie bei den anderen Spielern auch. Und dann meinte sie, dass mein Papa ja nie dabei wäre, selbst nicht am Wochenende, wo Papas doch nicht arbeiten müssen. Ob ihm das denn nicht wichtig wäre, auch dabei zu sein.« Eine Träne kullert ihr über die Wange, schnell gefolgt von einer weiteren. »Dann hab ich gesagt, dass sie eine blöde Kuh ist, und jetzt streiten wir.«

Ich breite die Arme aus und nehme sie in den Arm. »Dein Papa liebt dich«, wiederhole ich mit Nachdruck, während sie in meine Schulter schluchzt. »Mehr als alles andere, versprochen.«

»Warum ist er dann nicht hier?«, fragt sie mit tränenerstickter Stimme.

Ich hebe den Blick zum Himmel und schließe für eine Sekunde die Augen. Wünsche mir nichts mehr, als dass es auf diese Frage eine einfache Antwort gäbe.

»Er ist mit Fabienne unterwegs, das hat er doch beim Essen erzählt«, sage ich so sanft wie möglich. »Aber ich kann ihn ja noch mal fragen.«

»Wirklich?« Sie schaut zu mir hoch, Tränenspuren auf den Wangen, und ich fühle mich so hilflos, dass ich am liebsten auch weinen würde.

»Du fragst ihn?«

»Mache ich«, verspreche ich ihr. Was ich ihr nicht versprechen kann, ist, dass es etwas ändern wird.

Schniefend wischt sie sich mit dem Unterarm über die Augen. »Hilfst du mir, Frieda zu suchen? Ich will mich für die Sache mit der blöden Kuh entschuldigen.«

»Aber natürlich.« Ich nehme meine Tochter an der Hand, und wir spazieren gemeinsam über den Zeltplatz. Wir finden Hannahs Freundin im Gemeinschaftszelt, wo sie gerade mit ein paar anderen Kindern Mandalas ausmalt. Sobald sie uns kommen sieht, springt sie auf und stürmt auf Hannah zu.

»Es tut mir leid, was ich gesagt habe! Das war wirklich gemein von mir.« Frieda sieht aus, als hätte sie ebenfalls geweint. Hannah nickt heftig. »War es echt. Aber ich hätte dich auch nicht blöde Kuh nennen sollen.«

Frieda streckt ihr die Hand hin. »Wieder Freunde?«

Anstatt sie anzunehmen, umarmt Hannah sie kurzerhand. »Wieder Freunde.«

Ich beobachte, wie die beiden sich gemeinsam einem neuen Mandala zuwenden, und wünsche mir, dass Erwachsene sich auch so einfach wieder versöhnen können. Auf dem Weg zurück in unseren Teil des Zeltlagers zücke ich mein Handy und wähle Jans Nummer. Alles in mir wehrt sich gegen den Gedanken, ein Wiedersehen mit meinem Ex auch noch zu beschleunigen. Aber Hannah wünscht es sich. Das ist alles, was zählt. Das Freizeichen ertönt vier Mal, fünf Mal, sechs Mal. Ich lande auf der Mailbox. »Sie haben die Praxis Dr. Jan Schreiber erreicht. Leider rufen Sie außerhalb unserer Praxiszeiten an …«

Er hat das Praxistelefon umgeleitet. Mit einem frustrierten Schnauben öffne ich unseren Chat und schreibe ihm eine kurze Nachricht, dass er mich bitte zurückrufen soll. Als ich aufsehe, fällt mein Blick auf eine Gestalt, die vom Zeltplatz weg durch die Dünen in Richtung Strand wandert. Sie ist in Chris' blaue Trainingsjacke gehüllt und marschiert so zielstrebig voran, als liefe sie vor etwas davon. Kurz entschlossen ändere ich meinen Kurs und folge ihr. Der Weg schlängelt sich etwa dreißig Meter durch die Dünen, umgeben von blühenden Heckenrosen. Dann öffnet er sich und gibt den Blick frei auf die Ostsee, die heute flach wie ein Teller vor uns liegt. Chris ist kurz vor der Wasserkante stehen geblieben, den Blick auf den Horizont gerichtet. Ich nähere mich langsam, trete bewusst geräuschvoll auf die kleinen Muscheln und Steine im Sand, um ihn nicht zu erschrecken. Er wendet den Blick nicht vom Meer ab, als ich neben ihm zum Stehen komme.

»Hey.«

»Hi.«

Ich gebe ihm einen Moment, beobachte selbst ein paar Möwen, die über dem Wasser ihre Runde drehen, dann folgen meine Augen einem Segelschiff, das mehrere Kilometer entfernt an Altensande vorbeifährt.

»Bist du okay?«, frage ich schließlich. »Willst du lieber allein sein? Dann gehe ich, kein Problem.«

»Nein«, antwortet er schnell. Ein selbstironisches Lächeln huscht über sein Gesicht. »Nein zu beiden Fragen.«

»Okay. Dann bleibe ich.« Unsere Hände sind nur wenige Zentimeter voneinander entfernt, aber etwas sagt mir, dass er gerade nicht berührt werden möchte. Dass selbst die kleinste Annäherung die fragile Balance zerstören könnte, die wir mühevoll aufgebaut haben.

»Ich habe ihn angerufen. Meinen alten Trainer.« Seine Stimme ist emotionslos, als er schließlich zu sprechen beginnt. Ich schlucke meine Überraschung hinunter, warte einfach ab.

»Hab ihm gesagt, wo ich jetzt bin, was ich mache. Und ihn eingeladen, morgen zum Turnier zu kommen. Genau wie den Reporter.«

»Den Reporter? Bist du sicher, dass das eine gute Idee ist?«

Jetzt wendet er den Kopf und schaut mich an. Im warmen Licht des späten Nachmittags sieht er verdammt müde aus. Aber auch verdammt entschlossen. »Nein. Absolut nicht. Aber es wird Zeit, dass ich mit dem Versteckspiel aufhöre.«

Ich denke an meine Nachricht an Jan, an die Entscheidung, die bevorsteht, und presse die Lippen zusammen.

»Das kommt mir bekannt vor. Und egal, was passiert: Ich bin stolz auf dich. Ganz im Ernst.«

Er schluckt. Zögert einen Moment, bevor er die Distanz zwischen uns überwindet und mir einen sanften Kuss auf die Schläfe drückt. Dann tritt er zurück, so schnell, wie er gekommen ist.

»Lass uns zurückgehen. Es ist bald Zeit firs Abendessen.«

Er wartet, bis ich ihm folge, aber der Abstand zwischen uns bleibt.

Kapitel 35

Der Morgen des großen Abschlussturniers startet mit einem heftigen Regenschauer. Schon auf dem Weg zum Brötchenholen im Sportheim werde ich pitschnass. Wir quetschen alle Kinder in das Gruppenzelt und frühstücken eng zusammengedrängt. Wenn ich nach der Marmelade greife, muss ich aufpassen, dass ich nicht Hannahs Becher mit Kakao umkippe, und wenn Sahra ein neues Brötchen möchte, muss ich es ihr rüberwerfen, während draußen die Tropfen aufs Zelt pladdern. Es ist trotz allem irgendwie beinahe gemütlich. Die Kinder sind so aufgeregt, als müssten sie gleich ins Olympiastadion einlaufen. Es gibt kein anderes Thema als das Turnier. Die älteren Jungs starten ein Tippspiel, wer es aufs Treppchen schafft, während die Mädchen aus meiner Mannschaft zwischen Käsebrötchen und Tee noch mal ihre Strategie besprechen. Nur Fiona wirkt abgelenkt, schaut immer wieder auf ihr Handy. Genauso wie Chris. Er hat den ganzen Morgen noch kaum etwas gesagt. Sein halbes Brötchen liegt unangetastet vor ihm, während er an seinem schwarzen Kaffee nippt, als wäre es seine Henkersmahlzeit. Jedes Mal, wenn unsere Blicke sich treffen, werfe ich ihm ein beruhigendes Lächeln zu, aber er scheint es kaum zu bemerken.

»Hat Papa mittlerweile geschrieben?« Hannahs Stimme reißt mich aus meinen Beobachtungen. Der Chat mit Jan ist immer noch genauso tot wie gestern Abend, und in meinen anfänglichen Ärger mischt sich langsam Sorge. So unzuverlässig er auch sein kann, wenn es um seine Tochter geht, antwortet er eigentlich immer so schnell es geht. »Er versucht zu kommen«, lüge ich und bete, dass sie nach dem Turnier zu aufgeregt sein wird, um allzu enttäuscht zu sein. »Okay.« Sie kaut auf ihrer Unterlippe, offensichtlich immer noch in Gedanken. »Eine Frage noch, Mama.«

Ich stelle meine Kaffeetasse ab und wende mich ganz ihr zu. »Was gibt es, Schatz?«

»Wenn wir heute gewinnen sollten«, beginnt sie zögerlich. »Dann kannst du ja nicht gewinnen. Und Chris auch nicht.«

Ohne zu wissen, worauf sie hinauswill, nicke ich. »Das sieht ganz so aus, ja.«

Ihre Stirn legt sich in Falten. »Aber ich will ja, dass ihr auch gewinnen könnt. Dass wir uns alle zusammen freuen.«

Ich unterdrücke das Bedürfnis, sie an mich zu pressen und nie wieder loszulassen. »Das ist wirklich sehr lieb von dir. Aber leider wird das nicht funktionieren.«

»Wieso können wir nicht alle Gewinner sein?«

»Das können wir.« Unvermittelt schaltet Chris sich in die Unterhaltung ein. »Wenn wir uns alle für die anderen mitfreuen, gewinnen wir am Ende zusammen.«

Sie schaut ihn mit schief gelegtem Kopf an und überdenkt seine Worte. »Aber nur einer von uns kriegt den Pokal.«

»Da hast du recht«, gibt er zu. »Aber wir alle behalten die Erinnerungen an heute, an den Spaß, den wir hatten.«

Meine Tochter sieht immer noch nicht ganz überzeugt aus. Sie streckt ihre Hand über den Tisch in Chris' Richtung. »Auf jeden Fall wünsch ich dir viel Glück heute. Mit deinem Team, meine ich.« Er zögert nicht, ihre Hand anzunehmen und feierlich zu schütteln. »Danke, das wünsche ich dir auch.«

»Wir brauchen keins«, antwortet sie mit einem frechen Grinsen. »Wir sind auch so die Besten.«

Chris lacht, und Hannah kichert, und beide scheinen für einen Moment ihre anderen Sorgen vergessen zu haben. Der Anblick bringt etwas in meinem Herzen zum Klingen, das ich nicht benennen kann.

Nach dem Frühstück lässt der Regen langsam nach. Bis die ersten Eltern für das Turnier auf den Parkplatz rollen, scheinen Sonnenstrahlen durch die Wolken. Bevor es losgeht, versammeln sich noch mal alle Trainer in Chris' Büro.

»Ihr kennt die Regeln. Wir spielen wie jedes Jahr um den Wanderpokal.« Chris geht vor den versammelten Trainern auf und ab, ein Klemmbrett unter dem Arm. »Heinz hat sich bereit erklärt, den Schiedsrichter zu machen, Celine und ich unterstützen ihn, wenn unser Team nicht gerade selbst spielt. Gibt es noch Fragen?«

Die Erwachsenen scheinen fast so aufgeregt wie die Kinder zu sein. Niemand hat Fragen, alle können es kaum erwarten, auf den Platz zu kommen. Sie ziehen einander auf, stacheln sich an, schließen Wetten ab. Obwohl ich zu Beginn des Camps mit Chris um den Sieg gewettet habe, könnte mich jetzt nichts weniger interessieren. Ihm selbst scheint es ähnlich zu gehen. Auf dem Weg zum Platz schaut er sich immer wieder um, offensichtlich auf der Suche nach jemandem.

»Glaubst du, er kommt?«, frage ich leise.

»Keine Ahnung.« Er lässt ein weiteres Mal den Blick über die Menge an Eltern und Verwandten schweifen, die es sich langsam auf der Tribüne bequem machen. »Kann gut sein, dass er Wichtigeres zu tun hat.«

Ich greife seine Hand, drücke sie fest. Und ertappe mich wenige Minuten später selbst dabei, wie ich die Ränge um den Platz nach Jans Gesicht absuche. Ebenso erfolglos.

Meine Mannschaft wartet bereits am Rand des Spielfelds auf mich. Alle Augen richten sich auf mich, sobald ich mich räuspere. »Jetzt wäre wohl der Moment für eine inspirierende Rede, die uns zum Sieg führen wird, was?«

Ein paar Spieler schmunzeln. Ich atme einmal tief durch, suche in meinem aufgewühlten Inneren nach der Ruhe, die ich ihnen vermitteln möchte. »Ihr wisst, was ich vom Sieg halte. Was mich angeht, habt ihr alle diese Woche schon gewonnen.« Langsam lasse ich den Blick über meine Mannschaft wandern, nehme jeden Einzelnen in den Fokus. »Ihr habt beim Training alles gegeben, neue Techniken gelernt, und jede von euch nimmt neue Erkenntnisse mit nach Hause. Was ich aber viel wichtiger finde: Ihr seid jetzt ein Team. Damit könnt ihr gar nicht mehr verlieren.«

Ich strecke meine Hand in die Mitte. Sahra ist die Erste, die ihre darauflegt. Dann folgen die anderen, bis wir einen Kreis bilden, unsere verschränkten Hände in der Mitte. »Auf euch«, sage ich. »Eins, zwei, drei!«

»Auf uns!«, rufen die Spielerinnen und Spieler und strecken ihre Hände nach oben. Dann ist es Zeit für das erste Match.

Das Besondere am Camp-Turnier ist, dass es keinerlei Aufteilung der Teams gibt, weder nach Alter noch nach Geschlecht. Weil alle Mannschaften komplett gemischt sind, spielen alle gegen alle. Für die ersten Runden wird der große Platz in der Hälfte geteilt, und wir stellen kleinere Tore an den kurzen Seiten auf. So können zwei der zwanzigminütigen Vorentscheidungs-Spiele gleichzeitig stattfinden. Auf der Tribüne haben sich schon zahlreiche Eltern, Freunde und Verwandte versammelt, die ihren Spielern zujubeln. Mit dem letzten Rest Budget haben Chris und ich bei Fritten-Fred in Timmendorf, eine kleine Pommesbude, bestellt, die auch kurz vor zwölf Uhr schon reichlich Zulauf findet. Es herrscht beinahe Volksfeststimmung.

»Sind wir zu spät? War Hannah schon dran?« Etwas außer Atem bahnen sich Sandra und Phillip den Weg zu mir bis an die Bande des Platzes, dicht gefolgt von Helena. »Nein, keine Sorge, sie ist erst in zwanzig Minuten auf dem Platz«, beruhige ich meine Schwester, bevor ich sie umarme.

»Du siehst überraschend frisch aus. Für Zeltplatz-Verhältnisse«, zieht sie mich auf. »Hast du die Woche einigermaßen überstanden, ohne Chris umzubringen, oder müssen wir nachher eine Leiche vergraben gehen?«

Ein leicht hysterisches Lachen steigt in meiner Kehle hoch. Aber jetzt ist nicht der richtige Moment, Sandra auf den neuesten Stand zu bringen, was mein Liebesleben angeht.

Helena hat unserer Unterhaltung amüsiert zugehört. »Auch wenn ich das Bedürfnis hin und wieder nachvollziehen kann, wäre es mir doch lieb, du würdest meinen Bruder nicht vorzeitig unter die Erde bringen.« Wir umarmen einander, und ich ertappe mich dabei, wie ich sie verstohlen mustere. In ihrem Gesicht und ihrer Körperhaltung nach Anzeichen danach suche, wie es ihr geht. Sie ist blass und hält sich mit einer Hand an der Bande fest, aber auf ihrem Gesicht liegt ein aufgeregtes Lächeln. »Also, wann geht's los?«

»Es sollte jeden Moment so weit sein.«

Wir wenden uns dem Spielfeld zu, auf dem sich die Spieler bereits aufstellen. Ich nutze den kurzen Moment der Ablenkung, um Phillip ins Ohr zu raunen: »Gibt's schon was Neues in Sachen Antrag?«

Er zieht eine Grimasse, als wäre er im Dunkeln auf einen von Hannahs Legosteinen getreten. »Gott, ich habe die letzten Nächte kaum geschlafen. Hin und her überlegt, wann wir es machen sollten. Was, wenn wir den richtigen Zeitpunkt verpassen?«

»Was, und sie dann doch spontan einen anderen heiratet?«

Er sieht so ehrlich besorgt aus, dass ich schmunzeln muss. »Das war ein Scherz. Wir werden den Zeitpunkt nicht verpassen«, beruhige ich ihn. »Sobald das Camp vorbei ist, hat das oberste Priorität. Wir locken Sandra in die Surfschule, ziehen die ganz große Nummer ab, wie besprochen. Das wird schon.«

In diesem Moment schallt ein Pfiff über den Platz, und die ersten vier Mannschaften starten. Die Zusammenstellung der Matches wurde ausgelost, sodass meine und Chris' Mannschaft in der Vorrunde gar nicht spielen. Unser erstes Spiel bestreiten wir erst eine halbe Stunde später gegen das Team von Heinz, der die Party gleichzeitig pfeift. Ich stehe am Spielfeldrand, und mir schlägt das Herz bis zum Hals, als meine Spieler ihre Positionen einnehmen. »Es geht nicht ums Gewinnen«, sage ich mir selbst, so wie ich es ihnen eingebläut habe. Aber es wäre gelogen, wenn ich behaupten würde, dass ich ihnen nicht trotzdem die Daumen drücke. Es ist eine harte Partie. Heinz hat sein Team offensichtlich gut vorbereitet. Wir kassieren in der ersten Hälfte zwei Gegentore, holen aber dann langsam auf. Ich laufe am Rand auf und ab, feuere sie an, klatsche bei jedem Torschuss, während die Zeiger der Uhr weiterwandern. Zwei Minuten vor Schluss fällt der erlösende Siegestreffer für meine Mannschaft, und sobald Heinz abpfeift, liegen sie sich jubelnd in den Armen. Ich klatsche sie alle ab, als sie vom Platz joggen und sich keuchend ins Gras fallen lassen. Die nächste Stunde haben wir Pause, dafür ist Hannahs Mannschaft mit ihrem ersten Spiel dran. Sandra, Phillip und ich stehen am Rand und jubeln ihr zu, als sie gegen das Team von Finn auf den Platz laufen. Mir entgeht nicht, dass er Helena kurz zuwinkt, als er sie im Publikum entdeckt. Dass ihre Wangen sich kurz färben, als sie seinen Gruß erwidert.

Hannah und ihr Team sind von der ersten Minute an überlegen und gewinnen am Ende mit fünf zu zwei ihre Partie. Eins der Tore hat sie selbst vorbereitet, und als sie nach Abpfiff zu uns herüberläuft, strahlt sie über das ganze Gesicht.

»Habt ihr das gesehen? Wir haben gewonnen!«

»Du warst großartig, Schatz!« Ich nehme sie in die Arme

und wirbele sie herum, bevor Sandra und Phillip sie beglückwünschen. Nachdem wir alle sie umarmt haben, schaut sie um uns herum, als erwarte sie dort noch jemanden. »Ist Papa schon da?«

»Noch nicht«, antworte ich und ignoriere den fragenden Blick von Sandra.

»Kommt er denn noch?« In ihren Augen liegt so viel ehrliche Hoffnung, dass ich es nicht übers Herz bringe zu lügen. »Das weiß ich nicht.«

Ihr Gesicht fällt. »Oh. Verstehe.«

Ich drücke sie ein zweites Mal fest an mich und wünsche mir ihr strahlendes Lächeln zurück.

»Hey, großartiges Spiel eben!« Chris taucht neben uns auf und hält Hannah die Hand zum High five hin. Sie löst sich von mir und schlägt mit ihrem Trainer ein. »Danke! Hast du gesehen, wie ich das eine Tor vorbereitet habe? Das ganz am Ende?«

»Natürlich.« Er zwinkert ihr zu. »Wenn du beim nächsten Spiel genauso gut dribbelst, wird das unsere Saison.«

Die Bemerkung lässt ihre Augen aufleuchten und vertreibt für den Moment die Enttäuschung. Nachdem Chris und meine Tochter in knappen, professionellen Worten das Spiel analysiert haben, wendet er sich uns zu.

»Gutes Spiel bisher, Bruderherz.« Helena umarmt ihn. »Was würden deine Mannschaftskameraden von St. Pauli sagen, wenn sie dich jetzt sehen könnten?«

»Das wüsste ich auch gern«, murmelt er, als er sich von ihr löst. Wir tauschen einen kurzen Blick, aber das genügt. Offensichtlich ist sein ehemaliger Trainer noch nicht aufgetaucht. Sandra und Phillip begrüßen ihn kühl. Meine

Schwester verschränkt demonstrativ die Arme vor der Brust und ignoriert seine Hand. Phillips Handschlag ist dagegen so fest, dass Chris das Gesicht verzieht.

»Freut mich, euch wiederzusehen«, sagt er, nachdem er subtil seine Hand ausgeschüttelt hat. »Beziehungsweise kennenzulernen. Ich habe gehört, du führst die Surfschule in Altensande am Strand? Da wollte ich die ganze Zeit schon mal vorbeischauen.«

»Aktuell biete ich keine Kurse für Erwachsene an«, antwortet Phillip knapp.

»Ach so?«, antwortet Chris, sichtlich verunsichert. Ich springe ihm bei. »Habe ich eigentlich schon erzählt, dass Chris wirklich alles gegeben hat, um das Camp zu einem Erfolg zu machen?«, frage ich und klopfe ihm betont freundschaftlich auf die Schulter. »Und es hat sich ausgezahlt. Wenn man das Wetter mal ausnimmt, ist alles wie am Schnürchen gelaufen.«

Sandra und Phillip wechseln verwirrte Blicke, scheinen sich aber etwas zu entspannen. »Das freut mich zu hören«, antwortet Sandra nach einem Moment und lässt die Arme sinken. »Dann mal weiterhin viel Erfolg.«

»Danke!« Chris strahlt sie an, als hätte sie ihm gerade verkündet, dass er den Friedensnobelpreis bekäme. Ein Teil von mir ist bezaubert von der Tatsache, dass er bei meiner Schwester offensichtlich einen guten Eindruck machen will. Der Rest von mir würde jetzt gerne im Boden versinken. Ich gebe ihm einen unauffälligen Knuff in die Seite. »Wir müssen dann auch wieder zurück auf den Platz, gleich geht's weiter«, sage ich und ziehe ihn am Ellenbogen hinter mir her. Sandras Blick brennt in meinem Nacken, und ich weiß, dass ich später zu Hause ins Kreuzverhör genommen werde.

»Schalt mal einen Gang zurück, Casanova«, raune ich ihm zu, während wir uns auf den Rückweg zu unseren Mannschaften machen. Er zuckt grinsend mit den Schultern. »Irgendwie hatte ich den Eindruck, dass deine Schwester und ihr Freund mich nicht besonders gut leiden können.«

»Was möglicherweise damit zu tun hat, dass sie immer noch auf dem Stand sind, dass ich dich hasse.«

Sein Grinsen bekommt einen kleinen Riss, aber er erholt sich schnell. »Das ist nur fair, schätze ich.«

»Gibt es schon Neuigkeiten?«, frage ich, bevor wir in Hörweite der anderen ankommen. Er schüttelt stumm den Kopf.

»Nicht mal der Reporter?«

»Bisher nicht. Offensichtlich bin ich doch nicht so interessant, wie ich gehofft hatte.« Es sollte ein Scherz sein, aber mir kann er nichts vormachen. »Du bist interessant. Du bist wichtig.« Ich deute mit dem Kinn auf die Kinder, die bereits ungeduldig auf ihn warten. »Für sie. Für alle hier.«

»Für dich?«, flüstert er, und die Sonne lässt das Blau in seinen Augen schimmern. Meine Knie verwandeln sich in Wachs, und ich muss den Blickkontakt unterbrechen, bevor ich vor aller Augen auf dem Rasen schmelze.

»Na schön«, antworte ich betont knapp. »Vielleicht auch für mich.«

Sofort hellt sich sein Gesicht auf. »Dann wirst du es mir ja bestimmt verzeihen, wenn wir euch nachher fertigmachen.« Er zwinkert mir zu und lässt mich stehen, bevor ich darauf antworten kann.

Kapitel 36

»Lauf, Sahra! Los, noch ein bisschen schneller! Fiona steht frei!« Ich jogge am Feldrand mit nach vorne, während ich meine Spielerinnen anfeuere. Mit Hannahs Team steht der erste Finalist fest, wir haben es immerhin bis ins Halbfinale geschafft. Genauso wie die Mannschaft von Chris. Der ist auf der anderen Seite des Felds damit beschäftigt, ebenfalls Anweisungen und Ermutigungen zu rufen. Jedes Mal, wenn sich unsere Blicke treffen, wirft er mir ein siegesgewisses Grinsen zu. Ich erwidere es kampfbereit.

Sahra folgt meiner Aufforderung und gibt den Ball an Fiona ab, die nur knapp zehn Meter vor dem gegnerischen Tor steht. Mit aller Kraft tritt sie gegen den Ball, der am Torwart vorbei ins Netz segelt.

»Ja!« Triumphierend reiße ich die Arme hoch. »Gut gemacht!« Die Spieler fallen sich um den Hals, umringen Fiona und klopfen ihr auf die Schulter. Die wiederum hat nur Augen für den Torwart. Den dunkelhaarigen Jungen, der in der letzten Woche so oft Gegenstand ihrer Unterhaltungen mit Sahra war. Er rappelt sich auf, klopft sich Gras von der Sporthose und kommt auf Fiona zu. Ihre Mannschaftskameradinnen lassen sie los und treten einen Schritt zurück. Für einen Moment stehen die beiden schweigend voreinander. Dann reicht er ihr die Hand, schüttelt sie.

»Megaschuss, Fi.« Ein Lächeln breitet sich auf ihren Lippen aus, und im nächsten Moment zieht sie ihn auf sich zu und küsst ihn. Der Platz bricht in Jubel aus. Die beiden lösen sich erst voneinander, als Heinz mit seiner Trillerpfeife dazwischengeht. Aber beide lächeln bis über beide Ohren, als sie ihre Positionen wieder einnehmen. Die überraschende Kuss-Einlage hat die Energie auf dem Platz noch mal völlig verändert. Als wäre Fionas Mut, endlich den ersten Schritt zu gehen, eine Erinnerung an alle gewesen, für das zu kämpfen, was sie wollen. Jetzt spielen sie, als ginge es um die Qualifikation für die WM. Ich hetze an der Seitenlinie hin und her, gebe, wo ich kann, meinen Senf dazu, aber wie es scheint, bekommt meine Mannschaft das auch allein hin. Sie spielen zusammen wie eine gut geölte Maschine, und als sie eine Minute vor Schluss den Siegestreffer erzielen, ist der Applaus ohrenbetäubend.

»Damit steht unser zweiter Finalist fest«, verkündet Celine, die sich mit einem Megafon als Stadionsprecherin versucht. Hannah, deren Mannschaft wir im Finale treffen werden, klettert über die Bande und umarmt mich, während Phillip, Sandra und Helena uns zujubeln. Als langsam wieder Ruhe einkehrt, bin ich so außer Atem, als hätte ich selbst gespielt.

Vor dem großen Finale gibt es eine Stunde Pause, um sowohl den Eltern als auch den Spielern einen Zwischenstopp an der Pommesbude zu ermöglichen. Hannah und ich teilen uns eine Schale mit Ketchup und Mayo, weil wir beide zu aufgeregt sind, um viel zu essen. Während meine

Schwester und Phillip sich ebenfalls Pommes holen, taucht Chris mit drei Flaschen Cola auf, die er vor uns auf dem kleinen Stehtisch abstellt. »Herzlichen Glückwunsch. Das war ein verdienter Sieg.«

»Das will ich meinen.« Ich streiche mir die Haare aus dem Gesicht, bereit, diesen Moment vollkommen auszukosten. »Wir haben euch vom Platz gefegt.«

»Das kann man so sagen«, gibt er bereitwillig zu. »Deshalb bin ich zum Anstoßen gekommen. Mit euch beiden, wenn ihr mögt.«

Hannah zögert nicht, nach einer der Flaschen zu greifen. »Danke, Chris.«

»Auf euren Finaleinzug.« Grinsend stößt er seine Flasche gegen ihre. Dann wendet er sich mir zu. »Auf deine gewonnene Wette. Der Kuchen geht auf mich.«

Der erste Schluck schmeckt verdammt süß, das muss ich zugeben. Die anderen stoßen wieder zu uns, und dieses Mal erdolchen sie Chris nicht mit Blicken. Neben unserem Sieg ist das Hauptthema der Unterhaltung der spektakuläre Kuss vor dem gegnerischen Tor. »Das habe ich nicht kommen sehen. Dabei war Joshua schon die ganze Woche so abgelenkt.« Chris schmunzelt. »Das hätte mir eigentlich bekannt vorkommen müssen.«

»Fiona auch«, antworte ich. »Aber sie hatte eigentlich Angst, ihn auf ihre Gefühle anzusprechen. Wollte die Freundschaft nicht ruinieren, wenn ich die Gespräche zwischen ihr und ihrer besten Freundin richtig deute.«

»Verstehe.« Chris lässt den Satz zwischen uns in der Luft hängen. Hannah nippt ahnungslos an ihrer Cola, während ich seinen Blick halte. Jede Implikation dieses Satzes im

Kopf durchgehe und mir einrede, dass es hier keine Parallelen gibt. Als Hannah neben mir aufschreit, lasse ich fast meine Flasche fallen.

»Papa!«

Ich wirbele herum, und tatsächlich: Da kommt Jan, die Arme ausgestreckt, in die Hanna sich mit einem begeisterten Quietschen wirft. »Da bin ich, mein Schatz.« Er erlaubt ihr, auf seinen Rücken zu klettern, und trägt sie zu unserem Tisch zurück, als wäre er nur kurz Pommes holen gewesen.

»Hallo in die Runde.« Mit einem leisen Ächzen setzt er Hannah ab. »Was habe ich verpasst?«

Falls er mit einer warmen Begrüßung gerechnet hat, wird er enttäuscht. Sandra und Phillip begegnen ihm mit derselben Skepsis, mit der sie eben noch Chris gemustert haben. Der wiederum schaut mit schlecht verborgener Verwirrung zwischen Jan und mir hin und her. Als Hannah sich an sein Bein klammert, huscht Erkenntnis über seine Züge.

»Kommt drauf an, wofür Sie hier sind. Die Spiele haben schon vor zwei Stunden angefangen.«

Jan runzelt die Stirn. »Und Sie sind?«

Wenn Chris der feindselige Unterton auffällt, lässt er es sich nicht anmerken. Mit einem kollegialen Lächeln streckt er ihm die Hand hin. »Chris Reuter, Hannahs Trainer.«

Jetzt ist es Jans Gesicht, das für einen Moment entgleist. Mein Ex-Mann und mein Ex-Freund mustern sich mit einer Mischung aus Neugier und Misstrauen. Ich räuspere mich hörbar. »Du hast es also einrichten können, wie ich sehe.«

Er wendet sich mir zu, und sofort ist sein Lächeln zurück. Aber es erreicht seine Augen nicht ganz. Aus der Nähe betrachtet, sehe ich die dunklen Schatten unter seinen Augen, den feinen Bartschatten auf seinen Wangen. Er sieht müde aus. »Ich weiß, ich habe nicht auf deine Nachrichten geantwortet«, nimmt er mir die Worte aus dem Mund. »Es tut mir wirklich leid. Ich hatte nur … die letzten Tage sehr viel um die Ohren.«

Etwas an der Art, wie er das sagt, lässt mich misstrauisch werden. Aber ich bekomme keine Gelegenheit nachzufragen. »Jetzt bist du ja da, Papa«, sagt Hannah und zieht ihn an einer Hand hinter sich her zur Bande des Fußballplatzes. »Genau rechtzeitig fürs Finale. Da werde ich spielen, gegen das Team von Mama.«

»Oh, okay.« Er wirft mir über die Schulter einen Blick zu. »Da weiß ich ja gar nicht, wem ich viel Glück wünschen soll.«

»Na, uns beiden natürlich«, erklärt Hannah erwachsen. Sie stellt sich auf Zehenspitzen und bedeutet ihm, sich zu ihr runterzubeugen. »Denn weißt du was?«, flüstert sie ihm ins Ohr. »Am Ende haben wir eh alle schon gewonnen. Irgendwie zumindest.«

Chris und ich teilen einen Blick. Er nickt mir zu, ein feines Lächeln auf den Lippen. »Das hat sie von dir.«

»Und von dir.«

Jan schaut noch mal zu uns rüber, und mir wird bewusst, wie nah wir uns stehen. Ich räuspere mich, trete einen Schritt zurück. »Ich muss auch mal langsam zurück zu meiner Mannschaft. In zehn Minuten geht es weiter.«

Bevor ich gehe, umarme ich Hannah. »Denk an alles, was du gelernt hast«, flüstere ich ihr ins Ohr.

»Mach ich«, verspricht sie mit feierlicher Stimme. »Das wird nicht so wie in Söderby.«

»Ganz richtig. Und vergiss nicht, ich bin verdammt stolz auf dich.«

Mit großen Augen schaut sie zu mir hoch, dann drückt sie sich noch mal an mich. »Ich auch auf dich, Mama.«

Jans Blick brennt in meinem Nacken, als ich mich aufrichte und zurück zu meiner Mannschaft marschiere.

Das letzte Spiel des Camps wird um Punkt drei Uhr angepfiffen. Alle anderen Teilnehmer, sämtliche Eltern, Freunde und Helfer, selbst die beiden Mitarbeiter von der Pommesbude haben sich um den Platz versammelt. Als Heinz mit seiner Pfeife den Platz betritt, senkt sich eine beinahe gespenstische Stille über die Zuschauer.

»In den nächsten zwanzig Minuten wird sich entscheiden, welches Team den Wanderpokal mit nach Hause nimmt«, verkündet er mit dröhnender Stimme. »Ich erwarte ein faires Spiel.« Langsam lässt er seinen Blick über die versammelten Spieler wandern. »Möge der Bessere gewinnen.« Damit pfeift er an, und das Finale beginnt.

Schon in den ersten Minuten wird klar, dass es ein hartes Match wird. Das Team von Celine ist verdammt schnell, ihre Verteidigung beinahe undurchdringbar. Meine Spieler geben ihr Bestes, stürmen über den Platz, als hätten sie nicht schon vier Partien hinter sich, lassen keine Chance ungenutzt. Trotzdem steht es nach fünfzehn Minuten immer noch null zu null. Hilflos stehe ich am Rand und feuere sie an, aber es scheint nicht auszureichen. Drei Minuten vor Schluss springt Timo knapp an einem Ball der gegnerischen Stürmerin vorbei, und er landet im Netz. Die Hälfte der Zuschauer bricht in frenetischen Jubel aus, von der anderen ist Stöhnen zu hören.

»Ihr habt noch drei Minuten!«, rufe ich und klatsche in die Hände. »Noch ist es nicht zu spät!«

Mit einem Auge auf der Uhr beobachte ich, wie mein Team noch mal einen Zahn zulegt. Schweiß rinnt Fiona über die Stirn, als sie einem Mittelfeldspieler den Ball wegschnappt und ihn in einem langen Schuss an Fred weiterleitet. Hannah rast auf sie zu, versucht, den Ball zurückzuerobern, aber sie kommt eine Millisekunde zu spät. Fred tritt gegen den Ball und erzielt den Ausgleichstreffer zwei Sekunden bevor Heinz abpfeift.

Auf den Rängen bricht Chaos aus. Niemand weiß, wer jetzt jubeln darf, alle schreien wild durcheinander. Heinz muss ein zweites Mal pfeifen, um für Ruhe zu sorgen. Er sieht selbst überrascht aus. »Meine Damen und Herren, wir haben ein Unentschieden. Zum ersten Mal in der Geschichte des Camps. Deshalb werden wir jetzt mithilfe eines Elfmeterschießens den Sieger ermitteln.«

Ein Raunen geht durch die Menge. Meine Spielerinnen umringen mich mit roten Gesichtern und schweißverklebten Haaren. »Elfmeterschießen? Das ist gut, oder?«, fragt Fiona keuchend.

»Ich bin mir da nicht so sicher«, antwortet unser Torwart Timo. »Schließlich muss ich die alle halten.«

»Das schaffst du!«

»Du bist ein mega Torwart!«

»Mach dir gar keine Gedanken!«

Die Aufmunterungen seiner Teamkameraden scheinen ihn nicht wesentlich zu beruhigen. Ich räuspere mich, warte ein letztes Mal, bis alle Augen auf mir ruhen. »Ihr habt es bis hierher geschafft. Das ist verdammt beeindruckend, wenn ihr mich fragt. Ihr habt alles gegeben. Egal, was in den nächsten zehn Minuten passiert, das kann euch keiner nehmen.«

»Wir haben schon gewonnen«, wiederholt Sahra meine Worte von vorhin.

»So ist es.«

Damit beginnt das Elfmeterschießen. Unsere sechs besten Torschützen nehmen vor dem Tor von Celines Mannschaft Aufstellung. Der Torwart begibt sich in die Mitte, die Knie leicht gebeugt, die Hände vor sich ausgestreckt. Als Heinz das Signal gibt, könnte man auf dem Platz eine Stecknadel fallen hören. Fiona nimmt Anlauf und schießt. Ihr Ball prallt an der oberen Holzlatte des Tors ab. Trotzdem bekommt sie High fives von den anderen, als sie an ihnen vorbeigeht. Der nächste Schuss von Alisha sitzt. Sahras Ball landet ebenfalls im Netz, obwohl der Torwart mit vollem Körpereinsatz hinterherspringt. Die nächsten beiden hält er, der letzte geht knapp neben dem rechten Pfosten vorbei. »Damit steht es jetzt zwei zu null«, verkündet Heinz, und wir tauschen die Seiten. Timo nimmt seine Position im Tor ein, ein kampfbereites Funkeln in den Augen. Zu den Spielern von Celines Team, die einen Torschuss versuchen, gehört auch Hannah.

Die ersten drei Bälle hält Timo mit Bravour. Aber Hannah scheint sich nichts daraus zu machen, dass ihr Ball nicht im Tor landet. Frieda umarmt sie, sobald sie wieder ihren Platz einnimmt, und ich werfe ihr ein stolzes Lächeln zu.

Schuss vier geht ins Tor, Schuss fünf daneben. Jetzt hängt alles am letzten Ball. Der Schütze von Celine, ein rothaariger Junge mit grünen Fußballschuhen, nimmt Anlauf. In seinem Gesicht liegt absolute Entschlossenheit. Er tritt gegen den Ball, der in einer großen Kurve aufs Tor zufliegt. Timo springt in die rechte Ecke, macht sich lang und landet mit einem Stöhnen auf dem Boden. In seinen Händen hält er den Ball.

»Das Spiel ist aus!«, verkündet Heinz. »Wir haben einen Sieger!«

In einer Sekunde stehe ich auf dem Feld und kann meinen Ohren kaum trauen. In der nächsten liege ich im Gras, während mein Team mich jubelnd unter sich begräbt.

»Hilfe! Lasst mir noch Luft zum Atmen«, keuche ich lachend und versuche, mich unter den Armen und Beinen der Spieler herauszuwinden. Auf der Zuschauertribüne wird währenddessen frenetisch applaudiert, und die ersten Eltern kommen auf den Platz gelaufen, um ihren Kindern zu gratulieren. Bevor Phillip, Sandra und Jan bei uns ankommen, rappele ich mich auf und nehme Hannah in den Arm.

»Herzlichen Glückwunsch, Mama!« Sie drückt mir einen Kuss auf die Wange. Ich nehme den Kopf zurück, suche in ihrem Gesicht nach Zeichen von Enttäuschung und finde keine.

»Danke, mein Schatz. Das war ein sehr guter Schuss vorhin.«

»Das nächste Mal muss ich einfach noch ein bisschen mehr andrehen«, sagt sie schulterzuckend. »Dann geht er bestimmt rein. Aber es gibt ja nächstes Jahr wieder ein Camp, da versuche ich es einfach noch mal.«

»Es werden schon Pläne für nächstes Jahr gemacht, wie ich höre?« Jan ist bei uns angekommen und hält Hannah eine Hand zum Einschlagen hin. »Nicht schlecht, Schatz. Ein bisschen mehr Power, dann wäre der drin gewesen.«

»Ich merk's mir für nächstes Jahr«, wiederholt sie, jetzt schon etwas weniger unbekümmert. Zum Glück tauchen in diesem Moment Sandra und Phillip zum Gratulieren auf und hindern mich daran, Jan ein paar Takte zu sagen.

Hinter ihnen kommt Chris, der High fives verteilt. »Das war absolut Wahnsinn, Nina! Kann ich dich vielleicht für eine Stelle als Aushilfstrainerin engagieren?«

»Moment mal. Sie ist nicht mal Fußballtrainerin?«

Zwei Männer bahnen sich einen Weg durch die Menge aus Eltern und Campteilnehmern auf uns zu. Der rechte ist der Journalist von Mittwoch, dieses Mal in einem cremefarbenen Hemd. Der andere überragt mich um mindestens zwei Köpfe und mustert Chris und mich mit finsterer Miene.

»Paul Gerritson.« Chris schüttelt ungläubig den Kopf. »Du bist wirklich gekommen!«

Er eilt auf seinen ehemaligen Trainer zu und reicht ihm die Hand. Gerritson ignoriert sie. Verunsichert lässt Chris die Hand sinken. »Ähm, ich habe schon gar nicht mehr mit dir gerechnet. Wie lange bist du schon hier?«

»Lange genug«, antwortet der Mann kurz. »Lange genug, um zu sehen, dass du offensichtlich nicht mal eine Horde Kinder so anständig trainieren kannst, dass sie es überhaupt ins Finale schaffen.«

Chris stolpert zurück, als wäre er geschlagen worden. Alle Farbe ist aus seinem Gesicht gewichen. »Paul, das sind Kinder«, argumentiert er schwach. »Die machen das hier zum Spaß.«

»Und genau da ist dein Problem. Das war es immer schon.«

Helena löst sich aus der Gruppe an Eltern und Spielern und kommt auf uns zu. Der Reporter zückt sein Handy und beginnt, in Lichtgeschwindigkeit zu tippen. Chris' ehemaliger Trainer nimmt von nichts davon Notiz. »Du hast geglaubt, Spaß an einer Sache zu haben würde ausreichen. Damit würdest du schon durchkommen. Aber nichts könnte weiter von der Wahrheit entfernt sein.«

»Das weiß ich«, verteidigt er sich. »Glaubst du wirklich, ich habe mir nicht den Arsch aufgerissen?«

Der Hüne schnaubt abfällig. »Ich glaube, dass du dir das selbst vielleicht eingeredet hast. Aber am Ende hat es nicht gereicht. Nicht mal mit den beschissenen Pillen, die du geschluckt hast. Denn weißt du was? Die können mangelndes Talent nicht ausgleichen.«

Helena schlägt sich eine Hand vor den Mund. Mittlerweile haben auch ein paar der Eltern und der anderen Trainer ihre Unterhaltung eingestellt und schauen neugierig zu uns herüber. Dinas Vater hat sein Handy gezückt und es auf Paul Gerritson gerichtet.

Chris starrt seinen alten Trainer an, als wäre er einem Geist begegnet. Ich kann das keine Sekunde länger schweigend ertragen. »Was fällt Ihnen eigentlich ein?! Hier aufzutauchen und so mit demjenigen zu reden, der Sie eingeladen hat?«

Sein Blick wandert weiter zu mir, und ich fühle mich sofort einen Kopf kleiner. Aber ich weiche keinen Zentimeter zurück.

»Und Sie sind?«, fragt er betont desinteressiert.

»Nina Meerbach.«

»Ich schätze, ich sollte Ihnen gratulieren«, sagt er sarkastisch. »Schließlich ist Ihnen hier heute ein Sieg gelungen. Selbst wenn Sie von Fußball eigentlich keine Ahnung haben, wie ich hörte.« Dann runzelt er die Stirn, mustert mich genauer. »Meerbach, sagten Sie? Die Nina Meerbach, der Reuter im Trainingslager immer diese Briefchen geschrieben hat wie ein liebeskranker Teenie, anstatt sich zu konzentrieren?«

Chris' Wangen färben sich, aber seine Stimme ist fest, als er antwortet: »Ich *war* ein Teenager, falls du das vergessen hast.«

»Du warst ein professioneller Fußballspieler. Oder wolltest es zumindest werden«, entgegnet er kalt. »Beides geht nicht. Das beweist nur, dass es die richtige Entscheidung war, dein albernes Gekritzel nie abzuschicken.«

»Wie bitte?« Fassungslos starrt Chris ihn an. »Du hast was?«

»Die Briefe weggeworfen.« Er zuckt mit den Schultern. »Ihr wart im Trainingslager. Was glaubst du, wer eure Korrespondenz zur Post gebracht hat? Oder in deinem Fall eben nicht. Aber sonst hättest du es wahrscheinlich gar nicht erst ins Team geschafft. Ein bisschen mehr Dankbarkeit wäre an dieser Stelle schon angemessen, findest du nicht?«

»Dankbar?« Er saugt hörbar die Luft ein. »Dafür, dass du Nina hast glauben lassen, ich hätte sie einfach sitzen gelassen und vergessen?«

»Darf ich hier kurz einhaken?«, fragt der Reporter dazwischen. »Nur, dass ich das richtig verstehe: Sie, Herr Reuter, sind aus dem Team geflogen, weil Sie illegale Substanzen konsumiert haben? Und hätten es beinahe nicht mal in die Mannschaft geschafft, weil Sie zu beschäftigt damit waren, Liebesbriefe zu schreiben? Die Sie, Herr Gerritson, einfach weggeworfen haben?«

»So kann man es zusammenfassen«, antwortet der Trainer. »Und jetzt hat er mich heute ans Ende der Welt eingeladen, um ihm dabei zuzusehen, wie er mit einer Horde Kinder ein Amateurturnier verliert. Nur Gott allein weiß, was er sich bei dieser Zeitverschwendung gedacht hat.« Er wendet sich wieder Chris zu, und in seinem Gesicht liegt Enttäuschung. »Ich habe die Sache mit den Tabletten aus den Medien gehalten. Dachte, vielleicht kriegst du irgendwie die Kurve und reißt dich endlich zusammen. Versuchst es noch mal in der zweiten Liga oder im Ausland. Aber ich habe mich offensichtlich getäuscht. Aus dir wird kein Fußballspieler mehr, der diese Bezeichnung verdient hat.«

Chris starrt ihn an, völlig ausdruckslos. Seine Brust hebt und senkt sich, als hätte er selbst gerade ein Finale gespielt. Als er schließlich spricht, ist seine Stimme genauso kalt wie die von dem Mann ihm gegenüber. »Ich habe dich heute eingeladen, um dir zu zeigen, dass ich deine Chance genutzt habe. Zu beweisen, dass es mehr gibt als Gewinnen, dass der Sport auch Spaß machen kann, wenn man das zulässt. Dass du dich in mir getäuscht hast. Aber offensichtlich habe ich mich in *dir* getäuscht.« Mit jedem Wort wird seine Stimme härter. »Wenn du glaubst, dass Gewinnen in diesem Leben alles ist, tust du mir leid. Aber weißt du, wer mir noch mehr leidtut? Deine Spieler. Glaubst du, ich hätte zum Spaß Tabletten geschluckt? Für den Kick? Es war die einzige Art, mit dem Druck umzugehen, immer abzuliefern. Andere trinken. Werden depressiv oder fangen an, jede einzelne Kalorie zu zählen, die auf ihrem Teller landet. Vielleicht solltest du deinen Leuten mal zuhören. Dann wüsstest du, was der permanente Druck mit ihnen macht.«

Paul Gerritson schnaubt. »Das ist Profisport, Chris«, sagt er, als würde er mit einem schwerhörigen alten Herrn sprechen. »Da wird Leistung erwartet. Und wer damit nicht umgehen kann, hat keinen Platz verdient.«

»Ich glaube, du solltest diesen Platz jetzt verlassen.« Chris' Stimme ist ruhig, aber seine Hände ballen sich zu Fäusten.

»Du wirfst mich raus?«, fragt sein ehemaliger Trainer belustigt.

»Exakt. Danke für deine Zeit. Sie ist abgelaufen.«

Gerritson starrt ihn an, offensichtlich nicht gewöhnt, so behandelt zu werden. Dann wirft er die Hände in die Luft. »Bitte! Nichts lieber als das. Du bekommst eine Rechnung für meine Spritkosten für diese absolut nutzlose Landpartie.«

Chris verzieht keine Miene. »Gute Heimreise.«

Der Mann von St. Pauli bleibt noch einen Moment stehen, als würde er damit rechnen, dass Chris seine Meinung noch mal ändert. Alles zurücknimmt und ihn auf Knien anfleht, noch mal eine Chance zu bekommen. Als er stumm bleibt, sagt Paul Gerritson schließlich: »Deine Karriere, Chris? Sie ist endgültig vorbei. Ich hoffe, du wirst damit glücklich.« Dann dreht er sich um und marschiert zurück zum Parkplatz. Der Reporter eilt hinter ihm her, noch um einen Kommentar bemüht. Zurück bleibt fassungsloses Schweigen.

Die Ersten, die das Wort ergreifen, sind die Eltern von Chris' Mannschaft, die zugehört haben. »War das etwa Ihr ehemaliger Trainer?«, fragt Dinas Vater mit offenem Mund.

»War er«, sagt Chris tonlos. Sobald Gerritson ins Auto gestiegen ist, scheint alle Kraft aus seinem Körper gewichen zu sein.

Dafür fangen alle anderen gleichzeitig zu reden an. Die Eltern diskutieren mit leiser Stimme und ernsten Blicken. Die Trainer der anderen Vereine reden auf Chris ein, wollen wissen, was der Auftritt zu bedeuten hatte. Der steht einfach nur da, als hätte man ihm den Stecker gezogen.

Ich würde gerne irgendetwas tun, irgendetwas sagen, aber mein Hirn ist völlig leer. Wiederholt nur immer wieder die Worte von Gerritson wie eine kaputte Schallplatte. Er hat die Briefe nie abgeschickt. Und Chris hat es nie gemerkt. Er hat einfach irgendwann aufgehört, mir weiter zu schreiben.

Ein alter, tief vergrabener Teil von mir ist immer noch wütend darüber.

»Nina! Was war denn das bitte?« Jan fasst mich an der Schulter, und ich fahre zusammen. Hannah läuft neben ihm her und schaut mich mit großen Augen an. »Mama, worüber habt ihr geredet? Geht es Chris gut? Der guckt so komisch.«

»Keine Ahnung«, antworte ich ehrlich, immer noch wie in Trance.

»Ich wusste ja, dass der Typ Probleme hat, aber das?« Jan pfeift leise durch die Zähne. »Wow.«

»Du hast keine Ahnung, wovon du redest«, antworte ich harsch. Mein Ex-Mann runzelt die Stirn. »Aber du, oder wie darf ich das verstehen? Schweißt gemeinsames Gegen-einen-Ball-Treten so schnell zusammen?«

»Vorsicht, Jan. Man könnte noch denken, du wärst eifersüchtig.«

Ich warte auf den entschiedenen Widerspruch, aber er bleibt aus. Stattdessen mustert Jan Chris, der gerade leise mit Helena diskutiert, mit zusammengekniffenen Augen. »Du hast was Besseres verdient, Nina. Das musst du doch wissen.«

»Wie kannst du so was sagen?«

Hannah schaut mit großen Augen zwischen uns hin und her. »Bitte nicht streiten! Ihr sollt euch doch wieder lieb haben.«

Jan fährt sich mit der Hand durchs Gesicht und flucht leise. »Das kommt hier gerade alles völlig falsch rüber. Nina, bitte.« Er nimmt meine Hand, hält sie fest. »Ich hab viel nachgedacht in letzter Zeit. Über mein Leben, das, was mir wirklich wichtig ist. Und ich glaube, das weiß ich jetzt.«

Mir weicht das Blut aus dem Gesicht. Mein Mund ist auf einen Schlag wie ausgetrocknet. »Jan, wovon ... wovon redest du?«

»Ich rede von uns, Nina.« Meine Hand immer noch fest im Griff, beugt er sein rechtes Knie und sinkt auf den Rasen. »Mich von dir zu trennen, war ein Riesenfehler. Das habe ich jetzt verstanden. Du und Hannah, ihr seid meine Familie, und ich hätte euch niemals aufgeben sollen.«

Das Blut rauscht mir in den Ohren. Meine Sicht verschwimmt, als wäre ich in einem Tunnel, das Licht am anderen Ende nur schemenhaft zu erahnen. »Was ... was ist mit Fabienne?«, krächze ich. »Mit der Hochzeit?«

»Alles abgesagt«, antwortet er, greift jetzt auch nach meiner anderen Hand. »Es war einfach doch nicht das Richtige, da waren wir uns beide einig. Aber du, du bist die Richtige für mich, Nina. Gib uns noch eine Chance, ich bitte dich.«

Es fühlt sich an, als würde ich aus einem Traum erwachen. Mit einem Schlag rückt die Welt um mich herum wieder in den Fokus. Nur dass jetzt ich im Zentrum der Aufmerksamkeit stehe. Meine Mannschaft deutet auf mich und flüstert aufgeregt, die anderen Eltern teilen ein nostalgisches Lächeln, als würden sie sich gerade an ihre eigenen Anträge erinnern. Hannah steht stocksteif da, die Hände vor den Mund geschlagen. »Sag Ja, Mama«, flüstert sie atemlos. »Bitte sag Ja.«

Als Letztes fällt mein Blick auf Chris. Mit weit aufgerissenen Augen schaut er zwischen mir und Jan hin und her. Als er den Mund öffnet, klingt er wie ein Fremder: »Du solltest Ja sagen, Nina.«

Dann dreht er sich um und geht. Die Menge teilt sich, um ihn durchzulassen, und ich sehe zu, nicht in der Lage, mich von der Stelle zu rühren. Jan umklammert meine schweißnassen Hände, und ich habe plötzlich das Gefühl, keine Luft mehr zu bekommen.

Kapitel 37

»Nina? Nina, hey, alles okay?« Die Stimme meiner Schwester dringt wie aus weiter Ferne zu mir. Hände umfassen meine Schulter, irgendjemand drückt mich sanft nach unten. Meine Knie geben nach, als wären sie aus Wachs.

»Mama? Was ist mit Mama?«

»Gott, Nina, war ich das? Das wollte ich nicht.«

»Frau Meerbach? Brauchen wir einen Krankenwagen?«

»Immer mit der Ruhe.« Sandras Worte schneiden durch die Kakofonie aus Rufen und Fragen. Ihr Gesicht schwebt über mir, ein beruhigendes Lächeln auf den Lippen, und ich klammere mich daran wie eine Ertrinkende an einen Rettungsring.

»Versuch, etwas ruhiger zu atmen, okay? Durch die Nase ein und durch den Mund wieder aus.« Sie führt meine Hand auf ihre Brust und demonstriert einen tiefen Atemzug. »Genau so. Du machst das super.«

Ich versuche, mich an ihr zu orientieren, und mit jedem Atemzug, den wir gemeinsam nehmen, beruhigt sich mein rasender Puls ein bisschen. Mir wird bewusst, dass ich auf dem Sportplatz in Timmendorf im Gras liege, umringt von einer Horde Menschen. Dass unter diesen Menschen mein Ex ist, der mir gerade vor aller Augen einen zweiten Heiratsantrag gemacht hat. Und dass der Mann, den ich liebe, verschwunden ist.

»Können wir gehen?«, keuche ich und richte mich auf.

»Jetzt sofort?«

»Natürlich.« Sandra greift mir unter den Oberarm und hilft mir hoch. Sofort sind auch Phillip und Helena zur Stelle und stellen sich schützend vor mich, bis ich mein Gleichgewicht gefunden habe.

»Mama?«

Hannah klingt so verängstigt, dass mir beinahe wieder die Luft wegbleibt. »Ich bin hier, Schatz.« Sie lässt Jans Hand los, die sie bis gerade gehalten hat, und klammert sich an mein Bein. »Was ist passiert?«

Wenn ich das wüsste. »Jetzt ist alles wieder gut«, antworte ich stattdessen und hoffe, sie ignoriert das Zittern in meiner Stimme. »Wir gehen jetzt nach Hause, was meinst du?«

Sie nickt in den Stoff meiner Jeans. Sandra beugt sich zu ihr herunter und streicht ihr sanft über die Haare. »Wie wäre es, du fährst mit deinem Papa zur Pension? Und dann treffen wir uns da?« Hannah nickt zögerlich. »Super. Phillip fährt auch bei Jan mit.« Sie wirft meinem Ex einen pointierten Blick zu, der deutlich macht, dass es sich nicht um eine Frage handelt. Ihr Freund drückt ihr einen Kuss auf die Wange und gesellt sich zu Jan. Als er Hannah zu sich winkt, löst sie sich langsam von mir. »Bis gleich, Schatz, ja?« Ich beuge mich hinunter und drücke sie noch einmal fest. Sie erwidert die Umarmung, als hätte sie Angst, ich könnte zerbrechen, sobald sie mich loslässt. Dann liegt Sandras Arm um meine Schulter, und sie führt mich zum Parkplatz.

Meine Beine sind schwer wie Blei, und meine Hände zittern immer noch.

Kurz bevor wir am Auto ankommen, halte ich inne. »Meine Sachen. Das Zelt.«

»Holen wir später«, sagt Sandra mit dieser Große-Schwester-Stimme, die mich immer noch genauso sehr beruhigt wie mit sechs bei einem Gewitter.

Sie schließt die Beifahrertür hinter mir, dann setzt sie sich ins Auto und startet den Motor. Das vertraute Surren löst den letzten Rest der Anspannung in meinen Muskeln, und ich habe das Gefühl, in den Sitz zu schmelzen.

»Das war deine erste Panikattacke, oder?«, fragt Sandra unvermittelt, als sie auf die Hauptstraße einbiegt.

»Panikattacke?« Die Atemnot, das Herzrasen, das Gefühl, von allen angestarrt zu werden und eine Antwort geben zu müssen. »Keine Ahnung.« Stirnrunzelnd wende ich ihr den Kopf zu. »Hattest du schon mal eine?«

»Zwei, tatsächlich.« Sie setzt den Blinker, den Blick fest auf die Straße gerichtet. »Die erste direkt nach dem Studium, kurz bevor ich in den Flieger nach Thailand gestiegen bin, zu meinem ersten richtigen Job.« Sie grinst schief. »Das Personal am Flughafen dachte, ich hätte eine allergische Reaktion oder so. Sie haben mich zur Erste-Hilfe-Station gebracht, wo eine sehr nette Sanitäterin die Situation zum Glück schnell erkannt hat.«

»Und danach bist du trotzdem in den Flieger gestiegen?«, frage ich ungläubig. »Ganz allein?«

Sie zuckt mit den Schultern. »Ich hatte die Tickets bezahlt. Und einen verdammt großen Traum. Da blieb mir keine große Wahl.«

»Und die zweite?«

»Das war ein paar Jahre später, in Sydney. Ich hatte die zweite Sechzigstundenwoche in Folge und kaum geschlafen, und dann hat Mama mir geschrieben, dass du dich von Jan scheiden lässt. Ich hatte so ein schlechtes Gewissen, dass ich nicht für dich da sein konnte.«

»Wieso hast du mir das nie erzählt?«, frage ich ungläubig.

»Es hat sich nie ergeben.« Sie wirft mir einen schnellen Blick zu. »Ich wollte nicht, dass du dir auch noch Vorwürfe machst. Du solltest weiterhin glauben, ich wäre die unbesiegbare große Schwester, die sich von nichts unterkriegen lässt. Such dir was aus.«

Trotz allem muss ich schmunzeln. »Du bist die unbesiegbare große Schwester. Immer.«

Wie um mir recht zu geben, biegt sie von der Landstraße ab und rollt auf den McDonald's-Parkplatz.

»Aber es ist nicht der Beginn der Sommerferien«, protestiere ich halbherzig.

»Manche Regeln sind dafür da, hin und wieder gebrochen zu werden.«

Sie stellt den Motor aus, schnallt sich ab und wendet sich mir zu. »Aber erst, wenn du mir endlich sagst, was los ist. Alles.«

»Du bist eine harte Verhandlerin«, versuche ich zu scherzen. Sie verzieht keine Miene.

Ich atme einmal tief ein und langsam wieder aus. Dann fange ich an. Ich erzähle ihr davon, wie unerwartet mein Wiedersehen mit Chris war. Wie ich ihn zu Beginn gehasst habe und dann mit jedem Treffen ein bisschen weniger. Wie ich versucht habe, andere Typen zu daten, um über ihn hinwegzukommen, während ich mich gleichzeitig gefühlt habe wie die schlechteste Mutter der Welt. Die eigentlich jede Minute mit ihrer Tochter verbringen sollte, bevor die vielleicht zu ihrem Vater zieht. Als ich am Feuerwehrfest-Kuss ankomme, saugt Sandra hörbar die Luft ein. »Hör jetzt bloß nicht auf«, sagt sie, als ich innehalte. »Ich brauche alle Details.«

Also spreche ich weiter, erzähle, wie Chris sich immer hinter einer Maske zu verstecken schien. Wie ich ihn habe stehen lassen, zu verängstigt von den Gefühlen, die der Kuss in mir ausgelöst hat. Von den nie verschickten Briefen und dem Doping und unserer gemeinsamen Nacht im Zelt.

Als ich fertig bin, habe ich das Gefühl, einen emotiona-len Marathon hinter mir zu haben. »Und dann macht Jan mir einen Antrag«, sage ich abschließend. »Aus dem Nichts, nachdem Chris gerade vor aller Augen gedemütigt wurde.«

Sandra pfeift leise durch die Zähne. »Wow. Das ist alles … wow.«

»Das kann man so sagen.«

Für einen Moment schweigen wir einvernehmlich. Drau-ßen auf dem Parkplatz steigt eine Mutter mit ihrem klei-nen Sohn aus. Er zieht sie begeistert an der Hand Richtung Eingangstür.

»Nur, dass ich das richtig verstehe«, sagt meine Schwes-ter langsam. »Du liebst Chris. Immer noch. Oder wieder.«

Es ist keine Frage. Hier in der Sicherheit unseres Autos, geschützt vor der Außenwelt, erlaube ich mir, diesen Ge-danken einmal zuzulassen. Ihn völlig neutral zu betrach-ten. »Ich liebe ihn nicht«, antworte ich, wähle meine Worte mit Bedacht. »Aber ich könnte es wieder tun. Bin auf dem allerbesten Weg dahin.«

Sandra nickt. Sie lässt mir Zeit, diesen Satz selbst zu verdauen.

»Scheiße, ich könnte mich in ihn verlieben.« Stöhnend begrabe ich das Gesicht in den Händen. »So richtig.«

»Und wäre das so schlimm?«

»Ja«, antworte ich sofort.

Sandra schürzt nachdenklich die Lippen. »Erklär's mir. Wieso?«

Durch meine Finger werfe ich ihr einen ungläubigen Blick zu. »Weil es Chris ist? Der mich schon mal brutal verlassen hat?«

»Das ist viele Jahre her«, antwortet sie ungerührt. »Und nach allem, was du gerade erzählt hast, war es ein Missverständnis.«

»Das mit mir und den Männern, das funktioniert einfach nicht«, argumentiere ich weiter. »Schau dir Jan an. Der mich heiratet, obwohl wir offensichtlich nicht zusammenpassen, sich scheiden lässt, versucht, unser Kind zu sich zu nehmen, und jetzt plötzlich eine zweite Chance will. Ich meine, was zur Hölle?!« Mit jedem Wort klingt meine Stimme etwas schriller.

»Und weil du zwei schlechte Erfahrungen gemacht hast, willst du der Liebe jetzt komplett abschwören.« Meine Schwester hatte schon immer das Talent, ihren Finger direkt auf die Wunde zu legen.

»Ich habe jede Menge Liebe in meinem Leben«, protestiere ich schwach. »Ich habe dich, Phillip, meine Freundinnen, und vor allem habe ich Hannah. Sie ist das Wichtigste.«

»Moment, warte mal.« Sandra hebt den Finger, als wäre sie die Lehrerin von uns beiden. »Das hört sich für mich so an, als würdest du glauben, dass du dich entscheiden musst. Entweder du bist für Hannah da, oder du gibst der Liebe noch eine Chance.«

»Ist es nicht so?«, halte ich dagegen. »Mal angenommen, ich fange wieder was mit Chris an und verliebe mich. Im besten Fall gewöhnt Hannah sich an ihn, und die beiden verstehen sich weiterhin so gut wie jetzt. Bis er uns verlässt und nicht nur mir, sondern auch ihr das Herz bricht.«

»Was nicht unbedingt passieren muss.«

»Aber ist es das Risiko wert?« Ich werfe die Hände in die Luft. Meine Schwester lässt sich eine ganze Weile Zeit, bevor sie antwortet. »Ganz ehrlich? Die Garantie kann dir niemand geben.« Sie faltet die Hände in ihrem Schoß, schaut blicklos durch die Frontscheibe auf den halb vollen McDonald's-Parkplatz. »Das ist ja das Tolle am Leben. Du denkst, du hast einen Plan, weißt genau, was du willst. Und dann landest du wieder im Dorf deiner Kindheit, führst die Pension deiner Eltern und verliebst dich in einen Surflehrer.« Lächelnd schüttelt sie den Kopf. »Hatte ich mir mein Leben so vorgestellt? Die Antwort kennen wir beide. Aber liebe ich es über alles? Auf jeden Fall.«

Sie reicht mir ihre Hand, und ich nehme das Angebot an, lege meine Handfläche in ihre. Etwas sagt mir, dass ich diesen Halt brauchen werde für das, was sie als Nächstes sagt. »Um das herauszufinden, musste ich das Risiko eingehen. Muss es jeden Tag wieder eingehen. Vielleicht verliebt Phillip sich morgen bei seinem Surfkurs in eine Teilnehmerin. Vielleicht brennt übermorgen die Pension ab, oder in zwei

Jahren kommen keine Gäste mehr. Aber das wäre für mich niemals ein Grund, es nicht zu versuchen. Und was Hannah angeht …« Ihre grünbraunen Augen bohren sich in meine. Es sind die Augen unseres Vaters. »Sie hat eine Mutter verdient, die glücklich ist. Von der sie lernen kann, dass es wichtig ist, sich um sich selbst zu kümmern und ja, auch hin und wieder Fehler zu machen. Die Welt wird ihr irgendwann das Herz brechen, egal, wie sehr ich den Gedanken hasse.«

Ich schlucke schwer. »Gott, ich auch.«

»Aber wäre es dann nicht besser, sie hätte eine Mutter, die ihr gezeigt hat, wie man auch das überlebt?«

Eine heiße Träne rollt über meine Wange. Schnell folgt ihr eine weitere. Wortlos zieht Sandra mich in ihre Arme. Damit bricht in meinem Inneren ein Damm. Jede Träne, die ich die letzten Wochen zurückgehalten habe, scheint gleichzeitig ihren Moment im Rampenlicht zu wollen. Ich könnte sie nicht aufhalten, selbst wenn ich wollte. Aber dieses Mal will ich es nicht. Ich erlaube mir einfach, mich an Sandras Schulter zu lehnen und zu weinen. Um all die Tage, die ich damit verbracht habe, mich um Hannahs Zukunft zu sorgen. Um all die Jahre, die ich dachte, Chris hätte mich vergessen. Um alles, was Jan und ich mal waren und nie wieder sein werden. Irgendwann versiegen die Tränen, und zurück bleibt eine seltsame Leere in meinem Brustkorb. Sie ist beinahe … leicht.

»Was willst du jetzt tun?«, fragt Sandra, und ich weiß, dass sie hinter mir stehen wird, egal, was ich antworte. Das macht es mir deutlich leichter, den nächsten Gedanken auszusprechen. »Die Sache mit Jan klären, ein für alle Mal. Und danach Chris suchen gehen.«

»Das hört sich gut an.« Sandra öffnet die Autotür und schwingt ihre Beine nach draußen. »Aber vorher brauchen wir, glaube ich, beide eine Stärkung.«

Zehn Minuten später fahren wir weiter in Richtung Altensande, zwei Becher Eis im Gepäck. Ich lasse mir den süßen Vanillegeschmack meiner Kindheit auf der Zunge zergehen und spüre mit jedem Löffel, wie meine Entschlossenheit wächst. Wie hat Chris noch gesagt? Ich bin lange genug davongelaufen. Habe gelebt, als würden die Entscheidungen anderer mein Schicksal bestimmen. Damit ist jetzt Schluss. Als wir vor der Pension anhalten, steht Jans Wagen bereits an der Straße. Sandra wirft mir einen letzten Blick zu, die Hand bereits am Türgriff. »Wollen wir?«

Anstelle einer Antwort stelle ich die leeren Eisbecher in den Fußraum und ziehe sie in eine kurze, feste Umarmung. »Danke«, flüstere ich in ihre schwarzen Haare.

»Immer«, antwortet sie mit rauer Stimme.

Dann steigen wir aus. Wir schaffen es gerade mal bis zur Haustür, bevor Hannah sie von der anderen Seite aufreißt. »Da seid ihr ja! Ist alles okay? Ich hab mir voll Sorgen gemacht.«

Meine reflexartige Reaktion ist es, ihr zu versichern, dass alles in bester Ordnung ist. Aber das wäre gelogen. Also gehe ich in die Knie, bis wir auf Augenhöhe sind, und sage: »Mir ging es eben nicht so gut. Aber jetzt ist es wieder besser. Danke, dass du hier gewartet hast.«

»Ist es wegen Papa?« Ihre Augen füllen sich mit Tränen. »Wegen dem, was ich gesagt habe?«

»Was? Hannah, wieso ...«

»Ich will nicht, dass du traurig bist! Und du denkst wahrscheinlich, ich merke das gar nicht, aber manchmal eben doch. Und ich dachte, es ist vielleicht, weil du nur mich hast. Nicht wie die Mütter von meinen Freundinnen, die haben alle einen Mann«, platzt es aus ihr heraus. »Deshalb dachte ich, wenn du ihn wieder heiratest, dann musst du nicht mehr traurig sein.«

Obwohl ich eben noch dachte, ich hätte all meine Tränen verbraucht, brennen meine Augen schon wieder. »Das ist wirklich lieb von dir, mein Schatz. Und ich wäre glücklich mit dir, wenn wir die einzigen beiden Menschen auf der Welt wären. Hörst du? Ich liebe dich bis nach Kiel und zurück.« Meine Stimme versagt. Hannah schlingt ihre kleinen Arme um meinen Hals. »Ich dich noch viel weiter«, antwortet sie. Als ich meine Fassung wiedergefunden habe, löse ich mich langsam von ihr. Warte, bis ich wieder ihre volle Aufmerksamkeit habe. »Es ist nicht deine Aufgabe, dafür zu sorgen, dass ich glücklich bin, okay? Darum muss ich mich kümmern.« Sie nickt feierlich. »Okay, Mama.«

»Und genau das werde ich jetzt. Wo sind die anderen?«

»In der Küche.« Sie nimmt mich an der Hand und führt mich durch den Flur der Pension bis in die Küche. Dort hat Phillip gerade Kaffee gekocht und reicht Jan eine Tasse. Als er uns hereinkommen sieht, weiten sich seine Augen. Erst jetzt wird mir bewusst, wie ich aussehen muss, mit verheulten Augen und einem Eisfleck auf dem Camp-Sportshirt, das ich immer noch trage.

»Nina, da seid ihr ja.« Jan stellt seine Tasse ab und kommt auf mich zu. »Gott, es tut mir so leid, ich wollte nicht …«

»Ich würde gerne mit dir reden«, unterbreche ich ihn. »Unter vier Augen.«

Phillip wirft mir über Jans Schulter hinweg einen verständnisvollen Blick zu. »Was meinst du, Hannah, wollen wir in der Zeit ein paar Bälle kicken?«, fragt er meine Tochter. »Zeigst du mir, was du im Camp gelernt hast?«

Sobald die Tür sich hinter Phillip, Sandra und Hannah schließt, setzt Jan wieder an. »Ich weiß, das kam jetzt alles sehr plötzlich und unerwartet, aber du musst mich verstehen. Ich habe einfach gemerkt, dass ...«

»Stopp.« Ich hebe die Hand, unterbreche seinen Redefluss. »Du hast recht, es kam verdammt unerwartet. Und zu einem wirklich beschissenen Zeitpunkt.«

Verlegen senkt er den Blick auf seine Füße. »Zugegeben, nicht wirklich einer meiner besten Momente.«

»Kann man sagen.«

»Aber ich habe alles gemeint, was ich gesagt habe. Ich will es noch mal mit uns probieren.«

»Als Fernbeziehung?«, hake ich nach. »Dein Leben, deine Praxis, das ist alles in Hamburg. Mein Leben ist hier.«

»In Hamburg suchen sie überall nach Lehrern. Du würdest sofort einen Job finden«, hält er dagegen. Bestätigt nur noch einmal, was ich ohnehin schon wusste. »Ich will nicht nach Hamburg gehen. Und ich will keine neue Chance. Das mit uns funktioniert nicht, Jan.« Es fühlt sich an wie ein Befreiungsschlag. »Und nur weil du gemerkt hast, dass es mit Fabienne doch nicht klappt, werde ich nicht deine Notlösung spielen.«

»So ist es nicht ...«

»Nein? Bist du dir da wirklich sicher?« Der Mann vor mir

öffnet den Mund, schließt ihn wieder. Über sein Gesicht rauschen Dutzende Emotionen innerhalb eines Augenaufschlags, und für einen Moment befürchte ich, er könnte weiter versuchen, mich zu überzeugen. Aber was auch immer er in meinen Augen sieht, scheint ihn am Ende doch zur Vernunft zu bringen.

»Okay. Ich verstehe.« Plötzlich scheint er in sich zusammenzufallen. Er lässt sich auf einen Küchenstuhl sinken, als wäre er eine Marionette, der man die Fäden zerschnitten hat.

Ich setze mich ihm gegenüber. »Das heißt nicht, dass du keinen Platz in Hannahs Leben haben kannst. In unserem Leben.« Mit einem Hauch neuer Hoffnung hebt er den Blick. »Wie stellst du dir das vor?« Es ist kein Vorwurf, sondern eine ehrliche Frage. Ein Beweis, dass Jan im Grunde seines Herzens nicht der Bösewicht in dieser Geschichte ist.

»Wir können neue Besuchsregeln vereinbaren. Sie kann jedes zweite Wochenende zu dir kommen, wenn sie möchte. Oder du kommst mal für ein ganzes Wochenende hierher. Sie kann einen Teil der Ferien in Hamburg verbringen. Und wenn sie jemals den Wunsch äußert«, ich hebe meinen Zeigefinger, »und zwar von sich aus, dass sie in Hamburg leben möchte, dann bin ich die Letzte, die sie aufhält.« Egal, was es mir abverlangen würde.

»Aber sie ist kein Spielball für unsere Egos. Deshalb werde ich unser siebenjähriges Kind nicht jetzt vor diese Wahl stellen.« Mit stahlhartem Blick fixiere ich ihn. »Und du wirst es auch nicht tun.«

Ich rechne mit entschiedenem Widerspruch, aber Jan

senkt nur erneut seinen Blick auf die Tischplatte und nickt langsam. »Du hast recht. Wie meistens.« Ein selbstironisches Lächeln huscht über sein Gesicht, bevor er wieder ernst wird. »Ich liebe sie. Ihr Glück ist das Wichtigste. Alles andere wird sich finden.«

Ich greife über den Tisch und lege vorsichtig eine Hand auf seinen Unterarm. »Das weiß ich. Und das wird es.«

Draußen vor dem Fenster schießt Hannah gerade ein Tor. Phillip als Torwart hat keine Chance. Wir beobachten, wie sie jubelnd auf und ab springt, und teilen ein vorsichtiges Lächeln. Es ist ein Anfang.

Kapitel 38

Als wir in den Garten kommen, wenden sich uns sofort drei Köpfe zu. Hannah vergisst den Ball, den sie gerade schießen wollte, und rennt auf uns zu. Außer Atem kommt sie gerade noch rechtzeitig zum Stehen, bevor sie mit Jans Beinen kollidiert. »Habt ihr euch wieder vertragen?«

»Das hätte ich zwar nicht so gefragt.« Sandra gesellt sich zu uns. »Aber die Antwort interessiert mich ebenfalls.«

»Wir haben alles geklärt«, antworte ich bestimmt. »Und zwar so, wie es für alle am besten ist. Die Details erkläre ich euch später.«

Sandra nickt, versteht auch ohne Worte, dass meine schlimmste Sorge vom Tisch ist. »Was jetzt?«

»Ich muss Chris finden. Ich habe eben schon versucht, ihn anzurufen, aber der Anruf ging direkt auf die Mailbox.« Offenbar hat er es ausgeschaltet. Das ist kein gutes Zeichen. »Habt ihr eine Ahnung, wohin er gegangen sein könnte?«

»Ich habe in dem Moment ehrlicherweise nicht auf ihn geachtet«, gibt Phillip zu. Sandra schüttelt ebenfalls den Kopf.

»War sein Wagen noch auf dem Parkplatz, als ihr gefahren seid? So ein dunkelblauer Peugeot?«

Phillip zuckt mit den Schultern. »Da standen über fünfzig Autos. Ob ein dunkelblauer Peugeot dabei war, kann ich dir nicht sagen.«

»Mist.«

»Vielleicht weiß es ja seine Schwester«, wirft Sandra ein. »Die war doch auch zum Anfeuern da!«

Ich zücke das Handy und wähle Helenas Nummer. Sie geht schon beim zweiten Klingeln dran.

»Nina, hey. Ist alles okay?«

»Was? Wieso … Ah.« Das letzte Mal, dass sie mich gesehen hat, hatte ich gerade eine Panikattacke auf dem Fußballplatz. »Ja. Alles wieder okay. Was ist mit Chris? Ist er bei dir?«

»Leider nicht.« Aus dem Hintergrund ist leises Rauschen zu hören, als würde sie im Auto sitzen. »Er ist einfach verschwunden. Sein Zelt, sein Auto, seine Sachen, alles war noch da.«

Ein ungutes Gefühl beschleicht mich. »Das sieht ihm gar nicht ähnlich.«

»Stimmt.« Ihre Stimme nimmt einen ironischen Tonfall an. »Aber Drogen nehmen auch nicht, und das hat ihn offensichtlich nicht abgehalten.«

In dem ganzen Chaos hatte ich schon vergessen, dass Helena den wahren Grund für Chris' Ausstieg aus dem Profisport noch gar nicht kannte. »Auch wahr.« Ich bekämpfe das Bedürfnis, ihn vor seiner Schwester zu verteidigen. Sie hat jedes Recht darauf, wütend zu sein. Das müssen die beiden unter sich klären.

»Hast du irgendeine Ahnung, wo er sein könnte? Ich muss ihn dringend sprechen.«

»Keinen Plan. Ich bin selbst auf der Suche. Zu Hause war er nicht. Jetzt gerade bin ich auf dem Weg zu unseren Großeltern in Damp, für den Fall, dass er da aufkreuzt.«

Ich fluche leise. »Okay, danke. Sag Bescheid, wenn du ihn finden solltest, okay?«

»Mache ich. Du auch.«

Ich lasse das Handy sinken. »Sie sucht auch nach ihm. Bisher vergebens.«

»Na gut, dann müssen wir uns eben aufteilen«, sagt Sandra. »Wir machen eine Liste mit möglichen Orten und gehen sie systematisch ab. Irgendwo muss er ja sein.«

Zehn Minuten später machen wir uns auf den Weg. Jan hat sich angeboten, auf Hannah und die Rezeption der Pension aufzupassen, während wir mit der Suche beginnen. Die Liste möglicher Orte ist umfangreich, vor allem, da wir keinerlei Anhaltspunkte haben. Würde jemand, der gerade von seinem ehemaligen Vorbild zutiefst gekränkt wurde, eher zu einem alten Freund gehen? Sich in einer Kneipe ablenken? Durch die Dünen streifen?

»Phillip fängt in der Hauptstraße an, fragt bei Rosa und in der Kneipe. Ich gehe zuerst zu den Hausers und Familie Däweritz, vielleicht wissen Simon oder Juliane ja was.«

»Guter Plan«, stimme ich Sandra zu. »Ich gehe zuerst bei der Feuerwache vorbei. Vielleicht ist er zu seinen alten Kollegen gegangen. Ihr meldet euch, wenn es etwas Neues gibt, ja?«

»Auf jeden Fall.« Phillip wirft mir ein beruhigendes Lächeln zu. »Wir werden ihn finden, mach dir keine Sorgen.«

Ich würde so gerne glauben, dass er recht hat. Aber der

Mann, der eben vom Fußballplatz verschwunden ist, war nicht der Chris, den ich kenne. Ich habe keine Ahnung, was in seinem Kopf gerade vorgeht. An der Hauptstraße trennen sich unsere Wege. Sandra biegt in die Nebenstraße ab, in der zwei alte Schulfreunde von Chris wohnen, Phillip verschwindet in Rosas Café, und ich gehe in Richtung Feuerwache weiter. Die rechten beiden Tore, in denen die Rettungswagen stehen, sind geöffnet, und zu meiner Erleichterung entdecke ich Susi, die auf einer kleinen Bank in der Sonne sitzt und einen Kaffee trinkt.

»Hey! Du hast nicht zufällig Chris gesehen, oder?«

»Moin! Schön, dich wiederzusehen. Chris, mhm?« Sie hebt die Augenbrauen. »Sollte der nicht bei dir sein?« Offensichtlich ist unser Kuss auf dem Sommerfest nicht unbeobachtet geblieben.

»Was hat Reuter dieses Mal angestellt?« Felix Feldmann kommt aus der Garage, eine Zigarette zwischen den Fingern. Als er mein Gesicht sieht, verrutscht sein Grinsen. »Steckt er in Schwierigkeiten?«

»Keine Ahnung«, sage ich ehrlich. »Beim Fußballcamp gab es einen ... Zwischenfall. Deshalb muss ich ihn finden. Hier ist er nicht gewesen?«

»Nein, leider nicht.« Susi steht auf. »Aber wir fragen gleich mal auf der Wache nach. Die Kollegen fahren ja die ganze Zeit durch die Gegend, vielleicht haben die ihn gesehen.«

»Das wäre super, danke!«

»Und wenn wir sonst irgendwie helfen können, sag Bescheid, ja?« Felix zieht einen kleinen Notizblock aus seiner Tasche und kritzelt etwas darauf. »Hier ist meine Nummer.

Wenn er heute Abend immer noch nicht wiederaufgetaucht ist, melde dich.«

Ich schlucke den Kloß in meinem Hals herunter und nicke. »Danke. Das werde ich machen.«

Als Nächstes steht der Strand auf meiner Liste. Es ist eine ziemlich vage Vermutung, aber wir waren uns einig, dass wir dort zumindest einmal gucken müssen. Also marschiere ich die Hauptstraße hinunter zur Promenade. Dabei geht mir Chris' Gesicht nicht aus dem Kopf. Wie er mit jedem Wort seines alten Trainers blasser wurde. Wie die Menge um uns herum stiller wurde, bis alle genau hörten, was der ihm vorgeworfen hat. Aber am schlimmsten ist der Moment, in dem er meinen Blick sucht und Jan sieht, vor mir auf den Knien. Bei der Erinnerung steigt Übelkeit in mir hoch. Phillip schreibt in unsere gemeinsame Gruppe, dass Rosa ihn nicht gesehen hat. Sandras erster Stopp war auch erfolglos. Ich beschleunige meine Schritte. Es ist ein warmer Freitagnachmittag im August, und der Strand von Altensande ist gut besucht. Auf der Promenade angekommen, lasse ich langsam den Blick über die Menge aus Handtüchern und Strandzelten wandern, suche nach der vertrauten Silhouette des Mannes, in den ich mich verliebt habe. Diesen Gedanken zuzulassen, fühlt sich gut an. Ihn nicht zu finden, allerdings scheiße. Ich verlasse die Promenade und stapfe durch den tiefen Sand bis zur Wasserkante. Auch aus dieser Perspektive keine Spur von Chris. Langsam wandere ich weiter, bis mich mehr Möwen als Menschen umgeben. Weg vom Sandstrand und hin zum alten Hafen. Einer Eingebung folgend lasse ich die Fischerboote links liegen und umrunde das Hafenbecken, bis ich ganz am Ende angekommen bin. An diesen Stegen liegen nur Boote mit kaputtem Mast oder zerrissenen Segeln, direkt vor den Toren des Schiffsbaubetriebs Reuter. Der große Schuppen aus dunklem Holz ist zu, aber das Schloss ist auf. »Könnte sein, dass ich was entdeckt habe«, tippe ich eilig und sende meinen Standort hinterher. Dann drücke ich vorsichtig gegen die Holztür. Das Herz klopft mir bis zum Hals, als sie quietschend aufschwingt. Der Geruch nach Holz, Staub und Lack empfängt mich. Das Licht des späten Nachmittags scheint durch die ungeputzten Fenster und bringt Staubpartikel zum Tanzen. Die Gestelle, auf denen früher Boote lagen, die Chris' Vater repariert hat, sind heute leer.

»Nina?«

Ich wirbele herum, dabei weiß ich schon, wer es ist. Diese Stimme würde ich überall erkennen. »Chris! Hier bist du! Scheiße, hast du mir einen Schrecken eingejagt!«

Langsam tritt er aus der Tür zur Motorenwerkstatt hervor, in der er gestanden hat. Auch er trägt immer noch seine kurze Sporthose und das Fußballshirt, das er als Camptrainer anhatte. Seine Stimme klingt rau, als er antwortet. »Was machst du hier?«

»Dich suchen. Wonach sieht es denn aus?« Meine Schritte werden langsamer, als er nicht antwortet. Sein Gesicht ist ausdruckslos, und er macht keine Anstalten, auf mich zuzugehen.

»Warum? Um mich zu deiner Hochzeit einzuladen?« Keine Ironie, keine Verbitterung. Gar nichts.

»Ich werde Jan nicht heiraten. Den Fehler habe ich einmal gemacht, das muss reichen.«

Er verzieht das Gesicht, als würden ihm die nächsten

Worte körperliche Schmerzen bereiten. »Das hier …« Er deutet auf mich und auf sich. »Das ist der Fehler.«

Ich hatte mit vielem gerechnet, wenn ich ihn finden würde. Aber nicht damit. »Bitte? Wie kommst du darauf?«

»Hast du vorhin nicht zugehört?« Er schnaubt, und jetzt entdecke ich so etwas wie Wut in seinen Zügen. »Der ganze Landkreis hat mitbekommen, was für ein Versager ich bin – auf allen Ebenen.«

»Und du hast ihnen gezeigt, dass das nicht stimmt!«, halte ich dagegen. »Du hast diesem Typen die Meinung gesagt und ihn zur Hölle geschickt, wo er hingehört.«

»Das mag sein. Aber mit manchem hatte er auch recht.« Jetzt löst er sich vom Türrahmen und kommt auf mich zu. Öffnet die Hände zur Seite, als wollte er sich ergeben. »Ich war nicht gut genug für die Liga. Ich habe lieber Tabletten geschluckt, als mir das einzugestehen. Ich habe nie etwas anderes gelernt. Ich habe keine Ahnung, wie meine Zukunft aussehen soll. Ich kann dir nichts bieten. Dir und Hannah, und dabei habt ihr die Welt verdient. Die Jan euch geben könnte …«

»Wage es ja nicht«, unterbreche ich ihn mitten im Satz. »Wage es nicht, mir diese Entscheidung abzunehmen. Glaubst du, ich weiß nicht, was Jan auf dem Konto hat? Glaubst du, ich wäre hier, wenn mich das interessieren würde?«

»Ich weiß nur, dass ich es nicht ertragen könnte. Dir nicht das geben zu können, was du verdient hast.« Chris' Stimme bricht. »Weil ich dich liebe. Verdammt noch mal immer geliebt habe. Und selbst das habe ich verbockt und zehn Jahre zu spät gemerkt.«

Mit jedem Wort ist er einen Schritt näher gekommen, bis sich unsere Zehenspitzen fast berühren. Aus der Nähe sehe ich Tränen in seinen Augen funkeln. Als die erste seine Wange hinunterläuft, hebe ich die Hand und wische sie weg. Wie von selbst schließen sich seine Augen, und er lehnt sich in die Berührung.

»Zehn lange Jahre«, flüstere ich. »In denen ich versucht habe, dich zu vergessen. Dich zum Teufel zu schicken und aus meinen Erinnerungen zu verbannen. Aber weißt du was? Es hat nie funktioniert. Nicht eine Sekunde.«

Seine Hände finden meine Wangen, seine Stirn lehnt sich an meine.

»Es war Folter«, murmele ich in die Stille zwischen uns. »Lass uns das nie wieder machen.«

Warmer Atem streift meine Haut, als er langsam ausatmet. »Ich will ganz ehrlich sein. Ein Teil von mir ist noch nicht wirklich bereit zu verstehen, dass du mir noch eine Chance geben willst.«

»Wenn wir schon ehrlich sind: Ein Teil von mir hat unfassbare Angst davor. Mein Herz ist ein ziemlich fragiles Ding, und ich mag es ganz gern heil. Aber wenn ich schon anderen rate, sich nicht von Angst bestimmen zu lassen, muss ich wohl mit gutem Beispiel vorangehen.«

»Du bist einfach zu gut für mich, Nina Meerbach, und das wissen wir beide.«

Ich will ihn unterbrechen, aber er gibt mir keine Gelegenheit. »Ich war noch nicht fertig. Denn der Rest von mir schwört dir hoch und heilig, dass ich alles tun werde, damit das hier klappt. Und dass ich dein Herz beschützen werde, so gut ich es kann.«

Wärme durchflutet mich vom Kopf bis in die Zehen. Meine Finger verschränken sich in seinem Nacken, und ich flüstere: »Alles?«

»Alles«, bestätigt er, ohne zu zögern.

»Dann wäre jetzt der Zeitpunkt, mich zu küssen.«

Das lässt Chris sich nicht zweimal sagen. Im nächsten Atemzug liegen seine Lippen auf meinen, und ich schmelze in seine Berührung. Funken durchströmen meine Adern, und ich habe das Gefühl, schwerelos zu sein. Erst als sich die Tür mit einem lauten Quietschen öffnet, komme ich wieder zu mir.

»Chris? Nina?« Sandras Stimme hallt durch den Raum. Als ihr Blick auf uns fällt, lacht sie erleichtert auf. »Alles gut, Phillip«, ruft sie über die Schulter. »Ich hab sie gefunden.«

Sekunden später taucht er im Türrahmen auf. Ich löse mich von Chris und warte, bis die beiden bei uns angekommen sind. Dann räuspere ich mich feierlich. »Ich glaube, wir hatten einen etwas seltsamen Start heute Morgen. Chris, meine Schwester Sandra kennst du, das ist Phillip, ihr Freund. Sanda, Phillip, das ist Chris.«

»Dein Freund?«, hakt Sandra nach. Ich greife nach seiner Hand. »So oder so ähnlich. Über die genaue Bezeichnung reden wir noch.«

»Freund finde ich gut.« Chris küsst mich auf die Wange. »Freund finde ich super.«

»Dann wäre das ja geklärt.«

»Wow, was für ein cooler Ort.« Phillip dreht sich langsam um die eigene Achse. »Die hohen Decken, das Holz, der Platz. Das wäre wirklich perfekt für unsere Hochzeit.«

Er klappt den Mund zu, als wollte er sich auf die Zunge beißen. Für einen Moment herrscht vollkommene Stille.

»Unsere Hochzeit, mhm?«, fragt Sandra langsam.

Panik breitet sich auf Phillips Gesicht aus, als er meinem Blick begegnet. All unsere Vorbereitungen, all das sorgfältige Planen war umsonst. Hilflos zucke ich mit den Schultern. Er atmet hörbar aus, dann greift er nach Sandras Hand. »Das hier sollte der perfekte Antrag werden. An der Surfschule, bei Sonnenuntergang, mit dem schönsten Ring, den Donata hatte. Aber vielleicht ist das alles auch gar nicht so wichtig. Sondern nur das hier.« Er kniet sich vor Sandra und greift sanft nach ihrer Hand. »Sandra Meerbach, willst du mich heiraten?«

Meine Schwester starrt ihn an, als wäre ihm ein zweiter Kopf gewachsen. »Du bist ein Idiot«, presst sie mit zitternder Stimme hervor. »Dass du überhaupt fragen musst.« Sie zieht ihn auf die Füße und küsst ihn, als wäre das hier ein Bahnhof und sie kurz davor, zu einer Weltreise aufzubrechen. Er küsst zurück, als wollte er ihr sagen, dass sie gemeinsam fahren werden. Chris zaubert aus der Werkstatt einen Verschlussring hervor, den er Phillip reicht. »Nur zur Überbrückung, versteht sich.«

Sandra hält ihrem Freund die Hand hin, und er streift ihr den Ring mit großer Geste über den Finger. »Ich muss zugeben, so habe ich mir das nicht vorgestellt«, sagt sie lachend, während sie den etwas zu großen Ring aus billigem Metall betrachtet.

»Es tut mir leid, dass …«

Sie bringt ihren Verlobten mit einer Handbewegung zum Schweigen. »Es ist tausendmal besser.«

»Herzlichen Glückwunsch«, sage ich und öffne die Arme. »Endlich hat die ganze Geheimniskrämerei ein Ende.«

»War ja klar, dass du Bescheid wusstest. Aber darüber reden wir später.« Sie drückt mich, bis uns beiden die Luft wegbleibt. »Na los«, sagt sie dann zu den beiden Männern. »Wir sind ja jetzt quasi Familie.« Chris und Phillip tauschen einen Blick. Dann schließen sie sich der Umarmung an, und ich habe das Gefühl, mein Herz könnte vor Glück platzen.

Epilog

Die Decke des Bootsschuppens ist mit weißen Tüchern abgehängt. Da, wo normalerweise die Boote stehen, warten jetzt lange Tische mit cremefarbenen Spitzendecken auf die Hochzeitsgäste. Luisa faltet die letzten Servietten am Büfett, und Helena und Dagmar sind gerade dabei, noch einmal an den Sträußen herumzuzupfen, als Hannah angestürmt kommt.

»Sie sind da!«

Das hellblaue Rüschenkleid, das sie unbedingt zur Hochzeit tragen wollte, hat jetzt schon Flecken undefinierbarer Herkunft, aber bei dem Glanz in ihren Augen könnte mich das nicht weniger interessieren. »Na, dann öffne mal die Türen, und lass die Gäste herein.«

Mit einer dramatischen Geste öffnet Hannah die Holztüren, die Chris gestern noch frisch geölt hat. Draußen hat sich schon halb Altensande versammelt. Sandras Kollegen aus dem Tourismusbüro, Rosa und ihr Team vom Café, die Nachbarn, Phillips ältere Surfschüler, selbst ein paar Eltern aus dem Fußballverein. Auch ein paar Gäste aus der Pension sind gekommen, wie ich feststelle, während die Leute in die Halle strömen. Sybille, die Sandra vor drei Jahren in ihrem Surfkurs kennengelernt hat, ist mit ihrer Familie da.

Frau Krause und ihre Enkel – mittlerweile Stammgäste – ebenfalls. Obwohl Rosa schon mehr als genug geholfen hat, ist sie auch jetzt zur Stelle und sorgt dafür, dass jeder einen Sitzplatz findet. Nachdem ich Hannah eingefangen und dazu gebracht habe, sich auf ihren Platz in der ersten Reihe zu setzen, stehe ich selbst noch mal auf und drehe mich um. Auf keinen Fall möchte ich den Moment verpassen, in dem das Brautpaar die Halle betritt. Phillips Eltern neben mir recken auch neugierig die Köpfe. Je länger es still bleibt, desto mehr Gäste drehen sich um und schauen zum immer noch leeren Türrahmen. Markus, seines Zeichens Bürgermeister und Sandras bester Freund, steht schon neben dem improvisierten Pult, bereit, seine Aufgabe als Standesbeamter wahrzunehmen.

Ein Raunen geht durch den Raum, als das Brautpaar schließlich in der Tür auftaucht. Und obwohl ich die beiden das letzte Mal vor einer Stunde zu Hause gesehen habe, bleibt mir bei ihrem Anblick die Luft weg. Ich habe Sandras Haare heute Morgen zu einem kunstvollen Dutt gesteckt und ihr einen leichten goldenen Lidschatten aufgetragen. Die weiße Dahlie, die ihre Haare schmückt, stammt aus Mamas Garten. In ihrem einfachen weißen Kleid im Boho-Stil und dem samtroten Lippenstift sieht sie so schön aus, dass mir die Tränen in die Augen steigen. Ihr Arm liegt in Phillips, der mit seinem maßgeschnittenen meerblauen Anzug ebenfalls eine wirklich gute Figur macht. Als Letzter betritt der Mann den Raum, der das Brautpaar in einem gemieteten Oldtimer zur Kirche gefahren hat. So unauffällig wie möglich drückt Chris sich an der Wand entlang nach vorne, bis er seinen Platz neben mir einnehmen kann.

»Bitte entschuldige die Verspätung«, flüstert er. »Kurz vor der Abfahrt habe ich noch einen Fleck auf der Motorhaube entdeckt und musste noch mal drüberwischen.« Auch wenn ich das vorher nie geglaubt hätte, übertrifft Chris bei der Hochzeitsvorbereitung sogar Sandras Perfektionismus. Was mein Herz jedes Mal zum Schmelzen bringt.

»Wie du siehst, haben wir noch nicht ohne euch angefangen«, scherze ich leise und drücke ihm einen Kuss auf die Wange. Er legt eine Hand an meine Wange und stiehlt einen zweiten Kuss von meinen Lippen, bevor Markus sich räuspert.

»Werte Hochzeitsgäste, liebe Freunde. Wir haben uns heute hier versammelt, um die Liebe zwischen diesen beiden Menschen zu feiern.«

Markus' Stimme ist getragen und würdevoll, und die Gäste hängen an seinen Lippen. Als er in kurzen Worten umreißt, wie Sandra und Phillip sich kennengelernt haben, hat er die Lacher auf seiner Seite. Das Brautpaar selbst tauscht amüsierte Blicke, ist aber den Rest der Zeit damit beschäftigt, einander so glückselig anzuschauen, dass es beinahe beim Zuschauen schmerzt. Dann hat Hannah ihren großen Auftritt. Als Markus ihr das Zeichen gibt, schnappt sie sich die kleine samtene Schachtel unter ihrem Stuhl und trägt sie nach vorne. Mit feierlicher Geste öffnet sie die Schachtel und präsentiert die Eheringe. Phillip und Sandra nehmen sie heraus, und meine Schwester haucht Hannah einen Kuss auf die Stirn. Sie schwebt zurück zu ihrem Platz, als wäre sie eine Prinzessin in einem Disney-Film. Chris hält ihr unauffällig die Hand zum High five hin, als sie sich wieder setzt, und sie schlägt ein.

Vorne stellt Markus jetzt die alles entscheidende Frage: »Willst du, Phillip Sommer, die hier anwesende Sandra Meerbach zu deiner Ehefrau nehmen?«

Er wendet die Augen nicht von seiner Verlobten ab, als er antwortet: »Ja, ich will.«

Sandras »Ja, ich will« ist begleitet von einem strahlenden Lächeln, das mir schon wieder die Tränen in die Augen treibt. Chris nimmt wortlos meine Hand und hält sie.

»Dann erkläre ich euch hiermit zu Mann und Frau.«

Die beiden warten nicht auf die offizielle Erlaubnis. Sandra schlingt die Arme um Phillips Hals und küsst ihn. Applaus brandet auf. Die Leute erheben sich von ihren Stühlen und jubeln, irgendjemand pfeift auf den Fingern.

Chris drückt meine Hand noch mal, bevor er sie loslässt. »Jetzt kommt dein Part.« Zusammen mit Thommy, dem stellvertretenden Leiter der Surfschule, erhebe ich mich und gehe nach vorne. Mit einem schweren Kugelschreiber unterzeichnen wir als Trauzeugen die Urkunde, und ich muss mich zusammenreißen, damit meine Tränen nicht aufs Papier tropfen.

Sandra hält meine Hand, als ich den Stift weiterreiche, und ich drücke ihre so fest, dass unsere Finger weiß werden.

»Sie wären so stolz auf dich«, flüstere ich, weil ich sicher bin, dass es stimmt.

»Und auf dich, Schwesterherz.« Als wir uns einander zuwenden, weint sie auch.

»Ich hoffe, das sind Freudentränen«, sage ich schniefend.

»Darauf kannst du dich verlassen«, sagt Sandra Sommer.

Die warme Maisonne empfängt uns, als wir vor die Halle treten. Hier haben wir gestern zusammen mit Chris' Eltern kleine Stehtische aufgestellt, an denen die Gäste sich jetzt versammeln. Rosa hat darauf bestanden, uns beim Catering unter die Arme zu greifen, und zieht zusammen mit ihrem Team durch die Reihen, ein Tablett mit Sekt und ein zweites mit frischen Törtchen in den Händen. Das Brautpaar wird sofort von Gratulanten umlagert, also schlendere ich weiter, spüre, wie die letzte Anspannung von mir abfällt. Obwohl wir fast ein ganzes Jahr Zeit hatten, die Hochzeit zu planen, fällt einem in den letzten Tagen vorher immer noch etwas ein, das man vergessen hat. Aber jetzt ist das alles egal. Jetzt kann ich den Rest des Tages einfach nur genießen. Eigentlich bin ich auf der Suche nach Chris und Hannah, aber ich werde immer wieder aufgehalten. Helena und Finn sind begeistert davon, was wir aus dem Bootsschuppen gemacht haben. Sie Hand in Hand zu sehen, zaubert mir auch nach vier Monaten immer noch ein Lächeln ins Gesicht. Seit Helena wieder halbtags in Beatrix' Blumenladen arbeitet, kommt sie nicht mehr so oft zum Abendessen in der Pension vorbei, aber zu sehen, wie glücklich sie das macht, ist mehr als genug. Chris' Eltern stehen etwas weiter hinten und prosten mir mit ihren Gläsern zu. Auch wenn sein Vater körperlich nicht mehr selbst auf Schiffen herumkraxeln und Masten reparieren kann, hat er beinahe kindliche Freude daran, seinem Sohn die Feinheiten des Handwerks beizubringen. Der eigentliche Plan der beiden Reuter-Männer sieht vor, die Werft wieder flottzumachen und dann zu verkaufen. Aber Chris hat unerwarteterweise so viel Spaß an der Arbeit, dass ich noch nicht davon überzeugt bin, dass er das wirklich durchziehen wird.

»Eine wirklich schöne Zeremonie.« Chris' Mutter Hannelore nimmt mich in die Arme. »Sehr berührend. Und Sandra sah so schick aus in ihrem Kleid.«

»Hätte nicht gedacht, dass unser Schuppen so herausgeputzt werden kann«, grummelt Franz. »Aber ist nicht schlecht. Wäre vielleicht auch was für euch.« Schnell hebt er die Hand. »Also, falls ihr wollt. Versteht sich.«

»Versteht sich.« Ich stoße mein Glas noch mal gegen seins, dann ziehe ich weiter. Luisa und Dagmar stehen mit ihren Familien um einen Tisch und verspeisen genüsslich Rosas Törtchen.

»Also diese Tiramisutörtchen, die sind wirklich himmlisch«, sagt Dagmar mit vollem Mund. Ich greife auf ihren Teller und stibitze eins mit Erdbeeren. »Absolut. Aber die hier finde ich fast noch etwas besser.«

Letzten Herbst im Büdchen habe ich den beiden die ganze Geschichte erzählt. Von Jans Deadline für Hannah, meinen gescheiterten Dates und Chris. Aber vor allem von meiner Angst, meine alten Freundinnen würden mich insgeheim für das Leben belächeln, das ich führe. In diesem Gespräch kam heraus, dass Luisa vor einem halben Jahr ein Kind verloren hat und Dagmar mit ihrem Mann zur Paartherapie geht, um an ihrer Ehe zu arbeiten. Keine von uns hatte sich getraut, ehrlich zu sein. Seitdem sind wir enger zusammengewachsen als je zuvor. Aus der Schule sind Marie und Mohammed gekommen, denen ich erst mal die Verwandtschaftsverhältnisse aller Anwesenden erklären muss. Beide haben schon ihr zweites Sektglas vor sich stehen und nehmen mir das Versprechen ab, nachher gemeinsam die Tanzfläche zu stürmen.

»Und erinnere deinen Freund daran, dass wir noch einen Termin ausmachen müssen«, sagt Marie, bevor ich weiterziehe. »Wir wollen ihn in der Projektwoche haben, und die vom Gymnasium haben auch schon was angedeutet.«

»Werde ich machen.«

Seit das Video von Chris und seinem ehemaligen Trainer viral gegangen ist, engagiert er sich neben seiner Arbeit als Trainer im Fußballverein ehrenamtlich zum Thema Mentale Gesundheit im Sport. Das Video hat Paul Gerritson eine Kündigung und Chris einige Interviews in ziemlich großen Zeitungen eingebracht, die er genutzt hat, um auf den immensen Druck aufmerksam zu machen, unter dem vor allem Profisportler stehen. Dafür hat er ein paar Hasskommentare kassiert. Aber noch viel mehr Reaktionen von Menschen, die sich endlich gesehen gefühlt haben. Die wiederum den Mut hatten, ihre eigenen Geschichten mit der Welt zu teilen. Mittlerweile ist Chris fast jede zweite Woche in Sportvereinen und Schulen auf Tour, um den Kindern zu vermitteln, wie wichtig psychische Gesundheit ist und dass Sport vor allem Spaß machen sollte. Ich könnte nicht stolzer auf ihn sein.

Als hätten meine Gedanken ihn heraufbeschworen, taucht Chris mit drei Gläsern neben mir auf. Zwei sind mit Sekt gefüllt, das dritte mit Orangensaft. Er stellt es auf der Kaimauer ab. »Hannah hat schon ein paar Spielkameraden gefunden. Ich hab ihr nur was aufgehoben, bevor alle weg sind.« Seinem Blick folgend entdecke ich Hannah, die mit ein paar anderen Kinder in gleichermaßen schicken

Klamotten einen Fußball gegen die Außenwand der Halle kickt. »Danke, da wird sie sich freuen.«

»Das hoffe ich.« Er grinst mich an, und auch nach über neun Monaten kann ich mein Glück manchmal kaum fassen. Dass dieser Mann, der unverschämt heiß in seinem eng geschnittenen dunkelgrünen Sakko aussieht, mich liebt. Dass ich ihn liebe und alles andere sich gefunden hat. Bevor ich der Versuchung nachgeben und ihn küssen kann, fährt mit quietschenden Reifen ein Wagen auf den Parkplatz. Jan springt heraus, die Krawatte schief und mit Schweißflecken unter den Armen.

»Bin ich zu spät?«, fragt er keuchend, als er bei uns ankommt. »Scheiße, ich bin zu spät, oder? Dieser verdammte Stau.«

»Sie sind ja noch eine Weile verheiratet«, antworte ich schmunzelnd und weise ihm den Weg, um dem Brautpaar zu gratulieren. Zurück bleiben Chris und ich an der Kaimauer. Wir stoßen mit unserem Sekt an. »Es ist gut gelaufen, oder? Alles hat bisher geklappt?«, fragt er mit einem Blick auf die Hochzeitsgesellschaft. »Alles hat wunderbar geklappt«, versichere ich ihm. »Deine Eltern sind ganz begeistert von der Verwandlung der Halle.«

»Ja, ich weiß. Papa meinte vorhin zu mir, hier könnten wir doch ebenfalls heiraten«, erzählt er mit einem verlegenen Grinsen.

»Ach, zu dir auch?«

Gutmütig rollt er mit den Augen. »Ich hatte ihnen gesagt, dass sie es für sich behalten sollen.«

Ich winke seine Entschuldigung beiseite. Ich war mir so sicher, nie wieder heiraten zu wollen. Aber beim Anblick der dekorierten Halle vor dem sonnigen Himmel, der glücklichen Gäste, des Mannes vor mir? Da erscheint mir der Gedanke gar nicht mehr so absurd.

»Wer weiß, was die Zukunft bringt?«, flüstere ich und stelle mein Glas zur Seite. Ich schlinge die Arme um seinen Hals und stelle mich auf die Zehenspitzen, bis unsere Nasen nur noch Zentimeter voneinander entfernt sind. Seine Hände finden meine Hüften wie von selbst, und ich versinke im Blau seiner Augen.

»In der Tat«, antwortet er und haucht einen Kuss auf meine Lippen. Wie eine Ankündigung. Wie ein Versprechen. »Und der Sommer fängt gerade erst an.«

Ende

Danksagung

Die Geschichte von Nina und Chris hat nur durch die Unterstützung vieler wunderbarer Menschen ihren Weg aufs Papier gefunden. An dieser Stelle möchte ich deshalb ein paar metaphorische Blumensträuße überreichen.

Ein großes Dankeschön geht an meine Agentin Diana Itterheim von der litmedia.agency, die mir bei allen Fragen rund ums Schreiben immer zur Seite steht und mir geholfen hat, *Küstensommer* ins Regal zu bringen.

Vielen Dank an meine Lektorin Michelle Stöger, die immer ein Auge darauf hatte, dass ich keine Wochentage durcheinanderbringe oder Augenfarben vertausche. Außerdem möchte ich mich herzlich bei Janina Dyballa und dem Team vom Heyne Verlag bedanken, die mir einen zweiten Ausflug nach Altensande ermöglicht haben.

Ein riesengroßes Danke geht an Karin Huismann, die mich während des Schreibens nicht nur zeitweise mit einem Gästezimmer und frischem Tee versorgt hat, sondern auch sonst immer hinter mir steht. Das nächste Essen geht auf mich, komme, was wolle!

Schreiben bedeutet meistens, allein vor seinem Rechner zu sitzen. Dass ich trotzdem nicht (allzu) verrückt werde, habe ich meinen Freund:innen zu verdanken, die mich mit Memes versorgen, sich geduldig meine Selbstzweifel anhören und trotzdem meine größten Cheerleader sind – ob von der anderen Seite Deutschlands oder der anderen Seite der Welt. Danke ist ein zu kleines Wort dafür, wie froh ich bin, euch in meinem Leben zu haben. Ich hoffe, ihr nehmt es dennoch an, bis mir ein angemesseneres einfällt.

Altensande wäre kaum entstanden, wenn ich nicht selbst die Gelegenheit gehabt hätte, viele Sommer an der Ostsee zu verbringen, mich mit Möwen um Pommes zu streiten und bei auflandigem Wind in die Wellen zu werfen. Ein fettes Dankeschön geht an die ganze Crew der DLRG Damp für diese unvergesslichen Erinnerungen.

Keine Danksagung wäre komplett ohne ein großes Shoutout an meine Familie. An meine Mama, die immer als Erste meine Geschichten liest. An Papa, der für meinen Sinn für Humor verantwortlich ist. An Andi, der es mir leicht macht, über Geschwister zu schreiben. Und an Simba, die beste vierbeinige Gesellschaft beim Schreiben.

Zuletzt möchte ich mich bei dir, liebe Leserin, lieber Leser, bedanken. Vielleicht begleitest du mich schon das zweite Mal nach Altensande, vielleicht ist das hier das erste meiner Bücher, das du liest. So oder so habe ich es dir zu verdanken, dass ich meinen Traum vom Schreiben wahr machen kann. Dafür von Herzen danke.